UNIVERSALE
ECONOMICA
FELTRINELLI

Domenico Starnone (Napoli, 1943) ha fatto l'insegnante e il redattore delle pagine culturali del "Manifesto". Oltre a opere narrative, ha scritto molti libri sulla vita scolastica (da cui sono stati tratti i film *La scuola* di Daniele Luchetti e *Auguri, professore* di Riccardo Milani). Con Feltrinelli ha pubblicato anche *Il salto con le aste* (1989), *Segni d'oro* (1990), *Fuori registro* (1991), *Eccesso di zelo* (1993), *Denti* (1994, da cui Gabriele Salvatores ha tratto il film omonimo), *Solo se interrogato. Appunti sulla maleducazione di un insegnante volenteroso* (1995), *La retta via. Otto storie di obiettivi mancati* (1996), *Via Gemito* (2000, premi Strega e Napoli 2001), *Labilità* (2005, premi Flaiano e Castiglioncello) e *Prima esecuzione* (2007); con Einaudi, *Spavento* (2009), *Autobiografia erotica di Aristide Gambia* (2011), *Lacci* (2014) e *Scherzetto* (2016); con minimum fax, *Fare scene. Una storia di cinema* (2010). Ha inoltre introdotto, per i "Classici" Feltrinelli, *Cuore* (1993) di Edmondo De Amicis, *Ultime lettere di Jacopo Ortis* (1994) di Ugo Foscolo e *Lord Jim* (2002) di Joseph Conrad.

DOMENICO STARNONE

Ex cattedra
e altre storie di scuola

Ex cattedra

Prima edizione nell'"Universale Economica" ottobre 1989
Nuova edizione aggiornata in "Varia" maggio 2006
Prima edizione nell'"Universale Economica" aprile 2008
Quarta edizione gennaio 2017

Stampa Nuovo Istituto Italiano d'Arti Grafiche - BG

ISBN 978-88-07-88909-7

FSC
www.fsc.org
MISTO
Carta
da fonti gestite in
maniera responsabile
FSC® C015216

IL PIACERE DI INSEGNARE

A volte viene il desiderio di fermarsi e mettere un po' d'ordine tra le cose che ci siamo lasciati alle spalle. Ma il desiderio non basta, c'è bisogno di un'occasione. Ho approfittato del compleanno di *Ex cattedra*, il mio primo libro, un diario che raccontava in diretta la scuola del 1985-86, per decidermi a rimettere sguardo e mano su quello che di scolastico, negli anni, ho abbandonato qua e là. Moltissima roba l'ho lasciata dov'era, su giornali e riviste, a sbiadire definitivamente. Altre cose, poche, le ho recuperate per metterle di seguito a *Ex cattedra* come testimonianza di un percorso e di una passione. Il risultato è questo volume, che considero come una teca, la custodia di vecchie pagine nate dal gusto di raccontare e dall'amore per la scuola pubblica, un luogo di esposizione per un'esperienza definitivamente conclusa.

Ex cattedra ha vent'anni. L'ho stampato sul quotidiano "il manifesto" settimana dietro settimana, per segmenti, senza sapere bene la settimana prima dove sarei andato a parare la settimana dopo. Scrivevo rivolgendomi ai lettori di quel giornale, non avevo altro pubblico in mente. Mi immaginavo persone simili a me, gente che non avrebbe mai voluto tornare alla scuola di prima di *Lettera a una professoressa* e che perciò, nel suo piccolo, si batteva ogni giorno per una scuola completamente ripensata, laicissima, senza discriminazioni.

Era solo dentro quel contesto, che mi pareva di poter raccontare in modo ironico, ma senza il rischio di essere frainteso, che le speranze di molti di noi ex giovani insegnanti, entrati nella scuola alla fine degli anni sessanta, adesso, nella prima metà degli anni ottanta, si erano mutate in formule vuote, in riti fiacchi. A quel pubblico volevo segnalare, dall'interno del mio lavoro di insegnante, che le modalità della nostra battaglia erano ormai un trantran speculare al trantran della scuola di Franca Falcucci, ministra.

Per dirla tutta avevo l'impressione, mentre scrivevo, di essere davanti a uno stagno dentro cui non si gettavano più non dico sassi, ma nemmeno sassolini. Persino quando cadeva un po' di pietrisco, nella scuola, le parole o i gesti degli insegnanti e degli studenti a cui mi sentivo vicino mi parevano reazioni supercollaudate e perciò prevedibili. Le rappresentavo rassegnatamente adeguate a un paesaggio planetario che, sebbene mosso, sembrava tuttavia congelato per sempre nei due blocchi capeggiati da Usa e Urss. E le mimavo come una recita molto vista, e tuttavia l'unica che si potesse recitare, sulla scena di un'Italia di nuovo immodificabile, pentapartitica, sfarzosamente craxiana in superficie ma democristiana nel profondo.

Uso queste formule per la necessità di restituire sinteticamente *Ex cattedra*, testo zeppo di eventi e frasari d'epoca, al suo sfondo e perciò ai suoi limiti. In realtà quello sfondo stava per sbriciolarsi, fu spazzato via alla fine degli anni ottanta insieme al vocabolario che serviva per parlarne. Però il libro durò, e ogni tanto me lo ritrovo davanti ancora oggi, apprezzato, criticato.

Probabilmente in quelle righe finirono casualmente alcune cose che all'epoca si intravedevano appena. Ci finì sicuramente, tanto per cominciare, il declino dell'insegnante postsessantottesco.

Oggi si dice, più o meno dispregiativamente, che era un tipo di docente senza professionalità, finito a insegnare non per fare scuola ma per distruggerla o, nel migliore dei casi, per rivoluzionarla rivoluzionando il mondo. È una brutta, ingenerosa semplificazione. Molti di noi arrivarono all'insegnamento giovanissimi, con la memoria ancora bruciante della pessima scuola che avevano sperimentato da studenti. Fummo forse la prima leva di insegnanti che, buttata allo sbaraglio nelle classi, cercò di non essere come gli insegnanti che aveva avuto. Ci irrobustimmo con le letture di allora, col clima politico incandescente dentro cui ci trovammo presto immersi. Di certo decidemmo di non fare ai nostri allievi quello che i nostri professori peggiori avevano fatto a noi. Mettemmo in crisi, innanzitutto dentro noi stessi, i tratti dell'insegnamento che allora chiamavamo genericamente autoritario, ma che in realtà erano la fisionomia torva della scuola pubblica fin dalla sua nascita.

Oggi, specialmente quelli che hanno nostalgia di una non meglio identificata età dell'oro dei docenti, se la prendono con il terremoto lungo cominciato simbolicamente nel 1968 e tendono a dimenticare cos'era la scuola degli anni cinquanta. Be', era una macchina povera e sgangherata, preoccupata soprattutto di esercitare un controllo culturale, politico, sociale, morale su insegnanti, studenti e famiglie. Senza cambiare granché era passata da cassa di risonanza del regime fascista a pozzo di san Patrizio per democristiani a caccia di consenso elettorale. Noi vi facemmo capolino, in principio, cautamente. Io (è sempre meglio dire io, quando si scende nei dettagli) non sapevo da dove cominciare. I miei insegnanti del liceo mi erano così dispiaciuti che nemmeno da loro mi sentivo di copiare. Ero senza padri, diventai per un po' figlio adottivo piuttosto ombroso dei vecchi rari docenti di sinistra che avevo appena intravisto da ragazzino e che, pur aderendo accortamente al ruolo tradizionale, si battevano coraggiosamente dalla fine degli anni quaranta per ricordare all'istituzione che il fascismo era finito, che c'era una carta costituzionale nata dalla Resistenza, che l'educazione civica non avrebbe corrotto le giovani menti, che quella democristiana non era l'unica politica legittima, che laico non significava impiccare preti ai lampioni. Poi cominciai a cercare una mia via tra mille impacci. All'inizio degli anni settanta lo stesso modello di docente di sinistra mi sembrò insufficiente e cominciai a guardare altrove, a quelli che, confusamente come me, se ne stavano inventando un altro, uno che si batteva per aprire permanentemente le porte della scuola e delle aule al mondo e a tutto ciò che dal Big Bang in poi aveva rifiutato ingiustizie, sopraffazioni. Insieme a tanti altri diventai un insegnante che rinunciava consapevolmente a ogni esercizio di potere sui suoi studenti. Nelle aule, nel rapporto quotidiano con gli allievi, andavo a guadagnarmi baldanzosamente, in conflitto con l'istituzione scolastica, una qualche autorevolezza da usare non di fronte ma accanto agli studenti, e senza la protezione del registro, delle note disciplinari, delle burocrazie.

Ex cattedra accenna appena, autoironicamente, alla fase eroica di quella nuova figura di insegnante contraddittoriamente schierata a favore e contro la scuola, che forse oggi meriterebbe un racconto a sé, capace di narrarne la ricchezza e le povertà anche drammatiche. Il testo prese forma quando quel docente cominciava a perdere la sua aura innanzitutto presso gli studenti e si avviava all'applicazione superficiale di una maniera, alla ripetizione di un canone tra molto sordo scontento.

A questo punto bisogna accennare all'altra tematica che, mentre scrivevo, si intrufolò tra le righe: la mutazione dei giovani, che si definissero di destra o di sinistra.

La protesta studentesca, fino alla prima metà degli anni sessanta, era stata quasi sempre motivata dalla restaurazione di qualche passata grandezza italianissima. Lo stereotipo dello studente era o acquiescente e qualunquista o dedito a stupidaggini goliardiche o neofascista. Studiare significava in linea di massima diventare retori custodi della Buona Tradizione. Invece, nei tre lustri che seguirono, lo studente passò a essere percepito come una figura del rinnovamento, pura energia giovane, colta o da coltivare, schierata a sinistra con ampiezza internazionale di vedute, in lotta per un mondo più giusto. *Ex cattedra* registra i primi segni di crisi di questa rappresentazione. Non lo fa solo attraverso il formulario della maggioranza degli insegnanti, quelli che non avevano mai smesso di sognare una scuola dove si studiava veramente perché volta a punire e premiare secondo demeriti e meriti. Lo fa soprattutto attraverso il gruppetto dei docenti "sovversivi" sempre sulla breccia, "sempre dalla parte degli studenti". Sono loro ad apparire i più disorientati di fronte al "regresso" della gioventù. Malvolentieri, in imbarazzo, questi professori devono registrare che, pur avendo essi stessi collaborato ad abbattere le barriere tra banco e cattedra, pur avendo puntato tutto il loro lavoro proprio sul rapporto con gli allievi, la comunicazione coi giovani sta diventando difficile. L'apprendimento è scadente, la cultura politica dei ragazzi lascia molto a desiderare, in pochissimi ormai paiono sedotti realmente dall'armamentario teorico dei loro insegnanti ex rivoluzionari e, se lo sono, lo riusano in maniera rozza, sembrano l'ultimo anello di una catena di parodie. A volte addirittura, tra insegnanti vecchio tipo e quelli una volta nuovi, si realizza una improvvisa alleanza nel chiedere il ritorno alle maniere forti, note disciplinari, sette in condotta, sospensioni.

Qualcosa insomma ha smesso di funzionare. Gli studenti di *Ex cattedra* tengono in classe i poster delle star (Vasco Rossi), di gran lunga più amate degli insegnanti; usano una lingua angloitaliandialettale sempre più estranea a quella della scuola, dei docenti; sanno già, di elettronica, nel 1985-86, quello che i loro professori ignorano del tutto o non riescono ad apprendere; risultano irraggiungibili sia con i programmi tradizionali che con le didattiche tutte impegno, attualità e, come estremo rimedio, consumi alla moda; hanno, quando li hanno, spazi e interessi culturali veri solo fuori della scuola; indecifrabili come stanno diventando, sono sentiti – nelle pagine finali del libro – minacciosi al punto che potrebbero venirti alle spalle e spararti sotto il portone di casa, anche se li ami, li proteggi, li promuovi (o forse addirittura per questo).

Devo dire a questo punto quale era il disegno originario della rubrica, quando cominciai a scriverla. Volevo mostrare la ritualità vuota dell'istituzione. Il resto venne cammin facendo, ma all'inizio pensavo di descrivere soltanto, senza storielle, senza figurine di professori, il caos di inizio anno scolastico, i collegi dei docenti, i consigli di classe, le riunioni per materia, le interrogazioni e i compiti in classe, le assemblee studentesche o sindacali, gli scrutini. Era sempre stato chiaro quanto fossero esili le conquiste di democrazia scolastica, istituzionalizzate tra molte critiche e con rattoppi di vario genere. Ora mi sembravano palesemente svuotate di senso, una messinscena a tempo perso. Dagli organi collegiali alle autogestioni e occupazioni studentesche, tutto pareva girare in circolo per obbligo, tanto per fare.

Anche quando la rubrica prese l'andamento di un racconto seriale, questo proposito descrittivo della prassi scolastica postsessantottesca restò. In *Ex cattedra* non solo la scuola della Falcucci, ma la stessa scuola che mi stava a cuore, l'altra scuola che avevo sostenuto e collaborato a fare, appare come bloccata sulla soglia del mutamento vero. Tutti quanti, i vecchi insegnanti "reazionari" e i "sovversivi" ormai di mezza età, non potendo avanzare cambiando, retrocedono all'antico stereotipo comico-grottesco dell'insegnante depresso, povero, senza più illusioni, che borbotta contro il mondo intero e soprattutto contro la gioventù imbarbarita, criminale.

Non scrivevo, devo dire, in modo del tutto ingenuo. *Ex cattedra* è nato di settimana in settimana cogliendo disordinatamente gli umori del tempo, ma non è nato dal nulla. Alle sue spalle c'era una mia vecchia curiosità per come era stata raccontata la scuola. Sapevo abbastanza sulle costanti che, attraverso i decenni, emergevano dal racconto o anche solo dall'elencazione dei problemi scolastici. Qualche esempio: l'arretratezza dell'istituzione; la miseria, l'ignoranza, i comportamenti lunatici o folli degli insegnanti; la rozzezza crudele degli studenti; lo sforzo di fare bene, frustrato dalle burocrazie ottuse; la congiura della Tradizione pedante contro la gioventù desiderosa di novità e di vita; il complotto, d'altro canto, dei Franti e dei Lucignolo contro l'Istruzione e l'Educazione; la voga della tragicità patetica alternata, secondo i tempi, a quella dell'ironia e del sarcasmo.

Si può catalogare tutto questo come stereotipo e alzare le spalle e i tacchi. Ma si può anche pensare che, se gli stereotipi durano nel tempo in una forma o in un'altra, essi segnalano problemi irrisolti. Io la vedevo a questo secondo modo e perciò lavorai non solo attingendo a ciò che avevo sperimentato direttamente nella scuola a partire dalla fine degli anni sessanta o a quello che mi raccontavano i miei colleghi, ma anche sapendo che ciò che raccontavo veniva da dentro cento altri libri o film e trascinava con sé molti vecchissimi quesiti sull'istruzione rimasti senza risposta.

Avvertivo – devo confessare – un senso di ansia e insieme di liberazione quando mi rendevo conto che stavo trattando il modello di insegnante sovversivo a cui mi sentivo vicino come una figurina non diversa, nei suoi esiti, da qualche docente di De Amicis, di Verga, di Pirandello, di Bontempelli. Un po' mi metteva angoscia e un po' mi sollevava scoprire che lo scontento, pur essendo specificamente nostro, pur avendo necessità di parole nostre, aveva una lunga storia, era un gorgo di stagionata formazione dentro cui eravamo finiti pure noi.

Ho raccolto in questo volume non solo *Ex cattedra* ma anche pagine nate, dopo l'estinzione della rubrica su "il manifesto" e la sua pubblicazione in volume (1987), per il settimanale satirico "Cuore", per il "Corriere della Sera".

Nelle discussioni pubbliche, o dalle lettere che ricevevo, ho spesso ricavato l'impressione che i lettori sentissero gli interventi di ambientazione scolastica che andavo stampando in continuità con *Ex cattedra*. Ai miei occhi non era così. In realtà l'esplorazione improvvisata che aveva caratterizzato quel testo è finita presto. Tra il 1987 e il 1997 – anno, quest'ultimo, in cui ho smesso di insegnare e progressivamente non ho scritto più di scuola – ho tentato un'autoanalisi, ho fatto una fatica di lettura e un esercizio di scrittura più consapevolmente rivolti a cercare un bandolo per la matassa scolastica. Le storielle a qualcuno piacevano, ad altri no. C'era chi leggeva e si arrabbiava, chi si riconosceva e si compiaceva, chi cominciava a chiedere di non guardare la scuola solo come un bicchiere mezzo vuoto, ma anche mezzo pieno. "Dacci un po' di speranza" qualcuno mi diceva. A volte ci provavo, ma mi veniva una scrittura edificante realistico-sentimentale che non mi è congeniale. Allora mi dicevo che il mio compito era raccontare così come veniva, così come sentivo. Non ero l'eco né di associazioni di docenti, studenti o genitori, né di sindacati, partiti o pensatori di cose scolastiche. Gli ansiolitici, poi, si vendevano in farmacia. Io mettevo giù fatterelli esili dentro lo spazio stretto delle aule e, se ero fortunato, coglievo un gesto, afferravo un modo di dire, ne estraevo qualche domanda.

Adesso, rileggendo questo materiale accumulato nell'arco di un decennio, ho avuto sentimenti contrastanti. Li elenco alla rinfusa.

Ho pensato, tanto per cominciare, che molte delle cose che ho scritto sembravano registrare quella miseria della gioventù che oggi, quando la sento sottolineata da osservatori di cose scolastiche, mi infastidisce, mi sembra la tiritera classica dei vecchi contro i giovani. Anche quando leggo sui giornali una diffusa aggressività contro gli insegnanti, ne ho un'impressione di superficialità giornalistica, e tuttavia in tanti pezzi e pezzetti io non sono stato meno aggressivo. Mi è sembrato, inoltre, che in queste storielle spesso appaia davvero una scuola senza redenzione, anche se le mie convinzioni, il mio stesso operato di insegnante, le cose non narrative che ho scritto andavano e vanno decisamente a favore di uno spazio scolastico pubblico in cui è bello insegnare e imparare.

Allora sono andato a vedere questo fascio di reazioni contraddittorie da un altro versante.

Sento spesso bravi insegnanti della mia generazione che dicono: sto per andare via dalla scuola con un forte disgusto per le logiche dell'istituzione, per le sue riforme insulse, ma non sono affatto stanco di entrare in aula tutte le mattine e so che ne avrò nostalgia. Per molti anni ho creduto che rimpiangere le scolaresche fosse un luogo comune un po' patetico e ci ho anche ironizzato sopra. Invece adesso mi pare che rimandi a una questione non inessenziale. La enuncio partendo da me, come ben dicono le donne pensose, e confessando subito un sentimento forse sgradevole. La scuola, lungo tutta la mia esperienza, non è mai stata *mia*, ma territorio nelle mani di chi le era nemico, di chi la voleva arretrata, mal gestita, classista, tutta registro compiti e interrogazioni, suddita delle classi dominanti. La scuola, ai miei occhi, era disgraziatamente di chi, come insegnanti, ci voleva insicuri, ignoranti e quindi subalterni, complici, impauriti persino dai bidelli che, se non tenevamo la disciplina, correvano dal preside a fare la spia. Mia, al massimo, era l'aula, mia era l'area dove davo corpo al piacere di insegnare. La scuola no. La scuola era un territorio ostile che bisognava conquistarsi centimetro per centimetro. Anche solo l'idea di difenderlo, quel territorio, significava aver perso la voglia di dissodarlo, seminarlo, aspettare raccolti che fino a ora non aveva mai veramente dato.

A conti fatti, sono invecchiato nella scuola senza riuscire a trovare una buona ragione per farmene paladino. Persino il lavoro nelle classi, che pure mi coinvolgeva molto, criticavo a fine anno assai aspramente, ne cercavo le insufficienze. Me lo rappresentavo fatto da me con zelo e tuttavia segnato dagli spazi, dai tempi, dalle leggi e i codicilli di *quella* scuola, e perciò, per quanto facessi, mai adeguato. Io stesso, infine, mi sentivo marchiato dai difetti della formazione scolastica e universitaria. Ho fatto il mio mestiere senza mai ritenermi in possesso di una qualche rifinita professionalità. Quale professionalità? Non ero sicuro nemmeno di avere le necessarie competenze disciplinari, figuriamoci quelle più latamente professionali. Ero entrato nelle aule sapendo che, se volevo fare bene, benino, dovevo levarmi di dosso i miei insegnanti, studiare di corsa cose che non mi avevano mai insegnato. E, negli anni, sostenere di essere diventato un professionista in *quella* scuola mi è sembrato una resa o un machiavello, comunque una dichiarazione di correità.

Qui torno indietro un attimo. Penso che sia stata questa divaricazione tra l'istituzione scuola e il *mio* mestiere a sospingermi verso gli atteggiamenti contraddittori che segnalavo. A me e a quelli come me tanto più è piaciuto insegnare, quanto più abbiamo detestato la scuola. Se dicevamo: noi insegnanti lavoriamo male, volevamo dire: questa scuola ci impedisce di lavorare bene. Se dicevamo: i ragazzi stanno rischiosamente cambiando, volevamo dire: questa scuola non si attrezza per guidarne il mutamento, ma anzi va alla deriva, si degrada, li degrada. Se diciamo oggi: della scuola rimpiangiamo soltanto l'insegnamento, vogliamo dire che insegnare era l'unica spinta vera che dava senso alla nostra vita lavorativa e questo è il motivo per cui abbiamo nostalgia dell'insegnamento, degli studenti, non della scuola.

Sennonché ecco che proprio a metà degli anni ottanta, e poi sempre più negli anni novanta, gli insegnanti – tutti: di destra, di centro, di sinistra – cominciarono a dichiararsi categoria professionale, professionisti assai competenti. Deducevano evidentemente la propria professionalità dalla scuola e dall'università che li avevano formati, dalla scuola e dall'università che essi stessi avevano realizzato. Se ne assumevano la responsabilità.

Così la forbice che molti avevano tenuto aperta tra loro e la scuola, quasi inavvertitamente cominciò a chiudersi, diventò un residuo, un ideologismo frusto. All'improvviso la scuola che facevamo cominciò a essere buona, ottima. Se non funzionava proprio come doveva, era per via dei guasti al cervello che la società spettacolar-televisiva-consumistica causava agli studenti, era per via delle calunnie giornalistiche, era per via delle riforme brutte di sinistra e poi di destra. Cose verissime, vere o su cui si poteva utilmente discutere. Ma l'arroccamento in difesa di noi stessi mi è sembrato sbagliato. Perciò ho continuato a sentire le mutazioni degli studenti, le difficoltà degli insegnanti, come segnali della colpevole inadeguatezza politica e culturale dell'istituzione e non come una congiura dei media o come una colpa lontana di don Milani che avrebbe demonizzato lo strumento educativo della bocciatura.

Qualcosa di questo sentimento è rimasto nei tratti del collega Starnone e soprattutto della collega Passamaglia, figurine l'una della rubrica su "Cuore", l'altra di quella sul "Corriere della Sera". Le mille domande che si pone soprattutto quest'ultima, schizzo di insegnante colta, economicamente privilegiata per via del buon matrimonio che ha fatto, ma immersa fino al collo nelle contraddizioni, nelle fatiche, nel desiderio fiero di riscatto dell'insegnante-donna, erano segnali di una mutazione in atto. L'istituzione rifiutata e combattuta, ora, nel corso degli anni novanta, con una manovra che viene da tutti gli schieramenti culturali e politici, esige che gli insegnanti o si autorecludano nella lagna o collaborino. La scuola è chi insegna. Quindi o chi insegna si accolla l'inadeguatezza dell'istituzione ammettendo di conseguenza che quell'inadeguatezza è la sua o passa a identificarsi con la scuola che c'è, quella che fa giorno per giorno da professionista serio, e la difende, la loda, al massimo si batte per adeguare lo stipendio alla qualità alta della sua prestazione professionale.

Pessimo bivio. Passamaglia non capisce. Studia, è brava, sgobba. Ma se è così brava, se fa così bene il suo lavoro, perché i suoi alunni ne sono appena scalfiti? È lei che non va, è la gioventù, è l'elettronica, è il mondo? O è un'istituzione che nel suo complesso non è riuscita a trovare ancora un bel nulla per risolvere i vecchissimi problemi dell'istruzione di massa?

Io stesso che scrivevo non capivo. Per me la forbice tra istituzione e impegno didattico quotidiano dei singoli insegnanti non si era mai chiusa, tuttora era aperta. Come in una scena che ho visto in un film di mirabolanti avventure, docenti e studenti mi sembravano dentro un tunnel, aggrappati a un pilone, deformati dallo spostamento d'aria causato dai treni che marciano in direzioni opposte e si incrociano ai loro lati ad altissima velocità. Quando ho lasciato per sempre la collega Passamaglia e il collega Starnone, erano dentro quel tunnel, presidiato ora dai Berlinguer, ora dalle Moratti, ministri assai diversi e misteriosamente simili.

Oggi mi rallegro molto quando partecipo a discussioni pubbliche sulla scuola e mi trovo a dialogare con insegnanti parecchio più giovani – dai venti ai trent'anni in meno – che si dicono contenti, anzi orgogliosi del loro lavoro. A sentirli mi immagino che per la scuola pubblica ci sia ancora speranza e mi sento sollevato. Cerco anzi di far capire che anche io ho conosciuto il piacere di insegnare. In questi venti anni ho patito un po' quando scoprivo che i lettori facevano spesso confusione tra le mie figurine e me. Sono stato un insegnante di non miti pretese. Non ho mai pensato, nemmeno quando ero giovane e scapestrato, che la scuola dovesse essere facile o divertente. Avevo letto prima Gramsci, poi Hannah Arendt, e subito avevo cancellato quei due aggettivi dal mio vocabolario di docente. Ero certo che insegnare dovesse essere soprattutto coinvolgente – eros più fatica – e poiché né in Arendt né in Gramsci avevo trovato controindicazioni, ho provato per una trentina d'anni a fare scuola con lieto rantolo da faringite cronica, ponendo domande, cercando risposte.

I miei più o meno giovani interlocutori stanno a sentire, poi qualcuno prende la parola e le cose si complicano. Spesso la fierezza di questi insegnanti è genuina, hanno scoperto che il loro lavoro è bello e vogliono farlo bene e si tormentano se non ci riescono. A volte pare il frutto di un ottimismo volenteroso che per restare tale deve per forza ridurre le attese. A volte rivela, sotto sotto, un bisogno di status, l'equiparazione a quella categoria prestigiosa o a quell'altra, la richiesta di strumenti che diano un po' di potere al docente, l'aspirazione a salvare la nazione dando agio agli allievi eccellenti (quelli che sono la soddisfazione di chi insegna), tollerando i mediocri e smistando i fannulloni, i bulli, i disadattati, gli imbecilli altrove.

In questi casi dico cautamente che io sono stato fin da ragazzo per una scuola di alta qualità per tutti, una scuola che non si perdesse nessuno per strada, né il giovane delle periferie degradate, né l'immigrato che non sa una sola parola di italiano, né il figlio neonazista del ricco commerciante; e tuttavia non si degradasse, non diventasse di puro intrattenimento, non deprimesse gli aspiranti bravi.

Qui si dichiara la mia età, si riconoscono la mia storia, i miei limiti ormai invalicabili. Ed è a questo punto che qualcuno mi dice con gentilezza che forse faccio troppa confusione tra cambiare il mondo e fare scuola. Con la scuola, mi si ammonisce, non si cambia il mondo, si fa scuola e basta.

"E la politica?" replico. "E le burocrazie? E la folla di esperti televisivi sempre con l'indice alzato? E noi stessi quando esibiamo il peggio di noi in classe? E gli studenti che portano dentro, sempre, ciò che all'apparenza resta fuori? E i soldi che per la scuola non si trovano mai? Questo non è mondo? Con questo non bisogna fare i conti, insegnando?"

Vecchia solfa: io stesso mi barcameno, ho paura di usare formule usurate. I più agguerriti arrivano qualche volta a dirmi, come già qualcuno faceva venti anni fa, che ho contribuito, con le mie paginette ironico-malinconiche, allo sfinimento di oggi, alla lagna sul destino stesso della scuola. Ho perso l'occasione, insomma, di raccontare la felicità di insegnare.

Penso a Queneau, che diceva che la felicità non ha necessità di racconto. E poi il tempo scivola via. Questa è stata la mia esperienza, non la posso cambiare.

NOTA

Da qualche tempo, a differenza di vent'anni fa, raccontare la scuola è diventata un'attività diffusa e questo mi pare un bene. Certo, alcune cose mi piacciono molto, altre di meno, e il giudizio, lo ammetto, non dipende tanto dalla qualità dei libri, quanto dal mio desiderio di scuola diversa. In un caso però ho avuto l'impressione che la scuola vera, a prescindere dagli umori del momento, avesse trovato sulla pagina la voce giusta, quella che avevamo cercato tutti. Mi riferisco a *Registro di classe* (Einaudi, 2000) di Sandro Onofri. Quando ho letto quel libro, mi è sembrato che lo scrivere di scuola avesse fatto, grazie a Sandro, alla sua intelligenza, al suo talento, un bel salto di qualità. Ora che mi accingo a guardare indietro per offrire qualche informazione sulla genesi dei testi di questo volume, sfoglio il suo per aiutarmi a capire dove, all'epoca in cui scrivevo, non ho guardato o non ho saputo vedere.

Cominciamo da *Ex cattedra*, che qui è stampato con pochi interventi di scarso peso sulla punteggiatura o su qualche formulazione. Ne racconterò la genesi per il puro piacere della commemorazione: quando mi capiterà più?

A partire dalla fine degli anni settanta ho insegnato al mattino in una scuola della periferia romana, a ridosso del Grande raccordo anulare, e ho sgobbato di pomeriggio nella redazione del "manifesto". Poiché mi piaceva molto sia insegnare che confezionare pagine, titolarle, correre a chiuderle in tipografia, scrivere io stesso recensioni e pensate di varia natura, vivevo giornate faticosamente felici che cominciavano alle sette del mattino e terminavano alle ventitré.

Nel settembre del 1985, la settimana prima che riaprissero le scuole, Giorgio Casadio, che a quell'epoca si occupava di una sezione del giornale detta "Il domenicale", mi chiese se avevo voglia di tenere una rubrica che parlasse di cose scolastiche. Dissi che ci avrei provato e un venerdì (la rubrica doveva essere pronta per il sabato mattina e uscire la domenica), dopo aver chiuso la pagina che mi spettava in tipografia, ritornai in redazione, mi misi al mio computer in una stanza vuota che aveva le tracce solite del disordine di fine giornata e cominciai a scrivere.

Il progetto era molto vago, il tono della scrittura doveva essere quello dell'intervento politico. Decisi di cominciare con qualche decina di righe sul solito caos di inizio anno scolastico. Parola dietro parola passai un paio d'ore di solitaria allegria. Quando finii, intorno a mezzanotte, mi resi conto che si trattava di un raccontino in forma di diario, nella tradizione del *Cuore* di De Amicis. Lasciai a Casadio la responsabilità di decidere se metterlo in pagina o no e me ne andai a dormire.

La domenica vidi il pezzo stampato e scoprii solo allora che la rubrica era stata battezzata *Ex cattedra*. Lì per lì mi seccò parecchio che *Ex cattedra* potesse attribuire alle mie righe una nostalgia della vecchia scuola presessantottesca, nostalgia che non provavo affatto. Poi piano piano la trovata di Casadio cominciò a piacermi e di quel titolo mi convinse soprattutto il senso di sgangheratezza che comunicava. Badai solo, nelle puntate seguenti, a scrivere ogni tanto la formula latina correttamente, tanto per segnalare ai lettori che in redazione sapevamo bene che si scrive *ex cathedra*: era sgangherata la scuola, non noi.

La rubrica andò bene. Nel giro di pochissime settimane cominciai a sentirmi intorno un consenso crescente. Non che mancasse qualche gelida critica da parte di studenti e insegnanti che vigilavano sulla linea giusta; o di studiosi che ritenevano l'oggetto dei loro studi troppo serio per farci ironia; o anche di politici e sindacalisti seccati perché definivo patetica la sinistra a cui si rifacevano i miei insegnanti. Ma il consenso prevalse al di là di ogni aspettativa, cominciarono ad arrivare lettere. Qualcuna voleva sapere il nome vero di chi si nascondeva sotto lo pseudonimo Domenico Starnone, aggiungendo che però un'ipotesi fondata c'era già, visto che nella scuola Tal dei tali di Bergamo, o che so di Caltanissetta, erano accadute esattamente le stesse cose raccontate nella rubrica. Qualcuno invece si chiedeva come mai Domenico Starnone non prendesse schiaffoni dai colleghi o dal preside per le cose della sua scuola che metteva in piazza a tradimento.

Io cominciai ad aspettare il venerdì sera come si aspetta un appuntamento amoroso. Intorno alle dieci mi mettevo al computer e poiché anche un piccolo successo ha il merito (o il demerito) di rompere i freni inibitori, mi buttavo a scrivere lietamente, preoccupandomi solo di rincarare la dose. Scrivevo, devo dire, sempre più del necessario. Il numero settimanale di righe era prefissato e, per tenere tutto nella gabbia grafica, passavo un sacco di tempo a cancellare, cosa che produceva uno stile di scrittura ellittico, contratto, che oggi se avessi voglia e tempo renderei volentieri più disteso.

Dal settembre 1985 al giugno 1986 non saltai una sola settimana, mai stato in vita mia così in buona salute. Misi fine alla rubrica in giugno, con rammarico. Le vacanze estive mi sembrarono un attentato all'ispirazione.

In seguito i materiali di *Ex cattedra*, grazie a qualche ritocco, sono diventati libro (1987), hanno alimentato uno spettacolo teatrale (*Sottobanco*, Edizioni e/o, 1992) e due film (*La scuola* di Daniele Luchetti, 1995, e *Auguri professore* di Riccardo Milani, 1997), si sono dilatati con esiti diversi in rubriche su quotidiani, settimanali, riviste, hanno dato impulso ad altri due volumi (*Fuori registro*, 1991, e *Solo se interrogato*, 1995).

Di tutto quell'attivismo qui figura innanzitutto un montaggio di brani stampati su "Cuore", montaggio a cui ho lavorato saltuariamente nella seconda metà degli anni novanta. All'inizio provai a farne un monologo per il formidabile attore Silvio Orlando. Poi lasciai perdere e rifinii il testo per usarlo in occasioni pubbliche di lettura. Non ha mai avuto titolo. Adesso l'ho un po' limato per la pubblicazione e l'ho chiamato *Il collega Starnone*.

Ci sono poi i testi comparsi tutte le settimane sul "Corriere della Sera" dal 1992 al 1997. A quelli ho dato per titolo generale *La collega Passamaglia* e ho diviso la sezione in tre capitoli. Il primo, *La grammatica della scuola* (era il titolo della rubrica), raccoglie con tagli e piccole modifiche un cospicuo numero di momenti scolastici e annotazioni. Il secondo, *La brutta estate*, è il montaggio di brani "estivi" e racconta le disavventure di Passamaglia al mare (fu approntato grosso modo nella forma attuale per un incontro sulla scuola nel 1998). Il terzo, *Bisogno di Natale*, è un breve racconto, anch'esso ricavato per montaggio di brani apparsi sul "Corriere". È già stato pubblicato col titolo *La collega Passamaglia* nel 2001, per le Edizioni di Gabriele e Mariateresa Benincasa, e con lo stesso titolo, nel 2004, in un volume dell'editore Guida (*Natale con i tuoi*) che raccoglieva racconti dedicati al Natale.

In chiusura c'è *Riconversione professionale*, una storiella grottesca comparsa a fine anni novanta, in una stesura assai più breve e con un titolo diverso, su "Boxer", rivista satirica diretta da Vauro.

Una piccola avvertenza finale. Raccontare la scuola per tanti anni significa accettare il rischio di ripetersi. La scuola è come le stagioni, gira in tondo: prima nascono le foglie, poi crescono, poi invecchiano e cadono, poi riappaiono le gemme. Ho cercato di offrire, pur nella ripetizione dei riti annuali, sfumature diverse. Faccio ammenda per le volte in cui viene da chiedersi: ma non me l'aveva raccontato già? Spero che dopo qualche rigo salti agli occhi che la ripetizione ha i suoi lati buoni, permette di guardare meglio, può giovare.

EX CATTEDRA

ALLUCINAZIONI DELL'ULTIMA ORA

Devo scrivere un'introduzione, ma non so da dove cominciare. Col foglio bianco davanti, me ne sto seduto in sala professori, a fine mattinata, in attesa di andare in classe per sottopormi al martirio dell'ultima ora: l'ora in cui gli studenti non ti stanno a sentire nemmeno quel tanto che impone la buona educazione, ma hanno già impacchettato i libri, infilano i giacconi con circospezione, un piede o l'intera gamba già sporge dal banco in direzione della porta. È il tempo della fiacca, delle palpebre pesanti, delle allucinazioni.

Da qualche minuto fisso il cassetto una volta assegnato al collega e compagno Gerardo Vergine, trasferito l'anno scorso in una scuola a venti metri da casa, beato lui. Sul cassetto c'è ancora il suo nome: Vergine, anche se è stato occupato dalla nuova collega Ortensia Lucilla che timida com'è non ha osato buttar via il cartellino *Vergine* ma ne ha incollato uno un po' più in alto con la scritta: *Ortensia*. Ora entra il collega Pettazzoni, segue il mio sguardo, tira fuori la penna e va a scrivere accanto a *Ortensia*: *Santa*. Sicché si legge e si leggerà per anni: *Santa Ortensia Vergine*. "Visto?" mi ha detto il collega Pettazzoni. "Che cosa?" ho chiesto. Ha spiegato: "Io non sono come mi hai descritto. Non parlo nemmeno così". Poi ha aggiunto: "Ci sono frasi che non ho mai pronunciato". E ha concluso: "Non so suonare la chitarra".

Poco dopo anche padre Mattozzi mi ha sottolineato non poche delle righe che lo riguardano, dicendo: non hanno niente a che fare con la sua *vera* persona. Per poi farmi sapere, prendendo le distanze: perfido sarà lei, caro collega. Non solo: è accaduto che il collega Torricelli, il quale non ha mai pronunciato una frase degna di entrare nella rubrica *Ex cattedra* (ora raccolta qui di seguito con aggiunte, aneddoti ed episodi che mi ero dimenticato nella penna), mi ha chiesto in confidenza, confondendomi le idee: Pettazzoni sono io? E anche la collega Giambullari – estranea alle vicende di quell'anno scolastico da me diligentemente annotato – mi ha fatto una scenata perché, dice: come mi sono permesso di raccontare i fatti suoi chiamandola collega Taddeo? A questo punto il mio amico e collega Vivaldi – che è stato a lungo fidanzato con la collega Taddeo – è intervenuto rassicurandomi: mai avuto a che fare con la collega Giambullari. Però poi ha aggiunto: nemmeno con te.

Io allora mi sono riscosso e ho cominciato a scrivere, oggi 5 novembre 1987, in sala professori, mentre il collega Storioni, leader del Comitato di base di questo istituto (cioè dell'ala estrema rigorosamente egualitarista), attacca con lo scotch un dazebao.

Scrivo in fretta e soprattutto per chiarire una cosa che mi sta a cuore. La scuola di cui si racconta nelle pagine seguenti non l'ho inventata io. In parte ce l'abbiamo, resa invisibile dalla quotidianità, tutti stabilmente sotto il naso. In parte è stata scoperta come oggetto narrabile – e quindi ormai visibile – da scrittori che hanno fatto o fanno gli insegnanti: parlo di Leonardo Sciascia con le sue cronache scolastiche in *Le parrocchie di Regalpetra*, di Lucio Mastronardi con *Il maestro di Vigevano*, di Virgilio Budini con *La scuola si diverte*, di Gianni Celati con alcuni brani di *Comiche* e *La banda dei sospiri*, di Paolo Teobaldi con *Scala di Giocca*. Non poche delle cose che per un anno scolastico ricchissimo di eventi interni ed esterni ho cercato di vedere e annotare, ho imparato da loro a vederle e annotarle.

"Tu?" mi dice a questo punto Vivaldi che s'è affacciato oltre la mia spalla. "In questa scuola non c'è nessuno come te. Ti sei inventato di sana pianta." E io lo ammetto: è vero. Altrove, infatti, sono tutt'altro insegnante. E ho tutt'altri colleghi. E ho tre figli, per i quali ho scritto tutto quello che segue: per vantarmi con loro, cioè, e far vedere che faccio e dico e opero nel mondo e insomma mi do da fare. Si chiamano Federico, Rosa, Viola. Il caso vuole che questo sia il loro ordine di altezza, di nascita, alfabetico. E che l'ordine dei loro nomi contenga anche una gerarchia delle speranze. Del primo, quando nacque nel 1968, pensai che non sarebbe mai stato educato dalla scuola che io avevo conosciuto, perché avrei contribuito a mutarla alla radice. Dell'ultima, nata nel 1985, penso che sarà ineluttabilmente educata da una scuola peggiore di questa in cui ho insegnato e che qui ho raccontato. Così scrivo, con cura. Poi rileggo e mi sembra: patetico.

"Ora ti riconosco" si congratula allora il collega Vivaldi battendomi sulla spalla. Ma poiché l'ho inventato io, mi spavento e termino qui.

Chi ne ha voglia, cominci a leggere questa storia di un anno definitivamente passato. Tenendo presente che oggetti, prassi, rituali, frasi fatte, tic, disfunzioni e piccoli crimini della scuola che vi viene descritta sono assolutamente reali. Immaginari sono invece i personaggi. E l'autore che li ha inventati.

1.

22 settembre 1985

Gonfio di sonno e di malumore, ho preso servizio il 12 settembre. Mi consolava solo la certezza che, come tutti gli anni, saremmo scivolati senza intoppi fino a novembre con un orario ridotto e provvisorio: quattro ore di scuola, dosate a giorni alterni: oggi gli studenti e gli insegnanti del biennio, domani quelli del triennio. Invece no. Ministro e provveditore hanno disposto tutto per il meglio: orario completo. Così, sono stato travolto dai millecinquecento allievi di questo istituto, che hanno soffiato, di buon mattino, una nuvola minacciosa di suoni, facendola esplodere come gomma da masticare nel cortile, per l'atrio, su per le scale.

Prima di mandarci in classe, il preside ci ha convocati prontamente in aula magna, noi insegnanti di ruolo in pianta stabile, e ce l'ha detto: quest'anno, cari colleghi, ministro e provveditore hanno disposto tutto per il meglio: si comincia subito con l'orario completo. Distinguetevi nella vostra missione educativa come avete sempre fatto e tenete alto il nome del nostro istituto che già tante volte ha dato prova del suo valore. Efficienza, dedizione e buon lavoro.

Quindi è scattato l'orario completo. Ma in aula non sentivo il suono delle mie parole. La metà dei millecinquecento studenti dell'istituto era per i corridoi, chi al galoppo verso i cessi per sfuggire a certi inseguitori tra porte che sbattevano e grida di aiuto

aiuto; chi parlando ad alta voce di Claudio Baglioni col fine di dichiarare all'interlocutrice: non posso vivere senza di te.

Lo dirò ai vostri insegnanti, li ho minacciati. I loro insegnanti non c'erano. Rientrate nella vostra classe, ho ordinato. Quale classe?, mi hanno risposto. Le aule non sono sufficienti e la macchina delle nomine, mi hanno poi spiegato in vicepresidenza, si è avviata, sì, ma ha bisogno di una rapida messa a punto. Sicché per qualche giorno il preside è orientato a ripiegare su un orario ridotto e provvisorio, anche per non affaticare troppo gli studenti. Ma, professore: efficienza, dedizione, buon lavoro.

"Chiacchiere" ci siamo detti con lo sguardo il collega Vivaldi e io. Quindi, nei giorni seguenti, siamo passati a osservare soprattutto le nuove colleghe. E Vivaldi, a un certo punto, mi ha quasi cantato all'orecchio, lui che ama la musica:

"Le pieghe".

"Che pieghe?"

"Della camicetta." E mi ha indicato l'orlo spiegazzato della camicetta rossa, stretta alla vita da una cintura nera, che copriva il busto della nuova collega Taddeo Maria Grazia.

"?" ho chiesto.

"!" mi ha risposto.

"Un po' sciatta" ho detto.

Vivaldi ha scosso la testa e si è allontanato sragionando: la gonna, le pieghe, la camicetta.

Intanto supplenti vanno e supplenti vengono scalzandosi a vicenda, controllando le graduatorie, spiandosi. Due giorni fa, inoltre, è entrato davvero in vigore l'orario completo e definitivo. Ora, dopo mezz'ora di blablablà, fisso attonito gli studenti in attesa della campanella. Non so che fare. Trascorro ore e ore nella stessa classe perché mancano gli insegnanti che dovrebbero darmi il cambio. Se tento una lezione, dopo venti minuti tutti rantolano: basta, è troppo, non abbiamo ancora i libri. Cosa vera. Ma anche se i libri li avessero già comprati, non esiterebbero a mentirmi per evitare che passi a interrogare.

Come se non bastasse, giro di classe in classe per supplenza. Perché non solo molti docenti non sono stati ancora nominati, ma quelli nominati sono già via per corsi d'aggiornamento, visite di istruzione, spedizioni punitive in provveditorato. Allora bisogna andare a sostituirli. Ma le classi dove ti mandano supplente sono di solito bolge. Io passo il tempo a studiare l'elenco dei nomi nel registro e di tanto in tanto minaccio: o state buoni o facciamo l'analisi grammaticale. Non c'è più una Maria, una Giuseppina, una Carmela. Persino le Rosselle sono tramontate. Adesso si chiamano tutte Deborah con l'acca, Sabrina, Giada, Romina. E Catia senza il kappa.

Con Catia – l'allieva Seroni Catia – mi è già toccato litigare. Ha scoperto che il terzo volume della storia della letteratura italiana è misteriosamente in due volumi e costa quarantamila lire. Allora s'è messa a cavillare. Ha detto che non si può spacciare per terzo volume una cosa che è fatta di due volumi. Terzo volume si intende terzo volume e non terzo e quarto. Inoltre, ha continuato col tono di una comunicazione giudiziaria, i due volumi si compongono di duemila pagine: se non le leggiamo tutte nel corso dell'anno scolastico, il padre, che è laureato in economia e commercio e iscritto al Msi, si è detto intenzionato a denunciarmi. Infine, ha concluso, con quarantamila lire lei va a sentire Claudio Baglioni e in più si compra un disco e i pop corn; altro che storia della letteratura.

Io le ho risposto che se un terzo volume è in due tomi è del tutto regolare. Solo lei che non aveva familiarità coi libri si poteva scandalizzare. Duemila pagine inoltre, ho continuato, sono una vera fortuna per chi ha desiderio di imparare: peccato anzi che le pagine non siano tremila. Infine, ho detto col distacco e insieme la soddisfazione di chi taglia corto, il libro, egregia Seroni, costa quarantamila lire perché tu sia educata già in libreria al fatto che non si può mettere sullo stesso piano Claudio Baglioni, i pop corn e Ugo Foscolo. Per finire le ho consigliato: ribattezzati, chiamati Caterina; che diavolo è questo Catia? Vai a posto.

29 settembre 1985

Le cose a scuola vanno, ma nessuno sa dove. Da quando mi sono accorto – ed è ormai qualche anno – che appena pronuncio la parola "borghesia" seguita da "capitalismo" e da "ruolo degli intellettuali" ciascuno studente si ritrae in qualche angolino del proprio cervello e lì si mette a giocare con se stesso, sto tentando nuove vie. Bene in vista, ho parlato per un'ora e un quarto senza che nessuno opponesse resistenza del neoclassicismo, del "bello ideale", del dominio sulle passioni, di Ercolano e Pompei, del magnifico *Apollo e Dafne* di Antonio Canova da vedere al più presto alla Galleria Borghese, di Winckelmann che era gay. Poi ho concluso con la citazione che uso da quindici anni: l'artista e l'opera d'arte neoclassica sono come il mare che, seppure agitato in superficie, vai poi a vedere nelle profondità abissali ed è pacato e tranquillo.

A questo punto, con le corde vocali ipertese, i polmoni secchi, le tempie pulsanti mi sono accasciato sulla cattedra. Un attimo però: non mi sono dato tregua. Ho chiesto a Seroni Catia che cosa era per lei il "bello ideale" oggi. Claudio Baglioni, ha risposto. "Bene," io ho detto, "e i testi?" Lei mi ha proposto: "Accoccolàti ad ascoltare il mare / quanto tempo siamo stati senza fiatare / seguire il tuo profilo con un dito / mentre il vento accarezzava piano il tuo vestito...". Ho assegnato il commento scritto della canzone a tutta la classe contenta. Non sono piaciuto però a Maria Concetta Menegozzi nota come Ketty che ha chiuso *Una frase, un rigo appena* di Manuel Puig e ha detto con disprezzo, mentre suonava la campanella: "L'*Apollo e Dafne* della Galleria Borghese è di Bernini, non di Canova". L'hanno sentita tutti. Ma io ho fatto finta di non sentire e sono andato a passo svelto verso la porta.

Nel corridoio mi sono sfogato. Ho incontrato il mio deferente alunno Segarelli Matteo della 3ª E: "Professore," mi ha chiesto, "mi darebbe una *lucidazione*?". Io mi sono tirato la manica della giacca sul palmo, ci ho alitato sopra e con cura ho ruotato il pugno a un centimetro dal naso di Segarelli allibito, per qualche secondo. Poi ho detto: "Sei lucidato, Segarelli. Torna in classe".

Quindi mi sono confidato con Vivaldi: quanta amarezza, gli ho detto. Ben mi sta, lui ha risposto ingoiando un tramezzino al tonno prima del collegio dei docenti fissato per le ore tre: odia Baglioni quanto lo odia Menegozzi e tollera male che io mi adatti a fare nuova didattica a partire dai testi di questo cantante. "Pentito" mi ha chiamato. Poi mi ha confidato: "È sposata con prole". "Chi?" ho chiesto. Ma non mi ha risposto, perché seguiva il filo segreto dei suoi pensieri. Invece mi ha dato il via con l'indice che faceva da bacchetta e mi ha imposto le prime battute di *Così fan tutte*. Io ho fatto Guglielmo che canta: "La mia Fiordiligi / tradirmi non sa; uguale in lei credo / costanza e beltà". E lui ha fatto Don Alfonso che ammaestra: "Ho i crini già grigi / ex cathedra parlo, / ma tali litigi / finiscano qua". E così, sottobraccio, siamo entrati nell'aula magna già affollata, dove si è tenuto il primo collegio dei docenti di quest'anno, che, come il preside ci ha detto, è un momento memorabile della vita scolastica.

Di memorabile, in queste stressanti riunioni che di solito durano da qui all'eternità, c'è sempre e soprattutto il primo punto all'ordine del giorno: le micidiali "comunicazioni del preside" che anche se prese in piccole dosi potrebbero uccidere un cavallo robusto e nel fiore degli anni. In questa occasione il preside si è limitato a ricordarci per un'ora e cinque che siamo degli educatori e che, come ogni insegnante sa, il mondo si divide in educativo e diseducativo. Se uno non tiene conto dei bisogni della spesa pubblica, ha concluso, vuol dire che non ha ancora ben capito che cosa è un educatore. Colleghi, io ho insegnato matematica per trent'anni: è lì che si impara, badando al soldo, sacrificandosi, risparmiando. Il resto, colleghi, è solo poesia.

Il collega Vivaldi, autore di un volume su Vittorio Betteloni, ha difeso la poesia. E ha parlato a lungo e bene, ma soprattutto per sedurre la collega Taddeo che – mi ha confessato – gli è bastato vederla per amarla. Poi abbiamo discusso e votato e deciso di tutto, interrompendo di frequente altre attività come fare la calza, leggere il giornale, conversare del più e del meno, farsi la corte, disegnare cupi fiorellini e figure geometriche, lanciare in forma di aeroplanini messaggi osceni. Come ha fatto Vivaldi in direzione di Taddeo, che però li ha appallottolati senza leggere per fargli capire: sono sposata e con prole, penso solo a votare. Infatti abbiamo votato e deciso di marciare compatti sul provveditorato perché le aule non bastano, supplenti vanno e supplenti vengono e non ci importa niente della spesa pubblica: vogliamo essere egoisti e corporativi, chi se ne frega.

Abbiamo poi eletto i collaboratori del preside: cinquantacinque voti al nostro candidato Cgil, quarantanove a un indipendente simpatizzante e quarantasette alla candidata Cisl, una donna energica ma accomodante, ciarliera ma di poche parole quando si tratta di intervenire e punire. Il preside, come accade da anni, ha scelto quale suo vicepreside o vicario la candidata Cisl. I nostri candidati Cgil finiranno a stilare verbali e permessi d'entrata per studenti in ritardo.

I tre eletti si sono accomodati ai lati del preside, la collaboratrice Cisl alla sua destra, gli eletti Cgil a sinistra. Quindi il preside ci ha sottoposto il caso dell'allievo Timballo Daniele che ha chiesto, in carta da bollo, di iscriversi per la terza volta in 4ª E. Nella sua domanda Timballo domanda perdono a tutti noi docenti: non ha studiato abbastanza, negli anni passati, per colpa della terribile crisi puberale che gli è esplosa in concomitanza con la grave malattia del suo babbo. Quest'anno però – cordiali saluti e tante grazie.

Il preside ci ha interrogato: che si fa? L'anziano collega Sparanise è intervenuto per chiarire: c'è chi è nato per studiare e chi è nato per zappare. Il collega Marini, che redige schede personali degli allievi anno dietro anno e ce le ha sempre sotto mano, ha consultato la scheda di Timballo e ha concluso: siamo docenti mal pagati, non secondini (intendendo: il posto di Timballo è la galera). Solo la collega Morena, spalleggiata da tutta la sezione Cgil, ha invocato pietà aggiungendo: meglio la scuola che la strada. E a questo punto abbiamo votato. Timballo invece che per strada passeggerà per i corridoi della nostra scuola anche quest'anno.

Siamo passati, poi, a programmare le venti ore mensili, ore che non sono di insegnamento, bensì di spreco di tempo pomeridiano in asfittiche riunioni collegiali, lontani dalla famiglia e dal secondo lavoro. Noi Cgil abbiamo sostenuto che non venti ma novanta ore mensili, oltre a quelle di insegnamento, occorrerebbero per trasformare questa scuola-schifo in scuola-scuola. È esplosa una sommossa. Molti colleghi si sono riscossi e hanno abbandonato la calza o il giornale per invocare: basta, fuori, tutta colpa dei sindacati. Il collega Marini ha dimostrato, cifre alla mano, che tra preparazione delle lezioni, aggiornamento, compilazione del registro, correzione delle prove scritte – colleghi! lo stato è in debito con noi di settanta ore mensili che non ci sono state pagate fin dall'entrata in vigore dei decreti delegati. Anche il preside si è unito al fragoroso applauso. E anche qualche compagno Cgil.

Ma poi tutti abbiamo piegato il capo e abbiamo formato le commissioni consultive, organismi dove la noia si affetta con il coltello e si materializza l'inutilità della nostra esistenza.

"Chi vuol fare parte della commissione elettorale?" ha chiesto il preside.

"Sambernardi" ha risposto non si sa chi.

"Sambernardi, lei è d'accordo?" ha chiesto il preside.

"Sì" ha risposto non si sa chi. Poi si è scoperto che non c'era nessun professore di nome Sambernardi. Allora il preside ha ribadito una sua vecchia convinzione: che noi non ci meritiamo di essere educatori.

2.

6 ottobre 1985

Il professor Vivaldi non è contento. Il suo sistema nervoso – sostiene – è terremotato come Città del Messico, bombardato come Tunisi dagli israeliani. Perché ha detto alla collega Taddeo: pranziamo insieme. E lei ha risposto no. Allora le ha proposto: ceniamo. Lei ha rifiutato: no. A questo punto si è attestato su un caffè. Vada per il caffè, lei ha concesso. E hanno parlato a lungo, Taddeo di Irigaray muovendo dall'interrogativo: "Che vuoi, uomo vecchio? Farmi uscire dalla mia ventura?"; Vivaldi del poeta Vittorio Betteloni declamandole: "Di voi, Signora, innamorato io sono". Poi Taddeo ha detto: pago io, e non c'è stato verso, ha pagato.

A questo punto va aggiunto che il preside ha fatto Vivaldi responsabile delle carte geografiche, mentre lui avrebbe preferito qualsiasi altra cosa. Per esempio la commissione biblioteca, dove ci si può imboscare, leggere il giornale, scrivere poesie, tramare coi rarissimi studenti vagamente politicizzati ed evitare di essere mandati a fare supplenze nelle classi senza insegnanti. O anche la commissione acquisti e, caso mai, quella che organizza le gite di istruzione: lì transitano milioni e allora ci si diverte a battagliare e mettere, da sinistra, bastoni tra le ruote della destra. Invece deve girare per i corridoi seguito da un piccolo ma forzuto bidello che trascina rotoli di italie antiche, italie moderne, europe da impero romano, afriche, asie e americhe.

Quando apre la porta della mia classe, è subito accolto dall'applauso degli studenti, escluso Segarelli Matteo che è un allievo composto. Questo accade perché Vivaldi è un insegnante popolare. Porta giacca larga a quadrettini, pantaloni larghissimi sopra scarpe da ginnastica adidas e lo chiamano Dorian Gray perché da lontano sembra un ragazzino e da vicino il ritratto di Dorian Gray.

Io ho appena scritto alla lavagna "Nel mezzo del cammin di nostra vita" per poter passare a dimostrare poi la plurivocità della *Divina Commedia* fin dai primi versi. Ma Vivaldi afferra il cancellino, fa sparire Dante e scrive: "A generation without name ripped and torn / nothing to lose nothing to gain – nothing at all". Subito dai banchi gli studenti traducono estasiati: "Una generazione senza nome, dilaniata e divisa, niente da guadagnare e niente da perdere, niente di niente. Gli U2, *Like a Song*". E mentre Vivaldi me li aizza contro dicendo che gli U2 fanno l'unica poesia che meriti di essere studiata, a parte Vittorio Betteloni su cui lui ha scritto un famoso saggio, il bidello mi sistema sulla parete un continente americano con l'asta inferiore che pende come una zampa spezzata. All'altezza di Cuba c'è un cuore disegnato con biro nera sopra l'azzurro dell'oceano. Dentro si legge: Paolo, ti amo, non mi lasciare mai. Navigando verso la Terra del Fuoco si incontra: il preside è frocio.

Poi ci ho riflettuto e mi sono detto che forse la provocazione di Vivaldi può portare didatticamente lontano. Lo conosco, Vivaldi, da quindici anni e forse più. Fin da quando arrivò con un look ben diverso nella scuola di San Chirico Raparo, molto al di là di Eboli, e subito causò grave scandalo. Disse ai ragazzi: i figli dei professionisti e dei bottegai, tutti nei banchi di destra, a leggere *Cantami o diva del pelide Achille l'ira funesta*; i figli dei contadini tutti a sinistra, a leggere con me *Stato e rivoluzione*. E si beccò così la sua prima lettera di richiamo.

Io ero già lì da due anni. C'ero arrivato in un mattino gelato del 1969, dicembre, dopo molte ore di treno nella notte e poi altre ore di viaggio all'alba, su una corriera sgangherata e gonfia di fiati caldi. Nel dormiveglia pensavo: e se faccio cattiva impressione? e se mi impapero? e se dico: zitto! e mi rispondono: zitto tu? Avevo smesso da poco d'essere ragazzo e perciò sapevo come sono i ragazzi: malvagi. Ma avevo letto don Milani e progettavo di essere non come la professoressa della *Lettera*, bensì come lui. Non prete, però, solo rivoluzionario ed esperto in nomi degli alberi (mai dire: sali su quell'albero: sempre determinare: sali su quel ciliegio), in modo da fare bella figura con i miei allievi di campagna.

Quando sono entrato per la prima volta in classe, un'aula dell'Ottocento, stufa a legna, fumo perché il camino non tirava bene, caldo asfissiante in antitesi col vento gelido che mi investiva se in sudore correvo su per la gradinata all'aperto che portava in un'altra classe – quando sono entrato, dicevo – ho detto al nostro valoroso delegato Cgil a cui stavo raccontando la mia faticosa carriera: un teppistello è uscito dal banco senza chiedermi il permesso. E io gli ho intimato: fermo là, come ti chiami. Lui s'è fermato e "Cataldi" ha detto indicando la legna in un angolo, e poi: "il ciocco", per farmi capire che il suo compito era alimentare la stufa. Allora io ho concesso: fa' pure. E quindi "Che legna è?" ho chiesto col tono di chi dice: vediamo se lo sai. Lui ha fatto lo sguardo così: ?. Io in gran tensione ho precisato: di che albero. Il ragazzo mi ha risposto: che ne so. Allora l'ho fissato a lungo terrorizzandolo senza intenzione. Pensavo solo: se distolgo lo sguardo mi chiede che albero è e nemmeno io lo so. Ma il ragazzo invece mi ha domandato: "Chi ha messo la bomba a Milano?". Io ci ho pensato e nemmeno quello sapevo. Ho risposto:

"Vediamo l'importanza delle tombe per gli antichi egizi".

"È stato lui" allora ha sussurrato Cataldi agli altri.

Che non ero io il colpevole – ho rassicurato il nostro delegato – se ne accorsero qualche tempo dopo. E, a pensarci, è l'unica cosa certa che s'è saputa su quella strage. Intanto imparammo un mucchio di cose su tutti i tipi di sepoltura in uso in Egitto, per dimostrare l'orrore della divisione in caste. E, con rapido guizzo, anche della divisione in classi. E del capitalismo nelle campagne. E – Vivaldi qui mi ha interrotto per ricordare anche lui i vecchi tempi, in sala professori, unendosi a me e al nostro valoroso delegato Cgil. Ha ricordato e ha ricordato e poi ci ha mostrato i segni di un candelotto lacrimogeno che l'aveva preso in petto un po' di anni fa. "Anni settanta" ha detto. Quindi: "Abbiamo perso. Ora ci staneranno uno per uno e ce la faranno pagare". Concludendo:

è andata come se gli svizzeri del papa ce l'avessero fatta a ricacciare i bersaglieri di Lamarmora oltre la breccia di Porta Pia.

Allora io ho sfoderato una storiella che poco prima mi aveva raccontato la mia alunna Maria Concetta detta Ketty. Sentite questa, ho detto: entra in classe l'ispettore e interroga un alunno. "Chi ha aperto la breccia di Porta Pia?" "Io no," dice l'alunno, "sono stato sempre qui, il professore può testimoniare." L'ispettore si rivolge al professore: "Ha sentito che ha detto il suo allievo?". "È verissimo" risponde il professore. "Lui di sicuro non è stato. Non s'è mosso di qua." Allora l'ispettore corre dal preside: "Nessuno ha saputo dirmi chi ha aperto la breccia di Porta Pia, né alunni né professori". E il preside: "Si calmi, ispettore. Noi qui siamo una grande famiglia. Chi rompe paga. Mi dica a quanto ammonta il danno".

Il nostro delegato Cgil non ha riso. Ha detto: con questo tipo di storielle si fa il gioco della Democrazia cristiana e di Comunione e liberazione: che parlano male della scuola pubblica per foraggiare la privata. Allora mi sono vergognato e sono tornato in classe.

13 ottobre 1985

Fuori mugghia la maretta su cui galleggia la nave sequestrata *Achille Lauro*. Dentro, in biblioteca, noi Cgil ci siamo riuniti per condannare l'atto di pirateria Usa a Sigonella e approvare che Abu Abbas, dirigente Olp, sia stato spedito in Jugoslavia. Il documento è stato affisso in bacheca: i colleghi che vogliono sapere come la pensiamo sulle cose del mondo ed esclamare: "Be', se la pensano così, mi iscrivo anch'io alla Cgil", lo trovano là.

Ci siamo anche occupati dei recenti scioperi e agitazioni di insegnanti e studenti. E abbiamo dato la colpa al governo che con i suoi tagli iniqui e terroristici disturba il regolare andamento delle lezioni. Lo abbiamo fatto in assemblea sindacale unitaria e nella recente riunione per materie, che consiste in questo: insegnanti della stessa disciplina si chiudono alle tre del pomeriggio in un'aula e discutono di come insegnare nel corso dell'anno scolastico. In quest'occasione la gran parte dei convenuti sonnecchia o guarda l'orologio. Tranne tre o quattro, quasi sempre di sinistra, che propongono ardite sperimentazioni in vista della riforma della media superiore. Fino a quando non arriva il preside che ascolta per un po' e quindi dice: colleghi, siamo pratici, non facciamo poesia.

Nel corso di questa riunione io ho proposto di partire dalle canzoni di Vasco Rossi – quella che dice, per esempio, che il denaro è importante solo quando non ce l'ha – per fondare poi un gruppo di studio che prepari una tesina sul carattere feticistico della merce e il suo arcano. La cosa è stata trovata molto interessante, a parte due interventi ostili. Il collega Vivaldi mi ha criticato, perché – dice – lui opera per diffondere la buona musica (U2, Style Council) e io invece demagogicamente punto su Vasco Rossi rovinandogli il lavoro. È stato inoltre durissimo il collega Marini che ha detto: a me mi pagano per insegnare, non per sentire dischi.

La nuova collega Maria Grazia Taddeo ci ha invece comunicato che, in vista della riforma, lei intendeva costruire un discorso sullo spazio narrato nei compiti in classe degli studenti e in altra loro produzione di scrittura. Sempre in vista della riforma, la collega Speranza, che è del Cidi, si è detta d'accordo, ma attenta, Taddeo, è lo spazio-tempo la chiave della moderna rivoluzione in letteratura. E, poiché si trattava di persona nota a entrambe, si sono messe a criticare la nostra collega Giacinti, distaccata da un anno presso la Fondazione Barrili e autrice, quando era in servizio, di una ricerca sulla percezione studentesca del tempo storico. "Approssimativa e schematica" hanno convenuto con astio. È per di più neutra: nessuna attenzione a come la percezione muti a seconda che si sia maschi o femmine.

Vivaldi stava appena finendo di dire (con un'ironia capace di renderlo gradevole agli occhi della collega Taddeo) che a forza di essere in vista della riforma gli si erano consumati gli occhi, quando è entrata la timida collega Mastropietro con l'ultimo numero di "Ulisse" sotto il braccio. Mastropietro ha chiesto la nostra fattiva collaborazione nella formazione di unità didattiche sulla cooperazione allo sviluppo. Il collega Marini secondo il suo solito è stato durissimo: ha detto che questa era roba per équipe medicopsicopedagogica, che lui era pagato per insegnare e che dello sviluppo dei ragazzi e delle loro crisi puberali se ne dovevano occupare le famiglie e nessun altro.

Proprio allora è comparso il preside. Da uomo pratico ha tagliato corto: professori – ha esclamato – non facciamo poesia. Cooperare allo sviluppo psicofisico degli studenti è cosa delicata. C'è già l'insegnante di religione che fa il suo dovere, basta e avanza. Poi ci ha ricordato di ritirare il registro personale: efficienza, dedizione, buon lavoro.

Così, ieri, il magazziniere Osvaldi ha strascicato le suole fino alla porta del magazzino, io dietro di lui. Ha aperto la porta e mi ha investito un odore di scuola che mi mette in ansia dall'età di sei anni. "Da quanto lo vuole?" mi ha chiesto indicandomi pile di fascicoli rossi. "Da sei" ho detto. "Finiti. Solo pezzi da otto" mi ha informato. "Vada per un pezzo da otto" ho consentito e col fascicolo sottobraccio mi sono avviato verso le classi. In corridoio mi sono imbattuto negli allievi Di Marco, Cardinale e Timballo, che appena mi hanno visto hanno gridato agli altri della 4ª E fermi in capannelli davanti all'ingresso dell'aula: "Arriva! Ha il registro" e hanno cominciato un *oooooh* gutturale arretrando e intanto barcollando tra orribili lamenti, come se ogni spirito vitale stesse per abbandonarli. Allora io ho teso nella loro direzione il registro al modo di un crocefisso e ho seguitato ad avanzare con decisione, mentre Di Marco si proteggeva il viso con un braccio e Cardinale faceva no no e Timballo si copriva gli occhi col lembo della giacca tremando in tutto il corpo e vibrando orribili suoni; fino a che non li ho ricacciati tutt'e tre nel fondo dell'aula – maledetti vampiri e morti viventi, sibilando, mentre Timballo si torceva in agonia supplicando: il crocefisso no, il martello no, il paletto acuminato no: pietà!

Solo con gli ultimi della classe si può giocare così. Con i primi no. Nessun insegnante ama davvero senza riserve i primi della classe. Non faccio neanche in tempo a ricopiare l'elenco dei nomi sul mio registro nuovo di zecca, che già Segarelli Matteo chiede: posso essere interrogato? Lo osservo a lungo cercando nel suo corpo di quindicenne un segno che mi prefiguri la sua bocciatura, ma non ce n'è nemmeno uno che sia in questo senso ben augurale. Non è brufoloso. Non ha gli occhi cisposi e profondamente cerchiati. Non ha tic né balbetta. Non traduce dal dialetto in un italiano da trogloditi. Non ha i capelli mezzo gialli e mezzo rossi. Non porta rostri e borchie da teppista di periferia. Non ascolta la lezione con la cuffia alle orecchie e il registratore appeso in vita. Non se ne va a spasso con la scusa di scioperi o manifestazioni contro i doppi turni o contro l'apartheid. Non porta scarpe vecchie di suo fratello che puzzano.

Segarelli è pulito. Si dispone di lato alla cattedra, senza libro aperto, senza appunti, come non accade da un quindicennio e passa. E a mo' di registratore ripete la mia lezione parola per parola, dal ciclo bretone, al disprezzo dei cavalieri antichi per il danaro, a Vasco Rossi che dice che il denaro è importante quando non ce l'ha. Alla fine di questo fedele rispecchiamento della mia missione nel mondo vorrei tagliarmi la gola.

Ma Segarelli sbava: "Professore, quanto mi mette". "Otto" dico. E per un quarto d'ora arringo la classe su Segarelli di qua, Segarelli di là, prendete esempio da lui.

Poi suona la ricreazione e vado a prendere il caffè con Vivaldi, ricordando i tempi di quando insegnavamo a San Chirico Raparo, molto più giù di Eboli, e fondammo un circolo culturale marxista che teneva corsi di recupero in italiano, latino e matematica nella stalla dell'allievo Marsicano. Lì portammo i nostri libri e ci procurammo persino un vecchio ciclostile con cui ciclostilavamo brani utili per discutere e pensare. Il prete don Galeno non condivideva questa nostra iniziativa pur dichiarandola lodevole, in piazza: Vivaldi e Starnone sarebbero santi, se non fossero maoisti. Poi Cataldi, a cui piacevano le dichiarazioni a effetto, cominciò a dire in giro: spinelli; io sono drogato. Passò allora per la stalla un appuntato che chiese: che si fa qua. Non facevamo niente di male. C'erano quindici ragazzi, compresa la figlia del maestro Barracane, persona stimatissima e mio affittuario. Io e Vivaldi stavamo chiarendo che il testo migliore per studiare economia marxista era il Mandel. Il Pesenti, invece, era da buttare. L'appuntato restò ad ascoltare. Ah, che tempi. Adesso invece.

Dopo il caffè, quando rientro in classe, sulla carta geografica che rappresenta le Americhe, insieme alle altre scritte, galleggiano sull'oceano *Starnone è una bestia* e *Segarelli e Starnone si amano*.

20 ottobre 1985

Il collega Vivaldi e io prendiamo spesso e malvolentieri l'autobus 724 alle sette e mezzo del mattino. I cittadini (che ignorano la fatica dell'insegnante e anzi proprio perché sono costretti a prendere l'autobus a quell'ora sono in genere ostili a docenti come a studenti) potrebbero farsi facilmente un'idea serena della nostra professione, se non si limitassero a bestemmiare contro il boato di voci giovanili e risate e sghignazzate e oscenità urlate da un capo all'altro di quella malabolgia. Invece bestemmiano e basta. Sicché non riescono ad apprezzare la professionalità mia e del collega Vivaldi che leggiamo il giornale senza battere ciglio tra fiati profumi puzze e spintoni, a nostro agio nel fracasso che ormai ci è congeniale.

Anzi spesso lasciamo perdere il giornale e rieduchiamo le ragazze che parlano fitto di quanto sono belli Gary Cooper e Harrison Ford come se fossero coetanei. Attente, diciamo: attente alla cancellazione del senso del tempo e alla necrofilia diffusa dal ciclo televisivo "uomini veri" e dai revival tipo James Dean. Sicché quelle si fanno spazio a gomitate e se ne vanno a parlare da un'altra parte.

Quando poi stiamo discutendo con pochi fedelissimi, stipati naso a naso, di *With Everything to Lose* degli Style Council e l'allievo Di Marco Michele disturba rifacendo frasacce di *Sapore di mare n. 1* appena visto in tv, ci basta soltanto uno "Zitto Di Marco", spruzzo di suoni gelati come da una pistola ad acqua, ed ecco che Di Marco tace almeno per sessanta secondi, poi riattacca. Dopo tanti anni di insegnamento il lavoro del castigamatti lo sappiamo fare.

Vivaldi, nei periodi di depressione, dice che ormai la nostra professione è questa: il castigamatti. Perciò, sebbene la fase storica non sia entusiasmante, non ne può più e auspica, schiacciato contro la fiancata dell'autobus, uno, che gli studenti ritornino in massa nelle piazze secondo lo spirito dell'ormai lontano '68; due, che la collega Taddeo gli dica: sì; tre, che esca finalmente sulla ruota di Napoli il 34 soprannominato "capatosta" e lui possa fare un po' di quattrini col bancolotto. Ma per ora niente. Solo il trantran e a volte qualche tremore.

Per esempio quando facciamo il nostro ingresso nella scuola e sorpresa, la troviamo deserta. Allora andiamo di corsa a controllare nelle nostre aule. Davvero non c'è nessuno, per sciopero contro il razzismo di Pretoria, la carente edilizia scolastica, gli insegnanti che mancano. Bravi ragazzi, bella giornata, io e Vivaldi ci diciamo, e in sala professori osserviamo i colleghi intristiti che arrivano con passo mogio e poi domandano speranzosi: che succede? Noi diciamo: sciopero. Il passo allora si fa più scattante mentre si avviano a controllare se nelle loro classi ci sono crumiri oppure no. Se ce ne sono, tornano dopo un po' fiacchi e col dente avvelenato esclamando: per colpa di quattro imbecilli devo restare qui fino all'ultima ora. Se invece ritornano con passo elastico e un'espressione di ipocrita dispetto rafforzata da esclamazioni tipo: cominciamo bene, scuola deserta, come faremo col programma; allora vuol dire che niente crumiri, l'aula è vuota, firmeranno in fretta nel registro delle presenze e si dilegueranno. Anche noi vorremmo dileguarci, in questi casi. Ma invece il nostro valoroso delegato Cgil ci invita: riuniamoci per discutere di questo e di quello. Naturalmente lo dice per dovere, senza insistere. E quando è chiaro che nessuno vuole riunirsi, ce ne andiamo tutti al bar.

Questa è l'eccezione. La norma invece è la noia, la fatica e il naturale manifestarsi lungo tutto l'arco dell'anno scolastico di una sorda inimicizia tra scuola, docente e studente. Forse è solo di buon mattino, coi primi freddi di questo autunno, che tra i giovani e gli insegnanti si realizza qualche secondo di apparente solidarietà. Accade quando si rompono gli argini delle porte dell'autobus e ci rovesciamo tutti di corsa verso il portone della scuola prima che il bidello ce lo chiuda in faccia. Niente di male se c'è solo il bidello: il portone ce lo facciamo riaprire. Il problema è che ogni tanto il preside rinuncia al piacere di venire a scuola verso mezzogiorno, con comodo, si butta dal letto alle sei e alle otto è lì ben ritto, in grigio che è il colore dei presidi, davanti alla porta a fissarsi il polso con l'orologio. Allora la solidarietà si rompe. Gli allievi in ritardo restano fuori per punizione tutta la prima ora. Noi invece entriamo ma tallonati dal preside fino al foglio delle firme di presenza. Lì lui ci ricorda la circolare interna n. 7 che di anno in anno diventa più vessatoria di un regolamento carcerario. Poi sistema una *R* (ritardo) accanto ai nostri cognomi. Noi diciamo: il traffico; i mezzi pubblici insufficienti; le amministrazioni democristiane che hanno favorito le automobili. Ma lui ammonisce: "Cari colleghi, non facciamo poesia. Cinque *R* fanno un ammonimento scritto, perché anch'io mi debbo cautelare. Se arriva un ispettore, come le spiego tutte queste *R*?". "Non ce le metta" dice Vivaldi, ma il suggerimento non fa breccia.

In classe mi levo la giacca e Di Marco dice allarmato al compagno: "È Hulk, l'incredibile Hulk! Si sta per trasformare!". Allora io gli ricordo: Di Marco, è la terza volta che ti becchi una *R*, alla quarta verrai accompagnato dai genitori. E apro il mio registro nuovo fiammante dove ho applicato una legenda che ricorda al mio successore, nel caso (come dice il preside) che io muoia di colpo: tre *i* (impreparato) equivalgono a un due; tre *R* sono già una proposta di sette in condotta. Un registro ordinato, efficiente, non esente da qualche durezza, fa sempre buona impressione.

Ma in fatto di registri ci scavalca tutti il collega Marini che ha un registro in cinemascope. Usa evidenziatori rossi, verdi e azzurri, stila schede personali di ogni allievo e sintetizza nelle pagine apposite persino i colloqui con i genitori. Tutte le volte che è comparso un ispettore il preside ha sempre chiamato Marini e ha detto: guardi, ispettore, questo non è un registro, è un monumento alla nostra professione.

Il mio registro, però, è ancora privo di interrogazioni. Solo l'allievo Segarelli Matteo ha già quattro voti. Quando ho proposto come esercitazione scritta per casa di coniare slogan contro la legge finanziaria, Segarelli ha sbaragliato tutti con *Il governo Bettino è una discràxia*. Ma poi si è detto avvilito: avvilito, professore, per l'eroica caduta del governo nel conflitto tra terrorismo palestinese e terrorismo Usa: avvilito, sì, anche se Craxi stava operando alacremente per vessarci con la legge finanziaria. Così parla Segarelli, che per farmi piacere partecipa da qualche giorno al collettivo studentesco di sinistra composto da cinque studenti compreso lui. Però di recente mi ha confessato di essere già in crisi. Se è filocraxi si sente servo dei padroni. Se è anticraxi si sente servo degli americani. Vuole sapere da me che deve fare.

27 ottobre 1985

Il collega Vivaldi fiuta l'aria e dice: barricate; quest'anno avremo le barricate. Ma negli ultimi tempi è così ottimista perché hanno premuto il campanello di casa sua, lui ha aperto ed era la collega Taddeo un po' agitata, in mano un sacchetto di plastica con le sue cose, che gli ha chiesto: posso dormire qua?

Questo è accaduto quattro giorni fa. Ora per i corridoi la collega Speranza dice alla collega Morena: lo sai che il marito di Taddeo dorme sempre senza pigiama? E la collega Morena commenta: non è igienico. Poi mi incontra e mi dice: lo sai che il marito di Taddeo fa una cosa poco igienica, dorme sempre senza pigiama? Lo so naturalmente: me l'ha detto Vivaldi, e io l'ho detto a Speranza e Speranza l'ha detto a Morena e di quest'uomo che soffre tutta la scuola sa ormai vita morte e miracoli: che fa, che dice, che pensa, come dorme, a quali perversioni si concede. Cosa che ci mette in allegria: significa che l'esistenza è mobile, che nel bene e nel male tutto bruscamente può cambiare, che dunque: "barricate; forse quest'anno avremo le barricate".

Infatti da Milano in giù tutti quelli che hanno a che fare con la scuola sembrano essere stati morsi dalla tarantola. Vivaldi gode a mettere sale tra le labbra della piaga. Tanto che in questi giorni è cominciato un gran viavai. Sono arrivati genitori a frotte strillando: basta con gli scioperi, basta con le proteste, non sobillate i nostri figli, arrangiatevi con le aule che avete, chi se ne frega dell'apartheid. Inoltre supplenti nominati dal preside sono stati bruscamente sostituiti con supplenti nominati dal provveditore o con vincitori di concorso. Così simpatie tra insegnanti che avrebbero potuto dare luogo a relazioni extraconiugali, convivenze e figliolanze sono state stroncate sul nascere. Quanto alle scolaresche, hanno pianto il supplente in partenza e poi lo hanno denunciato al nuovo venuto: non ha mai fatto lezione, niente interrogazioni, il programma è ancora da cominciare.

È appunto lo svolgimento del programma che angoscia l'anziano collega Sparanise. Questo collega all'inizio degli anni sessanta scorciava agli studenti i capelli troppo lunghi con un paio di forbici che portava sempre in borsa. E a chi non studiava non solo metteva brutti voti ma dava anche botte improvvise sui testicoli col dorso della mano, in modo che non dimenticassero l'imperativo: bisogna studiare. Negli anni settanta, invece, fu rinchiuso dagli studenti nel cesso dei professori: sulla porta, bloccata col fil di ferro, gli scrissero: guasto. Ora, negli anni ottanta, parla spesso e volentieri della sua morte dando disposizione che eventualmente sia subito staccato dal suo cassetto il cartellino con la scritta: Sparanise. Non com'è accaduto per la collega Serino Maria Teresa, dice, morta due anni fa. Una vera trascuratezza: nel cassetto c'è ancora tutta la sua roba e sullo sportello è rimasto il cartellino: Serino. Così, ora gli pare che quel cassetto sia il loculo in cui giace la povera collega e ogni volta che ci passa davanti rabbrividisce. Come rabbrividisce metaforicamente in questa fase di scioperi e proteste di studenti. E si aggira per i corridoi chiedendo: "Che accadrà se si ricomincia daccapo con la contestazione? Come faremo a finire il programma?".

Ma il collega Vivaldi alla domanda di Sparanise contrappone la domanda: "Sparanise, che te ne frega del programma, funziona la mazza?". Sicché il nostro valoroso delegato Cgil ha rimproverato il mio amico Vivaldi perché col suo comportamento volgare turba i rapporti con la Cisl (Sparanise è della Cisl). Vivaldi gli ha risposto: hai presente il collega Filippi nel *Maestro di Vigevano*, pagina 149? Io rendo omaggio a lui e al grande poeta Lucio Mastronardi. O hai da ridire anche su Lucio Mastronardi?

Lo svolgimento del programma non assilla solo Sparanise ma angustia persino l'allieva Seroni Catia. In tailleur blu e fard luccicante è venuta alla cattedra e ci ha appoggiato i due tomi della storia della letteratura italiana (2000 pagine, 40.000 lire). Poi ha detto, dandomi del tu: "In un mese hai assegnato 20 pagine. 2000 pagine diviso 20 fa 100 mesi. 100 mesi diviso 10 mesi di scuola all'anno fa 10 anni. Ti rendi conto che finirai il programma quando avrò ventotto anni?".

"Seroni," io ho risposto, "abbiamo mai mangiato nello stesso piatto? E allora perché mi dai del tu? Se invece di fingere di manifestare contro l'apartheid per andare a spasso col tuo fidanzato ariano a cavallo dell'honda, fossi venuta a scuola, a quest'ora saremmo a pagina 38. E allora avrei voluto vedere se eri in grado di dividere 2000 per 38 e poi venire qui a piantare grane."

In seguito l'ho vista in assemblea, Seroni Catia, che urlava al microfono le ragioni della lista dei candidati al consiglio di istituto. Motto: "Lotta dura per il contropotere studentesco". Vivaldi ha commentato: ritorna nei giovani la nostra combattività di una volta. Poi ha sentito che Seroni rivendicava spazi per il "pensiero e l'insegnamento tradizionale" e se n'è andato mormorando: fascisti – un po' meno entusiasta.

C'erano, ad ascoltare Seroni, cento studenti che prima hanno fischiato lei e poi hanno fischiato Segarelli Matteo che invece ha detto: la cultura o è rivoluzionaria o non è. Degli altri millequattrocento, ottocento erano rimasti a casa perché tanto c'è assemblea. I restanti cinquecento, invece, o facevano regolarmente lezione o si braccavano per i corridoi con urla disumane o ascoltavano musica con cuffia e senza o giocavano a tressette nelle classi o si baciavano in posa da spot per profilattici.

Alla fine dell'assemblea Segarelli con gli occhi lucidi mi ha chiesto: "Professore, come sono andato?" quasi che gli dovessi mettere il voto. "Bene, Segarelli," ho detto, "persevera e non diventerai un bancario." Lui, allora, che di lodi non è mai sazio, è andato anche da padre Mattozzi a farsi lodare.

Dei preti della mia vita scolastica questo padre Mattozzi è il più indecifrabile. Ti abbraccia, ti smanaccia, si dice tuo amico. Consente su tutto, anche sulla teologia della liberazione. Poi va a dire al preside: preside, Starnone è corrotto, ateo e materialista. Il prete-insegnante della mia adolescenza invece strillava: la *Summa theologica*! e la saliva gli si rompeva tra i denti schizzando dalle labbra in mille scaglie scintillanti che mi investivano più del verbo di Tommaso. Per timor di lui, però, mi iscrissi a un corso di teologia per corrispondenza e mi arrovellai per anni su quesiti teologici che mi arrivavano per posta e che per posta restituivo al centro *Ut unum sint*. Dopo un po', sempre per posta, mi tornavano debitamente corretti.

A San Chirico, dove ebbi il mio primo incarico di docente, c'era don Galeno, un prete sospettoso, sempre all'erta, spione: noi ce lo immaginavamo con l'orecchio perennemente applicato a ventosa di sturalavandino sulla porta delle nostre aule per captare lezioni sovversive. Una volta si rovesciò nella mia classe chiedendomi a bruciapelo: "Professore, perché parla ai ragazzi di san Nazzaro?". "Perché Sannazaro è un grande poeta" io gli spiegai. "Poeta o no, parlare di san Nazzaro spetta a me" mi rispose don Galeno. "Parli di Sannazaro quando le pare," gli concessi, "ma si ricordi che l'insegnante di lettere sono io." E poi: "Perché pensa di avere l'esclusiva?". "Perché sono l'insegnante di religione e di san Nazzaro lei ne parla solo dopo che io ho orientato i ragazzi" mi rispose. Andammo avanti così per un bel pezzo fino a che, colto dal dubbio, gli mostrai alla lavagna la grafia del mio Sannazaro. Allora lui si scusò, mi promise una forma di pecorino e se ne andò contento perché col suo san Nazzaro il mio non aveva niente a che fare.

Ma don Galeno era prete di paese, divoratore di pecorino e gran bevitore di vino: disposto, in stato di ubriachezza, anche ad ammettere la nostra sospetta ma ammirevole dedizione all'insegnamento. Padre Mattozzi, invece, è prete moderno e dinamico. Opera di fatto come don Galeno, ma mi fa solo sapere di tanto in tanto che è molto avanti col programma. Lui, che è insegnante di religione, è già arrivato a Leopardi – mi ha detto di recente – come se il programma fosse una linea ferroviaria e Leopardi la stazione di Battipaglia. Tutti gli anni, infatti, padre Mattozzi fa lezione di religione rispiegando alla luce del padreterno i letterati che io spaccio per materialisti e atei. Su delazione di Seroni, ora mi rimprovera perché ho troppo calcato la mano sulla nozione di "nulla eterno" in Ugo Foscolo. "Diciamolo francamente," mi esorta, "se uno sente l'angoscia del nulla eterno, vuol dire che ormai è a pochi chilometri da Dio. Queste cose, caro, le dobbiamo dire. Siamo educatori, non possiamo ingannare i nostri ragazzi."

È successo infine che, logorato da tanti anni di insegnamento e dall'assillo del programma, Sparanise ha denunciato Vivaldi al preside. Gli ha detto: preside, Vivaldi mi chiede continuamente se mi funziona la mazza. "Professore, perché dice questa volgarità al collega Sparanise?" ha chiesto il preside. Vivaldi: "Preside, è un omaggio alla memoria del collega Mastronardi". Il preside: "Vivaldi, posso capire l'affetto che la lega alla memoria di un amico scomparso. Ma io la invito al rispetto di un collega, Sparanise, che grazie a Dio è ancora tra noi. Abbracciatevi. Sparanise, perdoni Vivaldi". Sparanise e Vivaldi si sono abbracciati.

3.

3 novembre 1985

Il mondo studentesco ribolle, i genitori sono inferociti, i media scoprono che la scuola è un evento, noi insegnanti vorremmo afferrare le redini del nostro destino e cavalcarlo con audacia. Invece non afferriamo un bel niente e facciamo i consigli di classe.

I consigli di classe si fanno nel pomeriggio e servono a dirsi, tra insegnanti della stessa classe, che non se ne può più. Cominciano di solito con la caccia al professore di lettere per fargli fare il verbale della seduta. L'insegnante, catturato, recrimina così: perché il verbale lo debbo fare sempre io? non siamo tutti laureati? Subito dopo si passa a discutere della situazione della classe. La classe, dice in genere la destra rigorista, è formata da delinquenti e assassini potenziali che vengono a scuola per scaldare il banco, tranne un gruppetto ben affiatato che dà grandi soddisfazioni e che col tempo potrebbe diventare un gruppo trainante. I più dichiarano che la colpa della situazione della classe è da attribuirsi ai colleghi che li hanno preceduti: gli alunni, per esempio, hanno lacune incolmabili perché alle elementari nessuno fa più la grammatica come si faceva una volta; inoltre sono stati educati da supplenti e precari perdigiorno, che non hanno le competenze di quelli di ruolo. A questo punto interviene la sinistra patetica, a cui appartengo anch'io, che spiega il teppismo degli studenti con l'ambiente sociale, le pene d'amore e le angherie della famiglia.

Ma la destra taglia corto: siamo pagati per insegnare, non per fare gli assistenti sociali.

Qualche volta ci sono anche i rappresentanti dei genitori che con deferenza chiedono polso duro e basta con gli scioperi perché sennò la scuola diventa un casotto. Altre volte compare in massa tutta la classe per dire che il tale insegnante mette a tutti tre, non sa spiegare, e, se spiega, legge dal libro di testo perché non si ricorda la lezione. In questi casi tutti noi, gongolando per la sventura del collega, pronunciamo frasi ipocrite del tipo: ma non è possibile, chiamate il preside, non si tratta così un insegnante.

Anche quest'anno è andata a questo modo. Unica variazione: il padre del mio alunno Di Marco Michele, rappresentante dei genitori e di commercio, ha detto senza alcuna malizia che il figlio seguiva con passione le lezioni di religione di padre Francesco Mattozzi, mentre invece voleva sapere se poteva essere esentato da quelle di italiano. L'insegnante di italiano sono io.

Considerato che le cose negli organi collegiali vanno così, sarebbe lecito pensare: scaduto il termine, facciamo finta di niente e non li rinnoviamo più. Ma il ministero e la nostra sezione sindacale Cgil vigilano. Puntuali arrivano le elezioni per il rinnovo della componente alunni e della componente genitori nei consigli di classe e nel consiglio di istituto. Infatti due giorni fa abbiamo trascorso tutta la giornata a scuola a fare i secondini: noi che invece siamo insegnanti, ha protestato Marini. In sparute assemblee i sostenitori della lista "Lotta dura per il contropotere studentesco" si sono aspramente confrontati con i sostenitori della lista "Democrazia sempre". Temi: se il "pensiero tradizionale" deve avere spazio nella biblioteca di istituto; come la mettiamo con il numero chiuso; quando cominciare la lotta per far aprire un secondo portone visto che l'unico aperto è già tutto sbriciolato dalla pressione degli studenti in uscita. Nelle classi semivuote ragazzi volenterosi hanno giocato a fare cose adulte costituendo seggi elettorali. I genitori hanno fatto esattamente lo stesso nel pomeriggio, ma con quel tanto di ributtante che hanno sempre gli adulti quando mostrano entusiasmi giovanili. Io ho presieduto un'assemblea di tre genitori, che ha confrontato le idee, ha insediato il seggio, ha espresso due candidati e li ha votati.

Conosciuti i risultati, ho deciso di torchiare l'allieva Seroni, perché è stata eletta in consiglio di istituto nella lista fascista "Lotta dura per il contropotere studentesco". Eccoci all'interrogazione: "Seroni, parliamo di Foscolo. Quando si colloca la sua vicenda di uomo e di poeta? Vorrei risposte rigorose". Intanto penso che, per quanto mi sforzi, le domande mi vengono sempre in stile elevato, quando interrogo. "Millessette" dice lei. "Millessette non significa niente" incalzo io. E lei: "Come niente? E allora quando è vissuto?". Nella classe cade un intollerabile silenzio nel corso del quale io percepisco che di Foscolo qui, dappertutto, nell'universo, non interessa assolutamente niente a nessuno, che mi vergogno del mio mestiere, che forse mi ammalerò per qualche giorno e che le date di nascita e di morte di questo sommo poeta una volta le sapevo e ora non le so più.

"Fine Settecento-inizio Ottocento" azzardo incerto.

Tutta la classe fissa allora l'allieva Menegozzi Maria Concetta detta Ketty, che sa sempre tutto ma non ne fa mai sfoggio: legge Puig, ascolta gli Style Council, ma se la interrogo dice: un'altra volta, adesso non ho voglia. Penso: forse il futuro appartiene a gente così, non a quelli come me, e nemmeno a quelli come Segarelli o Seroni. Ketty intanto solleva lo sguardo dalle *Ultime lettere di Jacopo Ortis* e dice: "Sì, va bene, 1778-1827". E a me: "Foscolo è un autore molto dark". Allora sento l'odio appollaiato sul piloro. I più diligenti annotano le date. Poi le chiedono prezzo e casa editrice dell'*Ortis* per andarselo a comprare.

10 novembre 1985

Noi sezione Cgil abbiamo tastato il polso ai tempi e abbiamo sentito: sale la febbre politica. Qualcuno anzi ha anche aggiunto: "Tra i giovani c'è domanda di '68"; cosa che vuol dire – ci siamo detti – domanda di trasformazioni radicali. E alla fine della riunione tutti ci siamo confessati il bisogno di memoria storica. Sicché abbiamo redatto un documento zeppo di citazioni di vent'anni fa (o quasi) in cui invitavamo i giovani a scendere in piazza compatti, sabato 9 novembre, contro la scuola-schifo. Subito dopo il collega Vivaldi e io abbiamo dato un bel tema da svolgere. Nelle mie classi: “Ritorna il ’68?”. Nelle sue: “Il 9.11.85 è rapportabile al 23.5.68?”. Tranne gruppi di fedelissimi che hanno esultato esclamando: questo sì che è un bel tema, gli altri hanno fatto le solite scene: ma che tema è questo, troppo difficile, basta con la politica, erano meglio i temi sugli U2. Timballo Daniele, rimbambito dalla crisi puberale, ha chiesto: il 68 è un autobus?

Dopo lunga discussione, gli animi si sono sedati. Ho richiamato tutti all’ordine e ho dato alcuni consigli su come disporre gli argomenti. All’allievo Di Marco, e a quelli che fanno come lui, ho inoltre ricordato che: *Pertini* non si scrive ×*tini*, *perché* non si scrive ×*ché*, *per lo più* non si scrive × *lo* +, più o meno non si scrive + *o* –, *condiviso* non si scrive *con:*. “E adesso buon lavoro” ho augurato.

Allora molti hanno sfoderato “la Repubblica” e hanno cominciato a copiare Giorgio Bocca. L’alunna Martinelli Stefy, di cui mi piace come si soffia con un soffio laterale dalla bocca i capelli che le cascano sugli occhi, mi ha chiesto che cosa sono “i glutei rotondi e plastici delle studentesse” menzionati dal noto e autorevole giornalista. Io ho spiegato: “Il culo, Martinelli” e lei c’è rimasta molto male.

Alla fine della terza ora mi sono accorto che l’appartato Cardinale Pasquale, napoletano di origine, aveva imboccato con sicurezza la seguente strada: “Ritornerà il 68? Alcuni esperti sostengono che questo numero è capatosta come il 34”. Invece Timballo Daniele, malgrado le mie ampie spiegazioni, ha tirato diritto con una filippica sul cattivo funzionamento dei trasporti urbani.

Anche il collega Vivaldi alla fine di questa esperienza era avvilito: per la prima volta nella sua carriera di insegnante rivoluzionario molti studenti l’avevano contestato. Alla fine era arrivato persino il preside che aveva letto alla lavagna: Il 9.11.85 è rapportabile al 23.5.68?, e così lo aveva redarguito: “Si ricordi, professore, che lei è un insegnante di lettere. Non può dare agli studenti di punto in bianco un compito di matematica”.

Io poi gli ho chiesto: ma che accadde il 23.5.68? E Vivaldi ha risposto: boh. Quindi è andato a contemplare dai vetri il marito di Taddeo che da qualche giorno trascura il lavoro e staziona scapigliato di fronte al portone della scuola per significare alla moglie:

vedi come sono disperato. Mentre io ho dovuto far fronte alla sete di sapere che sta insorgendo tra i giovani. Segarelli Matteo con deferenza mi ha chiesto di poter andare in biblioteca a prendere libri sul '68 e a preparare lo striscione con lo slogan da lui inventato: *Il governo Bettino è una discràxia*, caduto in disuso e poi ridiventato attuale, grazie alla resurrezione del pentapartito (questa orribile parola dirà qualcosa a qualcuno tra qualche anno?). Gli ho concesso: ma certo Segarelli; e qualche malevolo ha ripetuto dal fondo della classe: ma certo, Segarelli, vai bello.

Durante la ricreazione, in biblioteca ci sono andato anch'io. Subito si sono accodati Di Marco e il suo fido Silvestrone. Silvestrone è uno che parla solo se interrogato: per il resto del tempo, in classe o nei corridoi, in piedi o da seduto, suona una batteria immaginaria facendo tum tum e ciaf ciaf con la bocca, torcendosi tutto per mostrare il piacere e la sofferenza del batterista, e sferrando colpi ai piatti e ai tamburi con bacchette maneggiate da maestro. L'hanno già cooptato perché si metta in testa al corteo degli studenti e lo accompagni con la sua musica impareggiabile.

Per ora fa la musica di sottofondo a Di Marco che dice che anche lui e il suo fido vorrebbero libri per farsi opinioni sul mondo come Segarelli. Ma non libri di sinistra: libri, lui chiede, oggettivi, che dicano le cose come stanno. "Va bene," accetto io, "venite con me" e ci spostiamo a fatica per l'atrio dove millecinquecento studenti divorano panini, si fanno docce con le lattine di coca cola ben agitate e si baciano nel pigiapigia senza togliersi la gomma di bocca. Di Marco intanto mi espone la visione del mondo sua e di Silvestrone, che è: Craxi sta rovinando l'Italia con questi finanzieri – "Finanziaria" correggo io, "Finanziaria" si corregge lui – e con tutti questi uomini di colore che vogliono libicizzare – "Libanizzare" correggo io, "Libanizzare" si corregge lui – l'Italia: profughi, nigeriani, palestinesi.

Arriviamo in biblioteca dove fervono i lavori del comitato studentesco "Sempre con la democrazia". Segarelli mi fa vedere il suo striscione, secondo il solito, come se sperasse in un buon voto. Un folto gruppo scrive alacremente cartelli di fuoco col pennarello rosso.

Mi metto a cercare libri oggettivi per Di Marco e Silvestrone.

Poi mi distraggo e torno ai tempi in cui io e Vivaldi insegnavamo a San Chirico Raparo e facemmo ferro e fuoco per buttar via dalla biblioteca tutte le opere di Ada Negri e quattrocento copie della storia di San Chirico a partire dal giardino dell'eden, redatta dal nostro preside di allora, che era storico di quell'insediamento e poeta-cantore delle sue bellezze. Imponemmo nuovi acquisti. Cominciammo con *Il capitale*, passammo a tutto ciò che era stato scritto sui consultori come sulle droghe e con gli anni introducemmo anche una storia dell'astrologia, I-ching e molti manuali per calcolare il bioritmo. Quando ritorno dal passato in questa biblioteca di oggi fisso a lungo *La questione agraria* di Karl Kautsky prima che diventasse un rinnegato. Controllo la scheda: acquistato nel 1972, non è mai stato chiesto in prestito. Allora lo consiglio a Di Marco. Se mi deve odiare, che lo faccia a ragion veduta.

17 novembre 1985

Settimana frenetica. Dopo il successo delle manifestazioni studentesche del 9, il preside ha emanato la circolare n. 25 che nella sostanza dice: cari colleghi, gli alunni devono stare nelle classi a fare lezione e non per i corridoi a fare il comitato e il coordinamento studentesco con grave disturbo del normale svolgimento dell'attività didattica. Alla circolare n. 25 il preside ha fatto poi seguire la n. 26 che dice, sempre nella sostanza: cari colleghi, il tempo della poesia è finito e si approssima quello delle matematiche; vi ricordo che per una corretta valutazione in gennaio, a chiusura di quadrimestre, ci vogliono almeno tre interrogazioni e tre compiti scritti per ciascuno studente.

Il collega Marini, il cui registro è un monumento alla nostra professione, ha applicato la circolare n. 25 con rigore. Mandato supplente in 3ª E, quando Segarelli Matteo gli ha detto di far parte del coordinamento cittadino e gli ha chiesto se poteva uscire dalla classe per andare a coordinarsi in vista del grande corteo di sabato 16, lo ha mandato alla lavagna ordinando di parlargli delle proposizioni subordinate. Segarelli allora si è drizzato fieramente e ha risposto: "Professore, io mi coordino, non mi subordino". Applauso della classe. L'ora dopo ho letto la nota disciplinare che s'è beccato. Diceva: l'alunno Segarelli è ammonito perché, interrogato sulle subordinate, ha risposto: io mi coordino, non mi subordino.

Poiché Segarelli era avvilito (la prima nota disciplinare della sua vita!), gli ho detto: caro Segarelli, se il movimento cresce come ci auguriamo, e l'85 diventa meglio del '68, questa tua frase figurerà nei libri di storia accanto a *il mio regno per un cavallo* e *Parigi val bene una messa*. Bravo, Matteo.

Ma non l'avessi mai detto. La frase di Segarelli ha fatto il giro dell'istituto. Segarelli inoltre è stato intervistato da Videouno. In serata me lo sono visto davanti a colori mentre diceva: "Devo la mia crescita culturale al movimento e ai miei professori che hanno fatto il possibile per educarci malgrado lo sfascio della scuola. Ma voglio qui ringraziare in modo particolare i professori Vivaldi e Starnone che mi hanno insegnato a collegare Vasco Rossi a Guglielmo il Maresciallo e gli U2 alla poesia didattica e moraleggiante". Mi sono sentito le palme sudate e mi sono detto: debbo trovare la forza di bocciarlo.

Ma un'aura di martirio circonda ormai Segarelli e lo fortifica. L'assemblea studentesca del 12, sparuta come al solito ma molto animata, ha votato a favore della partecipazione dei fascisti del contropotere studentesco al corteo del 16, perché – dice – sono studenti come noi e fino a ora non si sono svelati per fascisti.

Vivaldi ha perso le staffe e ha gridato: siete un movimento di cretini. Segarelli gli ha fatto eco, sicché si è preso uno schiaffo da non si sa chi. Tafferugli, insulti, Seroni Catia è andata al microfono e ha detto: ringraziamo, ma preferiamo fare corteo per i fatti nostri, coi nostri camerati.

L'assemblea c'è rimasta male e voleva rivotare sulla questione fascisti. Gran vociare. Il nostro valoroso delegato Cgil ha detto come se stesse contemplando il sole dell'avvenire: "Vivaldi sbaglia. Noi sappiamo riconoscere solo quello che già conosciamo. Questa impoliticità è carica di futuro politico".

Io non ho capito niente ma ho detto: "Sì".

La settimana, infine, si è chiusa all'insegna della violenza e dell'intolleranza. Venerdì i fascisti hanno promesso a Segarelli un po' di sprangate per il giorno 16. È inoltre arrivata la suocera della collega Taddeo strillando: dov'è il preside? Lo deve sapere che mi ha rovinato il figlio, quella puttana! Sono corso a mettere in salvo la Taddeo che – lo sanno tutti – tresca con Vivaldi e vuole la separazione dal marito che non fa che piangere.

Taddeo stava faticosamente portando avanti, mentre mezza classe era in biblioteca a preparare striscioni, il suo corso sperimentale sulla nozione di spazio nella produzione scritta degli studenti. Era appunto in procinto di analizzare una scritta, forse di mano femminile, comparsa sulla porta della 5ª C: "*Voglia d'andarmene*". Stava spiegando: "Così ha segnato una mano ignota esprimendo il desiderio di spazi meno concentrazionari. *Affancùlo* ha vergato col gesso un'altra mano ignota, sicuramente maschile, restringendo bruscamente gli spazi che la prima frase aveva auspicato". Ma io ho fatto irruzione nell'aula e ho detto: Taddeo, arriva tua suocera. Lei è sbiancata, ha mollato la classe e s'è fatta portare in salvo.

Il preside intanto ha ricevuto la suocera di Taddeo che strillava: preside, deve cacciare dalla scuola quei due concubini. Il capo dell'istituto le ha detto: signora, non faccia poesia. La condotta immorale di alcuni docenti di sinistra è roba da 113 e lavori forzati. Eppure contro di loro ormai non c'è nulla da fare.

Poi è arrivato sabato 16, con pioggia e freddo. Scuola deserta. L'anziano collega Sparanise ha detto: si beccheranno una polmonite e ben gli sta. Il preside: basta un'influenza. Noi Cgil abbiamo salutato, arrivederci, e siamo andati a farci fradici di pioggia come ragazzi.

24 novembre 1985

"Passata la festa, gabbato lo santo" ha detto il nostro preside lunedì scorso, intendendo con questo vecchio motto: cari studenti e cari professori, il corteo del 16 è svanito sotto la pioggia battente come le nevi di una volta; ora mettiamoci a lavorare. Poi ha invitato la solerte vicepreside della Cisl ad applicare senza pietà il regolamento interno di istituto. Gli allievi che non hanno giustificato l'assenza del 16 debbono essere accompagnati dai genitori.

Chi ha accumulato cinque *R* (ritardo) non deve essere ammesso alle lezioni e restare nell'atrio per punizione tutta la mattinata. Sicché se ne stanno – questi giovani ritardatari – mogi accanto alla portineria e rivolgono sorrisi mesti alla vicepreside quando passa arcigna sibilando a mezza bocca: mascalzoni. Ma appena il profilo della vicaria del preside si fa nuca e schiena ho visto gli educati ragazzi dell'85 fremere soprattutto nel dito medio vibrato dall'alto verso il basso, col gesto che essi hanno imparato dai film americani.

Intanto è ripreso alacremente il lavoro nelle classi. Il più operoso è padre Mattozzi. Insegna religione spiegando che "la colonna non è, come dice la collega Morena di storia dell'arte, simbolo fallico, ma aspirazione a congiungersi al cielo e a Dio". Oppure sostenendo che Leopardi in punto di morte si convertì. Ma gli allievi sono agitati. Si gonfiano di vanità sfogliando giornali e rotocalchi che parlano di loro mentre di tanto in tanto supplicano: basta, non ci tormentare più. Allora padre Mattozzi è andato dal preside a dire: ritorna tra i giovani l'intolleranza e il vituperio della religione.

La verità è che ritorna la noia e il trantran di tutti i giorni. Non c'è pace nemmeno dopo la scuola. Sulla scrivania giacciono da due settimane i compiti da correggere e, appena li vedo, mi risento nelle orecchie la cantilena: "Professore, ha corretto i compiti?". Uno di questi ultimi pomeriggi mi sono detto: animo!, ho temperato per trentacinque minuti la matita rossoblù fino a ridurla a un mozzicone e ho contemplato i cento fogli protocollo ordinati in tre pacchi sul tavolo senza sfiorarli, ma ricordando uno dei miei primi lavori: un'anziana insegnante, moglie del nostro medico di famiglia, quando ero ancora studente di liceo mi appaltava i compiti da correggere, dieci lire a foglio. Sicché soffro e correggo compiti da quei tempi lontani, ma non guadagno ancora abbastanza per appaltarne anch'io la correzione.

Correggere i compiti di italiano è un tormento. Non c'è studente, ormai, che non sappia che bisogna scriverci scemenze e basta. Sicché letto uno, li hai letti tutti. Due sono già una dose sufficiente per stramazzare al suolo. Tre di seguito possono causare la morte. L'unico modo per salvarsi è ripiegare su una lettura trasversale distribuendo freghi a vanvera, rossi, blu, punti interrogativi e punti esclamativi. Giudizi e voti vanno messi sulla base di categorie stilistiche facilmente individuabili. Le categorie sono le seguenti. Se uno manifesta, per esempio, il suo avvilimento così: abbiamo, noi ragazzi dell'85, il cuore nelle calzette, tremenomeno è assicurato; questo è modello di scrittura di periferia, borchiata, da occhi cerchiati, da alito cattivo e foruncoli. Se invece uno si esprime lineare: noi ragazzi dell'85 siamo un pò avviliti; è chiaro che ci si trova di fronte a una scrittura piatta ma funzionale, da cinque e mezzo-sei, con l'annotazione: *un po'* si scrive con l'apostrofo. Solo se l'insegnante si imbatte in: immobili scivoliamo lungo il fiume senza suono dell'avvilimento, può finalmente riconoscere le radici della propria formazione letteraria e segnare: bene con punto esclamativo, settepiù. Rarissima è invece la vera esultanza, la gioia mista a una punta di invidia. Ciò accade quando sul foglio si può leggere: e all'improvviso ci si è spalancato dinnanzi il baratro incolmabile, l'abisso da cui non torna suono, l'imbuto d'inferno gelato del nostro avvilimento. Mezza colonna di foglio protocollo con una scemenza sola: otto e mezzo, non ci sono dubbi. L'allievo Segarelli Matteo è l'unico che sa scrivere così.

Ma il collega Vivaldi non apprezza questa modellistica, che ritiene espressione della naturale vocazione dell'insegnante a fare il servo dei padroni. Mi rimprovera: "Tu dai tre a Pasolini e otto e mezzo a Pietro Citati". D'altra parte Vivaldi è stato sempre un estremista e poi ama solo Vittorio Betteloni e gli U2. Inoltre da qualche giorno è giù di corda. Litiga con la sua fidanzata, la collega Taddeo, e non tollera la vista del marito di lei che sta sempre davanti alla scuola, anche col cattivo tempo, a dare spettacolo kitsch bagnandosi il viso con pioggia e pianto. Sicché una volta, per compassione, gli ha portato un ombrello; e un'altra volta, galante com'è e per tirarsi un po' su, ha detto a Seroni Catia per i corridoi: "Sei una silfide". Poco dopo è arrivato il preside di corsa strillando: "Professore, non si azzardi mai più a fare accenni allusivi a malattie veneree con le ragazze".

4.

1 dicembre 1985

Sono tempi di umori instabili e quindi bisogna fare l'occhio ai segni che annunciano giornate noiose o promettono giornate eccitanti. Il collega Vivaldi e io, ogni mattina, stiamo molto attenti. Se gli studenti alle otto e un quarto sciamano mogi verso l'ingresso, quasi in fila per due con le nuvolette del fiato attaccate alla bocca come un fumetto con dentro la scritta *sigh*, vuol dire che la giornata è dura: niente sommosse, il movimento langue, si farà lezione. Allora Vivaldi bestemmia come un turco attraversando l'atrio. E si lamenta che la sua esperienza di militante non avrà eredi. Anzi vuole mettersi in pensione perché basta, dice, chi sono io? che ho da insegnare? a chi importa del poeta Vittorio Betteloni? perché non sono morto prima di vedere questi tempi insipidi e insensati?

Ma se da lontano il piazzale antistante la scuola appare disseminato da gruppetti concitati, allora vuol dire che qualcosa bolle in pentola e noi tiriamo il fiato. Vivaldi saltella per l'atrio con passo elastico e fischietta *Like a Song* degli U2 attendendo gli eventi.

Se infine una massa compatta che romba di moto e motorini s'addensa e intanto già si sfrangia verso casa o per il vasto mondo metropolitano, allora vuol dire che tutto ribolle, che c'è sciopero, che non si farà lezione. Sicché Vivaldi e io entriamo lietissimi e salutiamo con affetto persino l'anziano collega Sparanise che dice: "Proteggetemi. Se ricomincia la contestazione, non voglio restare chiuso nel cesso dei professori tre ore, come nel '77. Avevano legato la maniglia al rubinetto del lavandino col fil di ferro, i mascalzoni, e io gridavo aiuto ma nessuno veniva ad aiutarmi".

Mercoledì c'è stato sciopero. Motivo: mancano tre aule, per i corridoi ci piove, i bagni sono sporchi, tutta la scuola è sporca e la colpa è dei bidelli perché fanno la maglia, giocano a briscola, hanno il certificato di invalidità, non si possono stancare troppo, sono pagati poco e commerciano in caffè caldi e camomille. Così mi ha spiegato l'allievo Di Marco Michele, che però ha preferito non scioperare perché fuori faceva freddo, seguito a ruota da Silvestrone che fa volare per aria bacchette immaginarie e poi le riafferra e percuote piatti e tamburi che non ci sono facendo con la bocca: tum tum ciaf ciaf. Inoltre ha continuato, sempre usando il "noi" anche se lui è crumiro: con questo sciopero noi appoggiamo tutte le scuole in lotta e ci prepariamo ad aderire al grande periodo di agitazione, sciopero bianco, dicembre nero che durerà fino al 22 con breve pausa durante le vacanze di Natale. Di Marco mi ha infine confidato che vuole proporre di inserire nel pacchetto delle rivendicazioni questa: non è giusto che l'8 dicembre, una delle poche festività non soppresse, quest'anno cada di domenica. L'ho sconsigliato. Per carattere evito di soffiare sul fuoco.

Mentre tra scioperi e assemblee non autorizzate il collega Vivaldi si sente felice e a suo agio, io e quelli come me che apparteniamo alla sinistra patetica e malinconica preferiamo invece – se proprio non ce la possiamo battere raggiungendo figli, amanti, il nostro secondo lavoro, il mercatino, il medico della mutua – familiarizzare con i crumiri impicciandoci di dove abitano, perché vogliono Tor Lupara nera, che musica ascoltano, se i genitori li picchiano e si picchiano, se si ricordano di quella canzone dei Clash che fa tataràtattà, se fanno sesso e come e quando.

Alcuni si aprono e manifestano tutti i loro tormenti, ai quali noi ci appassioniamo. Io ne discuto con la collega Taddeo, Taddeo con Vivaldi, Vivaldi con Speranza, Speranza con Morena. Alla fine è tutto un pettegolezzo che va da una classe all'altra e che culmina nel momento in cui agli scrutini uno di noi dirà gravemente: questa ragazza bisogna capirla, ha grossi problemi. Altri invece alle nostre morbose curiosità si incupiscono, girano le spalle e se ne vanno. Questi agli scrutini non troveranno comprensione né pietà.

È stato molto discusso alla fine di questa settimana, nella 4ª E dove si addensano i crumiri, il caso dell'alunna Martinelli Stefy, che si soffia con grazia i capelli dagli occhi, spesso si confida con me, è fidanzata in segreto (perché i genitori non vogliono) con un giovane di periferia che l'aspetta all'uscita tutti i giorni a cavallo di una moto. Martinelli Stefy era assente da qualche giorno quando è arrivato il preside trafelato a chiedere lui in persona: "Ma c'è Martinelli Stefania?". Io ho detto: no. Il preside: "Ho il padre al telefono che vuole sapere quando torna la 4ª E da Pescara. Ha sentito in tv che lì c'è l'acqua alta ed è preoccupato". Io ho detto: "Noi non ci siamo mossi di qui, preside. Non faremmo niente, io e questi crumiri, senza il suo permesso. E poi perché dovremmo andare a Pescara alle soglie dell'inverno?". Il preside: "Secondo il signor Martinelli, voi siete a Pescara da quattro giorni in gita scolastica". Ed è uscito sempre di corsa strillando: "A Pescara, in gita scolastica". Io e i crumiri abbiamo dedicato l'ora a festeggiare la luna di miele di Martinelli Stefy e a esaminare la sua complessa vicenda umana.

8 dicembre 1985

Quando il preside si è accorto che scioperi e assemblee permanenti non autorizzate si mutavano in un vecchio e temuto grido: facciamo l'autogestione, si è chiuso nel bunker della presidenza e ha pensato per tutta una mattinata. Poi è riemerso con la comunicazione n. 43, nove fogli fitti, che a occhio e croce diceva così: cari studenti, non facciamo poesia. Se voi v'intestardite, ve la do io l'autogestione. Ricordatevi che il preside è la legge e *dura lex, sed lex*. Allora regoliamoci così: voi non fate l'autogestione e mi chiedete perdono; io vi perdono e vi concedo di fare regolare lezione fino alla penultima ora. L'ultima ora ve la autogestirete in silenzio facendo tutte le sperimentazioni che volete: la battaglia navale, corsi di briscola, quello che vi pare. Scaduta la settimana, seguiteremo col consueto lavoro scolastico.

Gli studenti si sono subito riuniti per decidere quanto era repressiva la comunicazione n. 43. Noi invece ci siamo riuniti in collegio dei docenti per decidere se ci piaceva di più l'autogestione degli studenti o quella del preside, sottoponendoci come al solito a numerose votazioni per alzata di mano.

Molti supplenti, che rischiano sempre di perdere il posto, e non pochi docenti vincitori di concorso ma in prova, volevano subito aderire all'autogestione proclamata dal preside con l'aggiunta di un applauso. Anche padre Mattozzi ha trovato che l'autogestione del preside era la migliore perché – diceva – si compiva con tutti i crismi dell'autorità. Ma poi è entrato l'educatissimo allievo Segarelli Matteo che ha letto la comunicazione n. 7 degli studenti, la quale diceva in sintesi: il documento del preside fa ribrezzo. Allora si è alzato il collega Vivaldi che, in un intervento di trentacinque minuti, tra colleghi che davano in smanie e il preside che faceva così con le mani per dire: non ce la faccio più, ha dimostrato punto per punto che il preside faceva meglio a suicidarsi nel bunker della presidenza piuttosto che scrivere quei nove fogli di paternalismo scolastico e dittatura strisciante. Infine ha gridato: colleghi, ci sentiamo o non ci sentiamo uomini liberi? E ha preteso che votassimo per avere un quadro preciso su questo punto. Abbiamo votato ed è risultato che nessuno dubitava del proprio libero arbitrio. Padre Mattozzi allora ha sbuffato e ha detto per scherzo: "Va bene, allora votiamo anche sull'esistenza di Dio". Il nostro valoroso delegato Cgil è subito intervenuto dicendo di lasciare in pace Dio e redarguendolo così: blasfemo. Quindi ha gridato: "Compagni, votiamo il nostro appoggio all'autogestione degli studenti". È nata una discussione che non finiva più, guidata dal collega Marini e dal collega Sparanise. Essi volevano mettere a votazione se era legittimo che il nostro valoroso delegato Cgil ci chiamasse in pieno collegio "compagni" invece di "colleghi" e se non ci fosse in questo abuso materia per invalidare il collegio. Alle nove e dieci la collega Speranza è scoppiata a piangere perché i figli languivano a casa senza cena. La seduta è stata aggiornata.

Quel che è successo in seguito è facile da raccontare.

A causa dell'autogestione, molti colleghi si sono barricati in sala professori a correggere compiti con urla improvvise tipo: madornale! e giù con la matita rossoblù. Io lunedì sono entrato in 3ª E e c'erano studenti sconosciuti raccolti intorno a Segarelli Matteo che li obbligava a ripassare il dolce stil novo. Sono andato via in punta di piedi per non disturbare, in una scuola silenziosa come non è mai. Finanche le giovani coppie si baciavano senza far scoppiare prima la bolla della gomma da masticare.

Martedì invece rimbombava per tutto l'istituto il *Don Giovanni* di Mozart disturbando la proiezione di un filmato sul Guatemala e di un altro sul Sudafrica con dibattito organizzato dalla timida collega Mastropietro. Sono andato ad ascoltare Mozart. Di tanto in tanto il collega Vivaldi tirava su la puntina e diceva: ricordatevi che Don Giovanni non si pente mai; non come oggi che siamo tutti pentiti. E qui riabbassava la puntina e faceva riascoltare il Commendatore che cantava minaccioso: "Pèntiti, cangia vita; è l'ultimo momento"; al quale faceva seguito Don Giovanni con: "No, no, ch'io non mi pento; vanne lontan da me".

Gran folla di studenti anche mercoledì, in specie al corso su *Walls Come Tumbling Down* degli Style Council, cogestito da Vivaldi e dall'allievo Silvestrone. Entrambi hanno anche organizzato il dibattito sulla legge finanziaria, ma tenendo gli U2 bassi di sottofondo.

Giovedì mi sono infognato in un dibattito tenuto dalla collega Taddeo sulla scritta "facciamo l'autodigestione", espressione secondo lei di una ricerca disperata del proprio io spinta fino al desiderio di digerirsi: probabilmente inventata da una ragazza, ha concluso. Quando mi sono liberato sono andato bighellonando per corsi di danza, di chitarra e di calzetta. Poi per non essere da meno ho affisso anch'io un cartellino in bacheca con ora e luogo di un seminario: Vasco Rossi e il feticismo della merce. È venuto solo Segarelli Matteo.

Venerdì invece sono andato a un "corso di estetica" offerto dalla 5ª E, ripassando mentalmente quel poco che mi ricordo di Hegel e di De Sanctis. Il corso era affollatissimo. L'allieva Seroni Catia truccava e struccava tutte con fard, ombretti scintillanti e ciglia finte. Era un corso per estetiste. Sono filato via quando Seroni ha proposto di truccare me.

15 dicembre 1985

Giorni tristi di incubi e di sogni. Tanto che "C'è poco da ridere" mi ha detto il collega Vivaldi massaggiandosi il petto dove fu colpito anni fa da un candelotto lacrimogeno che, meno male, gli causò soltanto un versamento pleurico. "C'è poco da ridere" mi ha ripetuto. Come se fosse colpa mia se durante l'autogestione si sono tenute molte sedute spiritiche nelle classi a tapparelle abbassate, con comparsa di fantasmi di tutti i tipi, tra cui anche lo spettro bilioso della professoressa di matematica Serino Maria Teresa, morta sulla cattedra due anni fa, a pochi mesi dalla pensione. Un brutto segno, questo, secondo Vivaldi. Troppe ne ha viste, lui ha detto, e troppe ne sa: l'oscurantismo affiora ogni volta che le forze del mutamento attenuano la vigilanza rivoluzionaria. Perciò è volato in biblioteca – covo di rivoltose avanguardie del movimento, dice il preside – e ha esortato stravolto: "Ragazzi, attenzione. Quando le masse sono vittime di passatempi e vedono persino lo spettro della collega Serino, le lotte si svuotano e le galere si riempiono. Cautela, allora: le nostre galere sono già abbastanza piene". Ciò detto, s'è diretto veloce verso il cesso dei professori perché era in tensione e doveva fare pipì. Ma non appena ha aperto la porta ha gridato; *aaaaah!*, perché la collega Serino Maria Teresa era lì, verde, che si lavava le mani nell'orinatoio per maschi e gli ruggiva con la voce virile che di solito appartiene al preside: "Collega Vivaldi, lei eccede sempre: non faccia poesia".

Quest'incubo da sveglio è stato premonitore. Finita la settimana di autogestione si è aperto un periodo di repressione. Tutti i rapporti sono diventati gelidi. Gelidi i colleghi, gelidi gli studenti, al massimo "buongiorno", e nemmeno un "come va". In questa scuola da frigo, ci siamo mossi per classi e corridoi rigidi tutti come bastoncini findus: anche il preside, lui che già normalmente ha una faccia da far calare stalattiti di ghiaccio dai termosifoni bollenti. Proprio con questa faccia è arrivato l'altro giorno, furtivo, alle spalle dell'allieva Falabella Deborah, che sfumacchiava e canticchiava per i corridoi *Sunday Bloody Sunday*. Per gridarle poi, a un centimetro dall'orecchio: "Ah, lei sfumacchia? Ah, lei canticchia?" e spegnerle in bocca sigaretta e canzone con: domani, signorina, verrà accompagnata dai genitori. Falabella ha ribattuto, incoraggiata dal fragore dei banchi abbandonati di botto dopo l'urlo del capo di istituto: "Genitori? Sono maggiorenne". Dopodiché è cominciato un dibattito ad alta voce tra lei e il preside, sulla seguente annosa questione: se, nel caso di punizione, un maggiorenne debba per forza farsi accompagnare dai genitori o possa invece accompagnare se stesso, sentire le rimostranze del preside, caso mai rimproverarsi e all'occorrenza dirsi: prometti che non canticchierai né sfumacchierai mai più per i corridoi. Intanto studenti e insegnanti eravamo tutti fuori classe a partecipare alla discussione, a grappolo per gradinate e ringhiere ma composti, schierandoci ora con l'autorità costituita ora con Falabella oggetto di repressione. La mattinata è passata così.

Questo incidente deve avere indotto il preside a chiamare Vivaldi per un colloquio riservato. Gli ha detto: "Professore, si moderi, è l'ultima volta che glielo dico. Sarà pur vero che lei ha scritto un libro sul poeta Vittorio Betteloni che nessuno sa chi è. Ma questo non l'autorizza a sobillare studenti, condurre vita immorale con la collega Taddeo e trasformare le sue ore di lezione in concerti rock". Vivaldi l'ha lasciato parlare, poi ha detto: preside, me lo metta per iscritto. Ed è corso lui, invece, a scrivere un dazebao dove raccontava il colloquio riservato parola per parola e il grave atto di intimidazione.

Atto che davvero ci ha intimiditi tutti, specie noi della sinistra fragile e patetica. Io, per esempio, sono subito corso in 4ª E a fare il mio dovere interrogando l'allievo Di Marco su Machiavelli e Guicciardini. Lui ha detto che se l'aspettava. E a me e ai compagni ha raccontato che la notte scorsa mi aveva sognato. Ero tutto vestito di nero come la morte, ghignavo e avevo spianato il mitra su tutta la classe. Poi ecco che sparavo, ma l'arma, invece di fare *rat rat*, faceva *tre-quattr*, *tre-quattr* fiottando cifre, sicché tutti si gettavano sotto i banchi gridando pietà. Allora ho detto: "Siedi, Di Marco, sarà per un'altra volta". E mi sono messo a parlare del tempo: in specie di questo inverno incipiente del nostro scontento.

Ora vivacchiamo rivolti, noi insegnanti e studenti, a raggiungere a marce forzate il 21 dicembre, sabato, giorno in cui cominciano le vacanze di Natale. La distanza non solo temporale ma spaziale da quella data è marcata dal registro di classe: una pagina con sei rettangoli contrassegnati in ordine dalle date: 16, 17, 18 e così via. Già nei giorni precedenti erano stati disegnati alberi di Natale, stelline e genitali negli spazi riservati alle note disciplinari. Ma la settimana a venire è zeppa di disegni. Il 21 poi è contrassegnato da festoni, stelle comete e falli con occhi vivaci e bocca sorridente. Inoltre, ben centrato, si legge *Merry Christmas*. Perché "buon Natale" suona un po' volgare.

22 dicembre 1985

Allo scopo di pacificare gli animi dopo le lacerazioni dell'autogestione studentesca, padre Mattozzi giulivo ha riempito la sala professori con cartigli dove si legge in oro "Buon Natale" e anche "pace in terra agli uomini di buona volontà, è nato il bambino Gesù". Stava progettando inoltre di attivare una registrazione di suoni di zampogne a ogni trillar di campanella per la fine della lezione, quando ha esclamato: oh no!, perché s'è visto davanti il feroce collega Storioni, supplente di supplenti, di ritorno tra noi.

Storioni è il più precario (nel senso di insegnante senza posto fisso) tra quel 5 per cento di precari che la nostra collega, il ministro Falcucci, con dolore non è riuscita ancora a sistemare nei ruoli o da qualsiasi altra parte. La sua comparsa è un segnale, come un razzo sparato nella notte. Quando arriva il collega Storioni (e ciò succede tra dicembre e gennaio), allora vuol dire che il corpo docente è ormai al completo e che l'anno scolastico può davvero cominciare. Ma cominciare tra lacrime e sangue, perché Storioni è fondatamente in guerra con tutti e non si fida di nessuno, certe volte nemmeno di se stesso. Mentre se la batteva per dare la brutta notizia a tutti i benpensanti, padre Mattozzi s'è fatto ostentatamente il segno della croce.

Storioni è stato come al solito nominato sulla cattedra della sezione più scalcagnata dell'istituto: la sezione Q, priva di insegnanti nonché di aula dall'inizio dell'anno, ma in compenso piena zeppa di giovani teppisti. Non ha detto nemmeno buongiorno. È subito andato in un angolo della sala professori sotto il cartiglio "pace in terra" e ha redatto un dazebao su carta da salumaio dove all'incirca denuncia: voglio un'aula anch'io, non è possibile che mi debba spostare con la scolaresca dall'aula magna ai laboratori, fino alle aule momentaneamente vuote perché i legittimi proprietari stanno facendo educazione fisica. Basta con le sopraffazioni. Costruite aule nuove. Se c'è bisogno di soldi, licenziate padre Mattozzi. O si trova subito una soluzione o occupo l'ufficio del preside e faccio lezione lì per il resto dell'anno.

Il nostro valoroso delegato Cgil gli ha fatto presente che era da settembre che facevamo marce sul provveditorato, cortei di studenti e per ultimo l'autogestione: non pensasse di avere l'appoggio della gloriosa Cgil, nelle sue lotte autonome, disinformate e perciò insensate. Storioni ha fatto una smorfia e ha sinteticamente definito il nostro sindacato "servo del ministro, del provveditore e del preside". Quindi, non so come, ha appreso che in sua assenza la scuola aveva acquistato un po' di computer mediante cui modernizzare la didattica della ragioneria e l'insegnamento della *Divina Commedia* (quest'ultima cosa su proposta della collega Speranza che è del Cidi). Allora ci ha spiegato come stanno le cose con un altro dazebao.

Secondo Storioni coi computer è andata così. Pare che il ministro abbia detto: vi diamo tanti e tanti milioni. Sicché il preside, il presidente del consiglio di istituto, la giunta esecutiva e tutti gli organi collegiali hanno risposto: sì grazie, la scuola ne ha tanto bisogno. Ma il ministro ha ammonito: un momento, con questi milioni ci potete comprare soltanto computer e nient'altro. Tira e molla, tira e molla, ci si è accordati con un va bene, scegliamo la marca. Allora il ministro ha detto: se i milioni li do io, anche la marca la scelgo io, sennò niente milioni. Capito? ha concluso Storioni spiegando ad altissimo volume ai colleghi presenti in sala professori ciò che aveva appena scritto nel dazebao.

Ma a questo punto la collega Speranza gli ha sibilato: "Zitto che sto correggendo i compiti". E Storioni: "Correggere? L'anno scorso, collega, hai spiegato la forma attiva con *il cane mangia l'osso* e la forma passiva con *l'osso mangia il cane*. Correggere! Ecco cosa siete voi di ruolo: integrati e ignoranti. Vergogna!". Speranza ha cercato di ucciderlo con lo sguardo. Ma Storioni che è l'ultimo dei precari e ha la durezza di Burt Lancaster in *L'ultimo apache*, ne è uscito senza nemmeno un graffio. Però alla fine di questo suo primo giorno da supplente di supplenti l'ho visto stremato. Mentre tutti correvamo via parlando del secondo lavoro, dei figli, della bontà dei pannolini lines, della stupidità degli insegnanti capitati ai nostri figli, Storioni se ne stava seduto sui gradini del portone d'ingresso, fumava e si fissava le scarpe sformate. Ultimo a scavalcarlo di corsa è stato il dinamico padre Mattozzi che gli ha gridato con falsa cordialità: "Pace, pace".

Ma non basta dire "pace pace" per essere un pacifico. Padre Mattozzi ci spia le lezioni audaci, ci denuncia al preside e legge in classe *L'arte di amare* di Erich Fromm ad adolescenti convinti che sia un libro pieno di genitali, in tal modo conducendoli ad arrovellarsi su: potrò mai amare, se non amo Dio?

Col suo occhio vigile è peggio di don Galeno, prete di San Chirico Raparo, curioso sì di sapere che cosa avveniva tra noi docenti di città, ma soprattutto di verificare la sua idea: i cittadini portano molte novità ma anche molta corruzione. Lui diceva in piazza: "Il professor Vivaldi fuma": intendendo: non le sigarette e nemmeno la pipa ma: a buon intenditor – silenzio. Oppure diceva: "La professoressa Barrera guida benissimo. Così bene che ogni fine settimana il professor Vivaldi parte con lei in macchina per passare il weekend a Roma: ore e ore da soli per tratti di strada deserti". E concludeva con malizia: "La professoressa Barrera guida bene". Questo era don Galeno, ma padre Mattozzi è di più articolata perfidia.

Per dirla tutta, in questi giorni tanto ha brigato questo padre Mattozzi, che ha fatto convocare il consiglio di classe della 3ª C e ha spinto un rappresentante degli alunni, suo chierichetto, a mettere sotto processo la collega Speranza. Accusa: la collega Speranza incita all'ateismo commentando il *Cantico delle creature* di frate Francesco d'Assisi. Solo allora è intervenuto lui, padre Mattozzi, col solito garbo: "Non si deve, cara collega, chiamare san Francesco soltanto Francesco, come se fosse un amico suo. Né si deve dire che sora acqua e frate foco sembrano una damigella e un cavaliere pronti a fare l'amore. Né si può sostenere che il cantico è godimento della vita terrena nella sua più piena materialità, come se san Francesco fosse uno sfrenato libertino". Speranza si è invi-perita, ha strillato e poi si è messa a piangere. Ma gli altri insegnanti, nonché i rappresentanti dei genitori e degli alunni, hanno convenuto che bisogna, egregia professoressa, stare attenti a come si porge la materia agli allievi quando sono in delicata fase di crescita. Il preside infine ha detto: "Ecco uno dei frutti del disordine: la confusione dei ruoli e delle materie. Collega Speranza, la diffido dall'usare nell'ora di lettere testi che letterari non sono e che anzi attengono al programma di religione. Di san Francesco si può e si deve occupare soltanto padre Mattozzi. Che sa lei dei santi? Che sa del Padreterno?".

Allora il nostro valoroso delegato Cgil ha convocato una riunione urgente della nostra sezione per dare la risposta dovuta alla riscossa clericale guidata da padre Mattozzi con l'appoggio del preside, del ministro Falcucci e del cardinale Poletti. Puntuali tutti alle ore tre.

Appena usciti di scuola, abbiamo comprato in fretta olive di Gaeta, salatini, un chilo di porchetta, molto vino e siamo andati a casa del nostro delegato che ci ha illustrato la grave situazione venutasi a creare nella nostra scuola. Noi allora siamo intervenuti a turno rimarcando: sì, la situazione è gravissima, bisogna incastrare il preside e inchiodarlo alle sue responsabilità, non è possibile tanta tracotanza. Storioni invece, ospite non iscritto, ha ricordato le gravi responsabilità della sezione sindacale e della Cgil scuola in generale, fin dai tempi del compromesso storico, della politica di unità nazionale e via dicendo. Poi si è passati alla redazione di un documento in cui abbiamo dichiarato: noi sezione sindacale Cgil ci siamo riuniti per stigmatizzare duramente. Su questo verbo "stigmatizzare" Storioni ha fatto resistenza sostenendo che soffoca ogni creatività politica, è ripugnante e ci squalifica. Tuttavia noi abbiamo lo stesso stigmatizzato duramente il comportamento di padre Mattozzi – conniventi il preside, la collega Falcucci e Poletti – che tende a colpire a morte la coscienza laica, la libertà di pensiero, la tolleranza religiosa, l'autogestione, i ragazzi dell'85 – quasi dell'86, la sezione Cgil, come forse mai è accaduto quando vigeva il Concordato fascista del 1929. Dopodiché, saturi di porchetta e di vino, abbiamo ascoltato il collega Pettazzoni, militante del Pci, che ci cantava accompagnandosi con la chitarra *Funiculì funiculà*.

Il giorno dopo si è saputo che, come capita sempre, il preside era stato informato per filo e per segno su tutto quello che c'eravamo detti e anche sul titolo della canzone cantata da Pettazzoni: *Funiculì funiculà*. Allora il nostro valoroso delegato ha dedotto come deduce da anni: c'è una spia tra noi. E per tutta la mattinata abbiamo tenuto d'occhio Storioni ma anche neotesserati infidi, giovani e senza patrimonio di lotte alle spalle, a cui non abbiamo rivolto la parola se non per far capire: brutta spia.

L'unico che non ci crede alla tesi dello 007 del preside è Vivaldi, che ha detto: nelle nostre riunioni ci diciamo le stesse cose da quasi vent'anni (come incastrare il preside, come inchiodarlo alle sue gravi responsabilità); perché il capo dell'istituto dovrebbe impegnarsi ogni volta a trovare spie disposte a spiarci? "Colleghi," ha concluso, "diciamo la verità: ormai siamo così prevedibili che non c'è bisogno di James Bond."

A fine settimana, a un passo dal Natale, l'ultimo duro colpo: ecco che l'ora dedicata al ricevimento famiglie (R, che sta in questo caso per ricevimento), di solito trascorsa in piacevole ozio, viene riempita dalla madre dell'allievo Cardinale. Qui va detto solo di sfuggita. Va detto che solo noi della sinistra pateticamente comprensiva nei confronti degli studenti, durante l'ora R restiamo in ozio. Il collega Marini invece, che distribuisce due e tre come cioccolatini, in quest'ora riceve genitori a frotte che strisciano davanti a lui come davanti a un despota orientale. Quando arrivano questi genitori, solleva la mano, Marini, e dice: un attimo di pazienza. Va al suo cassetto dov'è scritto *Marini* e tira fuori il suo registro. Lo apre, ma in modo che il genitore non veda (il registro è personale e solo il preside e l'ispettore possono metterci gli occhi). Brontola: come ha detto che si chiama? al genitore che ha già ripetuto tre volte: sono il padre di Annibaldi, perché i genitori raramente dicono: sono Annibaldi, come va mio figlio? ma preferiscono questa formula fiera e ricca di significato: sono il padre di Annibaldi. "Annibaldi," fruga Marini nel registro, "Annibaldi non si impegna." E sciorina cifre su interrogazioni e compiti scritti per dimostrare come il giovane Annibaldi sia il punto più basso della scala evolutiva degli Annibaldi. Annibaldi senior giura: le assicuro, professore, che il ragazzo sta sempre sui libri a studiare. "Se è così," ribatte l'inflessibile Marini intimamente godendo, "c'è davvero di che preoccuparsi."

Io invece coi genitori ci soffro. Quando ho visto la madre di Cardinale, mi sono rovinato la giornata. "Sono la madre di Cardinale," ha detto, "come va mio figlio?" "Bene, studia" ho mentito io che non sono capace di dire: va uno schifo. Però ho aggiunto: "Ma è un ragazzo pieno di problemi", perché noi insegnanti democratici ci curiamo più dei problemi degli studenti che del profitto. E le ho parlato di questi problemi: carenza affettiva, insicurezza, timidezza, aggressività improvvisa, foruncoli, tendenza al fascismo, balbuzie, occhi cerchiati, troppa televisione. Smarrita "Io sono la madre di Cardinale" ha ripetuto la madre di Cardinale credendo che io avessi scambiato suo figlio per un altro. Poi ha aggiunto: "Lo so, non apre mai libro. Ma è tanto un bravo ragazzo". Ed è scoppiata a piangere.

Quelle lacrime mi hanno sconvolto, la fine delle lezioni è stata una liberazione. Ho mollato la cattedra, il registro, l'allievo Segarelli che ormai è un leader targato '85 e vorrebbe esserlo anche nell'86, l'allieva Menegozzi Maria Concetta detta Ketty che mi ha prestato *Bela Lugosi's Dead* (anno 1979) dei Bauhaus, e insomma tutto l'occorrente che serve a sembrare un insegnante. Ho fatto gli auguri al preside, ai colleghi, ai non docenti che sono l'unica categoria lavorativa che si definisce per quello che non fa. Ho salutato anche Vivaldi e Taddeo, pronti a partire per Parigi se però il marito di lei la smette di infilarle sotto il tergicristallo biglietti tipo: al ritorno troverai due cadaveri, il mio e quello del bambino.

Stremati dal vuoto e dalla ribellione al vuoto, insegnanti e studenti andiamo in vacanza.

5.

12 gennaio 1986

Il 7 gennaio, alle otto e venti, ecco l'allievo Segarelli Matteo impalato sotto scuola ad aspettarmi. Non riesco nemmeno a salutare le colleghe che si stanno mostrando capi d'abbigliamento e si provano sui polsi e dietro le orecchie profumi avuti in dono dalla Befana. Lui mi blocca e srotola un buon anno insieme al dazebao preparato, dice, tra le dieci e mezzanotte dello scorso 31 dicembre. "Bene bene" dico io, già molto nervoso perché ricomincia il trantran. Poi leggo che augura felice anno nuovo a tutti i ragazzi dell'86 e quindi via con un mucchio di cifre ben disegnate, freccette rotanti e brevi didascalie.

A fatica capisco quanto segue. L'86, scrive Segarelli, se letto da sinistra verso destra è l'86 normale. Ma se letto da destra verso sinistra diventa il 68. D'altra parte, se si prova a capovolgere sia il 68 che l'86, in entrambi i casi si legge 89 (freccette direzionali per indicare il giusto senso di lettura), anno della Rivoluzione francese che è madre di tutte le rivoluzioni. Perciò ci vuole poco a vedere, cari compagni, che nelle cifre dell'incipiente 86 ci stanno sia i segni del 68 che quelli dell'89. E che quindi l'86 sarà eccezionale.

"Ma questa è la cabala" ho commentato, come al solito combattuto tra il fastidio e lo stupore per le pensate di Segarelli. "No, è la tombola" ha chiarito Segarelli fissandomi per capire se le sue azioni erano in ascesa nel mio registro mentale. "Giocavo a tombola quando m'è venuta questa illuminazione." Poi ha aggiunto:

"Ma cos'è la cabala?". "La cabala si può scrivere anche kabbalah" ho tagliato corto io che dico: è una cabala, però cosa sia poi la cabala non lo so. Segarelli è corso ad attaccare il dazebao.

Subito dopo è arrivato il collega Vivaldi rombando perché ha ricevuto in regalo dalla sua vecchia mamma una moto. Cioè l'ha costretta a regalargliela in quanto non poteva sopportare che il marito della sua fidanzata, la collega Taddeo (con la quale ha trascorso un meraviglioso Capodanno a Parigi, mentre Natale lei l'ha passato col consorte e il figlio), facesse il giovane centauro sotto scuola sebbene quarantenne, mentre lui no. Intorno a Vivaldi s'è fatta una folla di studenti, tutti a toccargli la moto, la tuta e il casco, per prima Seroni Catia che per le moto ha sensibilità. Io ho detto: bella moto, ma "È una yamaha RD 350" mi ha corretto con disprezzo l'alunno Cardinale mozzandomi il respiro per la sorpresa. Perché di Cardinale ho sempre pensato che non avesse le corde vocali e che, se mai le avesse avute, non avrebbe saputo che farsene visto che ignora anche il suo cognome e indirizzo. Invece quest'alunno brufoloso e votato alla bocciatura ha seguitato con "bella-bella", e via con un italiano tecnologico che non so rifare, a base di "due tempi, centonovantasei chilometri all'ora, sessanta cavalli su centoquarantasette chili, oltre i settemila giri questa è un siluro, professore, può passare da zero a cento in quaranta metri e lo sa che succede se centra un granello di polvere a centocinquanta all'ora? fa un volo di dodici chilometri, succede". Vivaldi s'è toccato, col gesto volgare che sappiamo tutti. Io invece mi sono allontanato pensando al tempo che avevamo perso tanti anni fa a San Chirico Raparo, quando imparavamo su consiglio di don Milani tutti i nomi degli alberi, in modo da non esclamare mai: "Bell'albero" col rischio d'essere corretti dai nostri alunni contadini con: "È un ciliegio". Forse avremmo fatto meglio a lasciar perdere già allora gli alberi, di cui non parla più nessuno, per metterci a studiare subito le motociclette.

Come se non bastassero le cifre cervellotiche di Segarelli e quelle da tachimetro di Cardinale, l'8 pomeriggio è iniziato il corso facoltativo pomeridiano per docenti sull'uso dei computer di recente acquistati dalla scuola.

Il collega Storioni ha subito fatto un dazebao in cui dice: non andate al corso, pecore; non vi fate espropriare dalla macchina; opponete al silicio il silenzio. Noi, invece, al corso ci andiamo e prendiamo diligentemente appunti senza capire niente e senza darlo a vedere. Perché il preside fin dal 7 gennaio si è rivolto a quelli di lettere con la comunicazione n. 62 ammonendoci così: "È finito, cari colleghi, il tempo della poesia. Si apre quello della scienza e della tecnica. Non è più lecito ormai che un educatore non sappia nemmeno come funziona la candela". Inoltre l'8 pomeriggio s'è messo al primo banco proprio sotto gli spruzzi di saliva della biondina che ci istruisce, alzando spesso la mano per porre quesiti cervellotici con la scusa che ha insegnato matematica. Il 9 poi, quando s'è saputo che interrogava a bruciapelo per i corridoi allo scopo di verificare il nostro grado di apprendimento, ho supplicato l'alunno Cardinale di spiegarmi rapidamente il sistema binario. Il brufoloso Cardinale mi ha aperto nuovi orizzonti in quanto di binario, prima, conoscevo solo una vecchia canzone di Claudio Villa. Ho fatto bene a cautelarmi. La mattina del 10 il preside ha interrogato a sorpresa Storioni.

"Quanti *bit*fannun*bait*?" gli ha chiesto.

Storioni era soprapensiero e ha risposto come fa coi turisti stranieri:

"Uòt? Aidontanderstènd! Aidontspickinglìsc! Non capire!". E se l'è filata.

19 gennaio 1986

"*Mala tempora currunt*" ha commentato l'anziano collega Sparanise nel leggere le comunicazioni nn. 63 e 64.

Con la n. 63 il preside ci fa sapere che la sezione sindacale Cgil non deve più stilare documenti con cui stigmatizza duramente il comportamento di padre Mattozzi, accusato di credersi gestore esclusivo, nella nostra scuola, dei rapporti col Padreterno. Né la sezione deve più permettersi critiche alla persona del preside. Alcuni colleghi e bidelli dabbene hanno raccolto prove inconfutabili di grave offesa a lui, capo dell'istituto, e, se non a lui, alla sua mamma e alla sua nonna. Conseguenza, se la cosa non cessa, tutelerà la sua onorabilità nelle sedi competenti.

Con la n. 64, poi, intima che i nostri registri personali siano subito consegnati in presidenza perché deve controllare se ci sono cancellature, se la *a* delle assenze si trova nella casella giusta, se sono state fatte almeno tre interrogazioni per alunno. Gli scrutini incombono – ricorda. Guai a noi se ci pesca nel disordine e nella negligenza.

"*Mala tempora currunt*" ha detto il collega Vivaldi, il cui registro è immacolato. Dal 12 settembre non ha mai segnato un'assenza, un voto, un argomento nella pagina degli argomenti svolti: niente. Perché è contrario all'uso del registro fin dall'anno 1971, quando cominciò a insegnare a San Chirico Raparo, molto più giù di Eboli.

"*Mala tempora currunt*" abbiamo detto tutti noi docenti perché, tra autogestioni e cortei e assemblee – ci lamentiamo – chi li ha mai visti gli studenti, chi li ha interrogati? E ora il futuro si presenta in forma di lunghi elenchi di interrogandi – dodici al giorno segnati su calendari appositi – tutti volontari e prenotati che poi, nel giorno fissato, saranno assenti per malattia o nascosti nei cessi a vomitare. Fino a quando si arriverà a nauseanti interrogazioni di tre minuti l'una, tanto per riempire il registro, a base di: "Parlami di Machiavelli"; "Ma*c*chiavelli è nato a Firenze nel 1469" con l'occhio al libro aperto sul banco; e noi: "benino, un po' più d'impegno, cinquepiù".

"Mi fanno male le tempie" ha detto infine l'allievo Segarelli e ha chiesto il permesso di andarsene a casa. Perché ha scoperto che del suo elaborato dazebao sull'86 – anno eccezionale, secondo lui, in quanto conterrebbe i segni del '68 e dell'89 – è rimasto solo un brandello penzoloni dallo scotch, su cui si legge: "Affanculo, Segarè".

Non è finita qui. C'è stato il grande ricevimento-genitori, da non confondere con l'ora R (piccolo ricevimento) che ogni docente è tenuto a dedicare settimanalmente a madri, padri, zii e nonni dei suoi allievi.

Il grande ricevimento è quadrimestrale. Lo si fissa a un mese dagli scrutini e va dalle tre alle sette, ore in cui dispensiamo, due insegnanti per aula, gioie e dolori a catena: via uno, avanti un altro. Prima sentiamo il traffico congestionarsi giù in strada. Poi ecco genitori e parenti che arrivano a grandi ondate, a volte solo la madre, a volte solo il padre, spesso in coppia, non raramente con lo scolaro e i suoi fratellini, in qualche caso col fidanzato della sorella grande. Si sente il passo cadenzato per i corridoi: un'armata compattata da affetti viscerali e speranze promozionali, che ora ci assedia nelle aule come se fossimo signorine delle poste allo sportello. Folle in abiti da lavoro, o con i completi, le pellicce e il trucco delle grandi occasioni. Il tanfo solito delle aule subito si arricchisce coi profumi e i fiati di tutti questi adulti così apparentemente fiduciosi nella scuola. Se li riconosciamo a prima vista ("Come va, signor Falabella?") sono contenti. La verità è che non salutiamo loro ma il trionfo dei cromosomi. Riconosciamo pezzi dei nostri alunni sulla faccia dei loro genitori e pezzi dei genitori già pronti, sotto pelle, a prorompere dalle ossa facciali dei nostri allievi. Un attimo e già ci ricordano che il loro figliolo studia giorno e notte, che con l'insegnante dell'anno scorso aveva tutti sette e otto: come mai con lei no? Oppure ci spronano così: "Schiaffi, cazzotti, cinghiate. Ha la mia autorizzazione, professore: gli spezzi le ossa". Ma poi tirano buffetti affettuosi al figliolo per far capire: se soltanto lo tocchi, te le spezzo a te le ossa. O ancora, come il signor Martinelli, padre di Martinelli Stefy, arrivano già in lacrime, ci raccontano segreti di famiglia, ci chiedono: intervenga lei. Perché – mi ha detto il Martinelli – la conosce: non è possibile che una bambina così, esile, ben educata, che si soffia graziosamente via i capelli dagli occhi, faccia l'amore con un troglodita sotto i trent'anni.

Quando infine se ne vanno, pochi sembrano felici. Molti si sentono solo furbi, perché credono di essere, loro e il figlio, una gang affiatata che ci ha turlupinato. I più escono immusoniti dicendosi: quello ne sa meno di te. Senza contare che qualche volta il nostro colpo d'occhio non funziona. Il genitore che lascia l'aula incontra il figlio sulla soglia, gli comunica: "Ho appena parlato col tuo insegnante di lettere" e gli tira un ceffone. Ma il ragazzo para col braccio e grida: "Quello non è il mio insegnante". Pazienza. Nessuno è infallibile.

A questo grande ricevimento ho rivisto anche la mamma dell'allievo Cardinale, votato alla bocciatura. "C'è stato un miglioramento?" ha chiesto soffrendo. Io mi sono tenuto sulle generali: "Signora mia", ho detto, "suo figlio parla un bellissimo italiano tecnologico. Sa tutto sulla yamaha, sul sistema binario e sui computer". "Allora che voto gli metterà in media?" ha chiesto. "Quattro" ho fatto cenno con le dita. "Io insegno letteratura: sa, le donne, i cavalier, l'armi e gli amori. Guicciardini non è la marca di un computer e Machiavelli non è una motocicletta."

26 gennaio 1986

Sono stato convocato in presidenza. Lì, dietro la scrivania, tra lussureggianti piante d'appartamento e il tricolore, ho trovato il busto del preside sul grigio accigliato. A destra e a sinistra le pile dei nostri registri personali che il capo di istituto sottopone periodicamente a esame. Adesso è il turno del mio registro.

"Più interrogazioni," mi ha esortato, "vedo un solo voto per allievo, qui si batte la fiacca." Io ho detto: gli scioperi, l'apartheid, le assemblee non autorizzate, i ragazzi dell'85, l'autogestione: per forza! E mi sono stretto nelle spalle pensando: come sono vile, come mi detesto.

Il preside allora mi ha fatto capire che gli dispiace per me: sono una persona così seria, così educata. Dovrei solo diventare più duro. "Li incalzi, questi giovani, li talloni. Una domandina e tre subito, senza discutere. Per il loro bene. E per il nostro. Mai lasciarsi cogliere in difetto. Per esempio: perché mi sbaglia casella il 18 ottobre e assegna a Di Marco un'assenza che invece è di Di Biase? Capisce che se in quel giorno Di Biase avesse assassinato sua madre, questo registro costituirebbe un alibi di ferro per il giovane assassino e intralcerebbe il corso della giustizia?"

"Di Biase non è un assassino. Di Biase lo conosco: non farebbe male a una mosca" ho detto io non tanto per amore di Di Biase ma per ridimensionare le conseguenze del mio errore. Il preside ha tagliato corto: "Poche chiacchiere. Meglio essere in una botte di ferro. Ne guadagna la sua professionalità e la giustizia".

Quindi mi ha scritto sul registro *quasi sufficiente*, e mi ha congedato con lo sguardo.

Ora vago per scale e corridoi, in una scuola che sta tra la sezione staccata del tribunale dell'Inquisizione e un lazzaretto nel pieno della pestilenza. Nelle classi c'è poca gente. La gran parte degli studenti o si sta appiccicando nozioni nei cessi o si sta facendo interrogare fuori orario, una domandina veloce in un'altra classe, in sala professori, in biblioteca. Molti invece si aggirano con gli occhi rossi lanciando bestemmie. E non c'è giorno in cui non si veda qualche studentessa distesa su due banchi priva di sensi, mentre l'amica del cuore strilla: aria aria, e il preside arriva gridando: chiamate l'insegnante di educazione fisica, una categoria che lui considera piena di medici e taumaturghi, visto che sa un po' di anatomia.

Solo il collega Vivaldi non interroga nessuno, mentre i suoi fidi allievi gli copiano le assenze sul registro fino a ieri immacolato e la collega Taddeo, poiché lo ama, distribuisce a vanvera sei e sette nelle caselle. Storioni, invece, il feroce collega precario, ha denunciato in un dazebao che c'è un accordo segreto tra il nostro valoroso delegato Cgil, la delegata Cisl, il preside e padre Mattozzi per cogestire la repressione post '85 nel nostro istituto.

Infine eccomi in classe. Interrogo sei volontari in storia, una domandina per ciascuno. Altri si preparano per le interrogazioni delle ore successive. Altri hanno la cuffia alle orecchie e schioccano le dita ritmicamente, perché sono stati già interrogati. Un folto gruppo di allieve circonda invece con espressione da funerale Martinelli Stefy avvinta al termosifone bollente, la faccia sul verde tipo fòrmica del banco. "Come va, Martinelli?" chiedo io ogni tanto mentre Di Marco dice: Cromwell, i puritani. "Male" rispondono le amiche di Martinelli ma col tono di chi segnala: pensa ai fatti tuoi e zitto che aggravi solo le sofferenze di Martinelli Stefy. Entra la bidella Fulco Maria portando la camomilla. Martinelli dà un sorso e basta. Ma le amiche, come se fosse l'ultima camomilla della vita di Martinelli: "Prendi", dicono, "solo un altro sorso". Poi: "Professore, può uscire Martinelli?". "Sì" dico io. E si muovono in sette: le altre sei accompagnano Martinelli che strascica i piedi come una degente in ospedale.

Arriva la collega Morena, storia dell'arte: anche lei con la faccia da funerale. "Martinelli come va?" "È al bagno" dico io mentre Di Marco mi sta raccontando che secondo Hobbes *homo homini lupus*, cioè l'uomo si mangia il lupo e il lupo si mangia l'uomo: perché, conclude, lo stato di natura è come l'odierna società, una giungla piena di arabi e libanesi e libici, e allora ci vuole un leviatano. Aggiungo per Morena: "Martinelli dev'essere interrogata e finge di avere le mestruazioni". La collega Morena fa una smorfia che significa: stronzo. Poi dice: "Il problema è un altro". E mi mormora una cosa all'orecchio. "Ah" dico io, e mando subito Germani Ursula a comunicare a Martinelli: Starnone si scusa, hai tutta la sua solidarietà.

Germani e la collega Morena escono e si vanno ad aggiungere al coro da tragedia greca che circonda Martinelli in bagno. Io dico a Di Marco: "Non c'è male, settepiù". Rientrano Martinelli e il coro, ma ora Martinelli pare rinata e il coro è sull'allegro.

"Tutto a posto" mi dice la collega Morena. "Ah" sospiro io di sollievo. Allora arriva la bidella Maria con un'altra camomilla. "Come va?" chiede. Germani Ursula dice ad alta voce: "Martinelli non è mamma". "Mi fa piacere," dice la signora Maria, "due camomille fanno ottocento lire." Pago io per festeggiare. Ho un po' di mal di gola: la camomilla mi fa bene alla faringe.

6.

2 febbraio 1986

Mi sono ammalato. Ho la febbre e un tale mal di testa che non posso girare gli occhi né di qua né di là, né di su né di giù. In questi casi il peggio è sempre dover telefonare a scuola per dire: sto male. Perché il preside pensa: gli insegnanti non si ammalano mai sul serio, ma fingono e soprattutto fingono troppo spesso. In alcune sue comunicazioni minatorie ci ha già fatto sapere: i soldi per i supplenti non ce li ho; ogni assenza – foss'anche di un giorno solo – va giustificata con certificato medico; e se mi gira, mando la visita fiscale. Quanto ai permessi per motivi di famiglia, "su quelli vigilo io direttamente". E vaglia infatti come un confessore sia i motivi che la moralità della famiglia. Le colleghe si raccomandano spesso al suo buon cuore.

"Il mio cuore è molle" dice il preside. Ma lo è soprattutto con i laureati in materie scientifiche il cui valore sociale lui, laureato in matematica, apprezza in modo particolare. La sua idea è questa: se ingegneri e architetti e commercialisti si assentano per correre a fare un altro lavoro, siamo certi che si tratta di un lavoro socialmente utile, forse ancor più di quello di educatore. Ma un insegnante di lettere che si ammala per finta, cari colleghi, è un infingardo e basta. Resta a casa in pantofole e che fa? Scrive poesie, romanzi, sceneggiati televisivi, saggi critici e pensate sul mondo; tutta roba inutile che procura solo danno alla società.

Sicché, quando ho telefonato per avvisare che ero moribondo, l'ho fatto con un po' di batticuore. Mi ha risposto la segretaria, non docente di nome Giulivo Francesca, che ha chiesto: "Professore, non ce lo poteva dire ieri? Non per niente: per regolarità". E mi ha spiegato che dovevo riempire un prestampato in cui chiedo tot giorni di congedo straordinario per malattia, a partire da e fino a. "L'ha fatto?" "No," mi sono giustificato, "ieri non sapevo che ero sul punto di ammalarmi." La signora Giulivo ha tirato avanti con: la prossima volta un po' più di attenzione, casca sempre tutto sulle mie spalle. E ha concluso: meglio che parli col preside.

È passato un quarto d'ora durante il quale mi sono immaginato che la segretaria stesse dicendo al preside: secondo me mente: non ansima, non ha mai fatto *cof cof*: ci giurerei che mente. Perché, per intenderci, presidi e segretari hanno così introiettato il modello del falso ammalato, da ritenerlo ormai il modello dell'ammalato vero. Il falso ammalato, quando telefona per annunciare la propria malattia, rantola, tira su col naso, sputa i polmoni nel ricevitore: non sembra uno con l'influenza, la faringite, le corde vocali allentate, ma un comatoso da portare subito al pronto soccorso. Io invece ingoio la tosse per buona educazione e ho inevitabilmente una voce colloquiale, al massimo un po' roca. Con questa voce ho spiegato al preside che avevo l'influenza e mi dispiaceva: "Il quadrimestre è agli sgoccioli, ho tanta gente da interrogare: preside, proprio mi dispiace".

"Vedrà che si rimetterà presto" ha detto il preside. "La sento in forma: respiro normale, niente tosse, una punta di cordialità nella voce che lascia ben sperare. Si riguardi, non esca." E ha riattaccato.

Poco dopo sono cominciate le telefonate, perché il telefono ha sostituito le belle visite che una volta intere scolaresche facevano all'insegnante ammalato portandogli affetto, zucchero e caffè. I miei allievi hanno telefonato soprattutto per sapere per quante settimane mi assenterò: due, tre, un mese? L'allieva Seroni Catia ha buttato giù il ricevitore quando per dispetto le ho risposto: torno domani. L'allievo Timballo invece è stato all'apparenza deferente: "Trentotto di febbre?" ha detto, e poi: "Anche io. Oggi sono venuto a scuola con trentotto di febbre. Volevo riparare al tre che ho in italiano, ma lei non è venuto". "Bravo, bravo," gli ho risposto io, "il tre ce l'hai e te lo becchi in media." Quanto all'allievo Di Marco è stato gioviale. Ha detto che il libro che gli ho suggerito, *La questione agraria* del rinnegato Kautsky, è proprio un bel romanzo, sembra scritto da Tolstoj. Poi ha concluso: "In storia ho quattromeno e settepiù, che sommati danno undici. Lei fa proprio la media matematica o arrotonda?".

Solo il collega Vivaldi è passato per una visita veloce: "Un minuto" ha detto; poi è rimasto a parlarmi per tre ore della grande intesa sessuale che c'è tra lui e la collega Taddeo.

Ieri infine è venuto il medico fiscale. A sorpresa, come fanno i medici fiscali. Sono andato ad aprire, nemmeno in pigiama, vestito di tutto punto, in mano un libro che stavo leggendo. È entrato veloce come se fosse inseguito. "Dov'è il malato?" ha chiesto. "Sono io" ho risposto. Lui ha tirato fuori un modulo in gran fretta: mi detti cos'ha, ha ordinato. "Influenza," ho dettato io, "febbre a trentotto e mi si sta scollando la calotta cranica." "Quanti giorni le servono ancora?" lui ha chiesto. "Faccia lei" ho risposto. Ha scribacchiato qualcosa ed è scattato verso la porta. Sulla soglia ha detto: "La prossima volta collabori un pochino. Tiri su col naso, ansimi, faccia *cof cof*. E si metta in pigiama". Poi se l'è filata.

9 febbraio 1986

La scuola è ormai un bivacco di insegnanti che si dedicano alle ultime veloci operazioni prima degli scrutini. Il mondo, che già normalmente appare sbiadito oltre i vetri delle aule, non esiste più. Occhi cerchiati, barcollanti per i postumi dell'influenza, trasportiamo a braccia in segreteria i pacchi dei compiti scritti debitamente corretti, che finiranno ad ammuffire chissà dove. Poi contiamo le assenze di ciascun allievo e registriamo il totale nella casella apposita. Quindi trascriviamo voti e assenze sui prospetti delle medie quadrimestrali e, non soddisfatti, riproduciamo tutte queste cifre su tabelloni generali. Infine ingoiamo un panino in fretta badando a non sporcare il registro con macchie d'unto e ci andiamo a infognare alle tre e mezzo, dopo una pugnace mattinata con studenti che vogliono essere interrogati un'ultima volta "per riparare", in un'aula dove il preside apre e chiude sedute, ci invita a farneticare sull'andamento generale della classe e guida il coro della dettatura e trascrizione (ancora) dei voti e delle assenze su libroni e pagelle. "Che è operazione delicata," ci ammonisce, "attenti a non sbagliare. E ricordate che *sei* si scrive *sex*, perché la *i* di *sei* ci vuole poco a trasformarla in *t* e cambiare truffaldinamente un *sei* in *sette*." Così noi, per tutelarci contro i malintenzionati, dettiamo con bella voce chiara: *sex*! E il collega addetto alle pagelle trascrive: *sex*.

Gli insegnanti con tre classi sono impegnati negli scrutini al massimo per due pomeriggi. Ma ci sono insegnanti con dieci classi, trecento alunni con assenze e voti connessi, che restano a scuola dalla mattina alla sera fino alla fine di febbraio. Questi diventano verdi, fanno lo stomaco gonfio a forza di panini al tonno e coca cola, per l'assidua permanenza a scuola assumono stabilmente il tanfo di piedi sporchi, gesso e fiati delle aule. A volte fanno gli occhi rossi, altre volte urlano all'improvviso: "Perché non ho fatto il medico, il magistrato, il pilota? Perché sono solo un professore condannato per tutta la vita a queste operazioni da cretino? Tutta colpa dei sindacati che ci hanno rovinato".

Allora diventiamo violacei. L'anziano collega Sparanise infila nel bocchino una sigaretta e ci ricorda l'età dell'oro del professore, "quando tutti ci rispettavano e non si facevano collegi e consigli e riunioni di commissione e beghe e litigi di politicanti, ma si era stimati educatori apolitici che fanno lezione e tornano a casa". Così, all'improvviso, che si sia di sinistra, di destra o di centro, ci sentiamo gravare addosso il nostro destino cinico e baro. E questo clima di inutilità dell'esistenza ci affratella. Tanto che si può sentire l'anziano collega Sparanise chiedere al giovane collega Storioni, il feroce precario: "Come va con te Cardinale?". E Storioni rispondere: "Uno schifo. E con te?". "Anche con me." "Quanto gli metti?" "Tre." "Anch'io." "C'è chi è nato per studiare e chi è nato per zappare." "Proprio così." Quindi si avviano insieme per andare a scrutinare.

Gli scrutini si fanno così. Il preside dice: "Come va la classe?". "La classe va," rispondiamo noi, "certo potrebbe andare meglio, comunque per andare va." "E lo svolgimento dei programmi?" incalza il preside. "I programmi sono a buon punto" rispondiamo noi. "Non a un punto soddisfacente, per colpa dell'apartheid, del movimento dell'85, dell'autogestione e di altre perdite di tempo; però, preside, quello che si doveva fare s'è fatto." "E la disciplina?" domanda il preside. "Lascia a desiderare," rispondiamo noi, "sempre per i corridoi, sempre a fumare, sempre a rumoreggiare. Che fatica, non se ne può più."

Allora padre Mattozzi interviene e dice: "Perché avete smesso di trasmettere valori". "E memoria" aggiungiamo noi della Cgil, che partecipiamo sempre costruttivamente dando il nostro contributo. "E rispetto della gerarchia" aggiunge il preside. Quindi in coro giovani insegnanti neoassunti e anziani colleghi sfiduciati invocano: sì, basta promuovere tutti, bocciamo, selezione, numero chiuso, sette in condotta: "Rivalutiamo la nostra funzione".

A questo punto il preside dà uno sguardo al tabellone generale e dice: "Come mai Martinelli Stefania ha tante gravi insufficienze?". I colleghi maledicono a turno Martinelli Stefania, riassumendo infine: a scuola non viene certo per studiare, ma per travestirsi da soubrette e uscire due ore prima con la scusa che ha mal di pancia. Io mi raschio la gola e dico: Martinelli ha gravi problemi, i genitori si odiano, il fratellino è malato di cuore, lei ama un giovane serio e dabbene ma il padre non vuole, ultimamente pareva che fosse rimasta incinta e invece graziaddio no. "Noi siamo educatori," dice il preside, "non dobbiamo fare poesia: o questa Martinelli si mette a studiare o la bocciamo." Tutti esclamano: sì.

Quindi si passa a dettare voti e assenze. "Astarita Luigi," comincia il preside, "quanto ha in religione?" "Molto," dice padre Mattozzi, "con sette assenze." "Italiano" dice il preside. "Sex," dico io, "con quattordici assenze." "Storia" dice il preside. "Sex," dico io, "con otto assenze." "Francese" dice il preside. Silenzio: francese non risponde. Allora ci giriamo verso l'anziano collega Sparanise. Dorme, colto dal sonno improvviso dei vecchi. Il bocchino d'oro gli è cascato dalle labbra e i pantaloni gli stanno fumando.

16 febbraio 1986

"Sono depresso" mi confida l'allievo Segarelli Matteo mentre, durante la ricreazione, io prendo un caffè e lui un'aranciata, tutt'e due schiacciati dalla ressa contro una vetrata appannata. Ma intanto gongola visibilmente perché gli ho appena confidato che in pagella ha tutti otto e in condotta nove, malgrado una nota disciplinare beccata in pieno movimento dell'85. Ed elenca: "I compagni dispersi, il collettivo decimato, il coordinamento deserto e nessuno più che voglia intervistarci, fotografarci, mandarci in onda. Professore, mi delucidi: che fare?".

Scontenti fissiamo i mucchi di neve oltre il vetro sgranato dalla condensazione. Visto che taccio, Segarelli continua: "Tanti compagni trafitti da sette in condotta. Ma come battersi contro la repressione, come raccogliere le forze e schierarle in battaglia?" spiando le mie reazioni innanzitutto per capire se mi compiaccio della potenza immaginifica del suo linguaggio ricercato; e poi perché sa bene che ho contribuito ad assegnare tredici sette in condotta nella sua classe di teppisti.

"Sono sempre i più deboli a lasciarci le penne" io commento pensando: sarà colpa delle letture che gli consiglio se si esprime come un patriota di primo Ottocento? Poi sentenzio: "Chi ci sa fare, caro Segarelli, con una mano opera nel movimento e con l'altra prende la media dell'otto e nove in condotta. Sono questi che domani comanderanno". Segarelli va via pensoso come Jacopo Ortis.

La collega Taddeo e il collega Vivaldi sono più depressi di Segarelli, a scrutini finiti. Da giorni Taddeo si lamentava dei suoi allievi incisori di svastiche, cultori di arti marziali, esperti di yamaha e di honda, divoratori di riviste Jackson, paranormali che evocano il fantasma della collega Serino (volata in cielo due anni fa *ex cathedra*), ciarlieri narratori bocca a orecchio (ciuciù, ciuciù) dei loro gravi problemi personali. Si lamentava perché si rifiutavano di consegnarle le relazioni di gruppo sulla percezione dello spazio scolastico nella scrittura degli studenti, da compilare schedando le scritte nei cessi. "Vogliamo interrogazioni normali e il sei politico" dicevano. E lei: "Siete una Vandea, siete sanfedisti". Ma loro: "Che è la Vandea, che è sanfedisti?". Sicché, quando il collega Marini ha detto, durante lo scrutinio: "Sette in condotta a questa classe di criminali" lei ha convenuto: sì.

Anche Vivaldi nella sua classe di delinquenti ha fatto lo stesso. I colleghi hanno esclamato: non se ne può più, non se ne può più, sempre al cesso, sempre nei corridoi a sfumacchiare, gentaglia. E lui s'è sentito addosso tutte le delusioni di questi anni. In più s'è ricordato di Morbiducci Sabrina che alla domanda: fruga nella tua cultura di giovane dell'85-'86 e dimmi cosa ti evocano gli spazi siderali (lui pensava all'orrenda disintegrazione dello shuttle col suo carico umano), gli ha cantato: "Non è solo una macchia scura il cielo": a lui, a Vivaldi, che odia tutte le canzoni di Renato Zero. Sicché, quando il preside ha detto: mettiamo una bella manciata di sette in condotta, ha mormorato: non sono d'accordo; ma poi ha lasciato fare.

"Che vergogna" ora dice in coro con Taddeo. E poi io e lui torniamo ai tempi eroici di quando insegnavamo a San Chirico Raparo e mangiavamo pecorino e bevevamo vino e discutevamo tutta la sera coi nostri allievi per capire come si poteva operare a San Chirico nell'interesse della classe operaia e ci chiedevamo se lo studente era un soggetto rivoluzionario e ci dicevamo che, a leggere bene, Marx pensava di no e allora andavamo a contattare i dieci operai clientelarmente assunti di una fabbrichetta sorta di recente a valle (di quelle che servivano a fregarsi i soldi della Cassa del Mezzogiorno e poi chiudere), e ci andavamo Vivaldi e io e studenti tipo Cataldi che partecipava ai nostri corsi di economia marxista (io usavo il Pesenti, ma Vivaldi ebbe da ridire e mi impose il Mandel) nel circolo culturale fondato nella stalla dell'allievo Marsicano, ed era bello allora perché non insegnavamo nel vuoto dello spazio siderale come oggi ma su questa Terra piena di lacrime e sangue, e scrivevamo al "manifesto" per segnalare: importante momento di lotta a San Chirico Raparo, e se la notizia era stampata sapevamo di stare dentro la Storia e della Storia tappezzavamo tutto il paese. Poi venne l'allievo Cataldi, che a giugno ci portava le fragole e a ottobre un mosto spumeggiante, e all'improvviso ci disse. Pausa. "Cosa" chiede Taddeo. "Non si può dire che cosa ci disse" sghignazza Vivaldi per indispettire Taddeo che gli pende dalle labbra, sospesa sulle nostre memorie. Allora si accapigliano, si fanno le fusa e infine esclamiamo tutt'e tre: cosa siamo diventati e nemmeno ce ne siamo accorti: sette in condotta! Quindi passeggiamo a braccetto per il cortile intonando il coro che fa: ta-pùm, ta-pùm, ta-pùm.

Il giorno dopo, sul muro grigio della scuola, è comparsa la seguente scritta in vernice nera: *Taddeo, Vivaldi, Starnone! Affrettatevi o perderete lo shuttle.*

23 febbraio 1986

Gli studenti si lamentano. Dicono che in storia prendono brutti voti perché il manuale non è chiaro: troppe crisi economiche, troppe chiacchiere complicate. Io rispondo: per forza, non leggete mai, solo musica e televisione, siete semianalfabeti, che pretendete? Però poi mi faccio forza e detto appunti che scopiazzo da un libro per le scuole medie inferiori. "Scrivete" dico. "Luigi XIV decise –" "Piano," mi interrompono, "lei corre troppo." "Luigi, ripeto, XIV / decise / di tenere / a freno / la corte." Dall'ultimo banco l'allievo Di Marco chiede: "Freno con la maiuscola?". E l'allievo Di Biase, che ama la geografia: "Professore, dove si trova Freno?".

Allora depongo il libro, mi metto seduto e penso all'allievo Cataldi, mentre Di Biase sussurra: non si ricorda dove si trova Freno. Io invece, per una serie di nessi mentali che mi sto sforzando di ricostruire, adesso ho in mente quel mio alunno di campagna che tendeva ad annunciarci con solennità tutte le tappe della sua vita. A quindici anni si era alzato e aveva comunicato alla classe: sono un drogato, ma non era vero, aveva solo letto un libro sulle droghe. L'anno dopo con altrettanta solennità ci comunicò: sono omosessuale; poi si fidanzò con Donata, la figlia del maestro Barracane, e allora corresse: non sono omosessuale; aveva preso un abbaglio. Dopo le prime lezioni di economia marxista, nel circolo culturale con sede nella stalla dell'allievo Marsicano, dedusse: sono marxista; ma lo interrogammo e si scoprì che della caduta tendenziale del saggio del profitto non aveva capito granché. Solo quello che alla fine ci disse in segreto, rivolgendosi soprattutto a Vivaldi con voce dura, risultò poi vero. Ma non gli credemmo. Io soltanto gli dissi: non fare il cretino, la politica è mediazione, tocca a tutti prima o poi mordere il freno. Ma lui non ne volle sapere. Ruppe ogni rapporto con la figlia del maestro Barracane e lasciò il paese. Ora che lo metto a fuoco mentre mi saluta, stenta a diventare nitido e gli vedo in faccia il naso di Di Biase. "Freno è nei pressi di Fano" allora dico tra le risate della classe. E in quel momento bussano alla porta. È Menegozzi Maria Concetta detta Ketty che, quando ne ha voglia, cura la mia istruzione musicale e mi mette al passo coi tempi.

"Che mi hai portato?" chiedo occhieggiando la copertina di un disco. "*Psycho Candy* dei Jesus & Mary Chain." "L'ultimo che m'hai dato era roba vecchia: 1979." "Noi studiamo Foscolo che è del 1778." "Questo è nuovo?" "1985." "Posso scrivere che è musica rock?" "Musica rock... Tutto è musica rock. Il problema è vedere che cosa è *trendy*." Io faccio l'espressione così: ?. Lei capisce e spiega: "*Trendy* significa che fa tendenza". "Questo disco fa tendenza?" "Se la fa! È post-punk-dark." "E gli U2, e *Sunday Bloody Sunday*?" "Acqua passata. Lei non sarà mai *up to date*." L'ora dopo incontro il collega Vivaldi per i corridoi e gli chiedo a bruciapelo: "Lo conosci *Psycho Candy*?". "Che è?" "Roba *trendy*. Vivaldi, dove vivi? Tu non sarai mai *up to date*."

Passa il preside e dice arcigno: "Colleghi, non ci attardiamo. In classe". Il preside è scontento dell'andamento della *sua* scuola. Troppa demagogia, dice, troppa poesia, troppi insulti alla sua persona. Perciò ha deciso che questo secondo quadrimestre dev'essere improntato all'efficienza: rigore e professionalità. Si è dato ad assidue ispezioni didattiche a sorpresa. Conseguenza: facciamo lezione come in un castello dove all'improvviso può comparire un fantasma. "Buoni," diciamo agli studenti, "buoni che può arrivare il preside." E raccomandiamo: quando entra, scattate in piedi. Raccomandazione seguita dagli interrogativi: perché? chi è il preside? è meglio di me? Ai quali io allarmato cerco di dare un taglio con: fatelo per me. Ma loro rispondono che per me non fanno proprio niente: li aiuto, quando faccio gli scrutini?

In allarme passo allora alla lettura del carme immortale di Foscolo: *I sepolcri*. Se viene il preside a ispezionare, non voglio che mi trovi con le mani in mano. Comincio: all'ombra dei cipressi e dentro l'urne, e subito, ordinatamente, gli allievi si organizzano per trascorrere utilmente le prossime due ore. Menegozzi Maria Concetta detta Ketty si mette a leggere *Pube angelicale* di Puig.

L'allievo Olivieri Oliviero conta il danaro racimolato con il toto nero che serpeggia clandestinamente tra banchi e classi tutta la settimana. L'allievo Biondi Marcello disegna il coltello di Rambo. Seroni Catia si trucca. Solo un gruppetto di sette studenti freme con me a: celeste è questa corrispondenza d'amorosi sensi, celeste dote è negli umani; perché vogliono portare italiano all'esame di maturità e sono disposti a tollerare tutto. Silenziosi annotano a matita tutto ciò che mi detta il carme mentre la lettura mi infiamma. Presto non sento più nemmeno Ticconi Elisa che chiede: che sono l'are? che sono i domestici Lari? ma procedo, è roba che conosco bene, sono i ferri del mio mestiere, e quasi mi rompe il petto un singhiozzo quando lamento che l'alterna onnipotenza delle umane sorti, e sostanze t'invadeano e are e patria e, tranne la memoria, tutto. Tranne la memoria! mi scappa l'urlo e poi mi riprendo e tiro avanti congestionato e batto ritmicamente la mano sulla cattedra per far sentire agli ascoltatori come il navigante che passava di là, sotto l'Eubea, vedea per l'ampia oscurità scintille balenar d'elmi e di cozzanti brandi, e faccio le scintille con le dita, e anche: sentite qui l'allitterazione: quante erre, quante erre! in questo fumar le pire igneo vapor, corrusche d'armi ferree vedea larve guerrier cercar la pugna – ah bellissimo, bellissimo!

Qui giro lo sguardo e mi trovo il preside in classe che, come tutti i presidi, è entrato senza bussare.

"Che si fa," chiede, "non ci si alza più in piedi quando entra il preside?"

Si alzano tutti, ma con un tale fracasso di banchi che il preside stringe gli occhi e dice: comodi, comodi. Poi continua:

"Sentiamo un po' che cosa preparano di bello questi giovani per l'esame di maturità. Lei signorina," chiede a Seroni Catia che continua a truccarsi, "che cosa state leggendo?".

"La Carmen dei Sepolcri" risponde Seroni Catia.

"Bene" dice il preside, che è un ex insegnante di matematica e non batte ciglio. "Abituiamoci allo stile colloquiale degli esami: della Carmen chi ha dato di recente un'importante versione cinematografica?"

7.

2 marzo 1986

Il feroce precario Storioni mi confida che la scuola non è solo il lavoro di insegnante: è anche danaro, giro di milioni. Quindi mi descrive il ministro che spala milioni, il preside che afferra e mette in tasca, la segretaria, signora Giulivo Francesca, che raccatta spiccioli e fugge. Immagine che inaugura la seconda parte di quest'anno scolastico (secondo quadrimestre) e che ha questa triste caratteristica: è identica alla prima. Con un'unica differenza: anche quel po' di entusiasmo che c'era s'è perso per strada e se non fosse per qualche urlo e qualcuno che minaccia schiaffi e denunce alle autorità competenti, non ci sarebbe più niente da raccontare.

Così è capitato nella commissione "gite di istruzione" dove appunto si parla dei milioni di cui dice Storioni: perché bisogna contattare agenzie di viaggio, chiedere preventivi e gli affari sono affari. Qui il collega Pettazzoni, che è iscritto al Pci, ha perso la pazienza e ha sfoderato la tesi che la segretaria, signora Giulivo iscritta al Psi, è ammanigliata – ammanigliata, lo ripete – con una potente agenzia che intende deportarci (insegnanti e studenti) tra marzo e aprile in paesotti tra Rimini e Pescara imbrogliandoci sui costi e passando frigoriferi-omaggio alla signora. Sennonché hanno fatto i conti senza l'oste: "Chi se la prende la responsabilità di portare i ragazzi in albergucoli venduti truffaldinamente come di 2ª categoria e in realtà topaie dove sostano solo coppiette e spacciatori di droga ricercati?" ha gridato. La segretaria è svenuta.

Pettazzoni è stato trascinato via dal nostro valoroso delegato Cgil che gli diceva: “Calma, Pettazzoni, calma. I socialisti sono pur sempre dei compagni”.

Ma a parte episodi come questi la vita è triste e ripetitiva. Stesse nozioni, stesse battute per alleviare il peso delle nostre noiose lezioni, che però non fanno ridere nessuno. Persino quando mi mandano supplente mi ripeto. Pesco nell’elenco alfabetico una Romina, che non manca mai, e le chiedo: come va Al Bano? “Che pena, che pena” mormorano tra i banchi le ragazze e nemmeno alzano gli occhi dalla battaglia navale. Tranne una Romina di 2ª B che sembra la fidanzata di Tom Sawyer e glielo dico: “Sembri la fidanzata di Tom Sawyer”. E lei: “Tom Sawyer? Non lo conosco. Però mi saluti Segarelli Matteo di 3ª E”. Allora vado dall’allievo Segarelli e gli dico: “Segarelli, ti saluta una Romina di 2ª B”. Ma Segarelli in questo periodo ha qualcosa che non va. Parla del movimento dell’85 con la malinconia con cui io e Vivaldi parliamo del ’68, tanto che mi chiedo: si può essere un reduce già a sedici anni? Inoltre guarda le coppie che si baciano per i corridoi con sguardo truce. Quasi più della bidella Maria che mi esorta: “Professore, è uno sconcio baciarsi così. Gli dica qualcosa”. E io per farla contenta vado dalla coppia e dico a bruciapelo: “Qualcosa!”, ma quelli nemmeno si dissigillano.

Ieri finalmente ho capito tutto. Segarelli ama Seroni Catia di 5ª E, che per maturità e opulenza delle forme potrebbe essere la sua giovane mamma, e le ha chiesto: “Oggi pomeriggio vuoi venire al cinema con me? A vedere *Rapporti di classe* di Straub e Huillet”. “Rapporti di che?” ha chiesto Seroni. E poi: “Va’, bello, va’, cerca prima di crescere”. Allora lui s’è allontanato con gli occhi acquosi e nemmeno ha risposto a Romina di 2ª B che lo salutava.

A queste tragedie da primavera precoce, preferisco allora il fiorire in sala professori dei rappresentanti delle varie case editrici che fanno di anno in anno la propaganda a sempre più mirabolanti libri di testo da adottare a occhi chiusi: duemila pagine a sole quarantamila lire, ampia sezione per gli autori contemporanei, scheda di presentazione incorporata, ricopiabile senza sforzo quando bisognerà spiegare in una relazione scritta i motivi dell’adozione: professore, questo fa proprio al caso suo.

I rappresentanti più giovani sono un po' legnosi: ripetono a memoria molto scolasticamente questa presentazione del libro e se va va, se non va non va. Gli anziani invece ti danno il loro biglietto da visita, ti prendono per un braccio confidenziali, a volte rappresentano anche altre ditte: di biancheria intima, di lampadari, di frigoriferi. E quindi: professore, se serve qualcosa sempre a sua disposizione; le mando a casa un *Tutto Leopardi*, uno stock di collant per la signora? Ma l'anziano collega Sparanise si lamenta comunque. Racconta che una volta le case editrici erano più generose: non lesinavano sui volumi omaggio, che poi lui portava a un libraio suo conoscente e se li rivendeva. Adesso invece. E si sta giusto lamentando quando vede in sala professori un suo vecchio amico: un uomo anziano ma arzillo che mostra ai nostri colleghi enciclopedie, stampe cinesi, manuali di ragioneria, grammatiche. Inoltre questo signore ha disposto sul tavolo una ricca batteria di pentole di tutte le dimensioni – acciaio inossidabile, prezzo modico, lui dice – che le colleghe si rigirano tra le mani e le fanno tintinnare da intenditrici chiedendo: "A quanto me le mette?". Sparanise invece confabula un po' col suo amico e si porta via quattro pentole inox di cui una a pressione. Dimentica sul tavolo la copia omaggio d'una grammatica francese.

9 marzo 1986

7 marzo. Dalle finestre della biblioteca il collega Vivaldi e io osserviamo il paesaggio desolato, una landa di streghe del *Macbeth* che strillano: il brutto è bello e il bello è brutto. Con la differenza che qui il brutto è proprio brutto: la terra azzannata e triturata dai denti e dai cingoli delle ruspe; i binari della ferrovia; il campo di fronte pieno di rottami provenienti dalla nostra scuola (pezzi di tazza del cesso e di lavandino, scheletri di banchi, relitti di termosifoni, cancellini e lattine di coca cola); e una mimosa rachitica che ogni anno prova a fiorire. Anche quest'anno ce l'ha appena fatta: di qua si vede che la chioma è diventata una nebula gialloverde con macchie di intensa fioritura gialla alle estremità dei rami. Ma non ha scampo perché "ah le donne" dice Vivaldi. E

ce l'ha in specifico con la collega Taddeo, sua fidanzata, che continua a dividersi crudelmente tra lui e il marito. Il quale per l'occasione le ha scritto una lettera firmata dal figlio di quattro anni dove si legge: mamma, la festa della donna festeggiala con noi, sicché Taddeo è nervosa e non sa cosa fare. "Tormentano anche la natura" insiste Vivaldi e per un po' lui fa la mimosa lì nel campo che dice: ahi, perché mi scerpi? lasciami fiorire! mentre io faccio la collega Taddeo che gli tira braccia e dita e dice con la sua bella voce femminile: è la festa della donna, è la festa della donna, lasciati scerpare!

Quand'ecco che nel campo compare il preside seguito da due forzuti bidelli, invalidi senza visibile invalidità. Arranca loro dietro la segretaria, signora Giulivo Francesca, che negli ultimi tempi ci fa prediche del tipo: il preside più che un preside dev'essere un manager e io sono la segretaria del manager. Una volta a un passo dall'albero, il manager e la segretaria del manager indicano ai due bidelli (che di solito si prestano a tutto: anche a fare lavoretti a casa del preside tipo riparare persiane, lavandini, il rubinetto che gocciola) la stentata mimosa. E subito dopo la pianta è afferrata, scrollata, lacerata, contusa e schiantata. Domani il nostro preside, come accade da due anni, farà trovare sul tavolo in sala professori un bel cesto pieno di rami profumati e "Tanti auguri" potremo leggere nella comunicazione n. 70: "Tanti auguri a tutte le colleghe d'ogni età".

Ma il nostro 8 marzo non è certo questo. Noi, docenti della sinistra patetica, siamo sempre sulla breccia. La collega Morena, per esempio, legge in classe per tutta la settimana *Dalla parte delle bambine*. La collega Speranza ha invece già avviato fin dal 1° marzo una ricerca sulla prostituzione femminile (vorrebbe invitare una prostituta ma il preside ha detto: no, io l'8 marzo concedo già le mimose, non esageriamo). Il collega Vivaldi commenta, dal *Don Giovanni* di Mozart, il catalogo di Leporello e dirige con l'indice, così, e reclina il capo a occhi chiusi e spalanca la bocca come se Leporello fosse lui e cantasse. Poi non resiste e canta davvero: "La passion predominanteeeee / è la bella principianteeeee". Io mostro i mutamenti intervenuti nella figura femminile dall'Angelica di Ariosto alla Iudit di Della Valle. La collega Mastropietro ha fatto i passi necessari per invitare una bella signora brasiliana esperta in Terzo mondo a tenere una conferenza sul tema: “La donna e l’educazione allo sviluppo”, cosa che ha reso come al solito il preside perplesso: “L’iniziativa è lodevole”, le ha detto, “ma si ricordi che le ragazze in fase di sviluppo hanno gravissimi problemi che vanno affrontati con la dovuta cautela. Lavori a contatto di gomito con padre Mattozzi”.

Inoltre studenti e studentesse si confrontano da giorni in miniassemblee. L’allievo Olivieri Oliviero spiega alla componente femminile (divisa tra Menegozzi che vuole impedire ai maschi di partecipare alla manifestazione e Seroni che dice: ma senza maschi che festa è?) che lui or son due anni giustifica l’assenza dell’8 marzo con: assente per festa della donna, e ora è contento di poter scendere in piazza insieme alle compagne. In disparte se ne sta l’allievo Timballo depresso. Con la destra fa la pistola e – pam, pam! – si spara nella sinistra. Poi se la contempla e dice: questa è la mano morta.

La collega Taddeo invece, anche per tirarsi un po’ su, ieri ha fatto nella sua classe il seguente esercizio. Ha scritto alla lavagna *una donna senza un uomo è come un pesce senza bicicletta*, gloriosa memoria degli anni settanta. Poi ha detto: ragazze, avete due minuti per sostituire “come un pesce senza bicicletta” con un’altra similitudine che lasci però inalterato il senso della frase. Il risultato l’ha fatta quasi piangere. Ventiquattro allieve hanno scritto sui loro foglietti: una donna senza un uomo è come un pesce fuor d’acqua, un gatto senza palla, un calendario senza giorni, un ombrello senza pioggia, un credente senza Dio. “Bello” ha detto padre Mattozzi quando è entrato per dare il cambio a Taddeo. “Chi è la signorina che ha scovato un così efficace paragone?”

Infine, 8 marzo. Scuola vuota tranne noi insegnanti. Le colleghe s’adornano il petto e il crine con i ramoscelli del preside, che mescolano il loro profumo al tanfo della sala professori. Vivaldi, Taddeo, Speranza, Morena e io guardiamo oltre i vetri la mimosa che agonizza nella campagna. È ritornata verde come se non fosse mai fiorita.

16 marzo 1986

Il collega Pettazzoni si è dimesso, cosa che succede tutti gli anni: in qualsiasi funzione vada a collocarsi Pettazzoni, presto la sua rettitudine gli impone di dimettersi. Quest'anno il nostro collega ha lavorato alacremente nelle commissioni "gite di istruzione" e "acquisto libri per la biblioteca". S'è dimesso da entrambe. Motivo: non ne può più. La libreria presso cui il consiglio di istituto ha deciso, dopo regolare gara con offerta in busta chiusa, di acquistare libri, Pettazzoni ha scoperto che è situata nella stessa via in cui abita il preside: via Salimbene de Adam 48. E il dottor D'Alessio, direttore dell'agenzia turistica regolarmente prescelta perché ci deporti tutti – insegnanti e studenti – a Verona o in deserti paesi di mare nei pressi di Rimini, con visita al castello di Paolo e Francesca, Pettazzoni ha scoperto che ha pagato una cena luculliana al preside, alla segretaria, signora Giulivo, e alla presidentessa del consiglio di istituto, dottoressa Silvestroni. Dove gliel'ha offerta? Nella trattoria Da Giovanni a Fiumicino. Pettazzoni ha le prove.

Noi Cgil gliel'abbiamo detto: lascia perdere, Pettazzoni, perché devi sempre esagerare? Ma lui no. Sicché il preside gli ha risposto: professore, la smetta di gettare fango sulla *mia* scuola o adirò a vie legali: proprio così, come parlano i presidi. Pettazzoni, trovando il futuro *adirò* troppo vicino al passato remoto di adirarsi, l'ha corretto: "Adiscerò vie legali, preside", ma il preside non ne è stato contento e ha convocato d'urgenza un collegio straordinario.

Questa convocazione ha gettato doppilavoristi e madri di famiglia nello sconforto. Inoltre ha rinfocolato gli odi verso Pettazzoni e la sezione sindacale Cgil cui lui appartiene. Alle tre ci siamo messi composti nei banchi a gradinata dell'aula magna, dopo il solito panino al tonno, la birra e chiacchiere del tipo: "Ti ricordi di Carla Barrera, che nel '72 insegnò a San Chirico e poi mi disse: o ci sposiamo o smettiamo, e smettemmo, e lei nel '73 si mise con Filiberto Puccini, il figlio del senatore Puccini che stava in A.O., ma poi troncò anche con lui e fece il piccolo gruppo, lo stesso dove c'era anche Morena, ti ricordi? come non ti ricordi: Carla Barrera, che poi è stata tanti anni con Silvio Benco, il marito di Angela Luppoli: ora ti ricordi, bravo, Morena l'ha incontrata e si sposa tra una settimana: a trentotto anni suonati si sposa con uno che lavora al Banco di Santo Spirito, una tristezza, una tristezza". Poi silenzio, perché abbiamo dovuto ascoltare il preside, che ha fatto una "comunicazione del preside" di un'ora e quarantasette minuti riassumibile così: "Colleghi, non facciamo poesia: il libraio sotto casa mia offriva uno sconto del 20 per cento: dovevamo dire no solo perché vende libri a un passo da me? Inoltre: la cena da Giovanni a Fiumicino sì c'è stata: un gesto di cortesia che l'agenzia Il milione ha voluto simbolicamente fare alla scuola e che sarebbe stato maleducato respingere". Subito dopo è intervenuta la signora Giulivo Francesca che ha detto: un preside dinamico come il nostro, sempre al servizio dell'azienda scuola, non si trova facilmente, facciamogli un applauso e non se ne parli più. Ha ricevuto ampi consensi, anche da parte di parecchi iscritti alla Cgil pieni di dubbi sull'eccessiva animosità di Pettazzoni.

Poi c'è stato il dibattito, nel corso del quale Pettazzoni, Vivaldi, io, Taddeo e il nostro valoroso delegato sindacale siamo intervenuti tre volte a testa per dire come stigmatizzavamo il pessimo operato della presidenza. Intanto colleghi uscivano, colleghi entravano perché in aula magna è vietato fumare e tutti vanno a fumare nervosi in corridoio. Ma il fumo a un certo punto è entrato in aula e Pettazzoni ha gridato: chiudete la porta che non mi voglio beccare un cancro ai polmoni per colpa vostra. Marini gran fumatore ha risposto: "Non mi dispiacerebbe, caro collega. Per colpa tua io mi rovino il fegato e la giornata". Sedato il tafferuglio che ne è nato, alle sette è cominciata la sfilata dei colleghi che parlano due minuti all'orecchio del preside, infilano la porta come se si assentassero un attimo per fare pipì e invece non rientrano più. Molti di noi hanno cominciato a strillare: "Contrappello, contrappello! Perché alcuni se ne vanno a casa e noi restiamo qui a soffrire?".

Allora il preside ha tagliato corto e ci ha detto: votiamo. Abbiamo cominciato a votare alla disperata, per alzata di mano. Il voto è stato espresso: una volta per sapere se il preside aveva fatto bene a non dire che la libreria si trova sotto casa sua; subito dopo per sapere se il preside abita proprio in via Salimbene de Adam 48 (votazione inutile perché lo sanno tutti che è proprio il suo indirizzo); un'altra volta per pronunciarci sulla liceità della famosa cena a Fiumicino. E poi nell'ordine: per sapere se noi insegnanti dobbiamo insegnare o portare in gita per l'Italia giovani teppisti; per sapere se è giusto che gli iscritti Cgil si impiccino fino al punto di spiare il preside e la segretaria sotto casa e a Fiumicino; per sapere se noi Cgil possiamo far perdere tempo alla gente così; infine per accogliere le dimissioni del collega Pettazzoni e le sue scuse. Dalle votazioni è risultato che il preside ha agito e agirà sempre per il meglio, che la segretaria anche, che gli insegnanti insegnano anche in gita scolastica, che gli iscritti Cgil si devono impicciare degli affari loro e non devono far perdere tempo alla gente così, che se Pettazzoni si dimettesse anche dalla scuola ci farebbe un favore e che infine, se non si scusa subito pubblicamente, il collegio – e non il preside – adirà vie legali dove non abitano né presidi, né librai, ma la Giustizia, la Giustizia!, ha detto il collega Marini furioso perché lui è pagato per fare lezione e tenere in ordine il registro, non per ascoltare questi villani che ci svillaneggiano di qua e di là.

Il collega Pettazzoni si è consultato col nostro valoroso delegato Cgil e poi ha fatto le sue scuse.

23 marzo 1986

"Nel cortile sono fioriti i fiorellini blu" ha annunciato l'allieva Martinelli Stefy mentre io a marce forzate, la faringe infuocata, leggevo dall'*Aminta* del Tasso di quando, nella bella età dell'oro, sedean pastori e ninfe fianco a fianco senza falsi pudori, meschiando alle parole vezzi e sussurri, ed ai sussurri i baci strettamente tenaci. Poi ha aggiunto, non contenta di avermi interrotto: facciamo lezione all'aperto?

Il freddo ancora si sente, il sole va e viene, ma Martinelli Stefy possiede un suo calendario interiore. Già da qualche giorno ha sostituito il suo vecchio grido di battaglia invernale: posso mettermi vicino al termosifone, con il nuovo: posso aprire la finestra. Adesso segue le lezioni di profilo. Infatti, al primo schizzare in aula di un fiotto di sole, si gira verso la finestra aperta, abbassa le palpebre, protende il mento, allunga il lungo collo e dà così una ripassata veloce alla tintarella la cui prima mano risale a quattordici giorni fa: settimana bianca. "Non disturbare, Martinelli" le ho risposto e ho seguitato: la verginella ignuda scopria le fresche rose...

Comincia così la rischiosa stagione del Tasso – ha commentato durante la ricreazione il collega Vivaldi intendendo con ciò che i turbamenti della primavera incipiente ogni anno procurano agli insegnanti imbarazzanti scivoloni freudiani sul nome del grande poeta. E ha concluso: chi sarà quest'anno la prima vittima del deplorevole lapsus? Ora fissa la collega Vitiello Rossella, di fresco vincitrice di concorso e quindi di ruolo malgrado la giovane età. Inflessibile, questa collega: tutti tre, neanche un po' di spago agli studenti, anzi una nota disciplinare al giorno. Con noi della sinistra patetica, poi, solo un buongiorno intimidito. Vispa invece con le nuove leve precarie: una risata tutta di gola, con la nuca che fa una bella curva. E poi orecchini di plastica blu elettrico oggi a forma di cacciavite, domani di chiave inglese. Inoltre un rossetto che certe volte è blu come gli orecchini. Senza contare giacche bianche larghe con spalline e belle calze arabescate, un po' di pelle alternata a un po' di calza blu, così che da lontano pare che abbia una grave malattia della pelle alle caviglie. In più abbronzata anche lei da settimana bianca. La segretaria Giulivo Francesca le ha telefonato tre volte a casa per sapere: professoressa, quanti giorni resta assente? E la mamma di Vitiello ha sempre risposto: mia figlia non può venire al telefono, è a letto con quaranta di febbre. Invece era andata ad Asiago.

Noi la fissiamo, Vitiello, durante la ricreazione. Pur essendo di ruolo, è nel gruppo dei nostri colleghi precari il cui capo riconosciuto è il feroce Storioni. Lei ride, scherza, batte la mano con gentilezza tra le scapole di Storioni che ha messo anche lui una giacca di ottimo taglio, spalle da scaricatore e vitino di vespa, e fa l'uomo di mondo citando: "Anch'io, come il ministro De Michelis, credo che l'errore delle femministe sia stato quello di mandare al rogo il reggicalze. Odio e ho sempre odiato con tutte le mie forze il collant". Noi ascoltiamo e vediamo Gianni De Michelis che strapazza collant e Storioni alle prese col reggicalze di Vitiello

Rossella. Stiamo per ridere, ma è la risata di gola di lei che cade tra noi e il gruppo dei giovani colleghi come una saracinesca.

Intanto passa di là padre Mattozzi che orecchia questi discorsi sul reggicalze e dice: forse il precetto pasquale ci renderà tutti più puri, come si addice a degli educatori. E ci anticipa con la sua bella voce di predicatore lo spettacolo del cortile stracolmo di giovani e lui che dice messa all'aperto coi suoi chierichetti e il preside in prima fila e "Il precetto pasquale è un bell'uso, colleghi, che ci rende tutti migliori". Poi dice: ecco una bella coppia innocente, e ci indica placido l'allievo Segarelli Matteo che cinge le spalle di Romina della 2ª B.

Io, Vivaldi e la collega Taddeo li seguiamo per le scale, mentre torniamo in classe mogi dopo la ricreazione. E ci interroghiamo patetici: che farà ora Segarelli? l'amore lo allontanerà dalla politica e dai libri? Quindi ci lanciamo in una discussione sull'effetto che la passione ha sui giovani: tutti e tre chi più chi meno sui quaranta, ogni gradino una sosta, giallastri, il fegato gonfio, acidi nella gola. A ogni stagione l'immutabile giovinezza dei nostri allievi rende sempre più intollerabile questo lavoro: non ce ne importa niente delle passioni dei giovani, sempre tra i piedi, eccoli qui per tutta la durata della nostra vita, giovani per sempre: spariscono, sono sostituiti da altri giovani, non li vediamo mai invecchiare; mentre noi infrolliamo nella carne e incupiamo la voce e tra noi e loro lentamente cresce una parete di vetro e le voci non si sentono più: solo le labbra si muovono, succede così.

A questo punto Taddeo fa: "Però è carino Di Marco". E io e Vivaldi, per ripicca, attacchiamo a dirci sull'allieva Martinelli Stefy cose che qui non si possono scrivere. Infine entriamo in classe chiudendoci addosso la porta come un coperchio.

Nell'aula c'è ancora un po' di sole. Ho il libro aperto davanti, ma sono distratto. Gli studenti rumoreggiano. Entra il preside senza bussare come al solito, attratto dal rumore. "Che legge di bello, professore" chiede a bruciapelo. E io: "L'*Aminta* del Casso" rispondo. Quest'anno è toccata a me.

30 marzo 1986

Con gli anni mi sono fatto l'idea che la notte che precede la gita scolastica – "gita di istruzione" corregge il preside ammonendoci: "Non dimenticatelo: la scuola non spende milioni per farvi divertire, ma perché i giovani vengano adeguatamente istruiti" – sia una notte di saccheggio. Da dove potrebbero venire se non da salsamenterie con le saracinesche sventrate i salami, i provoloni, le pizze imbottite, i tramezzini a cinque strati, le crostate di mela, le uova sode sufficienti per un esercito, le lattine di birra, le bottiglie di vino e di superalcolici che stipano valigie e zaini degli studenti? Possibile che le famiglie abbiano tanti soldi da spendere per nutrire i loro figli?

Ci penso scrutando giovani sovraccarichi, che di solito entrano alla seconda ora con tanto di *R* (ritardo), mentre puntualissimi – lunedì, ore sei e mezzo – già affollano la landa desolata dove sorge la nostra scuola, incuranti del freddo e della pioggia fastidiosa, precocemente primaverili nei vestiti da gitanti, cappelli con visiera da giocatori di baseball, certe radio giganti con registratore incorporato che cantano ad alto volume con la voce di Eros Ramazzotti: "Nato ai bordi di periferia, dove i tram non vanno avanti più".

Sono tutti pronti a partire, meta la splendida e istruttiva Verona che a ridosso di Pasqua, si sa, è un inferno. Più in là automobili di genitori anch'essi insonni sostano in disparte, con delicatezza, per non infastidire i figli con la loro presenza. Ogni tanto una voce: Deborah, lo vuoi l'ombrello? che però non riceve risposta: di Deborah ce ne sono tante, quella non è mia madre.

Anche noi insegnanti accompagnatori in queste occasioni arriviamo puntuali come mai: l'anziano collega Sparanise, elegante come se dovesse andare alla prima della *Tosca*, bocchino d'oro tra le labbra; il collega Storioni, vestito paramilitare, un cappello da cacciatore bianco come per il Camel Trophy; la collega Taddeo come se dovesse andare a sciare ma senza sci; il collega Vivaldi, sul giovanile come al solito; io invecchiato anni settanta ma corretto per l'occasione da un paio di stivaletti ultima moda; padre Mattozzi in clergyman con questa missione affidatagli dal preside: impedire che Vivaldi e Taddeo si diano al concubinato sotto gli occhi dei ragazzi.

In attesa dei pullman Vivaldi e Taddeo si insultano pesantemente perché lei si è fatta accompagnare all'appuntamento in moto dal marito. Storioni si capisce subito che della gita, dell'istruzione, dei minori non gliene importa niente: lui è qui per divertirsi e non vuole essere seccato. Io ho messo alle orecchie la cuffia dell'allieva Falabella e ascolto *Adesso tu*. Sicché i genitori ci osservano con sospetto e circondano subito l'anziano collega Sparanise, nonché padre Mattozzi, gli unici che danno qualche affidamento, ripetendo: attenzione alla mia bambina, attenzione alla mia bambina.

I pullman compaiono alle otto: due lustri mercedes granturismo. Arriva anche il dottor D'Alessio, gestore dell'agenzia turistica che dice: "Il meglio, come si può vedere. Tutto al servizio della scuola. Beati voi insegnanti, in giro per l'Italia tutto spesato coi soldi dei contribuenti, allegria, sempre coi giovani, beati beati beati: il vostro sì che è un bel lavoro". Quando va via gli lanciamo dietro orribili bestemmie.

Poi, a un segnale di Vivaldi, gli studenti (novantadue), che hanno già divorato la metà delle provviste per ingannare l'attesa, danno l'assalto ai pullman. Le coppie già costituite mirano ai posti in fondo come al cinema. Scoppiano litigi perché i posti sono già stati occupati da coppie che vorrebbero costituirsi. Alcuni finiscono tra gruppi estranei dichiaratamente ostili gridando: voglio cambiare posto. Si fanno trasbordi da un pullman all'altro, si passa all'appello e al contrappello. Il tutto mentre padre Mattozzi tranquillizza i genitori vantando la sua grande esperienza acquisita nelle gite a famosi santuari come Lourdes e ripetendo spesso: "Certo tutto questo disordine nelle gite scolastiche delle scuole private non c'è. Noi (intende: noi clero) sappiamo il fatto nostro".

Intanto l'autista del primo pullman, una persona anziana, si caratterizza subito come uno che dice porcherie alle ragazze. Quello del secondo, giovane e taciturno, si è limitato a dichiarare che, se quando guida vola una mosca, lui la schiaccia, è chiaro? e ha roteato gli occhi in modo inquietante.

Ma finalmente siamo pronti alla partenza. Quand'ecco che

Martinelli Stefy, a cui tanto tempo abbiamo dedicato noi della sinistra patetica per approfondire i suoi gravi problemi sentimentali nel corso di quest'anno scolastico, mi tira da parte fiduciosa e dice: "Può venire anche lui?". Questo lui è uno sui trent'anni tutto vestito di nero in pelle con borchie che sembra Scialpi: "No east, no west, we are the best, ognuno al mondo un posto avrà". Mi sta piantato davanti cupo mentre dai pullman le ragazze sospirano dicendo: com'è bello. "Questa è una gita di istruzione," rispondo, "non di piacere: niente estranei." Il lui di Martinelli recita con voce roca: "Macchiccazzosei? Maccheccazzovuoi?". "I carabinieri," dico io, "chiamate i carabinieri." Vivaldi corre subito a darmi man forte. Allora la discussione prende un'altra piega che è questa: e voi sareste insegnanti democratici e di sinistra? Con interventi delle amiche di Martinelli che dicono: tutto l'anno a predicare: apriti di qua, esponi i tuoi problemi di là, e poi quando si viene al dunque: fascisti. Si aggiunge Storioni che sfodera uno slogan del passato: via via / la nuova polizia. Poi, graziaddio, padre Mattozzi riconosce nel giovane il figlio di un suo parrocchiano, lo prende sottobraccio e gli mormora: "Capisco la tua sofferenza, figliolo, ma".

Alle nove e mezzo si parte. Vivaldi, Taddeo e io siamo già un po' avviliti perché Martinelli Stefy non ci parla più. L'allievo Cardinale Pasquale mi rimprovera: "Però non doveva reprimere i suoi sentimenti e la sua sessualità".

Una volta in autostrada i ragazzi si dispongono per affrontare il lungo viaggio di istruzione. Nelle ultime file ci si scambia lunghi baci ma lasciando un po' di posto all'allievo Di Marco perché faccia gesti osceni a tutti quelli che sorpassiamo. Al centro invece un folto gruppo guidato dall'allievo Silvestrone suona con la bocca (tum tum ciaf ciaf) *Living in America* di James Brown: soundtrack, mi informa Cardinale ("colonna sonora" traduce per farmi capire), di *Rocky* IV. Timballo Daniele, perennemente in crisi puberale, urla da solo, in piedi, accanto all'autista nervosissimo: "Voglio una vita spericolata, voglio una vita come quella dei film, voglio una vita esagerata, voglio una vita come Steve McQueen".

Alle due parcheggiamo in un'area di ristoro con un enorme autogrill pavesi. L'autista giovane e taciturno vaneggia: "Non ce la faccio più, mi scoppia la testa". Quello anziano sbava dietro alle ragazze. Tutti e novantadue gli studenti si fiondano ai cessi dove incrociano, fra l'altro, altri studenti in gita scolastica. I cessi si intasano in due minuti, le sorveglianti bestemmiano, comitive di turisti risalgono in fretta sui loro pullman in cerca d'altri cessi.

La banda di Di Marco e Silvestrone comincia a fare la spola dall'autogrill ai pullman e dai pullman all'autogrill. A ogni spedizione tornano coi piumoni sempre più gonfi: coca cola, aranciate, chili di caramelle, salami, un prosciutto, due leccalecca di dimensioni enormi. "Che combinate?" chiedo io guardando con apprensione una pantera della polizia a pochi passi. "Spesa proletaria" risponde Di Marco sicuro della mia complicità. Io sto per dire: "Te la do io la spesa proletaria", ma poi mi consulto con Vivaldi e decidiamo: silenzio e complicità, le nostre azioni sono già in ribasso: non è possibile ritrovarci nella stessa giornata contro la libera espansione della sessualità e contro la spesa proletaria. Sicché "Spesa proletaria" diciamo con la gola secca. E pensiamo: sono le parole che si sono allontanate dalle cose e vanno per la loro strada o noi ci siamo allontanati dalle cose e dalle parole e chissà dove stiamo andando?

Intanto Timballo crede di aver fatto colpo su una studentessa che appartiene a un'altra gita di istruzione diretta ad Aosta e mi chiede: "Posso andare ad Aosta con lei e poi vi raggiungo a Verona?". Quindi canticchia: voglio una vita come Steve McQueen. Nemmeno gli rispondo. Sono troppo occupato a vedere come Germani Ursula familiarizza con un teppista su un'honda: ecco che già parte con lui per un giro di prova sul piazzale. Allora io e Vivaldi scattiamo dietro la moto, ansimando: perché se Germani Ursula casca e muore, noi finiamo in galera, capito? diciamo al teppista che però se ne frega.

Alle tre e mezzo ripartiamo dopo aver fatto l'appello. "Astarita!" "Presente." "Bisceglie!" "Presente." Tutti presenti. Alle tre e tre quarti si scopre: Germani Ursula non c'è. Ordiniamo all'autista di uscire al primo casello, torniamo indietro, usciamo di nuovo, rientriamo ed eccoci daccapo all'autogrill. Germani non si è nemmeno accorta della nostra partenza: è lì sul piazzale che scorrazza col teppista in honda. Redarguita aspramente dice: questa non è una gita; è Alcatraz.

Dopo altre soste come questa, nel corso delle quali Di Marco e Silvestrone trasformano il pullman in succursale degli autogrill, arriviamo a Verona alle undici di sera. Il nostro albergo, 2ª categoria extralusso a parere del dottor D'Alessio, è un enorme ostello in periferia con stanzoni e letti a castello. "Ragazzi," dice il portiere di notte, "massimo silenzio perché ho una compagnia di tedeschi che non vuole essere disturbata." Esplode subito un boato di voci per l'assegnazione delle stanze: gli amici vogliono stare con gli amici, le coppie, se proprio non si può dormire insieme, non vogliono avere camere troppo distanti. Insomma all'una ragazze e ragazzi sono nelle stanze. Allora tocca a noi insegnanti: Taddeo ottiene una singola, padre Mattozzi dorme con Vivaldi perché così è sicuro che nottetempo quello non va da Taddeo con grave scandalo, Storioni finisce in camera con Sparanise che russa, io dormo in uno stanzino proprio accanto agli autisti per sorvegliare che l'anziano non vada a dare fastidio alle ragazze.

Mi sono appena assopito quand'ecco che telefona il portiere di notte. È tempestato di telefonate di tedeschi che dicono: troppo chiasso, volere dormire. Ci ritroviamo tutti noi docenti in pigiama a dare una controllatina, tranne Taddeo che indossa una vaporosa vestaglia. Porte che sbattono, corse per i corridoi, urla femminili di aiuto aiuto, risate, musica ad altissimo volume, stornelli contro me e Vivaldi definiti "la nuova polizia".

Appena si sentono i nostri passi di secondini, cade un terribile silenzio. Da una porta arrivano sghignazzate a stento soffocate. Mi ci avvento. Germani Ursula e Falabella Deborah sono a letto con belle camicine da notte. In piedi, vestiti di tutto punto, ci sono Di Marco, Silvestrone, Astarita e Marchionne. "Teppisti," dico, "fuori dalla camera delle ragazze." "Veramente," dice Di Marco, "la camera è nostra." Germani mi rimprovera perché sono entrato senza bussare.

Dopo una lunga ricognizione che porta padre Mattozzi a scoprire l'anziano autista in amichevoli conversari con tre ragazzine che stavano andando al bagno, l'autista giovane e taciturno nella camera di Martinelli Stefy e delle sue amiche del cuore a raccontare loro la sua vita grama, Cardinale Pasquale che già dormiva in cuccetta con Falabella Deborah, otteniamo ordine e disciplina intorno alle quattro e mezzo. Rientriamo nelle nostre camere stremati. Subito ricominciano a sbattere le porte: scalpiccii, urla, invocazioni.

Passano dieci minuti e arriva padre Mattozzi trafelato che quasi sfonda la porta e dice: mi sono perso Vivaldi, dov'è? "Dovunque sia, non me ne frega niente" rispondo e lui se ne va chiedendosi: benedetto uomo, dove s'è ficcato? Subito ritelefona il portiere di notte urlando: "Se continua così, sguinzaglio il mio mastino napoletano". "Lei ha un mastino napoletano? Lo sguinzagli" gli dico. E non apro nemmeno a Sparanise che supplica: "Aprimi, aprimi, c'è un mastino per i corridoi". "E tu che ci fai per i corridoi?" lo rimprovero e mi addormento tra passi di corsa e un feroce ringhiare.

Il giorno dopo mi sveglio alle undici. Corro giù in portineria convinto che tutti stiano già visitando Verona senza di me. Ma il portiere dice: "Non s'è visto nessuno; o se li è mangiati il mastino o dormono ancora".

Nella hall c'è solo Timballo Daniele che sfumacchia da uomo rotto a tutte le avventure e come per dire: sono Steve McQueen. Lo vedo e solo adesso mi rendo conto che questo ragazzo in perenne età critica ce l'eravamo perso per strada e non ce ne eravamo accorti. Infatti lui mi racconta di come sia andato ad Aosta col pullman della bella che aveva sedotto all'autogrill e poi ci abbia raggiunto qui a Verona in autostop. Quindi conclude malinconicamente: "Alla radio hanno detto che è scoppiata la guerra tra Libia e Usl".

Quanto mi ci sarà voluto per capire che la Libia non era in armi contro un'Unità sanitaria locale ma contro gli Usa? Due secondi: poi ho chiesto al portiere di attaccarsi al telefono e svegliare tutti: assemblea, assemblea, la situazione è grave. Due ore dopo novantuno ragazzi morti di sonno con in testa padre Mattozzi, Vivaldi, Taddeo, Storioni, Sparanise che mi guarda in cagnesco, apprendono la grave minaccia di guerra nel Mediterraneo. Io e Vivaldi diciamo: l'imperialismo Usa, guerrafondai, che ci fanno a tanti chilometri da casa loro. Padre Mattozzi dice: la libertà, la fratellanza, pace, pace, è Pasqua. Il direttore dell'albergo, che ha fatto una veloce ricognizione per le stanze, dice: allagate, letti e comodini sfasciati, impronte di scarpe anche sul soffitto: come hanno fatto a camminarci? "Signori, altro che guerra nel Mediterraneo. Qui bisogna pagare i danni." Di Marco e la sua banda dicono che a loro della Libia non gliene importa niente: tifano per Rambo. E Germani Ursula interviene dicendo: perché Timballo non è stato redarguito per la sua fuga ad Aosta e io sì per il flirt col teppista in honda? Mi dice che sono misogino, antifemminista, un po' fascista.

Allora rinunciamo all'assemblea istruttiva sulla guerra nel Mediterraneo e andiamo a pranzo: un pranzo da caserma per i ragazzi, bocconcini per noi professori con inchini da parte dei camerieri. E ora tutti a visitare Verona, ordiniamo. Sì, sì. Vanno in camera a prepararsi e settanta non scendono più. Gli altri ventidue tra cui Falabella Deborah e Germani Ursula ricompaiono perché non possono lasciare Verona se non vedono la casa di Giulietta e Romeo. Quindici li perdiamo per strada. Ai sette rimasti leggiamo dalla guida del Tci la descrizione del portale di San Zeno. Poi passeggiamo fino a sera in attesa di cenare e andare in discoteca. Ogni tanto incrociamo bande di gitanti che cantano canzonacce e riconosciamo i nostri studenti, ma anche loro ci vedono e si dileguano tra la folla di turisti facendo gestacci. Segue cena in albergo, anche questa da caserma. Martinelli, muta perché non le ho permesso di portarsi in gita il fidanzato, non ha messo mai il naso fuori della sua stanza se non per mangiare. Non verrà nemmeno in discoteca, dove padre Mattozzi mostrerà di saper fare tutti i balli come se fosse Fred Astaire. Torniamo in albergo alle due con studenti e studentesse che vomitano tutti i superalcolici che si sono scolati. Della bolgia che segue fino alle cinque del mattino è inutile dire. Vivaldi è inseguito dal mastino napoletano di corridoio in corridoio per tutta la notte. Si salva chiudendosi in un cesso. Voleva raggiungere la camera della collega Taddeo ma non ce l'ha fatta.

Mercoledì si riparte, verdi per la stanchezza. Unica consolazione per noi della sinistra patetica: la nostra pupilla Martinelli riacquista la parola e dice: voglio fare delle foto ricordo ai professori. Noi consentiamo. Io, Storioni, Vivaldi, Sparanise, Taddeo e padre Mattozzi ci intrecciamo in un abbraccio a catena e sorridiamo all'obiettivo. Poi tocca a Vivaldi e Taddeo da soli che si guardano negli occhi. Poi a me e a Vivaldi che baciamo Taddeo, una guancia per ciascuno. Poi io, Storioni e Vivaldi fingiamo di ridere: ah come ci siamo divertiti. Martinelli scatta, scatta, scatta. E noi sempre lì in posa: chi si pettina, chi si aggiusta, chi sta sempre a guardare l'orizzonte col profilo buono. Ci infastidisce solo che dietro Martinelli si siano sistemati tutti gli studenti come a teatro e sghignazzino. "Basta," diciamo, "Martinelli, stai consumando tutto il tuo rullino per noi." "Quale rullino?" dice Martinelli. E mostra la macchina fotografica vuota.

Il viaggio di ritorno, a meno che non sia quello di Odisseo, si racconta in due righe: queste.

8.

6 aprile 1986

Alla gita scolastica sono seguite le vacanze pasquali e sono state come una corsa festosa da spot verso un paesaggio multicolore che all'ultimo momento risulta dipinto su una parete di mattoni. Giovedì scorso alle otto e venti ero ancora tramortito dall'urto, quando per prima cosa ho visto la faccia da crisantemo del preside, a segnalare che gli aspetti mortuari di questa stagione hanno ancora la meglio su quelli della resurrezione. "Che è quella faccia" lui mi ha detto. "Allegria, professore. È primavera."

Un'ora dopo è esplosa la tragedia. Avevo appena scoperto che secondo l'allievo Cardinale il *Pastor fido* racconta la storia di un cane tedesco a guardia di pecore, pure tedesche. Stavo passando a torchiare l'allieva Martinelli Stefy con la domanda: "Allora, Martinelli, parliamo della bella età dell'oro. Che significa: *s'ei piace ei lice*? Che intendeva il Tasso?". Quand'ecco, s'è spalancata la porta e un uomo corpulento si è fiondato in classe gridando: "Dov'è, dov'è?". Dietro di lui un bidello che lo teneva per un braccio. E dietro il bidello il preside. A quella vista, l'allievo Timballo Daniele, in perenne crisi puberale, ha scavalcato due banchi e si è venuto a nascondere dietro di me stringendomi alla vita. Io ho cercato vanamente di lasciarlo allo scoperto e mettermi in salvo prima che l'uomo selvatico se la prendesse con me. Meno male che il bidello l'ha immobilizzato. Allora tra soffi e sbuffi e rotear d'occhi s'è appreso che l'allievo Timballo, bocciato per la seconda volta l'anno scorso, aveva detto a casa di essere stato promosso e intanto aveva fatto segretamente domanda per essere iscritto alla 4ª classe per la terza volta. I familiari che fanno tanti sacrifici per lui credevano che il ragazzo frequentasse proficuamente l'ultimo anno e si preparasse a fare l'esame di maturità. Falso, strilla il padre, quest'uomo violento che non capisce i tormenti nascosti dietro la menzogna del figlio. Venuto a scuola per ritirare d'urgenza un certificato di iscrizione del figlio, ha scoperto: macché maturità, suo figlio è ancora in 4ª. Sicché ora urla: lo uccido, e cerca di colpire me non per farmi male ma per far male al figlio e toglierlo così dalla faccia della terra.

Quando finalmente il padre di Timballo è andato via mormorando: va bene, ti ucciderò quando torni a casa, il preside se l'è presa con me: "Prevenire, caro collega. Affini la sua professionalità. Aggiornamento. Chi ben s'aggiorna è alla metà dell'opera". Io ho detto: ma. Lui ha risposto: niente ma.

Allora, per aggiornarci, è venuta ieri la collega Giacinti che è stata in servizio qui da noi fino all'anno scorso portando a termine una ricerca sulla percezione scolastica del tempo storico. Quest'anno però Giacinti ha ottenuto il distacco presso la Fondazione Anton Giulio Barrili. Inoltre collabora con il Terzo programma: "Non so se vi è capitato di sentirmi". "Com'è cambiata" mi ha detto all'orecchio la collega Morena che se la ricordava sul giallino e invece, ora: rosea. Tutti le facciamo domande tipo: come va? stai bene? E lei: sì, ma mi manca tanto il contatto coi ragazzi. Noi pensiamo: è pazza. Alle ore tre, in un'aula magna affollata di suoi studenti dell'anno scorso, l'allievo Segarelli Matteo e la sua fidanzata Romina di 2ª B in prima fila, tutta la sezione sindacale Cgil al completo perché Giacinti è dei nostri, eccola che ci riassume metodologia e contenuti della sua ricerca. Ogni tanto la collega Taddeo, un po' invidiosa, alza la mano e dice: "Umberto Eco ha scritto...". E Giacinti benevola: "Sì, è vero, il mio amico Umberto ha detto" oppure: "Mi diceva Umberto, che è un mio caro amico". Quello che le diceva era in genere che la sua ricerca: bellissima! "Bellissima. Ora vi faccio sentire" ha detto Giacinti estraendo dai molti nastri registrati su cui ha a lungo lavorato quello giusto. E si è sentito: "Che si porta oggi?" (voce di Giacinti). "Si porta il 1848" (voce di un allievo di nome Benazzi). Giù lo stop e Giacinti ha chiesto: "Che ne deducete?". Silenzio. Allora ha mandato indietro il nastro – piripìpiripì – e s'è risentito: "Che si porta oggi?". "Si porta il 1848." Silenzio angosciato. Giacinti ha interrogato: "Starnone, tu che noti?". Io mi sono raschiato il cervello alla ricerca di qualcosa da notare e alla fine non ho notato niente.

Invece Giacinti ha notato molte cose che non ho capito ma che – ho visto – Segarelli ha annotato in un suo quadernetto lanciandomi sguardi come per dire: io capisco e tu no. Quindi la nostra collega ha concluso: "Come ho potuto dedurre studiando le risposte dell'allievo Benazzi, gli studenti ritengono che il tempo di – mettiamo – Cavour sia misurabile in capitoli e numero di pagine. Come a dire: Cavour è vissuto nel VII capitolo da pagina 98 a pagina 104". A questo punto si è sentito: "Basta. Non c'è scuola in cui non vai a dire: Benazzi ha detto, Benazzi ha fatto. Io non sono un cretino. Io questa scemenza non l'ho detta mai. Io...". L'allievo Benazzi è stato portato via a forza perché con le sue urla ci impediva di aggiornarci.

Quando Giacinti è andata via, noi abbiamo fatto un po' di capannelli dicendo: beata lei che con la scuola ha chiuso. "Però," ha detto Morena, "le manca tanto il contatto coi ragazzi."

13 aprile 1986

Venerdì: assemblea studentesca di aprile. Conto trentotto studenti in tutto (su un totale di millecinquecento), un megafono e un cane che abbaia ma non morde. Il cane non si sa di chi è. Latra in competizione col megafono che dice: 68, 77, 85, 86, camerati, Afghanistan. Mi avvicino all'allievo Di Marco che sta ordinando al cane, battendosi una mano sulla coscia: "Qui, preside, qui!". Gli chiedo: "?". Lui racconta che il preside era qui, stava controllando lo svolgimento dell'assemblea, quando la faccia gli è schizzata fuori, tutti i bottoni gli sono saltati, gli si è lacerata la giacca grigia con gli altri indumenti a uno a uno, è venuto fuori il pelaccio irto, i dentoni aguzzi, la coda, e intanto mi fa tutti gli effetti speciali della metamorfosi mentre il fido Silvestrone, amico suo, esegue la colonna sonora con la bocca: lacerazioni, scricchiolii, colpi di grancassa, bacchettate sui piatti, tum tum ciaf ciaf. Io vedo pelo dietro pelo tutto il preside in mutazione. Penso: come sono bravi. E al cane dico: "Zitto, preside, a cuccia". Poi me ne vado.

Mentre l'assemblea si svolge al pianterreno, gruppi informali di discussione e di teppismo fanno l'inferno sugli altri piani. Sento l'allievo Segarelli Matteo e Romina di 2ª B che discutono ad alto volume della gelosia. Partecipano una ventina di studenti e le colleghe Taddeo, Morena, Speranza che amano molto queste discussioni e consigliano: la gelosia no. Mi allontano, vago per i corridoi. Pesco l'allievo Timballo Daniele, con una benda su un occhio che il padre gli ha fatto nero, mentre si esibisce in una sua specialità: l'urlo nella notte, che consiste nell'afferrarsi alla gola e strillare come se lo stessero sgozzando: *aaaargh!* fino a che accorrono i bidelli gridando che succede? e lui risponde: non so. Costeggio studentesse che hanno visto in tv *1997: fuga da New York* e dibattono con gridolini: com'è bello Kurt Russell nella parte di Jena Plisken. Anche Timballo costeggia, benda sull'occhio, e dice: "Mi chiamo Plisken ma tu chiamami Jena". Occhieggio infine in fondo al corridoio una coppia un po' troppo avvinta e urlo: ohilà! Quelli si girano e riconosco il collega Storioni e la giovane collega Vitiello Rossella. Mi ritiro dicendo: pardòn. La bidella Fulco Maria però commenta: questa non è una scuola, è un bordello.

Un bordello, conferma il collega Vivaldi, e aggiunge: ecco cos'è diventata l'assemblea, istituto che ci costò in anni andati morti, feriti e scontri con la sbirraglia. Poi ci avviamo insieme per scale e corridoi tra crocchi di scommettitori al toto nero. E sostiamo un poco al terzo piano dove ci sono le gare di corsa al galoppo. Qui due studenti fanno i cavalli e due studentesse fanno i fantini tra ali di pubblico. Uno dice: via! e tutti urlano: dài dài! e il collega Sparanise esce dall'aula e strilla: zitti che sto interrogando, e Vivaldi lo rimbecca: vergogna, collega, interroghi quando c'è l'assemblea? e allora Sparanise diventa blu e promette: vado dal preside; ma intanto vince il cavallo Cardinale Pasquale guidato dal fantino Martinelli Stefy e tutti li festeggiano e anche io e Vivaldi facciamo festa per far dispetto a Sparanise e perché: sempre dalla parte degli studenti.

"Diciamolo," ci diciamo rimettendoci a vagare, "ne abbiamo viste tante, in questi anni. Prima abbiamo studiato *Stato e rivoluzione*. Poi I-ching, lo zen, lo yoga, lo yogurth e la cucina macrobiotica. Infine la medicina omeopatica e il bioritmo. Partecipiamo anche a una seduta spiritica e non se ne parla più."

Così entriamo in punta di piedi in 5ª E dove Vivaldi sa che se ne tiene una. Tapparelle abbassate, tutto buio, solo le fiammelle azzurre della carta straccia bruciata che illuminano il viso dell'allieva Seroni Catia in trance. Seroni – si vede benissimo dalle smorfie che fa – è posseduta dalla nostra collega Serino Maria Teresa, spirata *ex cathedra* due anni fa, pochi giorni dopo una festicciola in sala professori a base di martini e pasticcini con il discorso: vado in pensione ma qui lascio il mio cuore. Ora la povera anima sta dettando con voce maschile a Seroni la materia che la commissione esaminatrice dei prossimi esami di maturità assegnerà a ciascuno dei suoi compagni di classe, e anche le domande che l'esaminatore farà. "A te, Olivieri," rantola Seroni, "toccherà in sorte la geografia. L'esaminatore ti chiederà il bacino del Congo. Andrà tutto bene ma devi fare un fioretto: niente gelati fino all'89." Olivieri dice: "Va bene" quand'ecco che s'apre la porta e sulla soglia si staglia la sagoma di padre Mattozzi. "L'esorcista" commenta Vivaldi. Padre Mattozzi tira su le tapparelle e grida: basta con l'oscurantismo. Poi vede me e Vivaldi e aggiunge con soddisfazione: "Mi meraviglio di voi, cari colleghi, queste non sono cose da incoraggiare".

Allora, un po' seccati, torniamo nei corridoi a guardare come Timballo Daniele si fa inseguire dal cane che abbaia ma non morde, cui Di Marco ordina: "Prendilo, preside, prendilo". Fino a che compare il preside chiedendo: "Chi mi vuole? Che devo prendere?".

20 aprile 1986

Martedì. Grande animazione in sala professori. Il collega Marini ritiene che il bombardamento di Tripoli a opera della gloriosa aviazione Usa sia solo l'ultimo di una lunga serie di atti finalizzati a impedirgli di svolgere il programma ministeriale. Infatti – dice – gli studenti non sono al lavoro come dovrebbero ma in assemblea straordinaria non autorizzata ad accapigliarsi in due schieramenti: i filolibici e i filorambo. "Altre ore di lezione buttate" conclude Marini, e molti colleghi con la testa fanno sì. Poi guardano l'orologio per vedere se possono battersela a casa, sfuggendo al gruppo di docenti raccolto attorno all'anziano Sparanise che con la voce grave e pensosa auspica: sterminiamo questi quattro beduini senza pietà.

Noi della Cgil invece ce ne stiamo in un angolo a dibattere la grave situazione lanciando occhiatacce a Marini, a Sparanise e a quelli come loro. Dibattiamo così. Il collega Vivaldi è della vecchia idea: *yankee go home*. Il collega Pettazzoni ha invece quest'altra idea: andiamo tutti a sdraiarci sui binari per impedire che i nostri soldati partano per la Libia. Il giovane collega Storioni è di un'altra idea ancora: battersi contro tutti gli imperialisti facendosi paracadutare in territorio libico dalla parte dei bombardati. "Cauti," dice il nostro delegato Cgil, "vediamo prima come si pronuncia il sindacato." Poi ci legge nello sguardo l'impazienza e aggiunge: "Ma se si mette male daremo subito inizio alla resistenza contro l'esercito yankee". Dopo lungo dibattere ci appartiamo in un angolo ancor più riposto e stiliamo un documento che stigmatizza duramente il comportamento degli Usa, concludendo in maiuscole: no alla guerra, no al terrorismo, pace subito nel Mediterraneo. Poi andiamo tutti a prendere un cappuccino al bar.

Più tardi l'allievo Segarelli Matteo e la sua fidanzata, Romina di 2ª B, abbandonano l'assemblea straordinaria non autorizzata, dove le opposte fazioni si affrontano rumorosamente, e vengono a esporre a me e a Vivaldi i loro dubbi e rovelli. Che sono: quando Reagan bombarda Tripoli, loro propendono per i terroristi e la ribellione degli oppressi; e quando i terroristi mettono le bombe loro propendono per Reagan e la coca cola: come si fa? Inoltre vorrebbero sapere se veramente scoppierà la guerra. Perché, se scoppia, loro oggi pomeriggio fanno l'amore. Se invece non scoppia, rimandano in quanto ancora non sanno se si amano. Vivaldi è nervoso, odia gli Usa e la collega Taddeo che ieri sera è stata a cena col marito e il figlio, sicché taglia corto: "Fate quello che vi pare". Poi mi dice: " È il dubbio e l'arzigogolo che sta rovinando la sinistra. La parola d'ordine deve essere netta, come una volta: fuori l'Italia dalla Nato, fuori la Nato dall'Italia".

Intanto, poiché gli studenti delle quinte classi partono dopodomani in aereo per una gita di istruzione in Grecia, i genitori tempestano la scuola di telefonate: e se Gheddafi abbatte l'aereo? e se il colonnello bombarda Atene? Il preside allora telefona al provveditore perché vuole sapere: secondo lei, Gheddafi abbatterà l'aereo, il colonnello bombarderà Atene? Il provveditore dice che ne so. Di conseguenza il preside telefona al ministero e chiede direttamente del ministro che però si ignora dov'è. In compenso un tizio che la sa lunga lo rassicura: "Parta, preside, parta", gli dice, "il nostro esercito la proteggerà". Ma il preside è incerto. Chiede: "Me lo metterebbe per iscritto?".

All'una gli studenti sistemano nell'atrio il televisore. La cagnara è una cappa di suoni e di fiati. Poi c'è la sigla del telegiornale e, innaturale, un silenzio di ghiaccio gela ai bordi dell'atrio le ultime voci. Non vola una mosca, nemmeno quelle che secondo lo speaker non riescono a sfuggire al cordone poliziesco che circonda la base militare di Sigonella. I ragazzi – un migliaio – sono l'uno accanto all'altro, seduti per terra, a grappolo sulle gradinate, in piedi sulle sedie e su qualche banco. Immobili per tutta la durata del telegiornale. Come se lo stampo, che a ogni istante cala e stampa il mondo, stesse per calare ancora una volta su di loro e su tutte le cose, ma solo per incepparsi e non sollevarsi più.

"Lei si ricorda," mi chiede Martinelli Stefy nel pomeriggio, al corso di recupero che tengo in storia, "che cosa si diceva, che cosa si pensava quando scoppiò la Seconda guerra mondiale?" Vorrei risponderle: m'hai preso per Matusalemme? quando entra Vivaldi e annuncia: "I libici hanno bombardato Lampedusa". Ci rovesciamo fuori e sbattiamo contro il preside che dice: "Qui non si lavora?". Vivaldi lo informa: bombardata Lampedusa. "Be'?" dice il preside che ha antenati piemontesi, "Lampedusa è italiana?" E il giorno dopo, nella sua comunicazione n. 95, anche se la scuola è semivuota perché gli studenti stanno manifestando per la pace, scrive a occhio e croce: "Quante storie per Lampedusa. Studenti, i problemi sono altri. Volete la pace? Ma allora perché state distruggendo questa scuola? I cessi sono intasati dagli assorbenti che ci buttate dentro. La porta della 5ª E è sfondata. La cattedra della 3ª C è stata bruciata. Chi è stato?".

27 aprile 1986

Poi il clima di guerra imminente è scivolato via come una vecchia pellicola vista in tv e sull'immagine dei bombardieri Usa in volo verso Tripoli è sgocciolato l'acido della Roma disfatta a opera del Lecce. Altre angosce sì, altro dolore: più vivo, più profondo, sicuramente più indelebile. Per esempio, negli occhi ancora lucidi dell'allievo Olivieri Oliviero, del quale si dice che dorma in lenzuola giallorosse: secondo lui, già un po' filoreagan, Lecce è una città della Libia da radere al suolo, in quanto: libici e leccesi / peggio dei piemontesi. O nella voce del collega Pettazzoni, che insegna letteratura inglese e al modo di Amleto ha esclamato: colleghi, il resto è silenzio. O nella cupa fierezza dell'allievo Timballo, in genere perso come se si fosse bucato col black'n'decker, ma all'improvviso sveglio ora e, a conclusione di un'interrogazione catastrofica sul canto V del *Purgatorio*, pronto a dichiararmi sul filo dei suoi veri pensieri: non possiamo che nutrire riconoscenza per gli undici giallorossi che comunque hanno regalato un sogno alla nostra città. "Bravo," gli ho detto, "ma torniamo a Pia dei Tolomei." Lui invece è filato via perché s'è accorto all'improvviso che il bidone dell'immondizia fermo all'ingresso della scuola proprio sotto la nostra finestra stava assumendo per opera di alcuni scellerati i colori della Roma, coperchio ribaltabile compreso. Insieme alla banda di teppisti guidata dagli allievi Di Marco e Silvestrone sta ancora dando la caccia ai malfattori.

L'unico visibilmente allegro è il collega Vivaldi, tifoso della Lazio. "Basta con questo lutto," ha detto, "leggiamo una bella e famosa canzone del Petrarca." E ha letto sospirosamente: "Chiare, fresche e dolci acque, ove le belle membra – le belle! – pose colei che sola a me par donna; gentil ramo ove piacque (con sospir mi rimembra: flashback) a lei di fare al bel fianco – il fianco! – colonna; erba e fior che la gonna leggiadra ricoverse con l'angelico seno – ah, il seno!" seguitando poi appassionato che non i piedi immergeva Laura nel fiume Sorga, come invece in tempi andati gli aveva spiegato pudicamente la sua insegnante Matarazzo, bensì nuda – nuda! sotto lo sguardo del poeta, la bella donna si lasciava lambire dalle fresche chiare e dolci acque – "fate attenzione alla ben scelta terna di aggettivi" – per poi tornare a riva, appoggiarsi al ramo gentile col bel fianco, asciugarsi le membra, infilarsi la gonna, distendersi a pancia sotto – seno nudo sul prato, e risollevarsi infine, bionda la treccia d'oro forbito e perle, cinta d'una nebula di fiori a pioggia dai bei rami. "Che ne dite?" poi ha interrogato. Silenzio: chi guardava di qua, chi di là. Solo l'allieva Lombardi Luana ha detto: che noia, sembra uno spot visto e rivisto in tv.

"Secondo te che cosa avrebbe scelto di pubblicizzare Petrarca in tv? Formaggi?" mi ha chiesto più tardi Vivaldi mentre fissavamo il cortile dove il sole di fine aprile bruciava erbe, buste di plastica gonfie di vento, papaveri e la pelle del viso della collega Vitiello Rossella che si stava abbronzando. Per saperlo abbiamo deciso di andare al convegno *Petrarca al computer* che si terrà a Chiusi della Verna dal 7 al 10 maggio. Questo convegno è di quelli che la collega Falcucci di solito manda un telex dove è scritto: presidi, concedete agli insegnanti di andarsi ad aggiornare, ma solo se la loro assenza non intralcia il servizio. Ora succede così: quelli che sono simpatici al preside, assentandosi non intralciano nemmeno un po'; quelli che invece gli sono antipatici intralciano, inevitabilmente. Vivaldi, Taddeo, Speranza e io ci siamo fatti ricevere dicendo: Petrarca, il computer, aggiornarci, preside. E già sognavamo La Verna, il cibo dei frati, passeggiate allo speco dove (san) Francesco d'Assisi col cerchietto d'oro in testa offre le palme a perforanti raggi divini. Il preside ci ha detto: no, intralciate; e poi: voi di lettere e materie affini non ci sapete fare coi computer, siete poeti. Al convegno, per concludere, ci manda padre Mattozzi perché c'è di mezzo san Francesco. E la collega Vitiello che insegna matematica.

Allora Vivaldi, seccato perché la vita va via così, ha portato la sua classe a fare lezione all'aperto, cioè a giocare a pallone con la classe della collega Vitiello che intanto continuava a prendere il sole in cortile. Le si è seduto accanto e ha attaccato bottone a questo modo: "Bella giornata. È una stagione, questa, che senti i tendini che si allentano e il cervello che ti balla nella testa come un piede in una scarpa slacciata. Non ti capita a volte di smarrirti quasi che fossi un ombrello quando non piove più?". Vitiello Rossella ha spalancato gli occhi che teneva chiusi per abbronzarsi anche le palpebre e un po' per meraviglia, un po' per stizza gli ha detto: "!". "Ma allora perché vuoi andare a seguire un convegno su Petrarca se non capisci niente della parola letteraria?" ha ribattuto Vivaldi ed è corso a tirare quattro calci con i suoi ragazzi filolaziali. Che intanto avevano scritto per terra col gesso: "Fesso chi Lecce".

Venerdì, infine, ci siamo rinfrancati correndo a prendere lo stipendio. L'ora dello stipendio è un'ora felice. A volte, ascoltando i nostri discorsi (didattica, riforma, aggiornamento) o leggendo le piattaforme sindacali, uno può pensare che l'educatore disprezzi il danaro. Invece non è così. Anche questo mese siamo volati in banca, in testa il collega Vivaldi che estraeva continuamente dalla tasca una pistola fatta col pollice e l'indice strillando: fermi tutti, questa è una rapina. Lo faceva in un modo così verosimile che, quando Vivaldi ha superato il gabbiotto corazzato dove siede il vigilante ed è passato attraverso il metaldetector, è scattata la suoneria. La porta s'è chiusa sul rosso e il collega Sparanise che stava entrando si è girato a guardarlo come si guarda un terrorista. Vivaldi, rassegnato, ha deposto sul banco del vigilante il pollice e l'indice ammettendo: ecco l'arma. Poi s'è tolto di tasca un mazzo di chiavi ma il metaldetector s'è rimesso a suonare. Allora ha vuotato le tasche, compreso le aspirine. E il vigilante sollevato ha detto: le spirine, colpa della stagnola delle spirine. Sicché Vivaldi ha esclamato: non è possibile, beccato per colpa delle spirine. "Aspirine" ha corretto il collega Marini sempre in servizio. Quindi ha spalancato la porta, ha sorpassato Sparanise e s'è precipitato al banco. Dove è arrivato primo.

Dietro di lui noi, a fare segnali all'impiegato: siamo qui, abbiamo i minuti contati, presto. Ma l'impiegato è uno che si attarda, sparisce, rientra, parla all'orecchio di un'impiegata, ridacchia. La banca intanto s'è affollata diventando una sezione staccata della sala professori, a parte i colleghi raffinati che si fanno accreditare lo stipendio (segno che hanno un conto in banca) e agli sportelli non vengono mai. "Non possiamo essere una categoria vilipesa anche dai bancari" ha detto il collega Marini ma tra i denti, perché l'insegnante è timido, ben educato, tra i primi a soccombere quando verrà il *day after*. Siamo riusciti a mettere in piedi solo questo coro a mezza bocca: direttore; vogliamo parlare col direttore. Allora l'impiegato s'è trascinato al banco e ha detto: adesso diamo tanti bei soldini a questi professori. Facendo capire però che soffriva a darceli, perché convinto che li rubiamo, i soldini. A questo punto grande ressa. Ci siamo ficcati educatamente i gomiti nelle costole, abbiamo mostrato la carta di identità, abbiamo firmato e siamo andati a fare la fila alla cassa. Il collega Storioni che è arrivato per ultimo insieme alla collega Vitiello ha chiesto: "Dove ritirano lo stipendio i presidi? Perché lo fanno in segreto? In fila con la truppa!". Intanto il cassiere ci schioccava il danaro sotto gli occhi. E Marini ha sbirciato per vedere quanto racimola Sparanise, sussurrandomi poi: perché Sparanise unmilioneduecentosessantaquattroetrecento mentre io – tre figli – unmilionecentosessantottoetrecento? Ci siamo fatti il conto a mente – togliamo la Gescal, ce la rimettiamo e abbiamo deciso che andremo a controllare in segreteria sventolando la striscia di carta con le cifre azzurre: come mai, signora Giulivo, il collega Sparanise becca tanto e noi solo tanto? Nel frattempo la banca è tutta sussurri. Il collega Sparanise ha visto di sbieco la collega Speranza che intascava il suo milione. Allora ci ha confidato: ha il marito medico. Poi: perché non ho anch'io il marito medico? E un po' di bile è venuta a tutti, in specie al precario Storioni che ha contato le sue lire novecentomila dichiarando odio inestinguibile a colleghi-architetti che disegnano bicchieri, a colleghi-ingegneri che fanno impianti di termosifoni, a tutti quelli ben sposati con suoceri di borsa larga. "E io? Senza cattedra, senza aula, senza soldi." Sicché a momenti l'ora felice dello stipendio diventava infelice. Quand'ecco che hanno agevolmente superato il metaldetector i Sabella. Sono scivolati insieme dal banco alla cassa, cinquantenni, quattro figli, tutt'e due insegnanti di matematica per complessivi duemilioniedue, le stesse piramidi di compiti da correggere, guancia a guancia da venticinque anni a contare assenze e ad assegnare voti: come sono carini, come sono simpatici, come sono gentili.

La collega Vitiello, intascando lo stipendio, ha mormorato al giovane Storioni: sarebbe bello diventare come loro. Storioni ha fatto una brutta faccia. Anche i Sabella: "Come noi?".

9.

4 maggio 1986

Ora è il tempo della nube mortale che viene dall'Est: così, con tono shakespeariano, comincia il documento della nostra sezione Cgil sul disastro di Cernobyl. A scriverlo sono stati il collega Vivaldi e il collega Pettazzoni, che seguitano: "La nube bussa ai vetri delle nostre aule e cerca di entrare, come tanti altri eventi di quest'anno scolastico fin troppo intenso". Ma i docenti fanno finta di niente, riassumo qui io a occhio e croce: fuori danno l'assalto ai supermercati, fanno incetta di surgelati, temono per la vita dei loro figli; dentro dicono: "Parliamo di Parini" o incollano fascette intorno ai compiti appena corretti. "La routine è la nostra abietta armatura," conclude il testo, già affisso in bacheca, "se si spezza cadiamo in ginocchio."

Ma ce n'è voluto per scriverlo, perché davvero eravamo tutti prostrati. Soprattutto la collega Taddeo, cui il marito aveva detto: non sei una buona madre; il bambino lo devi tenere di più al sole. Allora lei, appena il sole s'è fatto caldo, ha spinto sul balcone il lettino del figlio che ancora dormiva e l'ha tenuto lì all'aria, per più di un'ora. "Adesso sai che era il cuore infuocato di Cernobyl a bruciare in mezzo al cielo" l'ha informata poi Vivaldi, che della radioattività sa poco, ma ha l'orecchio avvezzo alla musica e al verso, nonché densi rancori verso la fidanzata che non si decide ad amare solo lui, sicché ha deciso di farla ingelosire. Sotto gli occhi cupi di Taddeo ridacchia, dà buffetti, fa all'improvviso il solletico alla mia allieva Seroni Catia che, a sua volta, gli pone spesso quesiti sulla sua yamaha e, mentre lui parla, gli abbottona e gli sbottona la giacca.

In questo clima pieno di sensi di colpa materni, alterchi contenuti, criptoscenate, è facile immaginarsi com'è stato faticoso concordare i contenuti politici del nostro documento. In più si è aggiunta una tesi cervellotica del collega Pettazzoni a complicare le cose. Secondo Pettazzoni la centrale di Cernobyl è stata sabotata dagli Usa. "Certe cose," ha detto, "in Urss non succedono se non c'è sabotaggio." E voleva che lo scrivessimo nel documento Cgil. Voleva anche che la nube radioattiva sovietica che circola per l'Europa la chiamassimo nube radioattiva e basta. Ci siamo rifiutati. Ma poi ci siamo accordati su un documento in cui noi Cgil elenchiamo tutti i disastri nucleari avvenuti negli Usa e per colpa degli Usa da Hiroshima e Nagasaki a oggi. Inoltre, a conclusione della gran fatica, invece che il solito fugace spuntino a base di porchetta e olive, ci siamo concessi un pranzo al ristorante. Tanto, abbiamo detto, siamo comunque spacciati.

11 maggio 1986

Ore due e trentacinque. Noi docenti di lettere tra pochi minuti ci riuniremo per dirci con solennità: quest'anno scolastico è stato uno schifo; anzi preciseremo: più schifo dell'anno scorso. In altre aule, insegnanti di altre materie si riuniranno anche loro per dirsi con la stessa solennità: che ribrezzo. Questo rito si chiama "riunione per materie" e conclude la riflessione didattica del corpo docente nell'anno in corso ma ormai agli sgoccioli. Fuori un sole nebuloso riscalda la verzura radioattiva del custode calabrese della scuola. Anche la rosa di maggio avvampa, dice il collega Vivaldi. Poi si chiede: chi la celebrerà e con quale metro? Infine conclude: non c'è epoca che non canti la bella rosa; noi la canteremo in nanocurie.

Allora io gli mostro i compiti in classe di Di Marco, Timballo e Cardinale. I compiti trattano del disastro di Cernobyl. Noi di sinistra, a ogni avvenimento che investe la coscienza collettiva, diamo ai nostri allievi un tema da svolgere che dice: rifletti sul grave evento e analizza. Essi analizzano e riflettono, spesso scopiazzando di qua e di là. Timballo ha riflettuto e analizzato così: i Nani Curie sono i figli malriusciti di Madame Curie. Di Marco invece ha fatto l'ipotesi che Krypton 85 sia un episodio della vita di *Superman*, uscito l'anno scorso. Cardinale infine vuole dimostrare: i Nani Curie sono gli stessi coniugi Curie, così denominati per come si ridussero dopo le loro ricerche sulla radioattività. Gli unici, confido a Vivaldi, che hanno svolto con impegno il compito su Cernobyl sono stati gli allievi di 5ª. Motivo: temono che glielo diano alla maturità.

Stavo appunto discutendo con gli allievi di 5ª il compito in classe, gli racconto, quando è entrata la collega Morena che ha sentito: Madame Curie qua, Madame Curie là. Allora con tatto mi ha spinto in corridoio e mi ha detto: diseducatore, non si dice Madame Curie ma Maria Sklodowska. Curie, mi ha spiegato, era il nome del marito. Io sono diventato paonazzo e, rientrato in classe, ho ripreso a parlare dicendo Madame Sklodowska. Allora gli allievi, che fanno ricerche sui famosi coniugi fin dalle elementari, mi hanno chiesto: e chi è questa Sklodowska? Io ho spiegato: Madame Curie.

Alle tre è cominciata la riunione. Ha preso la parola il collega Marini per dire: non bastava la guerra Libia-Usa, ci voleva anche la nube di Cernobyl. Quindi ha mostrato il suo registro in cinemascope: le assenze, guardate quante assenze. Noi Cgil abbiamo guardato e abbiamo mostrato i nostri registri: nemmeno un voto, tutti ancora da interrogare. "E non parliamo del programma" ha incalzato Marini: "ne boccio almeno dieci per classe." Noi qui ci siamo dissociati tacendo, per poi mormorare come si lavora male. "Cambiamo libro di testo" ha proposto Marini. Noi, deviando: la sperimentazione, l'aggiornamento. Marini: ci vuole il latino, senza latino non c'è serietà. Noi: no, i computer. Giacciono grigi e spenti in biblioteca come gusci di lumache morte, ha detto Taddeo. Mentre Vivaldi: se ogni ponte gettato verso le culture giovanili viene tagliato dalla gestione burocratica di questo istituto, non si può dire: boccio. E ha lamentato: niente più U2, niente Style Council, solo Petrarca e i Rem. "Tutto finito," ha rincarato Taddeo, "anche la mia ricerca sulla percezione studentesca dello spazio. Che resta?" Risposta della collega Speranza: ci vorrebbe un "distacco" o che so: un "comando". Quel tanto che basta per diventare rosei. Anche solo un anno in Somalia. Rompiamo con questo senso di morte misurabile in nanocurie.

Vivaldi allora ci ha mostrato il Nano Curie. Lo ha fatto con l'indice e il medio. Orribile, con passo mortuario, gli saliva su per il braccio sinistro, questo Nano Curie, come un infarto, e gli diceva: ora ti vengo nella tiroide, ora ti spappolo le cellule, ora ti faccio venire la diarrea: non sperare di cavartela coi surgelati. Tutti abbiamo sentito gli spinaci mangiati ieri sera che, come in un film che va alla rovescia, ritornavano a ghiacciarsi verdi, non nella scatola di cartone, ma nello stomaco.

Intanto il preside, comparso come un fantasma, ha detto: collega Vivaldi, lei fa sempre poesia e invece dovrebbe imparare a fare scienza. Altrimenti non c'è allievo che sappia cos'è un rem o un curie. Non se ne può più: questa scuola va riformata in totem. "In totem?" ha chiesto Vivaldi interessato alla radicalità del preside. E il preside, contento per l'attenzione ma anche un po' confuso, ha confermato: "In totem".

A questo punto è entrato di corsa l'allievo Segarelli Matteo mostrandomi il cartello che ha inventato per la manifestazione contro il nucleare. Dietro di lui c'era la sua fidanzata, Romina di 2ª B, che ora fa parte anche lei dello sparuto comitato studentesco. "Che le pare?" ha chiesto Segarelli indicandomi il cartello. Ho letto: *Tanti rem, tanti requiem*. E ho detto: otto.

18 maggio 1986

Il preside ha fatto al collegio dei docenti una mortale "comunicazione del preside" della durata di un'ora e trentacinque minuti. Prima mezz'ora su questo concetto: l'anno scolastico volge alla fine, cari colleghi.

Fuori s'irradiava radioattivo il maggio odoroso di pomeriggio. Mese in cui c'è chi si lascia e chi si prende, mi ha detto il collega Vivaldi all'orecchio. Poi ha attaccato a raccontarmi di una conversazione tra l'allievo Segarelli Matteo e la sua fidanzata Romina di 2ª B, captata in mattinata durante la ricreazione. Segarelli diceva a

Romina: dimmi che m'ami. Romina rispondeva a Segarelli: non me la sento. Segarelli ribatteva: allora perché io me la sento? Romina: se vuoi, ti dico che ti voglio bene. Segarelli: non è la stessa cosa. Romina: ti voglio bene molto. Segarelli: se dopo due mesi non riesci a dire ti amo, vuol dire che non va. Romina: dammi tempo. Segarelli: o adesso o mai più. Romina perplessa: t'amo. E: capisci? rideva Vivaldi.

Dall'altro orecchio invece l'anziano collega Sparanise mi ha confidato: sono entrato nell'area della morte. "Ma no," ho detto io, "è un'impressione." "Lo sento" ha invece ribadito Sparanise. E non ha più detto una parola. Ma ha cominciato a fissare con astio il preside che andava facendo la sua micidiale comunicazione, come se la morte fosse il capo d'istituto.

Anche quest'anno ce l'abbiamo fatta, stava appunto dicendo il preside, pur tra contrasti e un momento o due in cui sono stato là là per chiamare i carabinieri. Ora che siamo alla fine, colleghi, prepariamoci agli adempimenti d'obbligo. Quindi si è detto preoccupato soprattutto per il giudizio finale, tanto che il collega Sparanise lo ha fissato ancora più cupamente e mi sono sentito a fianco la sua angoscia rancorosa di vecchio che teme la fossa scura. "Il giudizio finale," ha annunciato il preside con tono biblico, "deve essere formulato sulla base della valutazione di un adeguato numero di interrogazioni e di compiti scritti. Il vostro numero è adeguato?" "Sì" abbiamo detto noi come folla oceanica, perché in questi casi è conveniente mentire, se si insiste a dire: più di un'interrogazione e due compiti scritti non sono riuscito a farli, ci si ficca inutilmente nei guai. Ma la verità è che abbiamo appena cominciato a braccare gli allievi disertori per interrogarli a mitraglia dopo che hanno vomitato nel cesso. Quanto ai compiti, pacchi smanacciati e sudati ancora giacciono con la pancia biancastra all'insù come lucertole stecchite.

Il preside inoltre ha chiarito senza peli sulla lingua: il numero delle assenze va tenuto nella dovuta considerazione, voi lo terrete? "Eccomenò," abbiamo risposto, "sul registro ci sono più caselle con la *a* che caselle senza." Allora lui fiducioso ci ha anche ricordato: dovete dare utili indicazioni agli alunni che rimandate a settembre. Misteriosa formulazione. Molti di noi hanno risposto sì pensando: ai miei gli indico il collega Zorzi che ai suoi indica me: quarantamila lire all'ora. "Se bocciate," ci ha inoltre spiegato il preside, "dovete motivare la vostra decisione. Anche in senso orientante." "Orientante?" ha chiesto Vivaldi. "Orientante verso altri studi o attività" ha chiarito il preside. "A zappare," ha mormorato allora Sparanise, "c'è chi è nato per studiare e chi è nato per zappare." E questa idea a cui è affezionato da quarant'anni gli ha ridato improvvisamente colore e gioia di vivere.

Infine il preside ci ha comunicato tutta la sua apprensione per i giudizi di ammissione/non ammissione all'esame di maturità. Si è detto convinto che non li sappiamo fare. Noi, offesi: no, sappiamo. Allora il preside ci ha incalzato: sapete esprimere senza far poesia la valutazione o positiva o negativa del grado di preparazione di ciascun candidato, con riguardo al profitto, al comportamento (inteso come interesse e partecipazione attiva al dialogo educativo), alle capacità e alle attitudini? Lei, Starnone, sa? Io mi sono pensato in 5ª, mentre faccio lezione in fretta su Svevo e Pirandello, sotto gli occhi la classe che partecipa al dialogo educativo preparandosi per interrogazioni in altre materie, non un cane che mi stia a sentire, l'allieva Seroni Catia che si rifà il trucco perché non porta italiano agli esami, Menegozzi Maria Concetta detta Ketty che con cuffia alle orecchie legge *La coscienza di Zeno* perché l'italiano lo porta ma non crede all'utilità delle mie spiegazioni. Ho ammesso: non so.

Dopo un estenuante dibattito su: è più valido il giudizio o il voto? il preside ci ha permesso di passare all'adozione dei libri di testo. Molti colleghi ci hanno recitato noiosissime relazioni che dicevano: com'è bello questo libro di testo che adotto io, tutte ricopiate pari pari dalla scheda con cui le case editrici accompagnano i libri che ci inviano in omaggio. Sparanise ha adottato una nuova stupefacente grammatica di francese, mentre Vivaldi e la collega Taddeo cominciavano a litigare a bassa voce perché lui negli ultimi tempi porta spesso in moto l'allieva Seroni Catia e lascia lei a piedi. "Non mi ami più" diceva Taddeo. "Io ti amo e te lo dico," ribatteva Vivaldi, "tu invece non me lo dici mai." Taddeo: "Ti voglio bene molto". Vivaldi: "Lo vedi? Non mi dici mai t'amo".

25 maggio 1986

Il fotografo bussa con discrezione e poi spalanca la porta urlando: "Tutti in cortile: fotografia". Succede proprio quando io sto cercando di interrogare l'allievo Di Marco: guerra dei Sette anni, sentiamo un po'. "Non mi ricordo bene," ha appena detto lui tormentandosi i capelli alla gelatina, "però ho studiato: sono solo un po' titu*r*bante e ho come un'assenza ce*l*ebrale." "Il ragazzo è titu*r*bante," allora io dico al fotografo, "ha l'assenza ce*l*ebrale. Perché ci disturba?" Ma quello batte colpi pressanti su un'anta, a palma aperta: "Circolare del preside n. 135" cita. "Oggetto: foto ricordo anno 1985-86. In cortile." Io dico: no, prima la guerra dei Sette anni. Lui aizza gli studenti all'ammutinamento col sorriso che dice: macché guerra dei Sette anni. E tutti sono già per i corridoi, Di Marco in testa, sottobraccio al fotografo.

Vado anch'io in cortile a mettermi in posa. Qui c'è il collega Vivaldi che è stato appena fotografato e si attarda di cattivo umore. "Conosco molte pose da foto," gli confido, "ma nelle foto scolastiche mi viene tuttora quella che assunsi per la prima volta in 1ª elementare: sull'attenti, che guardo e non vedo perché vedo l'infinito. Che devo fare?" Vivaldi dice: niente: tutto rimane identico: che è cambiato veramente? E racconta: "Alle elementari facevo a gomitate per trovarmi vicino alla maestra al momento dello scatto: ero quasi certo che in quell'area nessuno mi avrebbe fatto le corna con le dita sulla testa. Oggi mi stringo intorno i primi della classe come pretoriani: temo ancora che qualche teppista mi faccia le corna con le dita sulla testa. Stessa solfa, stesso stato d'allarme, stessa giungla".

Intristito mi vado a mettere in posa con gli studenti: gli amici vicino agli amici, i fidanzati abbracciati alle fidanzate, la banda di Di Marco che mi stringe e mi serra per infilarmi il gesso in tasca o il cancellino e poi rimproverarmi: professore, perché s'è fregato il gesso, perché s'è fregato il cancellino? Quand'ecco: tutti immobili, silenzio, il fotografo scatta. E proprio mentre scatta, io so che un attimo della mia vita è diventato definitivo. So anche, dalla presenza lieve avvertita dietro la nuca, che in quell'attimo qualcuno mi ha fatto le corna con le dita sulla testa. Il fotografo dice:

"Quattromila a copia: portate i soldi, mi raccomando". Mi guarda contento e mi dice: al professore gratis.

In sala professori Vivaldi continua. "A volte," dice, "quando sono di cattivo umore, penso che non sono mai uscito dalle foto scolastiche. La mia vita mi sembra un fotomontaggio: la faccia di adesso sopra il grembiule col fiocco azzurro o sopra i pantaloni alla zuava." "Ma no," dico io, "siamo vivi e vegeti." "Tu credi," seguita Vivaldi, "di essere vivo e vegeto, in mezzo ai tuoi allievi di oggi. Invece sei in posa coi tuoi compagni di una volta, che sono rimasti gelati nella loro adolescenza, sempre gli stessi scherzi, di anno in anno irrimediabilmente giovani: forse fan di altri cantanti o altri scrittori o altri attori, eppure identici. Cambi," mi incalza, "diventi vecchio. Ma vecchio col grembiule. O vecchio coi pantaloni alla zuava. E sempre nello stesso cortile della prima fotografia, che intanto ne ha generate altre tutte uguali. Foto che non stanno ferme, circolano, l'unico vero viaggio che fai: prima nelle case dei tuoi compagni e poi per le case dei tuoi alunni e poi per le case dei figli dei tuoi alunni: la sola traccia di te che disgraziatamente resterà."

Qui ci ricordiamo della prima foto che ci fissa insieme. A San Chirico Raparo, naturalmente. Lui aveva un braccio intorno alle mie spalle, io intorno alle sue. Sotto il suo braccio c'era una sua allieva: Barracane Donata. Sotto il mio c'era il padre di quella allieva: il maestro Barracane, che mi aveva affittato una camera gelata sotto il tetto, dove, accanto al braciere, alla luce fievole di una candela perché alle sei del pomeriggio se ne andava la luce elettrica e non tornava più fino alle quattro del mattino, correggevo compiti e studiavo la lezione per il giorno dopo. Fino a quando Barracane Donata mi chiamava per la cena. Era una cena silenziosa, perché il maestro Barracane, democristiano, temeva di farmi una scortesia se esprimeva le sue vedute a me che ero maoista, secondo don Galeno. Si scioglieva un po', questo maestro, soltanto quando la sua moglie-schiava, della quale non seppi mai il nome, serviva in tavola rossi peperoncini forti, che poi lui mi offriva chiedendo: vuoi favorire? e io rispondevo: no, grazie. Allora lui li addentava, li masticava e a me venivano le lacrime agli occhi pensando alla sua bocca, a come bruciava. Ma il maestro non batteva ciglio. Cominciava a dire come chi formula un pensiero servendosi del suo contrario: Donata è stata fortunata a incontrare una persona seria come il tuo amico. E io per tranquillizzarlo non potevo fare altro che ribadire col tono di chi racconta una cosa divertente: Vivaldi fa lezione e lei gli fissa le mani così intensamente, che lui a volte si impapera. Tanto che anche la collega Barrera diceva spesso a Vivaldi: hai visto come ti guarda la piccola Barracane? "Che posso farci?" le rispondeva il collega Vivaldi. E se ne ricorda ora, in maggio, con malinconia: di Carla Barrera, del maestro Barracane, dell'allievo Cataldi, di Donata. "Quando mi parlava," dice, "quella ragazza non abbassava mai lo sguardo. E una volta si baciò l'indice e me lo poggiò sulle labbra. E."

Vorrebbe seguitare a raccontare ma a questo punto, meno male, arriva l'allievo Cardinale Pasquale che mi mormora all'orecchio: stiamo eseguendo la *Ninnananna per Sparanise*, vuole venire ad ascoltare?

Io lascio Vivaldi e seguo Cardinale perché: sempre dalla parte degli studenti. Cardinale mi introduce in punta di piedi in 4ª E facendomi cenno di non fiatare. Qui c'è l'anziano collega Sparanise seduto dietro la cattedra, a occhi chiusi. Ha un respiro lieve, solo qualche ingorgo catarroso da fumatore incallito. L'allievo Silvestrone a bocca socchiusa cantilena: oooh-òh – oooh-òh. E gli altri fanno un coretto di sottofondo che a stento si sente. Questa è la famosa *Ninnananna per Sparanise* che viene eseguita tra aprile e maggio, tra mezzogiorno e l'una, quando l'aria è abbastanza calda e pesante. Succede che l'anziano insegnante entra stancamente in classe e si siede dietro la cattedra. Gli allievi lasciano che il loro silenzio innaturale lo stordisca. Poi attacca Silvestrone lieve lieve: oooh-òh – oooh-òh. A Sparanise si fanno le palpebre pesanti, la testa gli pencola, lui si tira su di soprassalto, gli pencola di nuovo. Infine il vecchio collega si smemora, prende a russare, poi si spaventa del suono, apre gli occhi, non capisce dov'è, si riaddormenta. Allora questi giovani teppisti escono a uno a uno in punta di piedi e vanno in corridoio per fumare. Resta Silvestrone ancora per un poco a ninnare. Io lo guardo e non sono più sicuro del mio motto: sempre dalla parte degli studenti. Quando sento le palpebre che mi si fanno pesanti, esco a mia volta quasi di corsa.

10.

1 giugno 1986

Molti docenti sostengono che ogni umor nero, ogni angoscia di morte sbiadirebbe, se ci raddoppiassero, com'è giusto, lo stipendio. Ne è convinto per esempio il collega Marini. Ne è convinto il precario Storioni. A noi Cgil – non tutti, solo quelli della sinistra patetica – questo tema ripugna: ci pare volgare contaminare le nostre intense riunioni rivolte a produrre documenti di dura battaglia politica con i livelli, gli scatti, le miserabili cifre. Sicché di sindacato vero e proprio non capiamo niente. E ce ne vantiamo: non siamo come l'insegnante tradizionale, attaccato al coefficiente. Anzi. Però, quando si legge in bacheca: ore undici e mezzo, aula magna, discussione della piattaforma contrattuale, introdurrà Mario Pianosa della Cgil, in ciascuno di noi scatta l'imperativo categorico: devi. Subito incalzato dalla voce: e perché? Conflitto che dura fino alle undici e mezzo, quando naturalmente per antica disciplina siamo tutti schierati di fronte al compagno Pianosa e al nostro valoroso delegato sindacale che gli siede accanto. Pianosa è roseo, in distacco sindacale da quattro anni. Lo conosciamo dai tempi in cui era docente paonazzo, faceva sbiancare sindacalisti e rosolava presidi senza pietà. Senza risparmiarsi né risparmiarci ci introduce alla piattaforma unitaria con tono unitario. Ci introduce e ci reintroduce: fino alle due, quando siamo così imbambolati dal suo periodare alla camomilla, che non sentiamo più nemmeno la fame: vogliamo solo andare a dormire.

Difficile sintetizzare qui che cosa ci ha detto Pianosa. Di sicuro ci ha indicato il soffitto e poi ha esclamato: abbiamo sfondato il tetto. Quindi ha subito chiarito: i livelli, la classe, beati noi, quanti soldi. Per aggiungere: scaglionati però. Finché all'improvviso ha voluto che guardassimo il piede di partenza. "Guardate il piede di partenza" ha detto a noi che guardavamo. Ed è passato a elencare meraviglie: venticinque alunni per classe, aggiornamento, professionalità, sperimentazione, formatori ben selezionati, tutto pagato, chi meglio fa più intasca. Il sindacato, ha concluso, ha recepito di qua, ha recepito di là: e lo ha fatto per portare a soluzione questo e per portare a soluzione quello, ma in particolare i gravi problemi del precariato. Quindi ha dichiarato: "distacchi" meno lunghi, sennò perdiamo il contatto coi lavoratori della scuola e coi ragazzi.

"Sì, a sgobbare come noi" ha detto il precario Storioni, l'unico rimasto sveglio. E poi ha esposto la sua condizione: in balìa di presidi succhiasangue, senza un'aula, licenziabile, alunni di cui non sa a fine anno nemmeno il cognome, li boccio tutti, così non si può lavorare. Ha concluso con il temuto grido finale: blocco degli scrutini! Pianosa c'è rimasto male. Ha esclamato: estremismo, malattia infantile. E poi ha deciso di dirci un'altra volta tutto ciò che il sindacato ha fatto e farà per risolvere i problemi del precariato. Noi: basta. Ci siamo trascinati verso la porta salutando: ciao Pianosa, complimenti, esposizione briosa, bravo. Lui ha detto: questo Storioni. Noi abbiamo detto: sì, però anche il sindacato, mah.

La condizione di Storioni è veramente dura. Ormai fa costantemente lezione all'aperto perché, si giustifica, le sue classi non hanno un'aula loro: sono itineranti. Il preside passa, lo vede lì al sole piantato nel cerchio dei suoi allievi vocianti, e urla: "Lei deve lavorare, Storioni. Lei non è pagato per prendere il sole. Torni subito in classe. Si ricordi che è un precario". E aggiunge: ora vado ad ammonirla per iscritto: Storioni non è un educatore.

Però poi si accorge che quando deve scrivere in quale aula Storioni dovrebbe stare a fare il suo dovere, non lo sa. Allora s'attacca al campanello che fa bzzz, bzzz. A quel suono i bidelli, di solito stravaccati sulle loro seggiole a raccontarsi tristi storie di famiglia, a esibire invalidità e a progettare cure termali interminabili, dimenticano le loro gravissime artrosi e schizzano da una gradinata all'altra, da un piano all'altro gridando: il preside chiama e litigando: vacci tu, no tu. Quando qualcuno apre la porta del bunker della presidenza, il preside ha ormai invitato nel suo ufficio tutte le madonne e tutti i santi del paradiso. Dice: dov'è l'aula di Storioni?

Ma di quell'aula si scopre che non c'è traccia: questo precario è così precario che il suo nome non figura nemmeno nell'elenco dei docenti sul tabellone dell'orario definitivo. Occorre una paziente ricerca per apprendere che Storioni sostituisce la memorabile (per le chiacchiere ad altissima voce) collega Vercelli, in maternità. Che a sua volta era sulla cattedra occupata dal collega Pierantoni, del quale però non si conserva memoria: forse è in Somalia, forse è borsista a Heidelberg, forse è diventato "formatore" di insegnanti e ora sta ancora a letto, dormendo. Solo dopo molto indagare si scopre finalmente che Storioni ha un'aula eventuale. Quella della 1ª E che sta partecipando in palestra al torneo di pallavolo. O quella della 1ª H che sta seguendo in aula magna un dibattito sull'educazione allo sviluppo curato dalla collega Mastropietro. O quella della 1ª F che è in gita di istruzione. Ma in 1ª E c'è la 1ª S, in 1ª H c'è la 1ª Z e in 1ª F ci sono i bidelli Fulco Maria e Giovannini Franco che stanno facendo le pulizie. Si sono chiusi dentro e non c'è verso di farsi aprire.

A questo punto il preside rinuncia ad ammonire Storioni per iscritto. Non ritiene prudente riaprire a fine d'anno il dibattito sulla carenza di aule. Storioni invece lo ammonisce col seguente dazebao: il preside è pazzo. Poi continua: blocco degli scrutini, abbasso la Triplice. E infine conclude: voglio diventare di ruolo, a settembre mi sposo. Allora noi andiamo a complimentarci con lui e con la collega Vitiello, che è ormai sua fidanzata di ruolo per concorso. Auguri e figli maschi, diciamo. Ma la collega Morena ci rimprovera: perché femmine no?

8 giugno 1986

Finiamola qui, non ho più niente da dire. "Allieva serena, d'animo sensibilissimo, di ottime capacità sia d'analisi che di sintesi, ha sempre rivelato una spiccatissima attitudine per le materie letterarie che ha evidenziato con un'attiva partecipazione al dialogo educativo. Lettrice appassionata, ha approfondito il programma svolto con letture autonome e con letture oculatamente guidate dall'insegnante. I risultati ottenuti sono ottimi." Non ce la faccio più, ho mormorato al termine di uno dei tanti giudizi da me redatti per lo scrutinio di ammissione della classe 5ª E agli esami di maturità. Il giudizio era quello dell'allieva Menegozzi Maria Concetta detta Ketty alla quale l'altro ieri ho detto: nozioni precise, non puntare a fumosi colloqui, meglio: Leopardi è nato, è morto, ha scritto, piuttosto che un'interrogazione colloquiale. E le ho raccontato il seguente colloquio da esame di maturità. Chiede l'esaminatore: "Leopardi credeva in Dio?". "No," risponde il candidato, "era ateo e materialista." "Rifletta" ammonisce l'esaminatore. "Leopardi non credeva forse nella natura?" "Credeva, credeva" ammette il candidato. "E la natura chi l'ha creata?" esclama allora l'esaminatore. Qui sono scoppiato a ridere, ma da solo.

Quando mi sono calmato Ketty ha detto: lei fa il doppio gioco, si decida: m'ha tenuto per anni nel banco e ora mi dice che è tutta una farsa, meglio un po' di nozioni? Poi mi ha chiesto: la maturità è diventare come lei? mostrando nell'impostazione della domanda sicuramente ottime capacità di analisi e di sintesi ma anche un disprezzo profondo per me, per il dialogo educativo e per gli esami a cui si deve sottoporre. A quel punto mi sono ficcato il cappuccio della bic in bocca e ho pensato: che scriverei di Ketty se non fossi costretto a scrivere scemenze? Scriverei – mi sono detto: spirito ribelle, intelligente, colta come questa scuola non riuscirebbe mai a rendere colti in cent'anni: sarebbe stata così anche se io non fossi mai stato il suo insegnante.

Ore e ore se ne vanno, per questi giudizi finali. Me ne stavo rinserrato in un'aula vuota a martoriarmi sulla frase conclusiva del giudizio di ammissione per l'allieva Seroni Catia, quando è entrato il collega Vivaldi. Ha detto: "Mi fai vedere il giudizio di Seroni?". Ho risposto: "Perché?". Ha detto: "È una brava ragazza". Ho rivelato: "Quasi sufficiente, ma poco partecipe al dialogo educativo". "Non può essere," ha detto Vivaldi, "siamo andati a firmare insieme contro le centrali nucleari." Ho ribadito: "Fascista era e fascista è rimasta. Lascia perdere, Vivaldi". E gli ho comunicato che la collega Taddeo, sua fidanzata, lo ama e piange,: ho lasciato questa virgola ferma lì in attesa, per vedere se lui voleva continuare il periodo sull'amore e il pianto di Taddeo, che ha abbandonato – ormai lo sanno tutti – per correre dietro alla giovane Seroni. Ma la virgola è rimasta senza seguito. Invece con fastidio Vivaldi ha detto: "Pregiudizi" e mi ha informato su come è cambiata l'allieva Seroni: sa tutto sulla yamaha 350, *La ginestra* e gli Style Council. Inoltre è in rotta col padre laureato in economia e commercio e iscritto al Msi: farà un bell'esame, fidati, passala a piucchesufficiente, che ti costa. Io ho detto: sì. Quando Vivaldi è andato via e dalla finestra l'ho visto volare in moto con la bella Catia stretta alla schiena, ho pensato: quarant'anni suonati e istupidire così. Mi sono ficcato nervosamente la bic in bocca fantasticando: di Seroni scriverei, se la scuola non fosse com'è: allieva rimasta identica a se stessa, anche se sono stato il suo insegnante.

Poi sono uscito per i corridoi a rinfrancarmi, prima di andare a mangiare un panino al tonno e finire giallastro in consiglio di classe a scrutinare: scuola in smobilitazione, insegnanti immersi negli ultimi compiti da correggere, scrutini, maturità incombente. Allievi sostavano qua e là col naso ficcato nei libri o nei quaderni, poi tiravano su il profilo all'improvviso e salmodiavano storie e geografie e Parini e Alfieri a fior di labbra. Sono diventati pallidi quando l'ultimo interrogato, Donati, è uscito dall'aula depresso. Al "Com'è andata?" ha risposto: "È andata che a quella la sparo in bocca". "*La* non si dice," ho corretto io, anche perché *la* era la povera collega Taddeo, "si dice *le*." "Le sparo in bocca" s'è corretto quel giovane arrossendo per l'errore. Io sono passato oltre.

Più in là ho fatto da consulente all'allievo Timballo che stava per essere interrogato in geografia. "I primi aeroplani andavano ad acqua?" ha chiesto. "Non mi pare" ho risposto io tenendomi sul vago. "Allora che sono gli idrovolanti?" s'è arrovellato. Gliel'ho spiegato e poiché rideva come uno scemo non ho capito se era davvero un suo dubbio o una freddura letta da qualche parte. Con Timballo non si sa mai come stanno le cose. Gli ho chiesto: "Quante materie a settembre?". "Sto sicuro," ha risposto, "in una botte di ferro. Ho solo cinquemenomeno in storia dell'arte." Bene, ho detto io. Ma lo sanno tutti che Timballo sarà bocciato per la terza volta. Come anche Cardinale Pasquale che mi si è messo a lato piangendo: "Una buona parola, una buona parola". Gli ho risposto: anche dieci buone parole, ma a che pro? Non sai nemmeno chi ha pronunciato la celebre frase: dopo di me il diluvio. "E lei me lo dica," ha pregato Cardinale, "io in cambio le rispiego il sistema binario."

Mi sono allontanato: Timballo e Cardinale già sbiadiscono, spariranno. Cambieranno fisionomia. Tra quindici giorni ricorderò le loro facce di adesso, ma non saprò più come si chiamavano. Poi li rivedrò tra qualche anno e mi diranno: sono Timballo, sono Cardinale. Io mi ricorderò i nomi all'improvviso, ma li fisserò bene in faccia e non ritroverò un solo tratto di quello che ora sono e che mi dispiace che siano e che vorrei che non fossero: diversi, meglio, boh.

Intanto passo davanti alla 4ª E dove l'allievo Di Marco e la sua banda folleggiano. La bidella Maria è di spalle e sta chiedendo: sapete dov'è il professor Starnone? Di Marco risponde: no, ma se lo vedi sparagli in bocca.

Anche Di Marco, nove insufficienze, sarà bocciato. Io dirò in consiglio: "È un ragazzo intelligente. Legge. Sa tutto sul cinema horror. Gli ho dato in prestito *La questione agraria* del rinnegato Kautsky prima che diventasse un rinnegato. Lui l'ha letto e voleva sapere se conoscevo qualcuno in tv: ne ha tratto una sceneggiatura per un telefilm, col rinnegato Kautsky che fa lo zombie e dice: non sono un rinnegato. Colleghi, prima di prendere una decisione, ragioniamo. Questi ragazzi hanno un'altra cultura, e poi avete visto quel tic all'occhio destro? Di Marco è un giovane con problemi, anche neurologici. Aiutiamolo. Suo fratello si droga, lui non riesce a trovare una fidanzata, è orfano di madre, il padre ha un'amante". Ma il preside chiederà: la storia la sa? E lo bocceremo, è già bocciato. Del resto che altro si può fare con uno come Di Marco?

"Ecco lei," mi ha fatto sobbalzare la signora Maria, "Martinelli Stefy è svenuta durante l'interrogazione e la professoressa Morena la sta rianimando." Sono accorso. Martinelli era sdraiata sul pavimento del corridoio, anche se non più esanime. "Ti regalo la storia" le ho detto per metterla di buonumore ma lei si è girata dall'altra parte facendo capire a Morena: non lo voglio nemmeno vedere. La collega Morena allora mi ha preso in disparte e ha detto: "Bisogna fare il possibile" sul misterioso. "Il possibile" ho ripetuto io. "È sfortunata" ha aggiunto Morena. "Eh sì," ho detto io, "a ogni fine di quadrimestre le vengono bruttissime mestruazioni." "Disgraziatamente no" ha detto Morena. "Come no?" ho sussultato io. "Incinta" ha detto Morena. "Falso allarme" ho auspicato io. "Di due mesi," ha detto lei, "e si vuole sposare." "Con Scialpi, quel teppista tutto in pelle e borchie?" "Sì" ha detto Morena. Allora sono andato da Martinelli e le ho detto: "I carabinieri: se lo vedo, chiamo i carabinieri". La collega Morena mi ha portato via rimproverandomi, ne sono pentito. Ho detto: "Dopo i quarant'anni, si perde spesso il controllo e si istupidisce".

Ero molto depresso, quando ho incontrato l'allievo Segarelli Matteo e la sua fidanzata Romina di 2ª B. Non mi sono rallegrato. Hanno detto: vogliamo salutarla e ringraziarla per come ci ha seguito tutto l'anno. "Io," ha detto Segarelli, "le devo tutto. Senza di lei, non sarei così." Poi mi ha chiesto sbavando speranza: "Ce l'ho la media del nove?". Ce l'ha: un fastidio, provo, a riconoscergli in bocca le mie lezioni, le parole, i toni e persino le mie frasi fatte. Vorrei dirgli: ti odio Segarelli, devi sparire da superpromosso esattamente come spariscono i bocciati, i due punti estremi della mia coscienza di insegnante che non sa più perché lo pagano, perché lavora, che lavoro fa. Voglio che se mi diranno: Segarelli, l'unica frase che mi verrà in mente sia: e chi è? Invece confermo: "Media del nove, Segarelli". Lui guarda Romina come per dire: visto? Quindi mi tende un quaderno e mi comunica: sono le mie poesie, tengo molto al suo parere. Mi lascia i suoi versi e se ne va, buone vacanze. Vedo che la prima poesia me l'ha dedicata: dice che ho l'occhio vigile e il pelo tremulo del suo amato cane. Il cane Star.

Alle tre vado a scrutinare la 5ª E. I colleghi hanno già le nomine in tasca per andare chi qua chi là a fare gli esaminatori, tutti più o meno insoddisfatti. Uno va ospite da un parente, uno da un amico, uno da un vecchio amante: coi soldi che ci danno, se non si fa così, come si fa? Altri infine, come tutti gli anni sono stati nominati esattamente nella cittadina di mare in cui hanno la loro casina di famiglia, giusto a un chilometro dalla spiaggia: l'utile e il dilettevole. Solo l'anziano collega Sparanise aveva chiesto Asiago e invece è stato mandato a Monza dove, dice, le zanzare sono grosse così. Presenterà certificato medico perché la malaria, il chinino, lui ha una certa età.

Poi entra il preside e dice: "Colleghi, bando alla poesia. Qual è il vostro giudizio su questa classe?". "Bella classe" noi diciamo. E per di più aggiungiamo: "Può complessivamente sostenere con successo l'esame di maturità, coronamento di anni di studi e alta prova morale". Perché maturi, per esserlo, lo sono. E preparati, preside, preparati: prima materia e seconda materia: alcuni anche la terza, si figuri. "E i giudizi?" chiede il preside. Noi leggiamo i giudizi: capacità, attitudini, dialogo educativo. "Belli i suoi giudizi," mi dice il preside, "chiari, dei veri ritratti: si sente la conoscenza profonda dell'allievo e la scientifica onestà con cui lei lo ritrae." Io dico: sì, ce l'ho messa tutta, preside, grazie.

"Vediamo i casi dubbi" dice il preside. Li vediamo, sono tre. "Colleghi, severità e rigore," dice il preside, "così la commissione esaminatrice pensa: ecco degli insegnanti che ci sanno fare." Sparanise commenta: "C'è chi è nato per zappare e chi è nato per studiare". Ma io e la collega Morena non siamo d'accordo – con tutto il rispetto, preside. E attacchiamo: i problemi psicologici, il complesso di Edipo, il centro e la periferia, l'asma, i gravi problemi familiari, le capacità sono buone però. Alla fine questi tre ventenni esperti in svastiche e "faccetta nera", superuomini tronfi e insieme fragili cui è noto un solo verso che mi ripetono spesso: "forse perché della fatal quiete tu sei l'imago", e ridono perché: sei peggio della morte vogliono dire, sono ammessi a maggioranza all'esame di maturità. "Anche questa volta ce l'abbiamo fatta" mi dice la collega Morena intendendo: sempre dalla parte degli studenti. Ma io le chiedo disorientato: fatto che? e se questi ci spareranno in bocca sotto casa, domani, tra un anno, due, non so quando?

Intanto dettiamo assenze: quelle del secondo quadrimestre e il totale ottenuto sommandole alle assenze del primo. L'aula risuona di centinaia di assenze, assenze all'infinito, di tutti i tipi, assenti noi stessi, a pensare ad altro, un altro lavoro, un altro mondo, l'altro mondo, mah! "Menegozzi," farnetichiamo, "14 e 19." "Olivieri: 18 e 24." Ogni tanto qualcuno strilla: "Tombola".

Alle sette e venti saluto e faccio per andarmene. Ci attendono giorni da scrivani: relazioni per materia, relazione generale, copia e ricopia i singoli giudizi su registri di vario formato e schede individuali. Perciò voglio andare a riposare. Ma il preside mi raggiunge, mi prende sottobraccio e mi porta nel bunker della presidenza dopo avermi detto per i corridoi: professore, ho proprio apprezzato i suoi giudizi, ma sa che è proprio bravo? Va a sedere dietro la scrivania, mi prega: si accomodi, tira fuori da un cassetto un quaderno. E rivela: poesie. "Di chi?" chiedo io allarmato. "Del preside" dice il preside parlando di sé in terza persona. Confessa che ne vorrebbe vedere una pubblicata.

Io prendo il quaderno e prometto: sì, sì. Il preside dice: una sola, quella che amo di più. Si riprende il quaderno, quest'uomo che pareva così sanamente amante delle matematiche, sfoglia, sceglie. Tendo la mano per avere il testo. Lui dice no, gliela leggo io. E in grigio, il colore dei presidi, si mette al centro dell'ufficio, accanto alla bandiera, sotto la luce al neon. Poi, paonazzo, tra spruzzi luminosi di saliva, declama la storia del suo cane Bubù che amò molto da piccolo e poi gli morì sotto un'auto: il bolide mortale che lontano ti portò / nel mondo delle tenebre un dì ti trascinò. Ma quel cane non se l'è mai dimenticato, il preside, un singhiozzo ancora gli rompe il petto. Conclude a braccia spalancate: or che son preside e bambino non son più / piango e invoco ancora: Bubù, Bubù. "Che le pare" chiede asciugandosi il sudore. "Bellissima" dico io. "E non mi dice nient'altro?" mi chiede. "Non ho altro da dire" rispondo desolato. "Preside, punto e basta."

IL COLLEGA STARNONE

La nuova preside è una signora di mezza età, colta, elegante, ironica, ansiosa di fare bella figura con il ministero. Mi ha convocato in presidenza e mi ha detto:

"So che lei ama scrivere sciocchezze sulla nostra scuola. Altri probabilmente troverebbero il modo di darle una lezione e farle passare per sempre la voglia di calunniare docenti e studenti. Non è il mio caso. Io sono abituata a volgere in positivo ciò che è negativo. Lei mi scriverà una relazione sullo stato della gioventù studiosa in questi anni conclusivi del millennio. E io troverò i soldi e ne farò una pubblicazione per studenti, insegnanti, genitori, autorità. È d'accordo?".

"No."

"Mi porti il suo registro."

"Cosa ci deve fare?"

"Controllarlo."

Ho visto con gli occhi della mente il mio registro chiuso in sala professori da mesi, senza la registrazione delle assenze e degli argomenti delle lezioni, senza voti, senza nemmeno i cognomi e i nomi degli studenti, bianco come un fossile. Mi sono grattato in testa e ho mormorato:

"Questa relazione quando le serve, preside?".

Una volta rientrato in aula, mi sono seduto in cattedra e ho fissato con curiosità i miei alunni, cioè una porzione significativa di gioventù studiosa negli anni conclusivi del millennio. Li ho fissati a uno a uno mentre seguitavano nelle loro rumorose occupazioni come se non fossi mai ritornato in classe. Ho meno di un mese, ho pensato, bisogna che mi metta subito all'opera. Con un lungo sospiro, quasi un gemito, ho preso dal cassetto una risma di fogli protocollo prelevati due anni fa in segreteria nel caso che mi fosse saltato il ticchio di dare compito in classe e me li sono portati a casa per fare appunti.

Ho cominciato a lavorare. Sto procedendo così: racconto piccole storie scolastiche come capita, giorno per giorno, e poi butto giù qualche ragionamento per far contenta la preside. Lavoro soprattutto la sera, rinunciando al gradevole abbrutimento davanti alla tv. Ammucchio i fogli senza un piano preciso. Alla fine porterò tutto in presidenza e, se la preside è contenta, cercherò un ordine.

Foglio n. 1

Ecco che cosa succede quando sono in buona salute.

La classe aspetta spampanata il mio arrivo. Un paio di vedette se ne stanno affacciate alla ringhiera. Se mi vedono comparire in fondo al pozzo delle scale urlano: c'è, c'è, e filano a spron battuto verso l'aula. Molti allora abbandonano i cessi bestemmiando, alcuni si scollano nauseati dai termosifoni, parecchi spengono sulla parete sdegnosamente le sigarette appena accese e se le mettono in tasca, i fidanzati separano le labbra ma non riescono a sciogliersi dall'abbraccio. L'allieva Conocchia Barbara mi viene incontro chiedendo ipocrita:

"Come mai così in ritardo?".

"Fila in classe," le dico, "e fatti gli affari tuoi."

Raccatto i più renitenti e mi chiudo la porta alle spalle. Venticinque facce mi fissano deluse e perciò depresse. Non ho avuto infarti durante la notte. La nebbia non mi ha ucciso come ha fatto con tanti altri. Nessuno si è ancora accorto che ho un male incurabile. Sono vivo, firmo il registro di classe e chiedo:

"Chi vogliamo sentire oggi su Ariosto vita e opere?".

Invece ecco cosa succede se mi ammalo.

Le vedette fissano la tromba delle scale sempre più entusiaste. I minuti passano e, in assenza di segnali deludenti che annuncino il mio arrivo, gli studenti si danno a inseguimenti, cori, sfumacchiate, devastazioni. Le vedette diventano audaci. Falsamente deferenti vengono giù per le scale, si accostano alla porta della sala professori, lanciano uno sguardo furtivo oltre la soglia, chiedono trepidanti a qualche docente amico:

"Starnone c'è?".

Pausa estenuante. L'insegnante amico dice:

"Non l'ho visto".

"Può vedere se ha firmato?"

L'insegnante amico va al registro delle presenze e controlla. Torna e annuncia:

"Starnone è ammalato".

Le vedette non possono contenere una sghignazzata di intensa goduria. Poi si ricompongono e si allontanano con passo contenuto. Imboccano calme la prima rampa. Fanno i gradini della seconda a due a due. Inforcano a vortice la terza. Alla quarta urlano: jaaaaahhhh! Alla quinta annunciano a gola spiegata:

"Nunnnnncèèèèèè!".

A letto, con la febbre a quaranta, sogno che i miei alunni hanno appena saputo della mia morte. Li vedo che si avvinghiano per abbracci e saltarelli. L'allievo Alcale fa di corsa il corridoio tre volte schizzando verso il soffitto ogni due falcate con il braccio destro teso, a pugno chiuso. L'allievo Soratte, in tuta mimetica e anfibi, salta da un banco all'altro come King Kong. L'allieva Murialdi piroetta con eleganza mettendo a frutto certe lezioni di danza che prende fin dalla scuola dell'infanzia. Nel sogno il senso di liberazione che provano, all'annuncio del mio decesso, non mi dispiace, mi commuove. Sono contento di incontrare finalmente la loro approvazione.

Suggerisco, preside, di non trascurare questo scenario, se si vuole subito fare un'idea della gioventù studiosa. Esso dimostra che gli insegnanti riescono a insegnare la felicità solo quando sono assenti.

Foglio n. 2

Oggi ho parlato alla classe di Giambattista Giraldi Cinzio, alle cui novelle ha attinto Shakespeare per alcune delle sue tragedie. Mentre gli alunni dormicchiavano fingendo attenzione, ho raccontato a mo' d'esempio la trama dell'*Otello* e a un certo punto ho detto appassionatamente:

"Jago sa bene qual è il punto debole del povero Moro di Venezia ed ecco che gli mette la pulce nell'orecchio".

Murialdi Silvia, che è una ragazza sottile, dall'aria sensibile pur non mostrando in genere alcuna sensibilità, ha avuto un moto d'orrore, s'è strofinata violentemente un orecchio e ha gridato:

"Dio mio che cosa brutta!".

Anche molte delle sue compagne hanno fatto smorfie vistose di riprovazione. I maschi invece hanno assunto un'aria sadica e hanno riso di soddisfazione, soprattutto Soratte, uno alto due metri, nodoso.

Ho lasciato perdere Otello e ho indagato. Mi ci è voluto poco per capire che Murialdi Silvia, Soratte e non so quanti altri non avevano mai sentito l'espressione mettere la pulce nell'orecchio o, se pure l'avevano sentita, non ne percepivano il significato metaforico. Per loro Jago aveva preso una pulce vera e a tradimento l'aveva fatta cadere nell'orecchio di Otello. Di qui la furia con cui Murialdi ancora si strofinava i padiglioni piccoli, paonazzi, e la malvagità con cui Soratte teneva per il collo il suo compagno di banco Alcale Tommaso, che è la metà di lui, e gli gridava: fermo, fatti mettere la pulce nell'orecchio.

Riportato l'ordine, mi è bastato un breve dibattito per capire che per gran parte dei miei alunni mettere la pulce nell'orecchio era una delle tante torture in uso sia a Venezia che a Cipro al tempo di Otello, Jago, Desdemona.

Gentile preside, muovendo da questo episodio è possibile ipotizzare che la gioventù studiosa fa fatica a orientarsi tra espressioni tipo farcela per il rotto della cuffia, il gioco non vale la candela, un lavoro coi fiocchi, perdersi in un bicchier d'acqua, portare in palmo di mano, mettere la testa a partito, saltare il ticchio, non fare testo, mi cascano le braccia. Consiglio di schedare con cura tutte le forme che a noi adulti educatori sembrano di uso comune e alla gioventù studiosa no. Consiglio anche la rieducazione grammaticale, sintattica, lessicale dei docenti nati tra il 1930 e il 1950 e dei loro coetanei che contribuiscono all'editoria scolastica. Starei attento, inoltre, a coloro che dicono e scrivono e pretendono che si scriva: in Ispagna, per iscritto. Indagherei pure, considerata l'età media dei docenti, per capire se c'è qualcuno tra noi che dice ancora all'uopo, tuttavolta e imperocché, non si sa mai. E mi mostrerei duro persino con chi usa motoretta e giovanotto. Il rischio grave è che, pur parlando noi per ore e ore, i nostri alunni non capiscano un tubo. Non solo i capelli imbiancano, gentile preside, e non solo la pelle appassisce. Noi che parliamo ai giovani quotidianamente dobbiamo sapere che la lingua, oggi più che in passato, ci diventa vecchia in bocca come i denti.

Dubbio: non capire un tubo dice qualcosa a Murialdi, Alcale, Soratte (per esempio: zitto, Soratte, non capisci un tubo)? Come si fa a capire un tubo? Come si fa a non capirlo, il tubo?

Poi c'è la divaricazione tra oralità e scrittura. Ero supplente nella classe di un collega ammalato, stamattina, e la gran parte degli studenti o ripassava la lezione dell'ora dopo o giocava a carte. Mi sono fermato accanto a un quattordicenne dall'aria studiosa che con le mani sulle orecchie fissava il manuale di storia.

"Qualcosa non va?" ho domandato.

"Non capisco. Mi spiega che significa?"

Ha passato l'indice sotto la frase: *l'iniziativa ebbe successo ma vide la morte in battaglia di Pelopida.*

"Qual è il problema?"

Mi ha guardato dal basso in alto, disorientato.

"Chi vide la morte in battaglia?"

"L'iniziativa."

"E la vide proprio?"

"Chi?"

"La morte."

"Certo."

"Allora c'era anche la morte a combattere? Con la falce? Era amica di Pelopida?"

Gli ho spiegato il senso della frase, ma lui è rimasto comunque perplesso.

Cosa bisogna pensare, di fronte a manifestazioni di questo tipo, preside? Si va veramente estendendo nella gioventù studiosa la difficoltà a passare dal piano letterale a quello metaforico? O c'è una tendenza studentesca a fissarsi per noia su tre o quattro parole, senza riuscire a sentirle come parte di un periodo?

Forse le parole della scuola gli studenti le sentono così irrilevanti che tendono a rifletterci su poco: memorizzano un po' di suoni, li ripetono per l'interrogazione e via. È così che Socrate diventa il figlio di una lavatrice, il Griso viene battezzato il Grifo? Proprio non so.

A un certo punto, stamattina, mi sono fermato accanto a una ragazzina che ripeteva a voce bassa la lezione ispirandosi al suo quadernetto di appunti. Ho sbirciato: al centro della pagina c'era scritto con bella grafia femminile: *Le guerre del pelo ponneso*. Stavo per passare oltre senza disturbare, ma poi mi sono detto che era mio dovere intervenire.

"Del pelo?"

La ragazza ha fatto cenno di sì, arrossendo di timidezza.

"E ponneso cos'è, un participio passato in funzione di aggettivo?"

La ragazza ha fatto cenno di sì, sempre più rossa.

"Da quale verbo viene ponneso?"

La ragazza ci ha pensato:

"Da ponnettere?".

Fogli nn. 3, 4 e 5

Dopo queste prime note mi è venuta l'ansia delle parole che pronuncio.

Qualche giorno fa, partendo da Soratte che non vede l'ora di partecipare a qualche guerra, ho fatto un bel discorso contro tutte le manifestazioni bellicose, e di passaggio in passaggio, non so come, sono arrivato alle guerre puniche.

Lì mi sono fermato. Quelli che erano impegnati a ripassare le materie delle ore seguenti a occhi chiusi e labbra salmodianti, non sentendo più la mia voce si sono allarmati, hanno smesso e sono diventati attentissimi.

Soratte mi ha chiesto con falsa premura:

"Che ha, l'infarto?".

Stavo benissimo, ma in allarme. Ho soppesato Soratte e gli ho chiesto:

"Cosa significa punico?".

Silenzio.

Quando faccio domande del genere, gli alunni mi detestano. Rompo un patto non scritto, ma molto rispettato nella scuola. Il patto dice: se le guerre si chiamano puniche, si chiamano puniche perché sono puniche. Basta.

Ma in quel momento non mi bastava, volevo capire se questi giovani che studiano le guerre puniche fin dalle elementari sapevano cos'erano. Perciò ho insistito:

"Soratte, cosa significa punico?".

Il ragazzo ha sospirato, lievemente spazientito:

"Le guerre puniche sono quelle fatte dai punici".

"E chi sono questi punici?"

"Gente sporca."

"Punici, non sudici, Soratte."

"Ah già."

"Alcale, le guerre puniche che sono?"

"Le guerre fatte con le puniche."

"Scusa, ti spieghi meglio? Che roba è una punica?"

"Un'arma tipo fionda, professore."

"Murialdi, le puniche erano armi tipo fionde?"

"No, erano le mogli dei punici."

"Conocchia, tu che ne pensi?"

"Erano guerre fatte per punire i romani, secondo me."

Insomma: ventisei allievi sui diciassette anni, nessuno che sapesse il significato di punico. Quelle guerre erano state memorizzate come puniche da tempo, già intorno ai sette-otto anni. Ci si era tornati sopra tra i dieci e gli undici, erano state riaffrontate intorno ai quindici. Ma il mistero dell'aggettivo punico non era mai stato svelato.

"Punico," ho spiegato abbastanza confusamente, devo ammettere, "viene da *Poeni* che sta per cartaginesi e rimanda all'origine fenicia di Cartagine."

"È vero" s'è battuta la fronte Conocchia.

"Però era troppo difficile" ha detto Soratte sfiduciato.

Alcale ha borbottato:

"Non si poteva indovinare".

"Perché le chiamate puniche?" si è arrabbiata Murialdi. "Non le potete chiamare cartaginesi e basta? Ci provate gusto a tormentarci?"

Sono passati pochi giorni e ho chiamato alla cattedra Conocchia.

"Parlami di Galilei, Barbara."

"Galileo Galilei?"

"Proprio lui."

Dopo aver premesso che aveva studiato tutta la notte e dopo che i suoi compagni hanno testimoniato che era vero come se fossero rimasti svegli apposta, ha cominciato. Sono stato a sentire compostamente la sua voce cantilenante che mi informava sulle tappe fondamentali della vita di Galileo Galilei e l'ho interrotta solo una volta, quando ha detto:

"Galileo Galilei faceva esperimenti buttando i gravi giù dalla torre di Pisa".

Con pacatezza le ho consigliato innanzitutto di chiamarlo solo Galilei per non affaticarsi e poi le ho domandato:

"Cosa sono questi gravi che Galilei buttava giù dalla torre di Pisa, Conocchia?".

Gelo.

La mia alunna ha dato uno sguardo allarmato al libro che si era portata per conforto e che teneva aperto sulla cattedra, ma senza risultato. Allora si è rivolta supplichevole ai compagni più fidati che già consultavano freneticamente manuali per scoprire cosa fossero i gravi. Quindi, messa alle strette, ha mormorato incerta:

"Forse sono dei malati".

Risatine dei più colti, smorfia sofferta di Conocchia, io freddo:
"E Galilei li buttava giù...".
"Dalla rupe Tarpea lo facevano."
"Brava, dalla rupe Tarpea forse sì, ma non dalla torre di Pisa."
Conocchia si è avvilita:
"E allora Galileo Galilei che buttava?".
Mi sono strofinato gli occhi con pollice e indice, ho detto:
"Barbara, niente panico: tu stai sulla torre di Pisa...".
"Con Galileo Galilei" ha mormorato lei per chiarirsi bene la situazione.
"Sì, e vuoi sperimentare il moto dei gravi. Che fai?"
La ragazza ha guardato di nuovo la classe, ma questa volta con rabbia, come per dire: state sentendo le domande assurde che mi fa questo?
Allora sono diventato più duro:
"Non ti perdere in un bicchiere d'acqua, Conocchia! State lì tu e Galilei, soli, in cima alla torre. Vi siete portati alcuni gravi. Cosa sono, che ve ne fate?".
Silenzio, occhi lucidi di Conocchia. Mi sono intenerito e ho deciso di aiutarla:
"Su, è facile: ve ne servite evidentemente per sperimentare la forza... la forza di gra... la forza di gra-vi...".
"...danza!" ha urlato sghignazzando Soratte.
Mentre la classe se la godeva, Conocchia ha cominciato a piangere.

Ora Soratte, è vero, non è un esempio significativo. Ai miei colleghi sembra un grumo di vita comparso su questo pianeta nel corso dell'era cenozoica e rimasto in quella forma primitiva per milioni e milioni di anni, irrimediabilmente senza evoluzione, fino a oggi. Io invece non mi rassegno all'idea che non possa evolversi anche lui. Per me Soratte è parte integrante della gioventù studiosa, ci parlo, ascolto i suoi problemi, ne raccolgo le confidenze e spesso le trovo persino significative. Ieri, per esempio, si è lamentato molto di come lo tratta la professoressa di storia dell'arte, Bortolacchi Rossella.

"Mi minaccia tutti i giorni con la spada di Adamocle" ha bofonchiato.

"La spada di chi?"

"Adamocle. Lei sa chi è?"

Ho cercato di scherzare:

"Per caso ha una moglie che si chiama Evacle?".

Soratte si è stretto nelle spalle e ha detto:

"Non lo so".

Preside, qui c'è molta materia per riflettere. Se uno insegna, non deve dare nulla per scontato. Facile dire a Soratte spada di Damocle. Ma se nessuno gli racconta che Dionigi il Vecchio sospese la spada a un capello proprio sopra la testa di Damocle per fargli capire che si può perdere tutto da un momento all'altro, Soratte che capisce? Deve arrabattarsi con quel poco che sa e poiché di Damocle non sa niente e di Adamo forse qualcosa, si convince che la spada sia di Adamocle e non di Damocle.

Del resto quale folla di cose dovremmo insegnare alla gioventù studiosa, per muoverci con competenza nelle formule che usiamo! Chi era Gordio, quello del nodo? Che ci fece Colombo con l'uovo? Che fatica faceva Sisifo? La gioventù studiosa non capisce niente se noi le diciamo semplicemente nodo di Gordio, uovo di Colombo, fatica di Sisifo, spada di Damocle. Come non capisce niente se Roma e Cartagine fanno guerre che capricciosamente non si chiamano né romane, né cartaginesi, ma puniche. Come non capisce niente della forza di gravità, se gli unici gravi che sa evocare sono i malati terminali. Io penso anche che non capisca niente se non le insegniamo cos'è l'immacolata concezione, cos'è la pentecoste.

Propongo perciò modestamente di ripensare i programmi a partire dalla lingua che usiamo. O viceversa di ripulire la lingua buttando via le espressioni che alludono a usi spariti dall'esperienza dei nostri giovani, a storie e storielle del passato remoto e di quello prossimo, alle religioni pagane e a quelle giudaico-cristiane, al mondo greco-latino, a quello medioevale, a quello moderno, a quello contemporaneo a meno che non si tratti degli ultimi vent'anni.

Ma attenzione: in questo secondo caso la lingua diventerebbe molto povera, i programmi pure, la gioventù studiosa resterebbe ignorantissima, i suoi professori sarebbero docenti di quasi niente. Tuttavia la linea di tendenza pare questa. Lei, così su due piedi, la sa la storia di Damocle?

Foglio n. 6

Ho interrogato Alcale. Gli ho domandato:

"Sei preparato? Vieni?".

Lui è stato spinto da Soratte fuori dal banco e ha detto occhei.

Gli ho chiesto di parlarmi della questione della lingua nella prima metà del Cinquecento.

"Va bene."

È andato avanti spedito, aveva imparato il libro a memoria. Ma a un certo punto mi ha detto:

"Mentre a quei tempi Petrarca e Boccaccio erano considerati due modelli insuperabili, Dante non era più enóge".

L'ho interrotto perplesso:

"Enóge?".

"Enóge."

I suoni erano inequivocabili: una *e* chiusa un po' di naso, una *o* altrettanto chiusa e una *g* palatale che terminava in una mezza *e*, un suono più che altro indistinto.

"È francese?" ho chiesto cautamente.

Alcale ha fatto cenno di sì e ha ripetuto con accento parigino:

"Enóge".

"E che significa?"

Mi ha spiegato con una trentina di parole volenterose che uno è enóge quando tutti lo apprezzano e non è enóge quando ormai conta meno che zero.

Allora mi è guizzato un lampo nel cervello e ho capito.

"Vuoi dire in auge" ho esclamato. "Dante non era più in auge!"

Silenzio. Risolino di Alcale, sostenuto da risolini di Soratte e altri suoi amiconi. Era chiaro cosa pensavano. Pensavano che se non sapevo le lingue non era colpa loro. Volevo pronunciare in auge? Pronunciassi in auge. Volevo che pure Alcale pronunciasse in auge? Va bene, pronunciava anche lui in auge. Insistevo a dire che auge è una parola italiana da almeno seicento anni? Come no, italiana, occhei. Ai beoti col coltello dalla parte del manico bisogna dare sempre ragione.

La gioventù studiosa, preside, studia le lingue straniere più volentieri che l'italiano. La nostra lingua non dà soddisfazione, suona scarsamente giovane, è usata da noiosi politici abietti, da intellettuali senza aura, da industriali tangentizzatori, da banchieri che smacchiano il danaro sporco, da star poco seducenti, da letterati che intrallazzano con le lingue morte. Soprattutto è insegnata da noi insegnanti, che per stipendio e per immagine non siamo un bello spettacolo, non stimoliamo sogni di futuro. E poi la lingua italiana è casereccia, inadatta da secoli a raccontare grandi avventure sfrenate. Ma Alcale, Murialdi, Soratte proprio quelle vogliono vivere e poi raccontare. Perciò aspirano a esprimersi in una lingua straniera adeguata. Se dicono enóge non è per ignoranza, ma per sovracculturazione. E intanto fingono di vivere altrove dicendo occhei ogni due parole. Li disgusto quando uso va bene, e devo confessarle, preside, che se non mi sentissi ridicolo certe volte direi occhei anch'io, come del resto fanno già tanti nostri colleghi più aggiornati. Le grandi avventure sfrenate sembrano possibili solo in lingua straniera, e non da ora. Io stesso da ragazzo mi convinsi che era così. Il Pequod, Achab, the old man and the sea, on the road, non so se mi spiego. Poi la vita è andata come è andata e oggi mi racconto tristemente in italiano. Ma il problema va segnalato a docenti, addetti all'editoria scolastica e anche famiglie. Signori, i nostri alunni imparano l'inglese direttamente dalla bocca delle star del rock e perciò lo masticano meglio dei loro insegnanti. Forse Giambattista Giraldi Cinzio risulterebbe più attraente, se qualche sua novella avesse a fronte la traduzione in inglese. Le segnalo, fra l'altro, che ho sentito con queste orecchie Murialdi consolare Alcale così:

"Lascia perdere, Starnoun's crazy".

Il fenomeno è in espansione, preside. Ieri sono andato a fare supplenza in una classe del biennio e per tenere buoni gli studenti ho chiacchierato un po' sulla storia e le storie del mondo antico. Un ragazzino molto studioso a un certo punto ha menzionato un re Seul. Si trattava naturalmente del re Saul, ma angloamericanizzato con naturalezza. Allora ho chiesto incuriosito:

"Scusa, tu il David di Michelangelo lo chiami Devid di Michelangelo?".

Ho scoperto che il ragazzo non lo chiamava affatto perché non sapeva chi fosse questo Devid Di Michelangelo. Conosceva invece per sentito dire Devid Di Donatello, un famoso regista cinematografico.

Devid, David? Mi sono immaginato in futuro una tale confusione di voci, dentro il crogiuolo angloamericano, un tale rimpasto planetario di oralità e scrittura, che nessuna scuola riuscirà a tener più dietro facilmente alle parole per fissarle in una qualche ortofonia o ortografia e punire gli errori. Nei compiti dei miei alunni già pesco di tutto, un magma di segni tipo lungho, l'atte, luk e la variante luc. Il mio alunno Colagrosso, che si chiama Michele, si fa chiamare normalmente Maicol e mi immagino che alla prima occasione mi parlerà del Devid di Maicolengelo. È lo stesso ragazzo, del resto, che ieri ha preso diligentemente appunti nel corso di una lezione che ho dedicato al poeta latino Lucrezio e alla sua opera sublime: *De rerum natura*. Dopo ho dato una controllatina al suo quaderno, non mi fido e faccio bene. Maicol Colagrosso aveva scritto: *The rerum natura.*

Foglio n. 7

Ho detto a Murialdi Silvia:

"Murialdi, puta caso che io oggi ti interroghi e tu vada male ancora una volta, lo sai quanto sono costretto a metterti in media?".

Murialdi si è arrabbiata, ha reagito d'impeto:

"E lei puti caso che io vada bene, anzi benissimo, lo sa quanto esigo che mi metta in media?".

L'ho guardata con sguardo paterno e l'ho corretta:

"Si dice puta caso, Murialdi, non puti".

Ma lei mi ha risposto accigliata che preferiva mantenere le distanze. Visto come stavano le cose tra noi, non se la sentiva di darmi del tu, meglio seguitare a darci del lei.

Allora ho accentuato il tono paterno:

"Murialdi, lo so che puta caso sembra un'espressione vicina alla gergalità sboccata di voi giovani. Io stesso da ragazzo la trovavo una locuzione divertente per la puzza di cacio che emanava. Ma non è così. Puta caso è latino, ragazza mia: quel puta è un imperativo, non lo puoi cambiare in puti".

"Lei dice?"

"Ma certo."

È suonata la campanella, sono andato a prendere un caffè, ma non me lo sono goduto. Ho avvertito all'improvviso una specie di pugno interno, tra i polmoni. Era latino puta caso? E che latino era? Perché dopo puta c'era il dativo e non l'accusativo? O era un ablativo? Stavo sragionando, il tempo passa e i neuroni si consumano? Casus appartiene alla seconda declinazione o alla quarta?

Mi è venuto un sudore freddo, mal di pancia. Ho lasciato il caffè e alla fine della ricreazione sono ritornato in classe.

Non ho visto, fra le altre, al solito posto, la faccia minuta di Murialdi e ho chiesto in ansia:

"Dov'è Silvia?".

"In biblioteca con Soratte."

Sono rientrati tutt'e due poco dopo, Murialdi avanti, piccola, e Soratte dietro, enorme e carico di ben quattro vocabolari.

Murialdi mi ha spiegato ficcandomi sotto il naso i dizionari a uno a uno che puta caso è latino del quattordicesimo secolo, vale a dire italiano di sei secoli fa.

"Perciò," ha concluso, "se le voglio dare del lei, posso dire benissimo: professore, puti caso."

Non lo so se Murialdi mi può dire professore, puti caso, e nemmeno lo voglio sapere. Il mondo è il vocabolario con cui ci pare di trasformare il caos in cosmo e se Murialdi e Soratte si sono presi la briga di andare in biblioteca per vedere se potevano dimostrarmi che per ignoranza metto caos nel cosmo, va benissimo, vuol dire che sto facendo bene il mio lavoro. Certo, rimpiango la forza dell'autorità, quella in base a cui il verbo del docente era affidabile quanto quello divino. Certo, ora Soratte ha preso coraggio e sente di poter sostenere a viso aperto che la parola indigeno è creazione di Cristoforo Colombo, il quale sbagliò continente e credette di essere arrivato in India. Certo, è una gran perdita di tempo dimostrare ogni volta che le sciocchezze dei miei alunni sono molto più numerose delle mie. Ma io, preside, suggerisco a chi lavora nella scuola e per la scuola di lasciar spazio agli sragionamenti. Uno sragionamento è curiosità, fantasticheria, ricerca. A forza di sragionare si impara a ragionare. A me è sembrato di vedere persino in Soratte, tuta mimetica, anfibi, uno sforzo di comprensione, un barlume di ragione fantasiosa, quando ha cercato di far derivare indigeni da indiani.

Oggi però mi sono detto che la perdita di autorità spinge molti colleghi a sostenere, per difendersi, che le nuove generazioni stanno diventando sempre più stupide. Molti docenti lo dicono senza peli sulla lingua e con toni furibondi. È un circolo vizioso, non so cosa si può fare. Più autorità forse li rabbonirebbe. Per esempio, se gli allievi simulassero di pendere dalle loro labbra, la gioventù studiosa gli apparirebbe più intelligente? Se, quando fingo di appassionarmi alla *mens mondana* e al *circuitus spiritualis* di Marsilio Ficino – tutta roba che ho studiato in fretta e furia ieri sera per tenere una lezione sul neoplatonismo oggi –, loro fingessero a loro volta attenzione e partecipazione, mi sentirei più realizzato e li guarderei con maggiore affetto? Non so. Se insegnanti e studenti e presidi e ministri mentissero, mimando per il mondo esterno un'efficacia festosa del rito dell'istruzione, il rito diventerebbe davvero efficace? La finzione di una scuola in ordine farebbe funzionare meglio la scuola?

Foglio n. 8

Mi sono autoanalizzato a fondo, preside, e in effetti non sono riuscito a capire cosa vogliamo dalla gioventù studiosa. Anche la gioventù studiosa, del resto, temo che non lo sappia e perciò o viene a scuola in ansia o solo per far casino. Al mattino quelli che sanno di dover essere interrogati sono cupi, chini sui libri a ripassare, pallidi.

Mi piacerebbe vederli invece radiosi, sicuri di sé, lieti che sia venuto il giorno in cui potranno finalmente mostrarmi quanto hanno imparato, come sono diventati colti, come sanno riutilizzare in modo sorprendente le informazioni acquisite. Non è così, non è mai così. Perché, preside?

Murialdi Silvia oggi mi ha parlato del tramonto della cavalleria. Ha cominciato il suo discorsetto, ma io l'ho interrotta e le ho domandato:

"La cavalleria com'era armata?".

Lei prontamente ha cominciato a distinguere con aria diligente:

"C'era la cavalleria piuttosto pesante...".

"Piuttosto?"

"Sì."

Ho sorriso:

"E che vuol dire, Murialdi? Un pochino pesante? Pesante così così? La cavalleria era più o meno pesante a seconda di quanto aveva mangiato il cavallo? Spiegati".

La ragazza ha sbuffato per farmi capire che credevo di essere spiritoso e non lo ero.

"C'era la cavalleria pesante..." si è corretta eliminando il piuttosto.

Poi ha aggiunto seccata:

"Però così il discorso viene identico a come sta scritto sul libro". E mi ha spiegato che aveva aggiunto il piuttosto per mostrarmi come sapeva rielaborare il manuale di storia con intelligenza e creatività.

"Sennò lei mi dice che sono troppo scolastica."

"Meglio scolastica che dissennata" ho replicato.

"L'altra volta mi ha detto meglio dissennata che scolastica."

"Io?"

"Sì."

Tutta la classe ha confermato:

"Sì".

"Ti avrò detto che devi essere più fantasiosa, più creativa."

"Può essere. Ma me lo spiega come faccio a essere fantasiosa e creativa parlando della cavalleria pesante?"

Già.

Preside, cosa vogliamo dire quando chiediamo ai giovani di non essere scolastici? E cosa dovrebbero fare per non esserlo? Se tutto va bene (ma non va bene), ascoltano diligentemente le nostre lezioni, che sono il riassunto dei manuali su cui abbiamo studiato al liceo o all'università; poi tornano a casa, leggono e ripetono ad alta voce quello che è scritto sul loro manuale; quindi vengono alla cattedra e ci recitano i capitoli che hanno memorizzato. All'interno di questo vecchio rito della scuola è possibile non essere scolastici?

No, in tutta franchezza non so proprio di cosa li rimproveriamo. Se studiassero cavillando coi distinguo, come facevano i seguaci della Scolastica vera (e non mi dispiacerebbe), il nostro rimprovero avrebbe senso. Se ci fossimo davvero inventati una scuola di ricerca, fatta di problemi appassionanti da risolvere, di domande a cui trovare risposte studiando, il rimprovero avrebbe ancora più senso. Ma non è andata così. I nostri ragazzi studiano esattamente come abbiamo studiato noi, studiano come si studia nella scuola da sempre. Quindi non possono essere che scolastici come siamo stati scolastici noi da ragazzi, come siamo scolastici ora che insegniamo. I manuali del resto sono scolastici. L'orario è scolastico. Le aule sono scolastiche. Che pretendiamo?

Murialdi mi ha gridato dal banco:

"Professore, chiudete la scuola, così non siamo più scolastici".

Foglio n. 9

Parlavo di Giordano Bruno e mi sono reso conto che Alcale era distratto. Io stavo facendo gli occhi lucidi all'idea che Bruno si era fatto bruciare vivo per amore della verità, Alcale invece li stava facendo opachi.

"Alcale!"

"Eh?"

"Che stavo dicendo?"

Silenzio.

Ho detto sfiduciato:

"Va bene, basta, vi vedo stanchi. Per martedì preparate Giordano Bruno, vita e opere, da pagina 173 a pagina 179".

Murialdi ha protestato:

"È troppo, non ce la facciamo per martedì. Questo Giordano Bruno ha la vita troppo lunga".

Voleva dire che la nota biografica del filosofo di Nola è eccessivamente dettagliata. Ho dato uno sguardo al libro di testo e dopo estenuanti trattative ho ceduto: la vita di Giordano Bruno sarà studiata in due puntate. Sono uscito dall'aula molto nervoso.

In sala professori ho trovato la madre di Murialdi – corporatura identica, pettinatura identica, solo gli abiti un po' più seriosi di quelli della figlia – che mi aspettava.

"Professore, come va Silvia?"

"Signora, la ragazza per andare va, ma lo studio non l'entusiasma."

"Veramente geografia l'entusiasma molto. La professoressa Sollazzo è contenta."

Mi sono innervosito ancora di più. Ho cercato la collega Sollazzo in corridoio e quando l'ho trovata le ho chiesto:

"Scusa, Sollazzo, con te come va Murialdi?".

"Studia volentieri."

"Sicura?"

"Sì."

Mi ha spiegato che lei ha un suo metodo. Non chiama gli studenti alla cattedra, ma li divide in squadre. Le squadre si preparano e poi si affrontano, mettiamo, sul Brasile. Superficie, dice Sollazzo. E le squadre si consultano, poi urlano la risposta. Popolazione, dice Sollazzo. E le squadre si consultano, poi urlano la risposta. Densità, dice Sollazzo. E le squadre si consultano, poi urlano la risposta. Capitale, dice Sollazzo. E le squadre si consultano, poi urlano la risposta. Principali risorse, dice Sollazzo. E le squadre si consultano, poi urlano la risposta.

"Si divertono," ha concluso con falsa modestia, "e intanto imparano e prendono tutti buoni voti."

"Ma la fame, la miseria, lo sfruttamento, il colera, la politica, la tortura in Brasile?"

Sollazzo ha chiesto:

“?”.

Ho scosso la testa depresso e le ho confidato:

“Sollazzo, con Giordano Bruno non si divertono”.

“Inventati qualcosa.”

“Cosa?”

“Organizza una caccia al tesoro. Stabilisci che per vincere devono rispondere a una serie di domande su Giordano Bruno. Vedrai che si divertono.”

Preside, spero che sia al corrente: noi incalziamo la gioventù studiosa in tutti i modi. Ho conosciuto una collega, bravissima con la chitarra, che cantava la geometria ai suoi alunni e li coinvolgeva in coretti di grande allegria e grandissima efficacia didattica. Un mio amico di vecchia data ha cavato, con la collaborazione degli studenti, spettacolini di successo dalle Operette morali *di Leopardi. Una simpatica collega ha spillato soldi ai genitori e ha realizzato un film con la sua classe tratto dal racconto* Quasi d'amore *di Massimo Bontempelli, ma recitato tutto in inglese perché lei insegna inglese.*

La didattica si spettacolarizzerà sempre di più, preside. I moltissimi talenti risvegliati dall'istruzione di massa, non potendosi tutti esprimere nel mondo vero e proprio dello spettacolo, troveranno nella scuola il modo per impiegarsi e così attenuare frustrazioni. Gli insegnanti, insomma, saranno formati soprattutto dalla televisione. Le suggerisco perciò di prestare attenzione a questi fenomeni di didattica spettacolarizzata, sono destinati a crescere, ne parli col ministro. Si è già detto, spesso e volentieri, che insegnare è un'arte. Forse la via giusta è proprio questa: fare della scuola, in maniera definitiva, un laboratorio di intrattenimento televisivo-canoro-cinematografico-teatral-poetico-narrativo, dove insegnanti, alunni, presidi, bidelli e anche genitori siano pubblico e artisti insieme, fan e star. Che ne dice?

Ho seguito, intanto, il consiglio di Sollazzo. Il tesoro è costituito da tre pacchetti di gomme da masticare.

La classe sta studiando.

Murialdi vuole vincere, non vede l'ora che arrivi martedì.

Fogli nn. 10 e 11

Alcale ha scoperto di essere un poeta, preside. L'ha scoperto a forza di ascoltare le mie lezioni. Non posso nascondere che mi fa piacere, tra Alcale e la poesia c'era un abisso prima che io intervenissi sulla sua formazione. Ma devo dire che la responsabilità che il ragazzo mi attribuisce mi ha anche tolto il sonno. Alcale potrebbe diventare un discreto impiegato delle poste, un bancario, uno steward, un controllore sui treni, una guida turistica, un portiere di notte. Che ne sarà di lui, se si fissa con la poesia e si convince che deve darsi tutto alla composizione in versi?

Già vedo che è cambiato. Da quando si sente vate, fa lo scapigliato, lo svagato, il sussiegoso. Rifiuta ogni divertimento, convinto com'è che ha un destino di dolore. Interviene a vanvera con sproloqui cervellotici disturbandomi le lezioni. Mi fissa malinconicamente dal banco con uno sguardo che significa solo tu mi puoi capire. Non apre libro, certo che se uno è poeta ha già tutto quello che serve dentro il suo grande cuore. Meno male che non ha ancora prodotto opere, ma ogni giorno mi annuncia che è prossimo a produrle e io sarò il suo primo lettore. Per ora si è limitato a confidarmi che sta progettando dodici sonetti tutti dedicati a Murialdi Silvia. Vuole cantarne i capelli, il piede, il naso, l'orecchio, il collo, il braccio, l'avambraccio, il seno e le lunette viola delle unghie.

"Murialdi sa niente di questo progetto?" gli ho chiesto.

"No."

"E non glielo dire."

La conosco Murialdi. Per il bene di Alcale è meglio che lei non sappia di essere l'oggetto della sua poesia.

Invece il ragazzo non ha resistito e glielo ha detto. Ora Murialdi Silvia entra in classe la mattina, non dice neanche ciao e gli poggia sotto il naso un piede strizzato dentro una scarpaccia da ginnastica dicendogli:

"To', aspira e fammi un sonetto".

Altre volte si tira su una manica per mostrargli un braccio. Altre volte ancora si scollaccia e la classe ride e Alcale soffre.

Il ragazzo mi guarda spesso dal banco in cerca di complicità, seguita a credere che solo io lo capisca. Ormai penso che ho fatto male a leggere versi con languida passione. Dovevo mostrare la fatica che ci vuole per arrivare a fare poesie decenti. Se Alcale condurrà una vita miserabile impiegata a dire male di tutti gli altri poeti suoi contemporanei e a inacidire pensando che solo lui è grande ma la lobby dei versificatori laureati non vuole accorgersene, sarà solo colpa mia. Decido perciò che devo distruggere quello che ho costruito.

L'altro ieri ho chiesto:

"Alcale, tu che vuoi fare sonetti, sai dirmi cos'è un sonetto?".

Naturalmente s'è confuso, ha balbettato e si è vergognato.

Ieri l'ho mandato alla lavagna e ho spiegato alla classe, fingendo che Alcale in quanto poeta lo sapesse già e dovesse solo assistermi nell'impresa, che il sonetto si compone di quattordici versi endecasillabi, due quartine e due terzine. La cosa ha subito causato l'opacità degli sguardi e la devitalizzazione dei volti. Solo Alcale ha resistito: sotto dettatura ha segnato alla lavagna lo schema ABAB ABAB CDE CDE mimando adesione e entusiasmo. Ma allo schema ABBA ABBA CDC CDC ha ceduto e ha chiesto se poteva andare a posto. Si sentiva debole, ha detto, perché era uscito di corsa da casa e non aveva avuto il tempo di fare colazione.

Oggi, infine, l'ho pregato di commentarmi il sonetto di Pieraccio Tedaldi che avevo appena scritto alla lavagna e che comincia così: Qualunque vòl saper far un sonetto / e non fusse di ciò ben avvisato / s'e' vuol essere di questo ammaestrato / apra gli orecchi suoi e lo 'ntelletto.

Alcale ha detto che era già stato interrogato due volte, chiedessi a Soratte, non potevo tormentare sempre e soltanto lui.

C'è stato un tempo, preside, in cui gli studenti più sensibili volevano diventare operai per trovarsi senza ambiguità dalla parte della rivoluzione, tra i protagonisti sicuri del mondo nuovo che doveva nascere. C'è stato un tempo in cui gli studenti si immaginavano esuli, braccati dalle polizie dopo un colpo di stato che aveva estinto ogni garanzia democratica, ospitati da donne che, anche se solo per una notte, si concedevano con entusiasmo al sovversivo che fuggiva di gente in gente. C'è stato un tempo in cui gli studenti aspiravano a una carriera di emarginati e consideravano l'emarginazione sociale come una condizione eroica, di resistenza, attraente anch'essa per le fanciulle, che all'emarginato si davano con lieta dedizione.

Poi tutto è cambiato. La scuola è tornata a sollecitare semplicemente esistenze di artisti. Perché mai, del resto, un giovane scolarizzato dovrebbe sognare un lavoretto mediocre? Meglio entrare nel mondo delle lettere e delle arti, specialmente se non si riescono a trovare più nemmeno i lavoretti mediocri. E d'altra parte, se pure si finisce bene impiegati, con buoni stipendi, perché rinunciare alla propria creatività, perché rinunciare a un volume di poesie, a un romanzo con il proprio nome e cognome in copertina? Che male si fa?

Nessuno. Tanto più che stampare libri non conta più niente, essere poeti e scrittori nemmeno. Non c'è più aura, non si ha più peso. Avviamo giovani o alla disoccupazione o alla poesia. Come andrà a finire, preside? Chieda ai suoi diretti superiori. Ne scrivono sonetti? E poemi? E romanzi?

Foglio n. 12

Ogni tanto mi capita di dimenticarmi di avere davanti classi di ragazzi tra i sedici e i vent'anni. Ieri, per esempio, mi sono perso tra le ragioni mie che spiegano perché sono paziente, sono accomodante, non urlo a Soratte, come fanno molti miei colleghi: sarai bocciato. All'apparenza parlavo a loro, ma in realtà parlavo a me.

"Per parecchi di voi," dicevo, "andare bene a scuola è naturale. I vostri genitori sono laureati, sono bravi professionisti, in casa vi parlano in corretto italiano, non vi fanno mancare niente, avete la casa piena di libri, al cinema vedete film importanti, in tv seguite programmi di qualità, quei pochi che ci sono. Ma non per tutti è così. Lì dove c'è svogliatezza, cattivo italiano, assenza di interessi culturali, comportamenti fastidiosi, nessuna passione per lo studio, c'è anche povertà, c'è anche un ambiente che non offre privilegi di nessun genere. Questa disparità non va mai dimenticata. I ragazzi svantaggiati sono quelli che hanno più bisogno della scuola. A loro io non mi sento di dire: vi boccio. Perciò li accolgo con pazienza, cerco di capirli, cerco di aiutarli."

Soratte ha alzato la mano.

"Di' pure, Soratte."

"Professore, mio padre ha tre macellerie. Siamo straricchi. A me non mi manca assolutamente niente, quello che voglio mi compro. Perché non studio? Perché lei parla e io mi addormento?"

Mi sono confuso. Ci avrei scommesso che Soratte viveva in una casa buia, in un quartiere degradato di periferia, tra droghe e ultras nazi con gli anfibi e i capelli rasati che scrivono sui muri: né negri, né rabbini, siamo la squadra di Mussolini.

Murialdi mi ha guardato scettica e ha detto pensosamente:

"I soldi non sono tutto".

"La gente ricca è spesso povera di spirito" ha aggiunto Alcale.

"Tu," ha quasi sussurrato Conocchia parlando a Soratte, "forse hai genitori come i miei che dicono le parolacce, parlano solo in dialetto, sono per la pena di morte, vogliono il ritorno di Mussolini e pensano che chi legge troppo finisce con le pezze al culo."

"Esatto," ha detto Soratte, contento, "non è la povertà che mi svantaggia, a me, ma la ricchezza. Capito, professore?"

Capito. Preside, in certa agiata gioventù studiosa c'è assenza di privilegi culturali peggio, forse, che se fossero nati in borgate miserabili. Da un po' di tempo ho ultimi della classe che arrivano a scuola vestiti come milord. Il loro italiano fa schifo, il ribrezzo che sentono per la letteratura, la storia, la geografia, le matematiche è assoluto. Hanno una testa così zeppa di luoghi comuni fascistoidi appresi in famiglia, che non potrei migliorargliela nemmeno se restassero tra i banchi cento anni. Non c'è un solo angolino in cui io possa ficcare la questione della lingua, Pietro Bembo, Giordano Bruno. Quando facciamo vacanza, il 25 aprile, loro credono che si festeggi una santa di nome Liberazione. Se gli parlo della Resistenza, devono scegliere tra me e il loro padre, il loro nonno, persone che gli hanno insegnato che i partigiani erano traditori e criminali, che chi non ha soldi è un fallito, che le tasse non si pagano, che si parcheggia in seconda fila e anche in terza, che le donne sono cretine e non sanno guidare, che gli ebrei sono strozzini che hanno ammazzato Gesù, che i negri puzzano e che l'unica cosa al mondo che conta, oltre al danaro e a se stessi, è la squadra del cuore. Naturalmente scelgono i loro parenti, che conoscono fin dalla nascita e i cui pensierini custodiscono nella loro testa dall'età di tre anni come se fossero nati con loro. Me, preside, mi guardano scettici e mormorano: vedi che camicia ha questo, quando la butta? Oppure mi chiedono sfottenti: professore, ma lei ha un solo paio di scarpe, un solo paio di pantaloni? D'altra parte, se pure per ragioni edipiche alla fine propendono per il sottoscritto, le cose che apprendono sanno di imparaticcio, durano un mese o due, poi riappare la pappa putrida della loro diseducazione domestico-ambientale. Allora mi dicono amichevolmente che se un giorno dovessi essere condannato a una pistolettata alla nuca sotto casa come mi merito, loro parleranno coi capi e cercheranno di salvarmi.

Foglio n. 13

Interrogo Conocchia Barbara per sapere cosa ha imparato su Tasso. Viene alla cattedra malvolentieri e poi mi chiede accattivante:

"Perché non mi fa parlare del conflitto tra il povero Sud e il Nord adagiato?".

La richiesta è un amo che Conocchia mi getta con grazia per vedere se abbocco. Lo sa che non riesco a resistere agli studenti che mi chiedono di affrontare i problemi di oggi. Tentenno. Tutta la classe mi fa capire che sarebbe bellissimo se Conocchia e io ci occupassimo di quel tema. So che è una trappola, ma sono ugualmente tentato. Poi vedo con chiarezza che cosa accadrà, se cedo: Conocchia butterà lì due sciocchezze, io la correggerò e senza neanche rendermene conto parlerò per due ore appassionatamente del Nord e del Sud del mondo, mentre lei dormicchierà in piedi e i suoi compagni dormicchieranno seduti. Risultato: niente interrogazioni, niente Tasso.

Dico:

"Conocchia, il Nord è agiato, non adagiato. Parlami di Tasso, quand'è nato, quand'è morto".

Rassegnata, Conocchia dà uno sguardo al libro che si è portata per conforto e dice:

"Millecinquecquarantaquattro, millecinquennovantacinque".

La guardo perplesso:

"Scusa, Conocchia, tu l'anno corrente come lo pronunci?".

"Millenovecentonovantuno."

"E perché gli anni di Tasso li pronunci come se fossero il prezzo delle patate?"

Mi spiega un po' in imbarazzo che millenovecentonovantuno è una data di oggi, moderna, unica, e va pronunciata per esteso. Le date antiche invece sono tantissime, di tanto tempo fa e non vale la pena perderci tempo, è meglio accorciarle un po'.

La classe acconsente: i giovani, dice Murialdi, si regolano così. Conocchia allora prende coraggio e mi fa qualche esempio per farmi capire:

"Millenovecentottantacinque, millenovecentonovanta. Invece: millenovevventiquattro, millenovettrentatré".

Mi alzo, vado alla lavagna, scrivo: 1943.

"Questa data come la pronunci?"

Conocchia fa l'espressione di chi sente che il quesito è facile:

"Millenovecquarantatré".

Torno in cattedra, mi seggo con un gemito. Borbotto:

"È il mio anno di nascita, Conocchia".

Scusi l'impertinenza, preside: lei quando è nata? Glielo chiedo perché noi che lavoriamo nella scuola siamo convinti, sulla base del nostro calendario interiore, di far parte del mondo contemporaneo, ma il calendario interiore dei nostri studenti lo nega. Quando affrontiamo nelle classi problemi di oggi, bisogna innanzitutto mettersi d'accordo su cosa è l'oggi per noi e cosa è l'oggi per loro. Ogni sentimento o ragionamento che ci appartiene e ci sta a cuore, ai loro occhi è vecchio. Noi siamo il passato persino quando mettiamo da parte la Tradizione e ci concediamo all'Attualità. L'Attualità, appena sfiora i nostri organi fonatori, non è più attuale, è scuola, è voto, è vecchiume come Tasso. Di conseguenza o si rimette sui gangheri la porta sgangherata del Tempo o risulta addirittura controproducente parlare nelle aule di temi e problemi d'oggi. Anche quelli – come Tasso, più di Tasso – da un orecchio entrano e dall'altro escono.

Foglio n. 14

Devo dire la verità: questi ragazzi passano a scuola tanti anni – quanti sono? almeno dodici? – ma non so cosa finisca veramente nella loro testa, non so cosa ci resti.

Ieri ho incontrato un mio ex alunno, uno che era bravo. Lavora per un'agenzia immobiliare, porta eventuali acquirenti a visitare gli appartamenti. Mi vede e subito attacca a lamentarsi, cercando di dimostrarmi, intanto, che non è venuto a scuola invano e che dalla vita meriterebbe di più.

Non c'è giustizia a questo mondo, mi dice ispirato, ce lo insegna Manzoni.

Don Rodrigo, prof, non è mezzo parente di un ministro e non mangia insieme al giudice che dovrebbe ficcarlo in galera? Che speranze può avere Renzo?

Ah la giustizia, che cazzata.

Cazzate tutto, come dice Leopardi.

Cazzate la religione, cazzate il progresso.

Prima o poi si spegne pure il sole e chi s'è visto s'è visto, non è vero, prof?

Sì, uno quand'è ragazzo ha tante illusioni, ma poi arriva la cruda verità. Prendiamo Pascoli. Parte socialista e finisce colonialista.

La vita è brutta. Un grande poeta come lui era ossessionato dai cadaverini fin da quando gli avevano ammazzato il padre.

Non solo: spiava pure da sotto le finestre una coppia d'amici in luna di miele, come si legge nel *Gelsomino notturno.*

Lo vede che mi ricordo tutto, prof?

Perciò diciamoci come stanno le cose: i grandi sono ancora più tarati dei piccoli.

A noi ci comanda gente malata, gente perversa, gente da manicomio, gente a volte un po' criminale, gente che predica bene e razzola male.

La storia insegna che le cause giuste sono sempre cause perse, che sapere è uguale a soffrire, che la scienza fa soprattutto danno, che la magia era meglio, che si comincia promettendo miracoli e si finisce ghigliottinando. Solo una bella peste generalizzata può mettere le cose a posto, prof.

Dico bene o no?

Preside, le ho insegnate io, dentro la nostra scuola, queste cose?

Fogli nn. 15 e 16

No, preside, ho cambiato idea. Non bisogna rassegnarsi. Ragionando o sragionando, con la verità o con la menzogna, la scuola ha il compito di trasformare il pregiudizio in giudizio, e se non ci riesce è inutile tenerla aperta.

Ma bisogna dire che la lotta è impari. Ciò che viene prima di ogni giudizio ha la consistenza del granito, resiste e dura, ignora ogni istruzione, se ne frega di cifre e documentazioni, non sa cos'è la grammatica e la sintassi della vita assennata.

Ora le racconto, stia attenta, non si distragga.

Ho parlato ai miei alunni dell'Olocausto. Ho mostrato terribili immagini. Ho lavorato con loro sulla storia dell'antisemitismo. Hanno disciplinatamente letto libri, hanno visto film. Ma entro in classe, l'altro giorno, e trovo sulla lavagna la scritta: romanisti ebrei. Mi va il sangue alla testa. "Seduti" grido. Loro seguitano a scherzare, ridono, parlano ad alta voce. Io urlo più di loro, faccio una voce rabbiosa a cui non sono abituati:

"Seduti!".

Ora sono seduti, non fiatano. Indico la lavagna:

"Chi ha scritto questa robaccia?".

Guardano la lavagna, si lanciano sguardi incerti.

"Chi è stato?" urlo e spero che mi senta tutta la scuola, che un collega arrivi per protestare. Ho molta voglia di fare a botte non con questi ragazzini ma con un adulto.

Alza la mano Alcale, non il peggiore dei miei alunni:

"Io" dice ed è spaventato. "Non credevo che lei fosse romanista."

Ha riso, preside? Ha sorriso?

Si vergogni.

Nelle cose di scuola che ci fanno ridere o sorridere, c'è sempre un fondo buio che ci deve allarmare. Da quando Alcale mi ha risposto a quel modo, non faccio che raccontare in giro questa storia. Me ne servo come di un test: se gli ascoltatori ridono, se sorridono, divento feroce. Cosa c'è da sorridere, dico. Niente. Alcuni smettono, altri pensano che sto scherzando e seguitano a sorridere. Dovrebbero allarmarsi, in genere sono cittadini di buon sentire, e invece si divertono.

C'è qualcosa che non va nella società adulta, preside.

Invecchiano espressioni come mettere la pulce nell'orecchio, il gioco non vale la candela, ma ringiovanisce a ogni generazione dire ebreo come un insulto. È tra noi adulti che prospera il pregiudizio antisemita, lo trasmettiamo ai giovani senza accorgercene, persino quando l'antisemitismo lo combattiamo. Ciò che pensiamo in superficie non riesce a tenere a bada ciò che sentiamo negli strati più antichi del nostro cervello di ex rettili.

I ragazzi lo sentono. Studiare la nascita del primo ghetto, leggere Primo Levi, imparare tutto sulle leggi razziali fasciste e naziste, sugli orrori della soluzione finale, serve a prendere un buon voto. Ma poi appare naturale usare ebreo come un'ingiuria.

Andiamo avanti. Entro in classe e pesco Soratte che sta distruggendo una sedia per capire quanto sono robusti gli anfibi che si è appena comprato. Lo fa gridando alla sedia: negro di merda.

Lo afferro per il collo e lo obbligo a sedersi.

"Vandalo" gli dico. Poi ci ripenso e mi correggo: "Anzi vandalo no, non voglio offendere i Vandali. Un vandalo non prenderebbe a calci una sedia gridandole negro di merda".

Murialdi ha chiesto tanto per darmi corda:

"E che direbbe un vandalo?".

"Un vandalo non direbbe niente. Negro di merda non si dice mai, Murialdi. Non si dice nemmeno negro. Si dice al massimo nero, uomo di colore. O, meglio ancora, si usa questo vocabolo nuovo, coniato apposta per cancellare i razzismi: extracomunitario. Solo un cretino dice negro di merda."

"Ha dato del cretino a Soratte," ha sottolineato Alcale, "non si dà del cretino a un alunno."

Vero. Mi sono subito pentito e ho detto:

"Faccio ammenda, anche cretino non bisogna usarlo. Cretino deriva da christianus. Quando diciamo cretino è come se dicessimo povero cristo. Non bisogna dare del cretino a nessuno".

"E vandalo?" ha chiesto Murialdi.

Mi sono confuso. Per mettere ordine innanzitutto in me stesso sono andato alla lavagna, ho scritto vandalo e ho sragionato variamente. I Vandali – ho detto – erano tedeschi, ma non ancora nazisti come Soratte. Vennero giù dal Baltico, cinque secoli dopo Cristo, e certo, fecero cose da pazzi. Tuttavia i Romani in una decina di secoli di guerre espansionistiche e massacri non avevano fatto molto peggio? Perché allora prendersela con i Vandali, che migravano come tanti altri popoli in cerca di un po' di benessere, si spostavano da terre povere verso terre ricche come del resto oggi fanno tante persone che vengono dall'Asia e dall'Africa, brava gente in cerca di una vita migliore? Perché, in questa selva di parole-insulto non c'è anche romano?

"Ragazzi," ho concluso, "il romano Soratte è, anche per la storia che ha alle spalle, assai peggio dei Vandali. I Vandali si rivolteranno nella tomba se vengono a sapere che uno così, scarponi e tuta mimetica, è stato definito con il loro nome."

"Allora Soratte come bisogna chiamarlo?" ha chiesto Alcale.

"Soratte bisogna chiamarlo Soratte" ho risposto.

Poi, quando è suonata la campanella della ricreazione, un po' pentito per la sfuriata ho chiamato quello spilungone fuori dell'aula. Gli ho detto:

"Perché ti vesti così? Perché prendi a calci le sedie dicendo negro di merda? Che ti immagini di essere? Ragiona. Possibile che non ti ho insegnato niente, in tutti questi anni?".

Soratte ha farfugliato no, lei mi ha insegnato tutto, seguo sempre le sue lezioni che mi appassionano assai, i Vandali, i cristiani, le migrazioni.

Gli ho dato un buffetto di perdono e ho detto: va', va', mi devi far sempre arrabbiare. Quindi sono andato a ritemprarmi con un cappuccino.

Ma quando sono rientrato in classe mi sono di nuovo depresso. Ho trovato su una parete della cattedra due scritte, una col pennarello rosso e una col pennarello nero. La prima diceva: Soratte vandalo; la seconda diceva: Murialdi extracomunitaria.

La gioventù studiosa a ogni generazione rischia un'adultità abietta. Dopo undici anni di istruzione, preside, Alcale, giovane di diciassette anni, usa un aggettivo che indica un'antichissima appartenenza religiosa per ferire qualcuno nella sua frivola appartenenza calcistica; e Soratte, diciotto, ricorre a un aggettivo nuovo di zecca per caricarlo subito di vecchissimi razzismi. Parli con chi di dovere, veda cosa si può fare. Le svastiche abbondano sui muri, basta guardarsi intorno. Siamo serpenti con le mutande e ci vuole poco per tornare a essere serpenti e basta.

Fogli nn. 17 e 18

Colloqui con le famiglie. L'intransigenza (o come si dice oggi: la professionalità) degli insegnanti si misura in genitori in fila davanti alla porta dell'aula come se fosse uno sportello delle poste. I docenti che fanno vedere i sorci verdi ai loro alunni hanno folle di genitori sulla soglia. Quelli malleabili, invece, di genitori ne vedono pochi e anche quei pochi si affacciano come per dire: visto che ci sono, parlo anche con te.

Il collega di ragioneria ha la ressa davanti alla sua aula, io no. Ragioneria (i professori spesso hanno per nome e cognome il nome soltanto della loro disciplina, io per esempio mi chiamo Italiano) si considera il Re Sole, nella sua aula. Quanto a me, mi sono formato pensando che non bisogna mai darsi troppe arie, è bene sempre accorciare le distanze, la funzione educativa consiste anche nel dimostrare ad alunni e genitori che la repubblica, la carta costituzionale, la democrazia e le buone maniere sono presenti innanzitutto nelle aule scolastiche. Perciò i padri e le madri di famiglia che vengono da Italiano ci vengono essenzialmente per lagnarsi di come li ha trattati Ragioneria e per capire se Italiano può mettere una buona parola. Per il resto ritengono superfluo perdere tempo con un mollettone che alla fine promuove tutti.

Il padre di Soratte, un uomo di due metri, sanguigno, cento chili, mi ha detto tutto sudato:

"Veda di calmarlo, Ragioneria, glielo chiedo per favore. Sennò che devo fare la prossima volta, venire con la pistola?".

"Ma no, la pistola, che dice: Ragioneria cerca solo di fare bene il suo lavoro."

"Perché, lei non lo fa bene?"

"Ma sì."

"E allora com'è che mio figlio con lei se la cava e con quello no?"

"Guardi che Soratte anche con me ha qualche difficoltà."

"Come? Che sono ora queste difficoltà?"

Parlo cautamente, faccio discorsi molto articolati, cerco di scavare nella personalità di Soratte. Ma il padre presto opacizza lo sguardo proprio come il figlio e mi tende la mano all'improvviso, nel bel mezzo di una frase:

"Grazie, professore, ho capito che va bene. Devo proprio scappare".

Se la squaglia.

È arrivato dopo un po' il padre di Alcale.

"Possibile che in ragioneria vanno tutti male?"

"Se così dice il mio collega..."

"Non gli può far capire che se vanno tutti male, forse la colpa è sua che non sa insegnare?"

"No, proprio non posso."

"Ci provi, me lo prometta. Come va mio figlio?"

"È un ragazzo complesso."

"A me sembra un po' sfaticato."

"Apparenze. Il problema è che le cose che ha assimilato in famiglia fin da bambino a volte sono un po' di ostacolo alla sua crescita umana, culturale e civile..."

"Noi abbiamo fatto quello che potevamo, professore."

"Lo so."

"E comunque un po' di schiaffoni e spariscono gli ostacoli."

"Gli schiaffoni non servono a scandagliare il cuore di un giovane d'oggi."

"Lei è troppo buono col cuore di quel mascalzone. Grazie. Lo dica però, a Ragioneria, come si fa il professore. Arrivederci."

È venuta anche la madre di Murialdi. Compare spessissimo, si occupa molto della figlia. Sono venute insieme, madre e figlia, arrabbiatissime con Ragioneria.

"Non ha rispetto, quello" mi ha detto Silvia poggiando la fronte sulla mia spalla e fingendo di piangere.

"Ma no."

La signora Murialdi ha dato ragione alla figlia:

"Sì, è un vero maleducato".

"Ma no."

"Comunque non è garbato come lei."

Ha indicato Silvia che intanto mi si era ficcata cordialmente sottobraccio:

"Che mi dice di questa signorina?".

"Bene. Benino."

"Lei è assai contenta di come insegna."

"Questo mi fa piacere."

"Studia però?"

"Abbastanza."

Ho cominciato a tracciare un profilo psicologico-attitudinal-intellettivo molto curato di Murialdi figlia, ma non riuscivo a esprimermi in maniera distesa come mi sarebbe piaciuto. Ero continuamente disturbato dalla mia allieva che, per mostrare alla madre com'è buono il nostro rapporto, ora mi provava il suo cappellino, ora si provava il mio calandoselo sugli occhi, sul naso e sulla bocca, ora mi pizzicava un braccio, ora mi faceva ciripiripì sotto il mento.

"Ma lo fai parlare?" le ha detto a un certo punto la madre stizzita.

"Fa niente," ho farfugliato io, "abbiamo un buon rapporto, che sul piano didattico dà sempre discreti frutti..."

Silvia mi ha toccato la pancia:

"Ce la nascondiamo sotto il maglione, eh, trippettone?".

La madre l'ha tirata via seccatissima:

"Però lei, si faccia rispettare santiddio!".

Quelli della mia età, preside, hanno lavorato soprattutto sul rapporto studente-insegnante. Lei si ricorda che i nostri docenti ci toccavano solo per menarci, e neanche allora lo facevano veramente, si servivano della bacchetta? Non se lo ricorda? Dice che è più giovane di me? Dice che il suo percorso scolastico è stato splendido e ricorda con piacere tutti i suoi insegnanti? Chiedo scusa, allora. Ma converrà che la confidenza tra insegnante e alunno è stata un fatto nuovo, un grande passo avanti in direzione di una didattica rinnovata. Questo parlarsi, confidarsi, confidare l'uno nell'altro, docente e discente, è bello, preside. Questo accostarsi, questo tenersi a braccetto, questo cingere spalle passeggiando per i corridoi è gentile. Certo, se i ragazzi si prendono troppa confidenza non sta bene, bisogna preservare la propria autorevolezza, pur confidando e confidandosi. Ma secondo me è sempre meglio la troppa confidenza che la paura, l'odio. Parlo dei ragazzi, preside. Detesto invece la troppa confidenza che si prende Ragioneria con gli allievi. Lo sa come chiama le studentesse, Ragioneria? Zucchine. Lo sa cosa dice che hanno nei reggipetti? Poponi. Lo sa cosa grida ai ragazzi? Che hanno la testa appesa tra le gambe. Com'è che non lo sa? Dorme? O le sembra normale e quindi nemmeno ci fa caso? È suo compito vigilare, non può pretendere che sia io a fare la spia.

Foglio n. 19

Mi sono messo un vecchio cappotto, un cappellaccio e, vestito così per combattere il freddo del mattino, ho preso l'autobus più affollato per andare a scuola, quello delle otto meno venti. L'autobus era zeppo di nostri studenti, ma nessuno mi ha riconosciuto. Mi sono infilato in un angolo e ho teso le orecchie. Quella folla urlante è una manna per chi vuole sapere cosa pensa di noi docenti la gioventù studiosa. Ecco cosa ho appreso.

Del collega Sinevita si dice che va in classe sempre stanco e annuncia: "Non so niente di Svevo. Poiché non mi va di rubare soldi allo stato parlandovi di cose che non so, facciamo così, vi leggete il capitolo da soli, in silenzio. D'accordo?".

La collega Bortolacchi per prima cosa si sfila le scarpe e si strofina i piedi per dieci minuti; quindi attacca a parlare del figlio di sei anni, com'è bello, come parla bene; infine racconta di suo fratello più grande che insegna matematica all'università.

La collega Orione è professoressa di francese e di ogni autore in programma conosce cose molto intime che hanno a che fare col sesso. Parte da quelle cose e poi passa a parlare dell'amore, che distingue in amore di testa, amore di cuore, amore di viscere e amore amore. Le interessa soprattutto l'amore amore. Ne parla ispirata, tutti i giorni, in un misto di italiano e marchigiano con qualche incerta citazione francorecanatese.

Il collega Mozzoni fa spesso complimenti esagerati al culo delle sue allieve e poi ride.

La collega Nassa le aggiorna con cura sulla gravidanza di sua figlia Simona, che partorirà ad agosto.

Il collega Urso si ficca distrattamente le dita nel naso e se le pulisce sotto il ripiano della cattedra.

La collega Landalo psicanalizza gli allievi, individua tare psichiche, e convoca i genitori per colpevolizzarli, pur non essendo psicanalista.

La collega Melata emana un odore di fogna scoperta che nessun profumo cancella.

Il collega Bitume insulta di continuo la moglie morta e spera di poterla malmenare all'inferno come faceva quando lei era viva.

L'anziano collega Sparagna tende alle allieve due biglie colorate e chiede a ciascuna: ti piacciono le palline, le vuoi toccare?

La collega Sorice non interroga mai e poi mette voti a vanvera.

La collega Giardino dice cazzo ogni due parole, quando spiega storia dell'arte; spesso chiede a chi alza la mano: che cazzo vuoi.

Il collega Martullo va spesso dal medico, racconta i suoi sintomi agli alunni, mostra loro i risultati delle analisi cliniche, dice che ha scelto di farsi cremare.

La collega Niguarda quando è arrabbiata chiama le sue allieve galline.

Il collega Niguarda, suo marito, è sempre allegro e le chiama gallinelle.

La collega Tarantella non si ricorda la lezione, si ferma a bocca aperta, diventa paonazza, certe volte piange.

Il collega Starnone dice in continuazione: paradossalmente, ineluttabilmente; poi si gratta in testa e...

Il resto non l'ho sentito, non l'ho voluto sentire. Sono sceso in fretta, sei fermate prima. Ho fatto la strada a piedi, battendo i denti.

Oggi non so, preside, se bisogna seguitare a coltivare la solidarietà di lega, di casta, di corporazione. Mi rifiuto di continuare a dire: gli insegnanti. Non mi piace nemmeno dire: i giovani. Ci sono insegnanti e insegnanti, giovani e giovani. Conosco insegnanti che vorrei tornare studente per essere un loro alunno in adorazione; e conosco insegnanti che vorrei tornare studente per poter progettare tra i banchi il loro assassinio. Come del resto conosco giovani che sanno cos'è la tassa sul macinato e giovani che immaginano una tassa ottocentesca sugli hamburger e sulle polpette di carne. Consiglio a lei e alle autorità competenti di evitare sempre generalizzazioni tipo: i colleghi, egregi colleghi, cari colleghi. Mi voglio scollegare, preside, e capire chi sono io, cosa faccio io. Mi gratto veramente in testa? Dico davvero così spesso: ineluttabilmente? Racconto i fatti miei? Mi è scappato qualcosa di compromettente? Sbaglio le date di nascita e di morte? Mi assento troppo frequentemente? Guardo nella scollatura delle ragazze? Ho fatto senza accorgermene qualcosa di molto vergognoso? Non correggo mai i compiti? A che punto della mia carriera scolastica mi sono rovinato la reputazione? Subito? Dopo dieci anni di insegnamento? Sono i miei alunni che esagerano o sono io troppo indulgente con me stesso?

Foglio n. 20

È una bella giornata di primavera. Nel cortile si schiudono gemme sotto i kleenex appallottolati e tra le cartacce unte delle merende. Gli allievi prendono un po' d'aria e si sgranchiscono le gambe durante la ricreazione. Soratte e Conocchia stanno provando a capire se non ora ma in futuro, domani, dopodomani, potranno cominciare ad amarsi.

Sono a un passo da loro, penso che dovrei allontanarmi, poi resto. È mio dovere, mi giustifico, sorvegliare gli allievi nel corso della ricreazione.

Conocchia chiede a Soratte se gli piace il mare d'inverno. Soratte chiede a Conocchia se le piace la pizza con le patate. Conocchia chiede a Soratte se questo pomeriggio, oltre che appassionarsi alla pizza con le patate, studia. Soratte chiede a Conocchia se questo pomeriggio, oltre che studiare, mangia la pizza con le patate. Conocchia chiede a Soratte se vogliono studiare insieme la matematica e poi andare a prendere la pizza con le patate. Soratte chiede a Conocchia se vogliono mangiare insieme la pizza con le patate e poi caso mai studiare. Conocchia ammette all'improvviso che lei oggi, pur dovendo studiare la matematica, mangerebbe volentieri la pizza con le patate a piazza Sempione, intorno alle cinque del pomeriggio, perché lì c'è una pizzeria che la fa molto buona. Soratte si ricorda che deve assolutamente studiare matematica, ma che può rimandare a dopo che sarà passato per piazza Sempione alle cinque e avrà acquistato una razione gigante di pizza con le patate.

Io li ascolto e comincio ad avere voglia di pizza con le patate. Penso di passare alle cinque per piazza Sempione e mangiarne un pezzo lì seguitando a spiarli. C'è solo il rischio che mi vedano e mi chiamino professore ad alta voce. La gente capirebbe che sono miei alunni e mi vergognerei troppo. Usano infatti, per dirsi le cose che si stanno dicendo, un italiano che non so trascrivere, tanto è sgangherato, e preferisco che non si sappia che li ho istruiti io.

D'altra parte sono radiosi, mi piacciono, mi commuovono per come, malgrado la lingua, stanno per arrivare al loro primo appuntamento. Tendo ancor più l'orecchio, ma Conocchia si accorge di me. Soratte no, le sta dicendo:

"Per il fine settimana vado dai zii a Valmontone".

Conocchia mi guarda e dice a Soratte, fredda:

"Dai zii?".

"Sì."

"Si dice *gli* zii, parli come mia cugina che a scuola non gli imparano niente."

Ma anche Soratte in quel momento si accorge di me e sussulta. Impettito dice:

"Gli imparano? *Le* imparano: tua cugina è femmina".

Da quel momento si oscurano entrambi, rinunciando forse per sempre a essere fatti l'uno per l'altra.

Chiudo qui, preside, il materiale mi sembra sufficiente. Se lo legga e mi dica quando intende stampare il suo opuscolo. Tenga conto che per trasformare questa roba in una relazione ben congegnata, ho bisogno di almeno quindici giorni. Non ci riduciamo come al solito all'ultimo momento, per favore.

Ho consegnato i miei fogli protocollo in segreteria una settimana fa, chiusi in una cartella azzurra. Stamattina sono stato convocato in presidenza. La preside non era cordiale. Sedeva dietro la scrivania, sotto la foto del presidente della repubblica, accanto alla bandiera italiana. Mi ha detto:

"Ho letto".

"Che le pare, preside?"

"Vada a prendere il registro."

LA COLLEGA PASSAMAGLIA

GRAMMATICA DELLA SCUOLA

Ritorno a De Amicis

Il marito della collega Passamaglia fa il dentista. Ho saputo che le dice spesso: "Beati voi insegnanti che non lavorate mai". Oppure: "Non mi dire che oggi sei andata a lavorare!". O anche: "Hai già rubato lo stipendio?".

Me l'ha riferito Passamaglia stessa quando ci siamo incontrati in viale Libia. Sembrava una diva: aveva addosso tutta la sua tredicesima miserabile, una parte dello stipendio e molti molari di sconosciuti che il marito aveva trasformato in ricchi doni.

Appena mi ha visto, mi ha gridato: "Che piacere" e poi si è lamentata del consorte, per il quale il lavoro di noi docenti è un breve intervallo in una vita dedita alle vacanze di Natale, di Pasqua, estive.

Io mi sono ricordato di *Cuore*, il libro di De Amicis.

"Ci vorrebbero far tornare a *Cuore*" ho mormorato.

In quel libro il 28 dicembre si lavora sodo. Il maestro di Enrico, pur covando malanni che lo rendono impaziente e di malumore, è in cattedra come al solito. Premia Stardi, il ragazzino stakanovista che il padre, con affettuosa mancanza di tatto, è solito denigrare in pubblico con frasi tipo: "caro zuccone mio". Non solo: a ridosso di Natale quel nostro collega infaticabile di tanti e tanti anni fa, legge ai suoi alunni *Il piccolo scrivano fiorentino*, storia per niente vacanziera di un dodicenne che non solo andava regolarmente a scuola ma restava anche sveglio la notte per aiutare segretamente il padre anziano nel suo secondo lavoro. Natale o non

Natale, a fine Ottocento nelle aule ci si applicava senza pause su concetti tipo la mamma, la patria, lo stato, l'esercito e il santo lavoro. I maestri boccheggiavano tisicuzzi, quattro soldi di stipendio, minacciati di licenziamento, e forse perciò sgobbavano duramente inventandosi sempre nuovi pistolotti per i ragazzini.

"Tuo marito ci vorrebbe di nuovo così?" ho chiesto.

Lei non sa cosa vuole il marito. Lo vede trasformare in continuazione bave in Bot, cosa che – ammette – le consente di usare il suo stipendio quasi tutto per le piccole spese, come fosse *argent de poche*, e ficcarmi all'improvviso il polso sotto il naso per dirmi: senti il profumo raffinato che ho. Ma non è contenta. Vorrebbe che il consorte capisse che, solo grazie al lavoro di noi docenti, lui può cavare denti e soldi.

"Tutti questi signori che fanno bei lavori di soddisfazione," ha esclamato Passamaglia, "dovrebbero parlare con reverenza degli insegnanti. Non li abbiamo istruiti noi? Perché ci trattano così? Lo sa mio marito che anche i suoi soldi è come se un po' glieli facessi guadagnare io?"

La più grande risorsa

"La scuola non fa mai notizia" ha detto seccata la mia collega Isa Passamaglia. Per mostrarmi interessato le ho chiesto perché mai la scuola dovrebbe fare notizia: non è il luogo più insignificante e noioso del mondo?

Nient'affatto, mi ha risposto: se è vero, come dicono, che ci occupiamo della principale risorsa del paese, vale a dire i giovani, ogni quotidiano dovrebbe avere tutti i giorni una pagina dedicata a noi, ogni tv uno spazio fisso, e la gente dovrebbe abituarsi a usare anche per la scuola un frasario drammatico tipo: si esauriscono le scorte, il passivo sale, decurtato il dividendo, crescita zero.

Ci siamo messi a fantasticare. Come sarebbe bello aprire il giornale e leggere:

"L'allievo Casamassima ha mostrato di conoscere a fondo la legge di Ohm. Grande festa popolare in piazza S. Giovanni con la partecipazione di Antonello Venditti".

Oppure: "Il professor Melchiorre, di ruolo da vent'anni nella scuola media Carlo Botta, abbandona l'insegnamento per dedicarsi al suo vero lavoro: il commercialista. Brusca impennata delle quotazioni della scuola tutta".

O anche: "L'allievo Sobrisco è diventato naziskin. Avvisi di garanzia per i suoi insegnanti. Sigillato il suo banco, zeppo di svastiche. Sotto accusa i programmi ministeriali. Iervolino dice: non so".

E anche: "La professoressa Passamaglia festeggiata per la lezione tenuta in 5ª A il 4/9/92. 'L'Espresso' e 'Panorama' le dedicano la copertina. Flusso incontenibile di studenti provenienti da altre sezioni e altre scuole. Colleghi in pellegrinaggio".

Tutti i giorni notizie di questo tipo. Altro che sondaggi e cretinate di opinionisti: la scuola com'è, minuto per minuto, sfascio e isole felici.

"Altrimenti," conclude Passamaglia, ingiallita dalla sfiducia, "diciamoci come stanno le cose: i giovani non sono la risorsa fondamentale di ogni paese; servono solo a sfogare i cattivi istinti degli adulti."

La professoressa di Tano

È opinione diffusa che non ci sia problema cui la scuola non possa dare soluzione.

Disuguaglianza sociale?

La scuola.

Droga?

La scuola.

Nazi?

La scuola.

Mafia?

La scuola.

Non solo: è opinione ancora più diffusa che buona parte delle porcherie odierne dipenda dall'inefficienza didattica. Se gli insegnanti, si dice, educassero le coscienze come si faceva una volta, tutto andrebbe per il meglio.

A volte la pensano così gli stessi docenti.

Di recente la collega Passamaglia è arrivata dubbiosa in sala professori. Ha visto in tv *La Piovra 6* e le è venuta la seguente domanda: "Ma che razza di scuole hanno fatto i personaggi malvagi di quello sceneggiato, Tano Cariddi, Espinosa, Salimbene, il giovane Ribeira? Se ci prendiamo il merito, quando facciamo bene il nostro lavoro, ci dobbiamo anche beccare il demerito, quando lo facciamo male. Chi li ha educati?".

Ho risposto boh. Ma poi abbiamo fatto un po' di conti. Espinosa deve aver studiato negli anni trenta; Cariddi e Salimbene avranno fatto le elementari negli anni quaranta; solo il giovane Ribeira potrebbe essere stato allievo mio o di Passamaglia. Certo non è uno stinco di santo; se fosse stato nostro alunno, testimonierebbe sicuramente che come educatori facciamo pena; ma non prova che la scuola attuale è peggio di quelle di una volta. Anzi. Espinosa, Cariddi e Salimbene testimoniano che la scuola preparava al crimine già nella prima metà di questo secolo.

L'ipotesi ci appassiona e rincariamo la dose. I cittadini che fecero il fascismo non vennero fuori dalle scuole di fine Ottocento? Quelli che avviarono imprese coloniali, vessazioni crispine, repressioni antioperaie, massacri di abissini, guerre mondiali, non erano stati tra i banchi a cavallo tra la legge Casati e la riforma Gentile?

Abbiamo sospirato di sollievo. Noi insegnanti con qualche alunno nazi, parecchi razzisti, molti antisemiti, tre mazzieri, due stupratori potenziali, numerosi spregiatori di anziani, sempre nuovi persecutori di terroni, no, non siamo i peggiori. Forse, come i nostri antenati docenti, testimoniamo soltanto l'impotenza della grammatica, della storia, dell'algebra e delle buone ragioni.

Così ci acquietiamo e ci mettiamo a leggere il giornale. Ma Passamaglia più legge, più torna a inquietarsi. "Chi diavolo è stata la maestra di Tano Cariddi? Chi era il cretino che diceva: prendete esempio da Espinosa? Soprattutto, chi ha selezionato la nostra spregevole classe dirigente?

Fate una ricerca

Noi insegnanti fronteggiamo ogni situazione imponendo ai nostri alunni una ricerca. Per esempio: muore Severino Gazzelloni? Benissimo. “Fate una ricerca su Gazzelloni” ordina la collega Passamaglia. Allora i suoi allievi prima mettono Gazzelloni nell’elenco dei personaggi da odiare per tutta la vita, poi passano il pomeriggio a tormentare i bibliotecari di biblioteche rionali con domande tipo: “Dove lo trovo questo Gazzellone?”.

Quando i bibliotecari si decidono a distribuire enciclopedie o libri, i più volonterosi tra gli alunni ricercatori trascrivono con diligenza, i più teppisti usano la taglierina e si portano via la pagina che serve. A volte la ricerca è bellamente ricopiata in un quaderno. Più frequentemente è redatta su fogli protocollo e decorata con qualche sgorbio a colori che vuol essere, che so: Gazzelloni, il suo flauto.

I fogli scritti con la grafia più bella, o meglio colorati, finiscono incollati alla parete dell’aula e nei corridoi. Raramente gli insegnanti leggono e correggono le ricerche: sono pagine e pagine di giornali ed enciclopedie ricopiate con cura; troppo noioso. La stessa Passamaglia teorizza:

“È inutile correggere. L’essenziale è che coltivino il piacere di scrivere e di conoscere”.

Quando le ricerche sono esposte alle pareti, io me le leggiucchio per curiosità, guardo i disegni. Ne ho vista una che diceva di Gazzelloni: “Mammiferone Artiodattilo Bovide Antilopino”. A lato c’era una gazzella tutta colorata.

In periodi turbolenti come questo le ricerche vengono a raffica: via Gazzelloni; avanti i lager, il nazismo, l’Olocausto, gli extracomunitari, l’Aids, le crisi economiche, la mafia, Buscetta. I corridoi e le aule sono zeppi di cartelli, fogli incollati, disegni, pagine a stampa strappate da chissà dove.

Ora s’è aggiunto lo sbarco in Somalia. Passamaglia è perplessa. Gli allievi più avveduti pongono domande, alcuni per trascinarla in discussioni interminabili e impedire il regolare svolgimento del programma ministeriale, alcuni per reale curiosità. Come mai i somali non ci vedono di buon occhio? Perché alla guerra del Golfo ci opponemmo con molti giorni di sciopero e autogestione, mentre a questa no? Perché il papa nel frangente attuale è disposto a sparare a mitraglia? Che mondo è questo? Bisogna massacrare i somali adulti per dare da mangiare ai bambini somali? Che significa "principio di ingerenza umanitaria"? Ingerenza deriva da ingerire?

"Mah" risponde Passamaglia.

Nel testo di storia c'è meno che niente. Si apprende soltanto che noi italiani siamo andati in Etiopia il 3 ottobre 1935 e abbiamo usato i gas asfissianti contro gli abissini. Ma la Somalia? "Fate una ricerca" ha ordinato la mia collega.

Via i cartelli sui lager, ecco quelli sulla Somalia. Ho timore di leggerli. Uno studente ha copiato da chissà dove: "Somali: popolo diviso in parecchie tribù bellicose, proveniente dalla mescolanza di arabi e negri. Le tribù dell'interno sono nomadi e allevano cammelli". Un altro ha segnato in margine: "Somali somari". Seguiva svastica.

Bello scrittore

La collega Passamaglia intende vivacizzare il trantran scolastico invitando nelle sue classi qualche scrittore di buon livello. È formativo – ha pensato – leggere un racconto e poi discuterlo con chi l'ha scritto. Ah se avesse potuto incontrare da ragazza gli scrittori della sua giovinezza, Calvino, Bianciardi, Mastronardi, Pasolini, Manganelli, Morante, tutti morti ormai, e fare domande tipo: "Come le è venuta in mente questa storia?", "L'ha scritta di buon mattino o durante la notte?", "Ci ha pensato molto o non sapeva dove andare a parare?".

Ma sembravano così irraggiungibili una volta gli scrittori. Pazienza. Meno male che quelli d'oggi sono più a portata di mano. È andata in classe a fare la proposta ai suoi allievi e ha notato che l'alunna Banda Sara stava staccando dalla parete i manifesti dei cantanti e degli attori in voga l'anno scorso per sostituirli con quelli in voga quest'anno.

Ha atteso paziente che l'operazione fosse portata a termine e, quando la parete è ridiventata variopinta, piena di giovani e ragazze seminudi molto gradevoli a vedersi, ha chiesto:

"Che ne dite di invitare qui in classe qualche romanziere?".

Silenzio, imbarazzo.

"Be'?" ha domandato Passamaglia.

Altro spezzone di silenzio, altro segmento di imbarazzo.

Alla fine Sara s'è decisa e ha detto:

"Se sono belli, sì. Se sono brutti, no".

Passamaglia, anche se ha tanti difetti, è una collega seria, in queste risposte di Sara Banda si sforza di vedere segnali. Ha pensato: "Di quanti scrittori contemporanei so che faccia hanno, se sono alti o bassi, se sono grassi o magri?". E s'è accorta che aveva considerato sempre il territorio della letteratura e dell'arte un posto dove "brutto" o "bello" si usavano per le opere, mai per gli autori. Anzi, ha scoperto che era cresciuta pensando: certo, gli scrittori sono tutti un po' bruttini; però sono molto belli dentro, atletici di mente, vigorosi d'animo.

Ora eccoci qua. Banda proponeva un criterio di selezione editoriale adeguato alla bellezza che poco prima aveva squinternato sulle pareti. Gente insomma presentabile sulle pagine dei rotocalchi, mostrabile in tv. Passamaglia s'è chiesta se la sua alunna non avesse fiuto e ragione. L'editoria forse stava già selezionando manoscritti in base alle foto a colori degli autori; e già le traduzioni si decidevano dopo aver vagliato fattezze o studiato i denti del sorriso.

S'è risposta: perché no? Meglio smarrire qualche Pavese per strada, che giocarsi per sempre il futuro della scrittura perdendo il pubblico giovane allevato dalla tv. Perciò ha consentito.

"Bene. So di scrittori che sono giovani e belli. Inviteremo quelli."

Dopo è stata colta dai dubbi. Leopardi? Non avrebbe mai potuto invitarlo in classe.

Paura dell'anti

La collega Passamaglia dice spesso ai suoi alunni: "State attenti". Altre volte si interrompe nel mezzo della lezione e chiede: "Mi seguite?". Imperativi ricorrenti, domande di prammatica. Quando spiega la lezione, vorrebbe che i suoi alunni si tendessero come elastici, gettandosi sulle tracce delle sue parole al modo dei segugi. Ma non succede quasi mai. Passamaglia si lamenta perché gli allievi non hanno capacità di attenzione. Seduti nei banchi, volenterosi e in genere disciplinati, la guardano con occhi opachi a bocca aperta e dopo un po' pensano ai fatti loro. Non tutti, naturalmente. Due o tre prendono appunti, hanno l'occhio vivo. Ma si può lavorare solo per quei due o tre?

La mia collega non si rassegna. Vorrebbe che tutti stessero attenti e la seguissero. In classe si dà da fare: schiocca le dita, si alza, va per i banchi, fa domande a bruciapelo, inventa esempi accattivanti, induce e deduce, ricorre a videocassette, canticchia canzoni e ne commenta i versi, discute dei film dati in tv. Eppure sente che presto l'attenzione si sfilaccia. Ha il sospetto che tutto quello che appassiona i nostri alunni fuori scuola appassisca non appena entra in classe.

"Non so fare il mio lavoro" si lamenta.

La consolo. Io provo uno scontento non diverso dal suo. Più noi, le dico, portiamo il mondo dentro le aule, più il mondo diventa roba di scuola e, agli occhi degli alunni, ininteressante.

"Colpa nostra? Colpa loro?" mi infiammo. E mi domando retorico e paonazzo: "L'idea di scuola è così compromessa, così malata, da infettare ogni cosa viva che tocca?".

Passamaglia approva, un po' sollevata: forse è così.

"Persino l'anti," esclama, "nella scuola suona fiacco."

E mi spiega che per "anti" intende il prefisso "anti". Da quando è entrato nelle aule, quel prefisso secondo lei ha perso energia: antidroga, antimafia, antirazzismo. Basta vedere gli studenti come sbuffano, quando sfoderiamo uno di questi argomenti per un bel tema in classe. Strepitano: "Di nuovo la droga, di nuovo la mafia, di nuovo il razzismo! Mai una bella traccia! Sempre la stessa minestra riscaldata".

Passamaglia scuote la testa.

"L'anti più impegnato e civile," dice, "ridotto a lezione, a compito, a voto, si svuota."

Infatti certi "anti" terribili, tipo l'antisemitismo, resistono nelle teste, per le strade, nelle case più forti e più aggressivi. Passamaglia mi dice che, per combattere l'antisemitismo, ha imposto ai suoi allievi la lettura di Primo Levi fin dall'anno scolastico 1972-73. Una lettura didatticamente accurata: riassunto scritto; analisi logica e grammaticale; ruolo attanziale e traiettoria narrativa in *Se questo è un uomo*; relazioni scritte, interrogazioni orali e lezioni intervallate da "state attenti" e "mi seguite". Ma il risultato? L'antisemitismo basta niente e riaffiora.

"Dove ho sbagliato?" si chiede Passamaglia desolata.

Le dico cupo:

"Forse dovevi costringere i ragazzi agli stessi esercizi sul *Mein Kampf*".

Il registro

Capita a volte che gli insegnanti smarriscano il registro. È una tragedia. Il registro personale è uno dei pilastri che reggono l'istituzione scuola. Non a caso il preside, quando gli gira vuole controllare il registro. Gli alunni sorvegliano il registro come se fosse un cane mastino senza guinzaglio. Anche i genitori hanno molta stima del registro: quando parlano dei loro figli con gli insegnanti, hanno un moto di soggezione e aspettano responsi dalle pagine del registro come dalle foglie della Sibilla cumana. Quanto ai docenti, lo usano spesso per minacciare: "Ti metto tre a penna sul registro". Intendendo che non si tratta di un tre labile, a matita, esortativo, cancellabile nel caso che l'allievo si redima. Si tratta invece di un tre indelebile, assoluto, fissato per sempre sulla pagina quadrettata come se fosse di bronzo.

Il registro nei fatti è un oggetto sorpassato: dentro non c'è che un po' di voti umorali e gli argomenti delle lezioni annotati in fretta. Niente che non possa essere sintetizzato con frasi tipo: il ragazzo sta studiando, il ragazzo fa ben poco, io pure, certe volte riesco a fare lezione e certe altre non combino niente.

Ma il registro ha una componente simbolica importante; serve all'insegnante per incutere timore agli studenti, e ai presidi per incutere timore agli insegnanti. Perciò la collega Passamaglia mi è sembrata terrorizzata, l'altro giorno. È impallidita, si è data un colpo in fronte, e ha esclamato:

"Non trovo più il registro".

Nel suo cassetto non c'era. Nella classe da cui era appena uscita nemmeno. In sala professori neanche.

Le ho detto: "Calmati", e mi sono messo a cercare insieme a lei. Ma lo so: smarrire il registro in questa fase, con gli scrutini alle porte, è la fine. Ci sono le medie da fare, le assenze da contare, l'occhio vigile del preside da soddisfare aprendo il registro in pieno scrutinio e dicendo: "Sommella ha tre, quattro e mezzo e quattropiù. Quattro in media è regalato". Tutte cose che si possono fare anche senza registro. Però si genera un effetto di trasandatezza che ti denuncia come cattivo insegnante.

Perciò io e Passamaglia ci siamo gettati per i corridoi, interrogando bidelli, fermandoci di botto al centro dell'atrio per fare mente locale: allora, sei uscita dall'aula, poi sei entrata in sala professori, poi sei andata in segreteria, e poi?

Passamaglia a un certo punto ha avuto un sussulto. Mi ha piantato in asso ed è corsa verso il cesso delle insegnanti. Ne è uscita radiosa, con il registro.

Pietose bugie

La mia collega Passamaglia è madre di due figli fannulloni e quindi prende molto sul serio il colloquio coi genitori. Sfodera il registro, mostra i pochi voti che ha messo, va a prendere i compiti scritti, illustra strafalcioni e castronerie, scarica la responsabilità del semianalfabetismo dei suoi allievi sui colleghi delle elementari e delle medie inferiori. Ma si amareggia quando i genitori dicono che il loro bambino era convinto di aver fatto un'ottima figura all'interrogazione (come mai gli ha messo solo quattro e mezzo?); che con il professor Micali dell'anno passato il ragazzo prendeva sempre otto perché lui sì che sapeva capire i giovani; che gli insegnanti delle elementari e delle medie erano bravi e ritenevano che il loro figliolo avrebbe fatto grandi cose nella vita; che alla brutta fase che il giovane sta attraversando forse si aggiunge che Passamaglia ha un metodo un po' ostico, sarebbe meglio non caricare troppo il ragazzo, ha bisogno di fiducia.

Passamaglia in questi casi sente che le famiglie non apprezzano il lavoro che fa. O meglio: lo apprezzano solo se dice: questo ragazzo è bravino, sono proprio soddisfatta. Solo allora i genitori si sciolgono. Le madri soprattutto esclamano: "Guardi, mio figlio a casa non fa che parlarci di lei. Come è brava la professoressa Passamaglia, dice: mamma, meno male che abbiamo un'insegnante così. Per favore, signora, non chieda il trasferimento. Non sa il ragazzo quanto ne soffrirebbe se lei cambiasse scuola". Bastano poche parole buone e i genitori cancellano apprensioni, cancellano la realtà stessa del figlio che hanno sotto gli occhi.

Così sempre più spesso Passamaglia, poiché pensa al piacere che prova se gli insegnanti trovano migliorati i suoi figli, per quieto vivere, per disperazione didattica, per bisogno di gratificazione mente. Ieri per esempio ha mentito alla madre di Banda Sara.

La signora aveva cominciato tristemente:

"Che mi dice di questa delinquente?".

Passamaglia:

"Brava. Bravissima".

Banda madre, incredula:

"Ma dice sempre di non avere compiti da fare!".

Passamaglia:

"Sua figlia in classe contribuisce attivamente al dialogo educativo".

La signora:

"Possibile? Si esprime coi piedi!".

Passamaglia:

"In seguito farà meglio".

La genitrice è andata via contenta.

Passione

La collega Passamaglia è uscita dalla classe con le guance accese e gli occhi lucidi, seguita da un codazzo di allievi. Gli studenti l'incalzavano per il corridoio e uno le spolverava la manica sporca di gesso, un altro le raccoglieva la sciarpa che spazzolava il pavimento lercio. Lei parlava a mitraglia, ringraziava, rideva. Si vedeva che era felice. Lavorare bene rende felici.

Questa felicità di Passamaglia è dovuta al fatto che la sua classe è stata tra le prime a essere scrutinata. La mia collega è potuta tornare alle normali lezioni senza più interrogazioni urgenti, senza ansie, senza conflitti. Noialtri no: siamo ancora in attesa di fare gli scrutini e interroghiamo, correggiamo compiti, avvizziamo sul registro sommando voti e assenze. Una vera sofferenza.

Passamaglia invece è uscita radiosa dall'aula: colorita, un eros pedagogico che ancora le bruciava le vene. Beata lei. Mi ha incrociato, mi ha gridato: "Su con la vita! Starnone! Qualcosa non va con gli studenti? Appassionali! Se non li appassioni, per forza che intristisci e getti la spugna".

Io ero nero e sono diventato più nero. Cos'è la passione quando incombono gli scrutini? E che mestiere è questo in cui negli utenti bisogna suscitare passione? S'è mai visto un bancario appassionare i clienti? S'è mai visto un postelegrafonico darsi da fare dietro lo sportello perché la gente in fila si appassioni alla sorte della raccomandata-espresso? Mi sono domandato: che vuole Passamaglia da me?

Però poi mi sono detto: sì, la mia collega ha ragione: senza passione non c'è scuola. Senza passione non c'è banca, non c'è posta, non c'è ospedale, non c'è mondo che funzioni. Forse perciò, in questa nera stagione di vessazioni, corruzione e sconforto, la verità della scuola e del mondo è sempre triste.

Per tirarmi su, mi sono ricordato di come a volte anch'io ho appassionato gli studenti: mi pendevano dalle labbra; alzavano la mano per chiedere la parola; sgobbavano; più luminoso ero io, più si illuminavano loro; sembravamo un'assemblea di tubi al neon. Che meraviglia. Gli allievi tornavano a casa e dicevano: "Quello sì che ci appassiona". I genitori arrivavano ed esclamavano: "Mio figlio è così a suo agio. Lei sì che lo appassiona. Non come il professor Broccoletti che non lo appassiona". Contenti i miei alunni, contento io. Mi pareva bello essere meglio del collega Broccoletti, persona odiosa.

Oggi? Non so. Difficile appassionarsi, difficile appassionare. Gli scrutini, la crisi, la miseria e le interrogazioni. Non c'è nulla che mi rimbecillisca più dell'interrogare. Non c'è nulla che rimbecillisca più dell'essere interrogati.

Spiegare

Ieri la collega Passamaglia stava andando verso scuola, quando a un certo punto ha sentito una studentessa che diceva astiosamente:

"Da quant'è che non facciamo lezione con un professore che spiega?".

Frase comune, che si può ascoltare specialmente a ridosso della chiusura del quadrimestre. Significa: "I professori non spiegano o spiegano male, e poi pretendono di classificarci".

Passamaglia c'è abituata a frasi così e ha tirato diritto, tanto più che la studentessa non era sua alunna. Poi però s'è accorta, mentre saliva le scale, che le era rimasto in mente il verbo "spiegare". Vocabolo denso, che però gli studenti (non tutti, naturalmente) intendono nel senso che l'insegnante deve fare un riassunto chiaro di ciò che espone il libro di testo. Perché? Per permettere ai più diligenti di prendere appunti e ai meno diligenti di copiarli e usarli poi per le interrogazioni, senza fare la fatica di leggersi i paragrafi e i capitoli sterminati del manuale. Conseguenza: il bravo insegnante è quello che fa riassunti chiari.

Ma Passamaglia non riesce a rassegnarsi all'idea che spiegare sia questo. Anzi sotto sotto pensa che insegnare vada sempre peggio anche perché alunni e insegnanti si sono convinti che spiegare consista nel ripetere impoverendo. Così tutta la prassi di studio, dalle elementari alla laurea, pare consistere ormai nel mettere l'imparaticcio in parole povere da esibire nella loro superficialità.

Brutta cosa. Anche perché in realtà le parole non sono mai povere, mentre gli adulti male educati e mal cresciuti, be', quelli sì che lo sono. Perciò Passamaglia pensa sempre più che "spiegare", dentro e fuori della scuola, sia centrale e debba tornare a significare ciò che significa alla lettera: "aprire cose ripiegate". Aprirle con cautela, con responsabile perizia, perché tra le pieghe si nasconde di tutto e non c'è niente di più facile che far prendere alle cose del mondo, per stupidità, per distrazione, per incapacità, una cattiva piega.

La scuola che saprà fare questo, e che saprà insegnare a farlo, è la scuola che serve. Forse voleva questa scuola anche la studentessa che si chiedeva:

"Da quand'è che non abbiamo un professore che spiega?".

Il Re Sole

Gli insegnanti passano non poco tempo a registrare l'inefficienza dei loro colleghi. Passamaglia mi ha detto di recente che gli alunni del collega Broccoletti non sanno nemmeno se il sistema tolemaico è ancora in vigore o è stato soppiantato da quello copernicano. Ha ghignato:

"Sono andata a fare supplenza in una sua classe e ho chiesto: perché il Re Sole si chiamava Re Sole?".

Gli alunni di Broccoletti hanno risposto in ordine: a) perché un re, se è un vero re, è splendido; b) per via della corona d'oro che era stracolma di pietre preziose tutte scintillanti; c) perché c'è un errore di stampa sul libro di testo: non si faceva chiamare Re Sole ma Re Solo, in quanto governò in solitudine e, per non essere disturbato, ordinò a tutti i nobili di ballare nella reggia di Versailles; d) perché fu l'inventore di certe famose pasticche per la gola.

Non c'è stato un solo studente che si sia fatto venire in mente che si faceva chiamare Re Sole perché attribuiva a se stesso la funzione del sole nel sistema copernicano. Passamaglia gliel'ha rivelato e poi ha chiesto: che fa il sole secondo il sistema copernicano? Confusione, parapiglia, disorientamento. È venuto fuori che la metà degli alunni di Broccoletti credeva di vivere ancora col sole che gira intorno alla Terra; mentre l'altra metà tentennava chiedendosi: il sole è fermo nel sistema copernicano o in quello tolemaico?

Siamo rimasti per un po' a criticare Broccoletti. Poi siamo passati a criticare molti altri colleghi del triennio, che non sono all'altezza. Subito dopo abbiamo tagliato i panni addosso a quelli del biennio, che se facessero bene il loro lavoro, il nostro darebbe risultati migliori. Quindi siamo passati a dire male degli insegnanti della scuola media inferiore, che a nostro parere trascorrono il tempo a girarsi i pollici. E per finire abbiamo detto malissimo degli insegnanti delle elementari, che distribuiscono licenze a ragazzini incapaci di leggere e di scrivere. Dopo questo sfogo, siamo andati in classe più leggeri e più contenti.

Il giorno dopo Passamaglia era assente e sono stato mandato a fare supplenza nella sua classe.

Poiché so che la mia collega impone libri in lettura con molte belle esercitazioni e grandi discussioni rivolte a formare coscienze democratiche e comportamenti civili, ho chiesto per ingannare il tempo:

"Vi sta facendo leggere qualche romanzo la vostra insegnante?".

Come no.

"E che state leggendo di bello?"

Confusione, parapiglia, disorientamento.

Ho ottenuto, in ordine, le seguenti risposte titubanti: "Forse questo è un uomo"; "Se non sei un uomo"; "Io sono un uomo"; "Non sei uomo"; "Questo sì che è un uomo".

A casa mi sono controllato la temperatura più volte. Ora temo di ammalarmi. Se la collega Passamaglia va a fare supplenza nelle mie classi?

Come i servi di Shakespeare

Fa un tale freddo, che persino le parole si gelano. La collega Passamaglia si passa e ripassa il burro di cacao sulle labbra screpolate. Suo marito il dentista, che non legge e ignora che di Shakespeare in casa ce n'è già molto, per farsi perdonare chissaché ha regalato a Passamaglia tutte le opere di Shakespeare.

Adesso la mia collega se ne sta a letto, coi piedi contro il suo scaldino elettrico, e sfoglia *Il mercante di Venezia*, *Sogno di una notte di mezza estate*, *Amleto*. Che bello: il principe di Danimarca mormora alla fine del primo atto: "Il tempo è fuori squadra. O maligno destino, che a me sia toccato di nascere per rimetterlo in sesto". Passamaglia sospira: come parlano bene, i personaggi di Shakespeare. Non è terribile che l'epoca nostra non conservi nemmeno l'ombra del linguaggio denso non solo dei prìncipi, ma dei bottegai e persino dei servi di Shakespeare? Come siamo pretenziosamente sciatti, come siamo pericolosamente banali.

Passamaglia s'è ricordata di quando è andata insieme alle sue classi a vedere al cinema *Molto rumore per nulla*. Nella sala buia, mentre cominciavano a scorrere le immagini di Branagh, le ragazze si sono sgolate con gridolini e urla del tipo: "Bono! Bonissimo! Vienimi tra le mani e ti faccio vedere che ti combino! Quanto sei bello", rivolte soprattutto al giovane attore protagonista, ma senza trascurare tutti gli altri giovani maschi sullo schermo.

La mia collega all'inizio ne è stata contenta, ha pensato: "Bene. La bellezza degli attori è un'ottima esca per avvicinarle a Shakespeare". Poi però s'è resa conto che le cose si mettevano male: più i personaggi duellavano, più l'entusiasmo giovanile scemava. Dopo un po' sono cominciate azioni di disturbo nel fondo della sala (risate e fialette puzzolenti), chiaramente organizzate dall'allieva Banda Sara. Alla fine del primo tempo, Passamaglia s'è fatta un giro per la platea, ha pescato Banda e le ha detto minacciosa:

"Smettila o ti punisco".

Quella ha risposto:

"Ma professoré, come parlano? Non si capisce niente!".

Passamaglia l'ha obbligata a sedersi accanto a lei dicendo:

"Quando non capisci, dimmelo e ti spiego".

È cominciato il secondo tempo. Passamaglia guardava, ascoltava e pensava:

"Devo impegnarmi di più. Il mio obiettivo didattico sarà d'ora in poi il seguente: a compimento degli studi, questi ragazzi devono essere in grado di fare conversazione come i personaggi di *Molto rumore per nulla*".

Quand'ecco che Banda le ha detto a bruciapelo:

"Non ho capito, mi spieghi".

Passamaglia, colta di sorpresa, s'è smarrita. L'eco dell'ultima battuta le era rimasta nelle orecchie, ma il senso? Come si fa a riassumere in quattro e quattr'otto il significato di una battuta shakespeariana? Di questi tempi? Mentre si espande il linguaggio cialtronesco televisivo berlusconiano?

Ha detto a Banda:

"Zitta, sennò non capiamo nemmeno il resto".

Sex

La raffica di voti che abbiamo distribuito durante gli scrutini si è composta in pagelle. Solo che quest'anno – meno male – non siamo stati costretti, nel corso della seduta, alla dettatura e trascrizione delle cifre con grafia paziente, la biro rossa a lato per correggere qualche svista ("Non tre con cinque, ma cinque con tre assenze! Che fai? Dormi?"). La collega Passamaglia ha potuto tirare un sospiro di sollievo. I voti sono finiti nella pancia del computer che, grazie a un apposito programma, ha prodotto tramite stampante rettangoli di carta elettronicamente compilati.

Sennonché la novità è giovane, inesperta, e subisce spesso scherzi di carnevale. Mingozzi ha avuto i voti di Ganna; Ganna quelli di Soffino; Soffino quelli di Mingozzi. Non pochi hanno ricevuto la più bella delle pagelle: un rettangolo di carta senza voti, bianca come una sposa, a parte lo sfregio del nome-cognome-classe-sezione. Se la rimiravano da tutti i lati e si congratulavano con se stessi: "Vado proprio bene, quest'anno!".

Colpe? No, tutt'altro. Anzi va detto che gli addetti hanno sgobbato caricandosi al solito di lavori e lavoretti nuovi, ferma restando la stessa remunerazione. Va segnalata piuttosto l'abitudine che resiste anche quando perde fondamento. Per esempio, il sex. Passamaglia ha aperto una pagella e ha notato che l'allieva Sarti aveva in storia, malgrado l'elettronica, malgrado la scrittura puntiforme, un sex. Sex, non sei.

Ora un preside le ha spiegato, in tempi lontani, che sulle pagelle si scrive sex perché la scuola che tradizionalmente non ha mai considerato la massa degli studenti fatta di giovani onesti, ma di teppisti e criminali in pectore, con il sex intendeva cautelarsi contro inganni tipo la trasformazione della *i* del comune sei in una *t*, a cui sarebbe stato possibile aggiungere un'altra *t* e una *e*, fino a comporre un sette.

"Ma adesso," si è detta, "perché anche sulle nuove pagelle appare sex? Che bisogno c'è, visto che i voti sono ormai stampati e non c'è più possibilità di correzioni con grafia truffaldina."

Non c'è risposta. Si batte sei e viene fuori, ineluttabilmente, sex. Il vecchio s'è imbarcato clandestinamente nel nuovo.

Il genitore docente

Questa fine dell'inverno tra scrutini e pagelle mescola buone intenzioni e scontento. La collega Passamaglia, tutta agitata, mi ha riferito di una madre che, sconvolta dalla pagella del rampollo, è corsa a farle una scenata. Questa signora era venuta a strillare che il figlio, studiosissimo e sempre presente, non si meritava il tre in storia che Passamaglia gli aveva appioppato.

"Come lavorate?" aveva inveito la donna. "Ce l'avete un po' di coscienza?" E, prima con cautela, poi senza più peli sulla lingua, s'era messa a elencare a voce sempre più alta le pecche degli insegnanti: di frequente in ritardo o assenti: sfaticati nervosi e lagnosi; trafficanti in lezioni private; doppiolavoristi; per lo più ignoranti come capre; e naturalmente sempre pronti a gettare la croce addosso agli studenti "Ma verrà il giorno..." aveva minacciato oscuramente la signora. Ed era subito passata a invocare un giustiziere scolastico che con la sua spada vendicatrice venisse ad appioppare galere e segni di Zorro. Poi, prima di andarsene, aveva svelato a Passamaglia di essere, oltre che madre, insegnante.

È così, ho detto alla mia amica. Gli insegnanti, che in veste di insegnanti si sentono missionari e pozzi di scienza, in veste di genitori considerano la categoria a cui appartengono un esercito di lavativi e di imbecilli.

"Dio ci guardi dai genitori docenti!" ho esclamato. "Sanno troppo delle deficienze della scuola per non sbatterle in faccia, con le buone o con le cattive, agli insegnanti dei loro figli. In quanto docenti se la prendono col governo ladro che mette la scuola e gli aumenti salariali sempre all'ultimo posto; in quanto genitori invocano la pena di morte per gli insegnanti toccati alla loro prole."

E ho proseguito: "Le pagelle, poi, sollecitano i sentimenti peggiori. Per forza. Tutti questi ragazzi ridotti a cifre: voti e assenze, assenze e voti. I numeri fanno chiarezza e, a seconda del voto, il rapporto di amore-odio tra studenti e insegnanti diventa o di solo odio o di solo amore. La pagella, cara Passamaglia, può causare insensati furori, come quelli di questa madre, che in base a una mentalità ormai diffusa, finisce per invocare la galera anche per riformare la scuola. Che tempi!".

La mia collega ha scosso la testa avvilita. Insensati furori? No. Mi ha mostrato il registro personale. Ecco: durante lo scrutinio, nel corso della trascrizione dei voti, s'è confusa. Il figlio di quella signora non figura sul suo registro con tre in media e sette assenze, ma con sette in media e tre assenze.

Zero senza t

Ora la collega Passamaglia sta cercando il modo per ottenere un po' d'attenzione dalla classe. Vuole ricondurla dallo scontento per i voti in pagella, dalle lagne per le ingiustizie patite, ai libri, alla passione di decifrare, d'interpretare, di discutere. Questo è il suo obiettivo e perciò ha letto agli studenti il racconto *Il ripostiglio* di quel buon narratore che è Saki (1870-1916), soffermandosi su quando il piccolo Nicholas, seduto su un rotolo di arazzi indiani, contempla la scena di caccia riprodotta sul pannello d'un parafuoco.

Ha esclamato Passamaglia:

"Ecco, la scuola dovrebbe essere così, come il portentoso ripostiglio di Nicholas, pieno di meravigliosi oggetti d'indagine. La scuola dovrebbe essere il luogo del possibile, come questa scena di caccia sul pannello del parafuoco". Ed è passata a commentare: "Lì, agli occhi di Nicholas, tutto può accadere. Lì c'è il cacciatore, lì ci sono i suoi due cani. L'uomo ha appena trafitto un cervo, nella faretra ha solo altre due frecce. Ma non stanno arrivando quattro lupi dal bosco? Cosa accadrà? Il cacciatore sarà così abile da non sciupare le sue due frecce? I suoi cani ce la faranno coi due lupi restanti? O no? E chi dice che i quattro lupi non siano l'avanguardia di un intero branco? Quanti sono gli sviluppi possibili di una storia? Quanti quelli probabili? Su, ragazzi, su!".

Così Passamaglia ha incitato i suoi alunni. Poi è passata a leggere loro il racconto *T con zero* di Italo Calvino, per chiarire:

"Sia il cacciatore di Saki che quello di Calvino sono in T con zero. Sta a noi far scorrere il tempo e andare per storie tutte diverse, tutte possibili. Ecco, ragazzi, il lavoro che ci tocca ogni volta che c'imbattiamo in un fascio di possibilità: cioè sempre, perché la vita è così". Eccetera, eccetera, secondo il suo estro d'insegnante.

L'alunno Bivacco Pietro ha alzato la mano e ha detto:

"Ma, professoressa, un videogioco non è meglio? I personaggi dei videogiochi non stanno sempre in T con zero? E il pannello del coso lì, del parafuoco, non è uno schermo di computer solo un po' più arretrato? E il ripostiglio di Saki con tutta quella roba dentro non è l'equivalente di una directory?".

Passamaglia allora s'è impantanata. Ha buttato lì:

"Be', il videogioco, sì, forse sì. Anche se, va detto, nell'analisi del pannello del parafuoco c'è meno costrizione, la fantasia è libera. E pure il ripostiglio, del resto, potrebbe essere simile a quella cosa che hai detto tu, certo... quella lì...".

Bivacco le è venuto in aiuto:

"La directory".

Passamaglia ha sospirato e ha chiesto con un filo di stizza:

"Scusa, mi spieghi che diavolo è? Della directory so zero".

Torturiamola

Roviello Giada dice che si è preparata benissimo. Ha letto il trattato di Cesare Beccaria *Dei delitti e delle pene* e ha approntato una scheda di lettura fitta fitta. Ora guarda Passamaglia e aspetta di essere interrogata: è pallida, a bocca socchiusa e occhi sbarrati; una gamba le saltella incontrollatamente per la tensione; il banco vibra. Colantonio Selvaggia, che le siede accanto, le dice seccata: "Ferma co' 'sta gamba! Mi fai venire l'esaurimento nervoso!". Roviello, che ha i nervi a fior di pelle, ribatte: "Ma va' a morí ammazzata". Poi chiede a Passamaglia, accattivante:

"Parlo della prontezza delle pene?".

"Sì" acconsente la mia collega e dice: "Per Beccaria la pena deve essere non un supplizio vendicativo e crudele, ma un intervento punitivo *dolce*, *certo* e *pronto*. Ecco: parlami del senso di questi tre aggettivi." Ma a quel punto, come se la brutta frase di

Roviello le fosse giunta al cervello solo in quel momento chiede alla ragazza:

"Scusa, perché hai detto a Colantonio: va' a morí ammazzata?".

È come togliere il tappo a una bottiglia di spumante ben agitata. Roviello le rovescia addosso cento parole che dicono: se una ti rompe le scatole mentre tu sei superconcentrata bisogna cancellarla dalla faccia della Terra, professoressa. Tutti gli studenti dicono la loro e Passamaglia scopre che una parte cospicua della classe, inclusa Colantonio, la pensa come Roviello. Allora si chiede allarmata: "E lo spirito filantropico? E la convivenza civile? E Beccaria?". Quindi ammonisce: "Ragazzi, mai, in nessun caso, l'infamia va purgata con la morte".

Alcuni sostenitori di Passamaglia intervengono contro Roviello per farle capire che la pensano proprio come la professoressa. Ma subito dal fondo della classe fioccano domande tipo: mai? e se uno ti fa del male? e se ti rovinano con le tasse? e se uno zingaro ti rapisce la figlia e l'avvia alla prostituzione? e se un negro ti stupra dopo averti fatto bruciature con la sigaretta? e se un drogato ti punge con una siringa? e se ti ammazzano il fratello, il padre, la mamma durante una rapina a mano armata?

Ora (non tutti ma molti) sono rossi e feroci, nei banchi. Passamaglia sente che Beccaria è debole contro la folla incattivita di cittadini adulti che parla per bocca di questi adolescenti propensi alla forca. Ma Roviello Giada si impenna ed esclama convinta:

"Io non sono per la pena di morte".

Passamaglia ha un respiro di sollievo. Meno male, lo studio dà i suoi frutti. Ma Roviello chiarisce, fissando Colantonio con odio: "La pena di morte è solo un attimo. Zac e sei morto. Troppo poco. Io sono per la tortura".

Passamaglia sussulta: la tortura in democrazia? Roviello si corregge in fretta:

"Non fisica: solo psicologica".

La mia collega borbotta: "Ah sì?" e passa con astio all'interrogazione: cosa pensava Beccaria della tortura?

Roviello glielo dice prontamente: per Beccaria la tortura era "il mezzo sicuro di assolvere i robusti scellerati e di condannare i deboli innocenti"; perciò andava abolita insieme alla pena di morte.

Terribile, pensa Passamaglia, sa tutto di Beccaria. Sa tutto vanamente. Cosa devo fare? Le metto otto?

Ortografia

Nella scuola sbagliare non è umano.

Esco dalla classe ghignando. Incontro la collega Passamaglia e le dico:

"Indovina cosa mi ha detto a me Cocozza Ursula? Mi ha detto che i faraoni vivevano nelle piramidi!".

Lei non ride e io insisto:

"Passamaglia, le piramidi erano tombe! Cocozza s'è convinta che i faraoni passavano la vita dentro la loro tomba!".

Lei abbozza un sorriso avaro, un po' imbarazzato, poi fa gli occhi perfidi e chiede:

"Ti posso far notare amichevolmente una cosa?".

Rispondo:

"Come no, siamo amici da tanto".

Sottolinea con voce rossoblù:

"Non si dice: 'mi ha detto a me'. O 'mi ha detto' o 'ha detto a me'. Tra noi passi. Ma ti potrebbe scappare davanti ai ragazzi".

Mi allontano mogio, vado in sala professori. La collega Sarno sta correggendo compiti e traccia freghi così furibondi che pare voglia non solo sottolineare l'errore ma, con la punta della matita, squarciare il petto dell'allievo che ha sbagliato.

Mi vede e mi grida:

"Guarda! Leggi! 'Ragion per qui'!".

Guardo ma non capisco: da un lato sono intontito dal colpo basso che mi ha tirato Passamaglia, dall'altro sono ipnotizzato da un "qui" chiuso in un cerchio blu ottenuto ruotando più volte a vortice la matita.

Lei quasi si infuria:

"'Ragion per cui', Starnone, non 'ragion per qui'!".

Esclamo:

"Ah sì!" e rido con ritardo.

Ma Sarno borbotta:

"C'è da piangere, non da ridere".

Poiché non mi vengono lacrime, giro per la stanza a disagio e finisco davanti a un foglio incollato alla parete che dice:

"Chi ha preso un ombrello viola lo restituisca alla sua leggittima proprietaria".

La firma è quella di Sarno.

Fisso "leggittima" e mi chiedo: non si scrive con una *g*?

Sto pensando al da farsi quando entrano la collega Passamaglia e la collega Ubaldi. Quest'ultima esclama:

"Sentite questa!".

Racconta che ha detto ai suoi alunni di cercare sul vocabolario la parola "protasi" e trascriverne la definizione sul quaderno. La sua allieva Martucci Noemi ha scritto: "La sostituzione di arti mancanti".

Risate mie e di Sarno: Noemi, invece di "protasi", aveva cercato "protesi" e, ben sapendo che Sarno è insegnante di lettere e non di scienza, doveva aver preso "arti" per il plurale di "arte".

Ma Passamaglia, ora in piedi davanti al foglietto sulla parete, ci interrompe:

"Sarno, scusa: 'legittimo' non si scrive con una *g*?".

Sarno sussulta, diventa di fuoco, comincia:

"C'è anche una forma, però...".

Ma si intromette la collega Ubaldi con piglio didattico:

"Rifletti, Passamaglia! Leggittimo da dove deriva? Da legge. E legge con quante *g* si scrive?".

Sarno allora si riprende e quasi grida a Passamaglia:

"Già, con quante?!".

"Una," dice Passamaglia, "in latino."

"Due," dicono Sarno e Ubaldi, "questo è italiano, non latino."

Io, per evitare una discussione penosa, penso di intervenire attaccando a raccontare di nuovo dell'alunna Cocozza, delle piramidi, dei faraoni. Poi ci rinuncio e me la batto.

Woody

La collega Passamaglia ha deciso che utilizzerà sempre di meno la parola collega. Lo ha deciso pensando e ripensando a una bella intervista televisiva di Enzo Biagi a Woody Allen. Per capirci bisogna dire che Allen è per Passamaglia l'equivalente della stella cometa per i re magi. Si fida di lui come se si conoscessero dall'infanzia, tant'è vero che, quando ne parla, non lo chiama per nome e cognome ma solo per nome: Woody. Perciò s'è bevuta come una pozione magica tutta l'intervista. Ma quando Woody ha parlato di scuola, Passamaglia ha avuto una fitta proprio alla bocca dello stomaco. Certo, lo sapeva già che lui non aveva una grande opinione degli insegnanti. Eppure, a sentirlo pronunciarsi con disgusto sulle scuole che aveva fatto, a vedergli sulla faccia un sentimento profondo di riprovazione per i professori che aveva avuto, s'è sentita ferita.

Dopo si è detta: "Ma che m'importa? Mica sono stata io la professoressa di Woody. Figuriamoci: ha almeno quindici anni più di me. E poi è americano: la scuola americana, si sa...". Tuttavia il disagio non le è passato. Anzi le è venuto in mente che tutte le volte che rivede in tv *Amarcord* di Fellini e si arriva alla sfilata orrorifica dei docenti, sorride sì, ma con un po' di amarezza. Possibile che tutte le personalità di spicco – italiani, francesi, tedeschi, spagnoli, inglesi, americani, lapponi, d'ogni parte del globo – conservino in linea di massima un pessimo ricordo della loro istruzione scolastica? Possibile che dappertutto, a prescindere dalle specificità storiche della crisi dei sistemi educativi, si faccia una scuola mediocre? Possibile che lei abbia o abbia avuto nelle sue classi, senza accorgersene, un piccolo Woody sotto i cui occhi ha straziato Ludovico Ariosto al punto che presto si ritroverà sullo schermo, inchiodata alle sue responsabilità?

Per non rovinarsi la giornata s'è fermata. Ha riflettuto e si è convinta che il senso di malessere le derivava dal sentimento di colleganza. È lo spirito di corpo, l'abitudine a sentirsi legata in qualche modo a chi fa il tuo stesso lavoro prescindendo da come lo fa, a farti sentire le malefatte della categoria docente di tutto il globo come se fossero le tue. Vedeva Fellini, infatti, e si sentiva collega degli insegnanti del tempo fascista. Vedeva Woody e si sentiva collega dei professori anni quaranta. Basta: Passamaglia ha deciso di collegarsi solo con quelli che ogni giorno nelle aule si comportano come se i sessanta occhi dei loro alunni fossero i due di un probabile Fellini. Vuole fare scuola a tutti come se davanti avesse Freud, Einstein, Woody Allen. Poi le viene l'ansia. Ha paura di non saperli riconoscere e di perdersi intanto tutti gli altri.

Antipatie, simpatie

A Passamaglia alcuni studenti risultano antipatici. Inutile indagare sulle piccole suggestioni da cui le derivano antipatie e simpatie. Basti dire che anche l'imperativo: per me devono essere tutti uguali, non devo fare differenza, serve a poco. Perciò da decenni s'è data una regola: più l'alunno Tal dei Tali le è antipatico, più lei lo riempie di attenzioni; più l'alunno Pinco Pallino le è simpatico, più lei lo tratta con distacco. Le pare, così, di bilanciare reazioni irriflesse e lavoro didattico.

Quest'anno ha subito sentito una grande propensione per Solingo Sandra, una ragazzina con un bel viso delicato e grandi occhi spauriti. In compenso ha avvertito immediatamente un moto di fastidio nei confronti di Verre Marco, uno senza un capello fuori posto, l'aria di chi pensa: so tutto io.

È successo che un giorno Passamaglia ha pronunciato la parola: "maéstra". Verre ha fatto subito un risolino di sufficienza. Lei ha chiesto con sollecitudine:

"Vuoi dire qualcosa?".

Verre, ghignando:

"Lei ha pronunciato 'maéstra' con la *e* chiusa. Si dice 'maèstra' con la *e* aperta".

Qui è subito intervenuta Solingo Sandra che, rivolta a Verre, ha esclamato:

"Sì, come no, maèstra! Ma che dici?".

Passamaglia le ha detto gelida, contenendo la voglia di esclamare brava:

"Solingo, per favore, fai parlare il tuo compagno. Dimmi, Verre".

Verre ha parlato autobiografandosi con spocchia. A causa degli spostamenti del padre per motivi di lavoro, ha detto, era cresciuto un po' al Nord, un po' al Sud, un po' al Centro. La mamma era di Cosenza, il papà di Teolo, vicino Padova. Lui si sentiva di Teolo, di Padova, del padre. La mamma pronunciava male. Ha detto ironico: "Scommetto che lei dice: gónna con la *o* chiusa, come fa mia madre".

"Sì."

Verre ha detto con sufficienza:

"Lo sapevo. E invece si dice: gònna".

E Solingo:

"Professoressa, perché non gli dice che è un cretino?".

"Basta, Solingo!" s'è arrabbiata Passamaglia. Poi con gentilezza ha detto a Verre:

"I miei genitori sono di Salerno, Verre. Gli voglio molto bene. Pronuncio come loro per affetto. Lo faccio anche se lo so che si dice maèstra, gònna. Se ti dicessi maèstra, gònna, mi sembrerebbe di comunicarti che non ci può essere affetto tra me e te. Anche la pronuncia serve a trovare un terreno per volerci bene".

Verre ha fatto spallucce.

All'uscita da scuola, Passamaglia li ha osservati a lungo, lui e Solingo. Le camminavano davanti, chiacchieravano. Ha sentito Solingo che diceva:

"È proprio antipatica questa Passamaglia".

Punti di contatto

La collega Passamaglia s'è finalmente chiarita un po' le idee sul suo alunno Fidauro. Questo ragazzo ghigna sempre, non apre bocca alle interrogazioni e rischia la bocciatura. Ma perché fa così? Non perché non apre libro – è riuscita a capire la mia collega –, ma perché si vergogna. Di chi? Delle sue compagne di scuola. Teme, cioè, che la sua immagine di maschio pronto a ogni strafottenza vada a pezzi per un balbettio, per una scemenza buttata lì, per un non mi ricordo, per un'improvvisa incrinatura della voce o tremito di pianto.

Passamaglia l'ha scoperto dando un tema di questo tenore: "Differenze e punti di contatto tra ragazze e ragazzi". Ha scoperto anche che il problema non è circoscritto a Fidauro. Ecco qualche brano, che lei mi ha rifilato per dimostrarmi che il disagio è diffuso ed è documentabile.

Gruglia Simona, con tono da sociologo:

"Ascoltando alcune opinioni che hanno i ragazzi, ho dedotto che loro hanno un po' paura delle ragazze, perché si sentono giudicati e presi in giro".

Giacometti Massimo, perplesso:

"Di solito si pensa che noi ragazzi vogliamo manifestare un carattere duro, sicuro, deciso, mentre le ragazze un carattere dolce, timido. Ma negli ultimi tempi ho visto cambiare le cose: i ragazzi sono diventati sfaticati, timidi, paurosi, mentre le ragazze sono più aggressive, più sicure. Meno male che ci sono sempre le eccezioni: io".

Iorio Barbara, decisa:

"Punti di contatto? No, questo non potrà mai essere possibile in quanto abbiamo modi differenti di concepire le cose, è come se vivessimo in due mondi diversi".

Ostia Riccardo molto timoroso di non trovare moglie:

"Poi c'è la mentalità. Le donne hanno qualche esitazione nello sposarsi, proprio per certe loro caratteristiche psicologiche. Mentre per i maschi la cosa è ben diversa. Sono pochi i ragazzi che hanno dubbi sul matrimonio. Per me il matrimonio è una realizzazione, una meta".

Mi ha spiegato Passamaglia: i sessi sono in allarme, le carte si stanno rimescolando, c'è preoccupazione, in questi ragazzini, e nessuno li aiuta a ridarsi significato, così ognuno s'arrangia. Come il mite Zanzi Flavio che scrive: "Io ho capito che le ragazze vorrebbero con noi un rapporto delicato". O come il povero Fidauro, appunto, che argomenta così su differenze e punti di contatto:

"Le differenze sono che le ragazze sono più sensibili e soffrono più facilmente di noi uomini duri. Le ragazze sono anche più gentili, perché questa è la loro natura dolce. Almeno ai vecchi tempi era così, ora un po' meno. I punti di contatto tra ragazzi e ragazze sono dei posti dove ci si incontra per divertirsi".

Due novità

Passamaglia non va mai volentieri a fare supplenza.

Le ore trascorse a quel modo le fanno venire l'esaurimento

nervoso, gli alunni non stanno a sentire, tutti fanno i comodi loro. Ma lei, a differenza di molti suoi colleghi che si nascondono nel bagno, si chiudono in biblioteca, si gettano ai piedi del vicario del preside per convincerlo a smistare la supplenza su altri, in genere si rassegna e va, cercando di spendere il tempo in conversazioni educative con gli studenti.

Così s'è presentata in 2ª H, classe tutta femminile, ventisei ragazze tra i quindici e i sedici anni. Dopo molti patteggiamenti, è riuscita ad avviare una discussione sul razzismo. Si aspettava le solite fiere dichiarazioni di non razzismo a cui, dopo un po', allentati i freni, si sarebbe aggiunto un "ma", un "però". I razzisti che tronfiamente si dichiarano tali sono in genere i maschi, per esempio Fidauro, che di recente in un suo tema ha scritto: "A noi ragazzi i barboni, zingari, negri ecc. ci fanno solo schifo, li odiamo e li uccideremmo se non venissimo puniti dalla legge". Ma di maschi non ce n'era nemmeno uno in 2ª H.

Sennonché – e qui elenco quelli che, parlandomene, Passamaglia ha definito "due fatti nuovi" – primo, le ragazze non si sono mostrate né cortesi né miti né sensibili verso *barboni, zingari, negri ecc.*; e secondo, ben nove di loro si sono dichiarate prontamente razziste, senza preamboli, senza incertezze.

Queste ragazze, che sorridenti e cordiali le dicevano: sì, io sono razzista, hanno lasciato Passamaglia a bocca aperta. Si vedeva bene che non sentivano più alcun significato negativo in quell'etichetta, non avvertivano il bisogno di giustificarsi, non temevano sanzioni. Famiglia, ambito sociale di appartenenza, amici le avevano persuase che essere razzisti è giusto. La scuola, coi suoi noiosi compitini, con le sue iniziative in pompa magna ma senza attrito, con i sentimenti cupi e contraddittori che premevano spesso dietro le parole di insegnanti e presidi, era riuscita al massimo a farle sentire un po' ribelli o ad attivare qualche significativo sbadiglio.

Passamaglia ha discusso, si è appassionata, è andata via, dopo la campanella, tutta accesa in viso, salutata dalle studentesse come si saluta in genere una persona simpatica ma un po' ingenua. Ora le incontra spesso e la salutano per i corridoi, festosamente. Lei lì per lì non le riconosce e loro le gridano affettuosamente:

"Siamo le razziste, quelle della 2ª H".

Sharon Stone

La collega Passamaglia ha avuto, negli anni, parecchi alunni d'origine extracomunitaria. Alcuni si erano integrati al punto che dichiaravano sulle difensive: "Guardi che sono italiano". Alcuni stentavano ad adattarsi e recitavano la parte dell'immigrato servizievole, pronto a ripetere gerghi dialettaltelevisivi e parolacce che gli amiconi italiani insegnavano loro. I più, nei fatti, non si sentivano né carne, né pesce: si sentivano provvisori.

Passamaglia a tutti questi ragazzi s'era subito affezionata. E s'era affezionata anche a un suo alunno albanese: bello, gentile, con un sorriso buono. Il ragazzo sapeva poco o niente di italiano e lei se l'era tenuto per qualche ora, di pomeriggio, a fargli fare esercizi di lettura e di scrittura. Piano piano era venuto fuori un sedicenne sensibile, ben educato, dotato di senso dell'umorismo, veloce nell'apprendere. Nei compiti scritti raccontava con gentile autoironia che desiderava una moto, abiti in pelle, stivaletti borchiati e la possibilità di filarsela negli Stati Uniti a vedere se poteva fidanzarsi con Sharon Stone. Scriveva Sharon Stone con un'aureola di cuoricini intorno. Scriveva così anche "donne", "ragazze", "professoressa Passamaglia" e poi sorrideva tutto contento. Nel giro di poco tempo già parlava un italiano comprensibile e soprattutto raccontava in modo suggestivo, da futuro narratore italoalbanese. Il problema era che lo faceva solo con Passamaglia. Troppo fiero per esprimersi davanti ai compagni di classe, davanti agli altri insegnanti in genere taceva. "Se lo faccio, ridono di me" diceva. Perciò studiava ma non riusciva a esibirsi in pubblico per darne prova. Quel comportamento cominciò a seccare un po'. Anche Passamaglia, dopo averle provate tutte, era passata alle maniere forti. "Sei un fannullone" gli aveva detto. Perché il suo alunno ora sorrideva, ma nemmeno provava più ad aprire libro. Inoltre era diventato scettico sull'Italia, sull'America, su Sharon Stone. Aveva nostalgia del suo paese, degli amici di lì. E parlicchiava solo coi suoi compagni italiani che, per condizione, per linguaggio, parevano stranieri anche loro.

Alla fine dell'anno fu bocciato, ora si ricorda Passamaglia. Malgrado l'affetto, malgrado la simpatia.

È diventato sempre più difficile proporre agli allievi tracce per il compito di italiano in classe. Passamaglia mercoledì scorso se ne era preparate tre. Attualità: "Esaminate le reazioni della vostra coscienza di fronte alla terribile situazione che si è andata delineando nella ex Jugoslavia". Letteratura: "Analizzate come Dante affronta il mito di Babele e come mette in relazione, nel *De vulgari eloquentia*, la confusione delle lingue con la gergalità delle corporazioni nella sua città". Storia: "Riflettete su come lo stato sostanzia il suo dominio mettendo a punto, tra il XIV e il XV secolo, l'idea di nazione".

Bellissimi temi, ben formulati. Quando Passamaglia deve preparare le tracce, si fa venire sempre grandi idee e le mette per iscritto con un bel linguaggio elevato: "si è andato delineando"; "la gergalità delle corporazioni"; "sostanzia il suo dominio". Senza contare l'uso di certi verbi pensosi: "esaminate"; "analizzate"; "riflettete". Lo fa non per gli alunni ma per un eventuale ispettore, di fronte al quale non vuole fare la figura di chi insegna lettere ma non conosce bene l'italiano.

Fiera, è andata in classe e ha ordinato: scrivete. La prima traccia ha suscitato subito un coro di proteste tipo: no, la Bosnia no! ci avrei giurato che ci avrebbe dato una schifezza sulla Jugoslavia! La seconda traccia ha causato stridori disumani delle gole, iaaargh, mentre penne volavano, banchi venivano respinti, qualcuno si gettava all'indietro contro la sedia, qualcuno batteva disperato la fronte sulla fòrmica. La terza traccia ha scatenato la ribellione: sono temi questi? non è possibile! ce ne dia un quarto! per favore! ci cambi almeno la Bosnia! la Bosnia no!

Fanno sempre così. Per un po' Passamaglia ha tenuto duro, poi le è venuto qualche dubbio: forse il tema su Babele non lo sapeva svolgere nemmeno lei; forse quello sugli stati nazionali era un po' audace; forse era bene sventagliare tre tracce tutte sull'attualità.

"Bene," ha detto, "vi voglio venire incontro. Facciamo così. Via la seconda e la terza traccia. Concentriamoci sui problemi d'oggi." E ha abbozzato: "Analizzate gli effetti della corruzione politica...".

Coro: "Tangentopoli no, non se ne può più".

Pazienza: niente corruzione. È passata a: "Riflettete sull'intreccio fra stato e mafia, tra politica e criminalità così come si ipotizza che sia avvenuto nell'operato di certi politici di spicco come...".

Coro: no; che ci frega; l'intreccio no.

Passamaglia allora si è buttata su: "Un cantautore ha cantato Giulio Andreotti e Renato Curcio. Alla luce di quanto va emergendo oggi, e muovendo da queste due canzoni, riflettete sulla prima figura e sulla seconda confrontando...".

Confrontando cosa? Passamaglia si è interrotta prima che riesplodesse la protesta.

"Cancellate tutto" ha detto. Fuori la giornata era una lastra azzurra. Ha dettato: "Torna la primavera. Esaminate il significato di questa stagione".

Tra molti mugugni ("Che schifo di tema! Non so che scrivere! Era meglio quello sulla Bosnia!") si sono messi a lavorare.

Una lezione felice

Manca un'ora all'uscita ma Passamaglia può già vedere dalla finestra dell'aula il cortile che si popola di giovani maschi in gelatina e similpelle, fermi a cavalcioni delle moto. La primavera li attira a sciami. Aspettano. Lanciano sguardi patetici verso le finestre, assumono pose plastiche, a volte fischiano impazienti, spesso si sbracciano, in genere non scollano mai i jeans dal sedile dei loro mezzi potenti. Vengono da chissà dove solo per il piacere di scarrozzare le sue alunne fino a casa o incalzarle con frasi suadenti. Ecco: un tale le fa un cenno da lontano, la scambia per la sua bella. Passamaglia risponde e lui la saluta con passione. Dev'essere miope ma va in giro senza occhiali mettendo a rischio per amore dell'estetica la sua vita e quella dei passanti.

Le alunne allungano il collo speranzose. Passamaglia fa finta di niente e parla di Leopardi. Si getta per la china del desiderio di felicità: desiderio di tutti gli uomini e di tutte le donne. E si infiamma: "Lo troviamo dietro ogni cosa. È persino dietro lo studio. È persino dietro il lavoro".

Le alunne sembrano giraffe e non stanno a sentire. Lei allora cita Leopardi, un brano dello *Zibaldone*, 1821. Il grandissimo poeta parla, in questo passo, di un "giovanastro che si spassa con le donne" e si chiede: perché un "mercadante" fa il mercadante? perché un soldato fa il soldato? perché un letterato fa il letterato? perché un filosofo fa il filosofo? perché un ministro zelante fa il ministro zelante? Risposta: per il piacere. Dunque le occupazioni di mercadanti, soldati, letterati, filosofi, ministri zelanti sono tutte in ultima istanza rivolte a procacciarsi piaceri? Sì. Anzi – specifica Leopardi – "piaceri giovanili". E conclude: ogni attività elevata, ridotta all'osso, è riconducibile a quella del "giovanastro che si spassa con le donne".

Bella lezione. Entusiasmo insperato di alunni e alunne. Bravo Leopardi! Ora suona la campanella e le ragazze escono volando e stridendo incontro ai "giovanastri" in moto. Passamaglia è stremata da cinque ore di lezione, la pettinatura disfatta, il trucco terremotato, ma è contenta.

Un regalo

Passamaglia legge e rilegge due paginette intitolate *Psicologia del ginnasiale*. Sono di Sigmund Freud che le scrisse nell'ottobre del 1914, in occasione del cinquantesimo anniversario della fondazione della scuola che aveva frequentato da ragazzo.

A ogni rilettura, ci pesca qualcosa di nuovo. Adesso s'è soffermata sulle prime righe, dove Freud dice che, quando il suo vecchio istituto gli ha chiesto di comporre quelle pagine, lo ha fatto per una sorta di obbedienza automatica dell'organismo, come se gli insegnanti di una volta gli avessero ordinato di svolgere un tema e lui non sapesse sottrarsi.

"È sorprendente," scrive Freud, "la prontezza con cui si accetta l'incarico, come se negli ultimi cinquant'anni non si fosse verificato alcun cambiamento particolare."

Passamaglia pensa ai suoi alunni: nemmeno adesso che sono ragazzini accettano prontamente di fare i compiti necessari, né lei ha le energie per imporglieli o la disposizione culturale a farlo.

"Che la scuola," si chiede, "scalzata da altri media, abbia perso la capacità di scivolare negli organismi condizionandoli con la potenza di una caserma? Che i professori non siano più figure sostitutive del padre e della madre, capaci di attrarre su di sé amore e odio e usarne a fini pedagogici? E tutto ciò è un bene o un male?"

Passamaglia sotto sotto pensa che sia un bene. E le piace leggere un sottile disagio in quel sorprendersi di Freud per la sua pronta obbedienza scolastica a distanza di decenni. Le costrizioni generano costrizioni, non è affatto bello sentire il corpo che scatta indipendentemente da noi.

Sul filo dei pensieri, alla mia collega viene in mente il famoso giudice Antonio Di Pietro che tempo fa ha incontrato una sua insegnante e le ha perfino regalato la penna usata per firmare atti giudiziari di grande importanza. Questo omaggio di Di Pietro alla sua professoressa ha colpito molto Passamaglia. Se fosse toccato a lei? Che orgoglio, che angoscia aver iscritto, come insegnante, nel corpo di un adolescente diventato da adulto un uomo con un ruolo delicato e terribile, un riflesso di responsabilità, una sorta di "doppio" pronto a farti scattare, come Freud, perché tu assolva a un incarico sino in fondo, come se fosse un componimento. Che orgoglio, che angoscia.

Sabina

Sabina ha un banco ma non una sedia. La sedia se la porta da casa. O, se vogliamo essere precisi: un pullmino giallo porta da casa sia lei che la sedia. Il pullmino si ferma nel cortile, un'accompagnatrice spalanca il portellone posteriore e spinge la carrozzella su cui siede Sabina giù dalla rampa di metallo, su per una rampa di cemento, fino all'ingresso della scuola.

L'accompagnatrice è scorbutica, non le piace il lavoro che fa. Ogni frase che pronuncia è prosciugata delle vocali e termina sempre con molti punti esclamativi di stizza. Passamaglia vede, ascolta. Qualsiasi cosa Sabina chieda alla sua accompagnatrice, quella risponde:

"S-b-n!!! B-st!!!".

Sabina la odia. Odia soprattutto che le si dica: "B-st!!!", cioè "basta". Basta è una parola che non le piace. Perciò riempie il suo zaino non solo dei libri necessari per le lezioni della giornata, ma di quelli utili durante tutta la settimana. Porta, per esempio, l'antologia, che pesa due tonnellate. E lo fa perché dello zaino si deve caricare l'accompagnatrice. Lei non può. È, come si dice, handicappata, disabile, diversamente abile.

Sabina è socievole. L'accompagnatrice dovrebbe spingerla fino all'ascensore, poi per il corridoio, poi in aula, ma non ne ha voglia. Sabina nemmeno, detesta essere spinta da quella stronza, sicché fa cenni di saluto ai suoi compagni di scuola e grida frasi stentatissime ma affettuose per farsi spingere da qualcuno di loro.

I compagni hanno molte cose da fare, alle otto meno dieci del mattino: acquistare gomme, panini, merendine, pizze bianche o rosse; fare scherzi violenti con fughe e lotte; stare in posa per farsi puntare dall'altro sesso, stare in posa per puntare l'altro sesso, stare in posa incerti sul sesso da puntare; confabulare in intimità con amici del cuore o neofidanzati. Tutte attività che Sabina, in carrozzella, disturba, o comunque non permette di realizzare al meglio. Perciò a volte fanno finta di essere distratti; più spesso rispondono con cenni di saluto ma non si schiodano dalla loro postazione; in qualche caso sentono l'imperativo categorico: "Va' subito incontro alla povera Sabina" e allo sforzo di disobbedire preferiscono o un'obbedienza pietistica ("povera") o un'obbedienza astiosa ("ci vado, ma perché sempre io? Qua bisogna fare i turni").

Certe volte si presentano da Passamaglia i genitori di alunni che spesso ma non volentieri si occupano di Sabina. Dicono che sono molto contenti di come i figli si comportano affettuosamente con Sabina: è bello, sì, è bello e generoso quello che fanno per lei; anche se. Un *anche se* c'è sempre. L'ultimo che Passamaglia ha sentito è: "Professoressa, mia figlia accompagna spessissimo Sabina al bagno. Niente in contrario, ma così non si perde minuti preziosi di lezione col rischio di restare indietro col programma?".

Passamaglia avrebbe voluto dire a questa madre preoccupata

che la figlia, pur essendo realmente molto affettuosa con Sabina, è in una fase in cui sente soprattutto il bisogno di rimorchiare un ragazzo della 5ª C, e perciò usa la compagna come si usano i fratellini o il cane da portare a spasso. La spinge in carrozzella sperando che il giovane le si avvicini, finalmente, con la scusa di rivolgere qualche parola gentile a Sabina, e invece attacchi bottone con lei. Poi non gliel'ha detto.

Sabina è una ragazza sveglia, sensibile, con un vocabolario ricco, solo un po' strozzato dal suo handicap. Sa bene che la solidarietà dei suoi compagni è quasi sempre genuina e sa benissimo che a volte, col suo handicap, gliela rende faticosa, difficile. Perciò cerca di essere d'aiuto. Fa segnali di sua iniziativa al ragazzo della 5ª C per richiamarne l'attenzione e poi smistarla sulla compagna che lo ama. Organizza in segreto, mentalmente, dei turni per farsi accompagnare al bagno e li mette in atto con accortezza in modo da non pesare sempre sulle stesse compagne. Coniuga insomma i suoi desideri di relazione con la disponibilità, i bisogni, le ripulse dell'intera scolaresca.

È riuscita persino, di recente, a mettere a frutto il teppismo di Fidauro. Fidauro parla a monosillabi con gli insegnanti, sfotte e riempie di oscenità i coetanei, sfascia tutto quello che gli capita sotto mano ma poi dice che non è stato lui. Bene: Sabina a questo bruto da un po' di tempo ha chiesto di spingerle la carrozzina durante la ricreazione. Passamaglia è stata presa dall'ansia ma non ha messo bocca. Non l'ha fatto perché ha visto che Sabina ci teneva. E non l'ha fatto anche perché ha visto che Fidauro ha accettato volentieri. Poi ha capito perché. Fidauro le spinge la carrozzella a velocità da Formula 1. Di ricreazione in ricreazione ce l'ha messa tutta per far morire Sabina di paura. Spingeva correndo a gambe levate, zigzagando, curvando su due ruote, frenando bruscamente, ripartendo altrettanto bruscamente.

Lì per lì Passamaglia ha pensato: questo me l'ammazza. Poi però si è resa conto che Sabina se la spassava a un tale livello, che era una vera aggressione alla gioia di vivere un intervento repressivo. Il ragazzo rideva. O stava a bocca aperta, occhi sbarrati dall'emozione intensa.

Nel giro di una settimana Passamaglia si è tranquillizzata. Fidauro stava modificando il suo comportamento, ora Sabina non glielo doveva nemmeno chiedere di spingerla. Era lui che, al primo suono della campanella, prendeva posizione dietro di lei e Sabina gridava:

"Via!".

Non solo. Fidauro, senza nemmeno rendersene conto, non aveva più intenzione di farla morire di paura puntando, mettiamo, a tutta velocità verso una parete e poi sterzando bruscamente. Adesso voleva solo che Sabina se la spassasse, e più se la spassava lei, più se la godeva lui. Era la prima volta che Passamaglia vedeva Fidauro dedicarsi a un'attività non con i soliti fini distruttivi e autodistruttivi.

Una settimana fa il ragazzo ce l'ha messa tutta. Durante la ricreazione filava a velocità sostenuta per il cortile. Sabina faceva una risata che sembrava un urlo. Poi all'improvviso, la carrozzella s'è rovesciata e Sabina è ruzzolata via. Passamaglia è accorsa, spaventatissima. Fidauro era rimasto impietrito, giallo, forse prossimo allo svenimento e Sabina seguitava a ridere illesa. Allora Passamaglia ha rallentato e si è avvicinata con tranquillità al capannello di studenti e insegnanti che si stava formando. Quando ha fatto capolino, Fidauro aveva riacquistato la voce per urlare disperato:

"Sabí, ti sei fatta male? Scusa, Sabí. Non ti spingo più, te lo giuro".

E Sabina:

"Mi fa male solo il ginocchio... Rimettimi su. Vi scostate? Dài, spingi, Fidauro".

Passamaglia ha esaminato il ginocchio di Sabina, non s'era fatta niente.

Adesso sta più attenta a Fidauro che a lei. La preoccupa quel ragazzo. La mattina arriva un po' prima e aspetta il pullmino giallo. Passamaglia non sa cosa abbia in mente. Vede solo che fissa l'accompagnatrice di Sabina in un modo che non le piace. Nota che fa smorfie brutte quando la sente esclamare:

"S-b-n!!! B-st!!!".

Che ha in mente, che cova? Cosa sono quegli sguardi complici tra lui e Sabina? È eccessivo, Fidauro, persino nella solidarietà.

A Bolzano

La collega Passamaglia ha notato che è dura, nelle stazioni d'Italia, la vita di chiunque abbia l'aspetto del ferroviere.

I viaggiatori accorrono a frotte e, con un piede sul predellino o già in treno, chiedono in ansia: "Questo va a Bolzano?". Hanno controllato il binario più volte; hanno letto sull'indicatore dei treni in partenza orario e tutto; hanno già chiesto ad altri impiegati dettagliate informazioni; tuttavia continuano a domandare con affanno se quello è il treno giusto. E il ferroviere risponde, convinto che tanta ansia è lecita: "Sì, va. Certo, ferma. Proprio questo è il treno, sì".

Passamaglia sente che la gente non si fida di niente e di nessuno. Il viaggiatore sa di salire su un treno per Caltanissetta, ma teme comunque di finire ad Aosta e, poiché è convinto che in Italia tutte le disavventure sono possibili, vuole essere rassicurato. A Caltanissetta ha una zia mentre ad Aosta non conosce nessuno; quindi domanda ossessivamente: "Questo treno va? Questo treno ferma?".

Il problema è la fiducia. Forse, pensa la mia collega, nel prossimo anno scolastico sarebbe utile programmare i corsi in modo da porre al centro dell'insegnamento il tema della fiducia. E sente già la sua voce che dice in classe:

"Ragazzi, diventiamo cittadini fiduciosi. Impariamo a pensare che, se in cima al binario 11 c'è scritto 'Bolzano', il treno andrà davvero a Bolzano. Se non concederemo fiducia non saremo nemmeno capaci di quella furia giusta e tremenda che un eventuale tradimento della fiducia impone. Smettiamola di essere cittadini preassuefatti alla delusione delle aspettative legittime. Fidiamoci e, all'occorrenza, puniamo gli infidi".

Più facile a dirsi che a farsi. Uno dei grandi problemi della scuola oggi, pensa Passamaglia, consiste nel fatto che il mondo esterno non offre nemmeno un appiglio per l'educazione alla fiducia. Ogni volta che prova questa strada negli occhi degli alunni legge la frase: sì, come no, ma dove vive questa? Oppure li sente intervenire con frasi fatte, pronunciate soltanto per fingere di darle ragione. Ma in realtà non si fidano di nessuno. Del resto a chi affidarsi, in questo paesaggio di inganni?

Passamaglia si guarda intorno, è alla stazione, deve andare a Bolzano, dove abita sua sorella. Prima di salire sul treno, cerca un ferroviere affidabile.

I perché

La collega Passamaglia ha un alunno con molti foruncoli, ma bello: l'acne gli sta bene, suggerisce un fuoco interiore così forte da bruciargli la pelle. Si è affezionata a questo allievo, che si chiama Rampalli Christian. È ben educato, gentile, le raccoglie sempre la bic se per caso le cade. Ma la sua maggiore qualità è la disposizione a chiederle, nel mezzo della lezione:

"Perché?".

Spesso succede che Passamaglia ha ancora mezza frase in bocca, quando Rampalli dal suo banco alza la mano e chiede. La mia collega è contenta. La lezione ce l'ha tutta in mente, se l'è preparata il giorno prima, non presenta sorprese. Il perché di Rampalli invece la sorprende e le attiva il cervello. In risposta alla sua domanda Passamaglia cerca un perché giusto e si sente molto viva mentre lo trova, tanto più che Rampalli, lì nel suo banco, fa sì con la testa, le sorride. Poi da dentro la risposta appena ricevuta, il ragazzo pone un altro suo curioso perché. Così grazie a lui, la lezione assume un andamento a scatole cinesi. Rampalli apre sempre una nuova scatola e Passamaglia dubita che riuscirà a chiudere la lezione prima della campanella. Ma la curiosità di quell'alunno è stimolante. Quando finisce l'ora non ha concluso molto, ma è tutta rossa, le bruciano gli occhi, la pressione arteriosa le dà la sensazione di avere un corpo teso ad arco.

Passamaglia ieri rifletteva su come, crescendo, l'attitudine a chiedersi e a chiedere perché svanisca. Era in visita da una conoscente un po' noiosa, ma con una figlia di cinque anni che, proprio come Rampalli, le chiedeva continuamente: "Perché? Perché? Perché?", a raffica. La curiosità per il mondo – pensava Passamaglia – ha la sua espressione più alta intorno ai sei anni. Poi, di anno in anno, è come se le domande, soprattutto quelle importanti, ci facessero male. Preferiamo non solo l'assuefazione al mondo, ma addirittura la preassuefazione. Invece quella bambina, che meraviglia! Un organismo tutto domande non ancora stroncate dalle risposte annoiate degli adulti, dalle risposte surgelate della scuola.

"Mettere le domande dell'infanzia al centro dell'insegnamento" s'è messa a rimuginare Passamaglia.

Ma poi si è accorta all'improvviso che i perché della figlia della sua amica erano falsi. La piccola non poneva domande per sapere, ma per rappresentarsi come una bambina che vuole sapere. Qualcuno doveva averla lodata per quei perché e lei ora li riproduceva meccanicamente per ricevere altre lodi.

Passamaglia si è avvilita. Oggi, in classe, quando Rampalli ha chiesto: "Perché?", gli ha letto negli occhi la stessa menzogna, un'identica recita.

Catarsi dell'insegnante finto

Gli insegnanti veri si sentono sempre un po' umiliati dagli insegnanti della finzione. Gli insegnanti della finzione sfoderano sempre qualità e competenze da padreterni (specialmente nei film), tengono lezioni memorabili e la classe, di solito molto difficile, crolla sedotta ai loro piedi. A volte l'istituzione è cattiva e gli insegnanti della finzione sono messi in scacco nel finale. Ma non è mai uno scacco umiliante.

La collega Passamaglia all'inizio della carriera s'è immaginata spesso di essere come gli insegnanti della finzione. Poi piano piano si è accorta che le classi che le parevano difficili erano solo classi normali e che i problemi del suo lavoro non si risolvevano con una bella trovata didattica. Dapprima se n'è rammaricata, adesso non se ne rammarica più. Ma dentro di sé ancora non si rassegna a essere solo una comune lavoratrice con la faringite, la pressione alta, qualche ora buona, qualche altra fiacca.

Bisogna dire però che è arrivato a scuola da qualche settimana un nuovo giovane collega: Chitti Agostino. Per Passamaglia vederlo ha fatto tutt'uno col pensare: forse gli eroi scolastici esistono davvero.

Chitti è un ragazzo magrissimo, ha tutti i capelli stabilmente ritti in testa, si muove come un pioppo scosso dal vento, diventa rosso appena gli si parla. Ma si vede al primo colpo d'occhio che è arso dal desiderio di compiere in classe imprese stupefacenti. Infatti già corrono molte voci sul suo conto. Alcuni dicono che abbia ballato il flamenco sulla cattedra per spiegare cos'è la poesia. Altri sostengono che abbia discusso per un'ora buona delle parole "contemplare" e "considerare", giungendo a tracciare sul pavimento dell'aula un rettangolo col gesso, dentro cui poi si è sdraiato per far finta di guardare le stelle. Altri ancora raccontano che, mentre citava a voce alta il passo di Machiavelli su come le alluvioni sono evitabili se i governi non sono infingardi, faceva con le mani l'acqua che saliva e spingeva i ragazzi a rinforzare gli argini ammucchiando i banchi contro la porta dell'aula.

Comunque già gli studenti lo chiamano amichevolmente Ago. Chitti non si dà arie, è impenetrabile. Solo l'altro giorno s'è sbottonato un po' con Passamaglia e ha raccontato che in classe aveva appena tenuto una bella lezione sulla catarsi. Per riassumergliela s'è animato tutto e ha fatto smorfie, salti, ondulazioni del busto che dovevano significare il movimento interiore della catarsi. Allora Passamaglia ha pensato estasiata:

"Sì, forse Chitti è davvero un insegnante della finzione precipitato, meno male, nella nostra sgangherata realtà".

Ma, quando lui s'è ricomposto e un po' malinconico le ha rivelato che alla fine della lezione uno degli allievi più attenti gli aveva chiesto volenteroso: "Catarsi è un verbo riflessivo?", Passamaglia ha sospirato. Anche Ago stava per diventare reale.

Pianti

La mia collega ha deciso di trascorrere le vacanze di Pasqua senza pensare alla scuola. Da mercoledì pomeriggio legge, esce, va al cinema, va a passeggio, guarda le vetrine, si siede persino sui gradini di una chiesa fingendo di essere una barbona e immaginandosi che tutta la sua famiglia la cerca e non la trova.

Delle chiese, però, presto la colpisce la folla di gente che entra e che esce. Pasqua richiama fedeli a frotte, salgono su per i gradini quasi calpestandola, la porta cigola e sbatte continuamente, screck, bum. A vedere quest'ansia di applicarsi sulla fronte e sulle spalle il segno della croce bagnando le dita nell'acqua santa, Passamaglia s'è ricordata di come va malissimo il mondo: la miseria dilaga, i poveri invadono gli spazi dei ricchi per disperazione, i ricchi sono terrorizzati dai poveri, tutti osserviamo per ora a distanza di sicurezza massacri e stupri e violazioni di ogni tipo, i giovani gonfiano i muscoli e scrivono "raus" dappertutto, anche i suoi ragazzi, come se fosse un esercizio di calligrafia, e lei non sa come prenderli.

Mercoledì scorso per esempio – ecco che ritorna in ballo la scuola, maledizione – ultimo giorno prima delle vacanze di Pasqua, non so com'è andata ma nella classe di Passamaglia s'è discusso del pianto della Madonna nelle mani del vescovo di Civitavecchia, e qualcuno (Banda Sara e tre amiche sue) era scettico, ma altri ci credevano e dicevano: tutto è possibile. Passamaglia come al solito ha cominciato con le buone maniere a dire: ragazzi, per favore, ragioniamo. Ma quelli non volevano ragionare, tiravano in ballo i maghi della tv, dicevano: se le cose miracolose le fanno Casella e Binarelli, figuriamoci quello che può fare la Madonna o Dio. Passamaglia allora ha perso la pazienza e ha detto cose brutte tipo che Dio invece di far piangere sangue al gesso si potrebbe applicare in operazioni meno terraterra, per esempio mettere fine al lavoro della morte in Bosnia, distribuire il necessario ai miserabili della Terra, costringere governo e sindacati a firmare un contratto adeguato agli insegnanti, spazzare dalle strade con un soffio nazistelli e cultori del duce.

Poi s'è fermata, la mia amica, e ha pensato: ora sto esagerando, è possibile che i miei alunni diventino tutti di destra solo per il piacere di essere diversi da un'adulta come me, non è un'ipotesi insensata, i giovani di norma fanno di tutto per non assomigliarci. E ha pensato che forse dovrebbe esprimersi con maggiore cautela su Dio, Patria e Famiglia, e fingersi per motivi educativi fascista o vandeana.

Alla fine delle lezioni ha detto "buona Pasqua a tutti". Però pochi le hanno restituito l'augurio, gli altri sghignazzavano accennando alla lavagna su cui furtivamente qualcuno aveva scritto: *Passamaglia raus*.

La mia collega è uscita in fretta e si è detta:

"Mi devo riposare, basta".

Senza scuola

Passamaglia, che per tutto l'anno scolastico crede di amare non corrisposta il suo lavoro, tocca con mano quanto invece la scuola le pesi proprio durante un lungo o breve periodo di festività. Perché? Perché all'improvviso si accorge di quanto godano bambini e ragazzi quando le aule sono chiuse. Ecco le stanze, le strade, i giardini, i parchi che all'improvviso si affollano di minorenni. Si sente ridere, gridare, correre. E le mamme, amiche e conoscenti di Passamaglia, all'improvviso, come se lei rappresentasse l'intera istituzione scolastica, l'aggrediscono così:

"I nostri ragazzi sono rifioriti da un giorno all'altro. Non sono più giallini, non piagnucolano più, non cercano in tutti i modi di ammalarsi, non vomitano, non hanno mal di stomaco e diarrea. È possibile che sia proprio la scuola a fare di mio figlio un essere triste e ipocondriaco? È possibile che siate proprio voi insegnanti? Devo rammaricarmi di non poter fare come la signora March di *Piccole donne*, che quando si accorge che la figlia è finita nelle grinfie di un maestro imbecille e manesco, decide di farla studiare a casa, basta con la scuola?".

Passamaglia le sente, queste madri rissose e disperate, e si sente disperata a sua volta. È una catena. Da decenni i governi si curano delle scuole solo a chiacchiere. L'edilizia scolastica è per lo più terribile. Le aule sono angosciose. I ministri, quando decidono di operare, operano a vanvera disorientando. Così gli insegnanti si sbandano, rimpiangono di non essersi pensionati negli anni andati, difendono quello che c'è perché si intuisce che è pur sempre meno peggio del caos in arrivo, si chiudono in fortilizi di fortuna gettando bile bollente come corporazioni medievali. E gli studenti? Smaniano, somatizzano, sbadigliano, piangono, svengono e soprattutto tracciano linee sempre più marcate tra la scuola, che sentono come l'obitorio di ogni vera emozione, e la vita. Cosa che le strade festive confermano. Passamaglia li guarda, questi ragazzi: esprimono allegria, vivacità. E si chiede: perché faccio ancora questo lavoro, se non riesco a renderli così nemmeno durante i minuti della ricreazione?

Il nodo

La collega Passamaglia ha partecipato alla riunione degli insegnanti di lettere. Si è discusso molto dell'insegnamento della storia. Grandi lamentele. Il programma è sterminato. I libri di testo sono sterminati. Gli studenti, se gli fai studiare più di tre pagine per volta, crollano. È dura. Perché i ragazzi non si appassionano alle turpi vicende del genere umano?

"Forse bisogna tagliare un po'" ha proposto il collega Zini facendo il gesto delle forbici. "Tutta questa roba sul feudalesimo, che ci importa? I poteri bannali, l'incastellamento, la differenza tra feudalità e feudalesimo: nel libro su cui ho studiato io al liceo mica c'erano queste cose: guardate qua quante pagine!"

La collega Sobrino gli ha dato ragione.

"I programmi sperimentali," ha spiegato, "dicono: la vastità del programma della classe terza fa prevedere un possibile rinvio di una parte del lavoro al successivo anno di corso, che è articolato su soli tre nodi programmatici..."

Zini ha esclamato:

"Vedete che anche quelli del ministero lo dicono che i nodi programmatici sono troppi? E il Novecento quando lo facciamo?".

Il collega Ferraglia, che è giovane, ha chiesto timidamente:

"Che sono i nodi programmatici?".

La collega Sobrino gli ha spiegato:

"I capitoli".

Zini l'ha corretta:

"Gli argomenti. Per esempio, al ministero il feudalesimo lo chiamano non 'feudalesimo' ma 'nodo programmatico'".

Sobrino ha ribattuto:

"Non è proprio così".

Zini s'è arrabbiato e ha detto:

"Va bene: allora dimmi quali sono i nodi programmatici della 4ª!".

Sobrino ha detto stizzosamente:

"L'impossibile Restaurazione, il secolo dei Lumi, le Grandi Rivoluzioni".

S'è svegliato il collega Corace che è di destra e ha esclamato:

"Che è questa novità? Perché la Restaurazione ora è impossibile? Prima il capitolo si chiamava 'La Restaurazione' e basta".

La collega Sobrino, che è di sinistra, ha ribattuto:

"Corace, dopo le Grandi Rivoluzioni la Restaurazione è sempre impossibile".

Corace si è inalberato:

"Devono decidere gli studenti se la Restaurazione è possibile o impossibile, non il nodo programmatico!".

Zini ha proposto: "Io la Restaurazione impossibile la taglierei e basta, tanto è impossibile. Per me, comincerei subito dall'8 settembre. Sennò qui facciamo la storia antica e non quella moderna".

La collega Sobrino l'ha corretto:

"L'8 settembre è storia contemporanea".

Il giovane Ferraglia ha chiesto:

"Che ricorrenza è l'8 settembre?".

La seduta è stata tolta subito dopo questa domanda.

Aggiornamento

Come la gran parte dei docenti, la collega Passamaglia corre ogni tanto ad aggiornarsi. Come la gran parte dei docenti, sceglie corsi poco impegnativi o, al massimo, dal titolo oneroso ma alleggerito da film piacevoli, scrittori comici, comici scrittori.

Lo fa per due motivi. Primo: preferirebbe starsene a casa a fare le letture a cui tiene, ma disgraziatamente questa attività non fa punteggio e non assicura il bollo di “aggiornata”. Secondo: i corsi più impegnativi sono anche i più cervellotici, i meno utilizzabili nell'attività didattica.

Va quindi, Passamaglia, nel primo pomeriggio, ad aggiornarsi, già fiacca per le ore di lezione che ha sulle spalle, affannata dalle faccende domestiche sbrigate nei ritagli di tempo. Poiché i corsi “leggeri” sono anche straordinariamente affollati, è costretta a fare lunghe file per la registrazione, la compilazione dei moduli, i necessari certificati. Ciò fatto, guadagna la sala, si guarda intorno per vedere se riconosce qualche amico suo e immancabilmente pensa con amarezza che in dibattiti pubblici di maggiore utilità non si sono mai visti tanti insegnanti.

Quando il relatore comincia a relazionare, Passamaglia si cerca un posto, estrae un libro di cospicuo impegno e si mette ostentatamente a leggere per dimostrare innanzitutto a se stessa: “Sono qui non per mia scelta ma perché obbligata dalla burocrazia scolastica. Come si può vedere, ho ben altro da fare”. Quando il relatore la smette di guadagnarsi il pane davanti a un uditorio vastissimo quasi tutto di donne, la metà delle quali dormicchia distrutta dalle fatiche di ogni giorno, Passamaglia incrocia le braccia e accoglie con un sorrisetto ironico la richiesta:

“Ci sono domande?”.

Segue un silenzio che significava:

“No, non ce ne sono, andiamocene a casa”.

Poi però, come al solito, una mano si alza. L'intervento è lungo, quasi un'invettiva. Muove in genere da una frase del relatore che suona a occhio e croce: “A scuola spesso ci si disinteressa di questo genere di cose, che invece...”; e insorge poi così: “Siamo stanchi. Il tiro al professore è diventato il più diffuso sport nazionale. Siamo sempre noi nel mirino!”.

Il relatore naturalmente dice che è dalla parte dei docenti, vuole spiegarsi, vuole suggerire. Allora Passamaglia, schifata, alza la mano e fa il suo solito numero così riassumibile:

“Ci racconti pure le sue cosette, caro signore, ma non metta bocca nei problemi della scuola di cui sa poco o niente. Noi docenti invece sappiamo fin troppo bene...”. E ciò che i docenti sanno troppo bene lo dice ricorrendo al meglio del frasario specialistico che è andata accumulando negli anni, in modo da dimostrare a tutti che lei non ha bisogno di insulsi corsi di aggiornamento.

Riceve più applausi del relatore e lascia la sala rinfrancata.

Cedimenti

I momenti veramente brutti, pensa Passamaglia, sono quelli in cui gli alunni a cui più teniamo, su cui contiamo, ci accompagnano alla porta dell'aula dopo il suono della campanella e con faccia scura ci dicono:

"Posso parlarle?".

A Passamaglia è successo ieri. La sua alunna Sereni le ha chiesto un abboccamento e lei ha acconsentito. Sereni ha subito detto:

"Quest'anno, professoressa, è peggio del solito. Gli altri professori non fanno altro che assegnare compiti a palate, dirci che non valiamo niente e che siamo smidollati senza dignità. Sin qui niente di straordinario. Il problema è piuttosto che lei – lei che ci pareva un'eccezione, lei che si era presentata diversa – si sta piano piano adeguando. Tre giorni fa è entrata in classe e senza nemmeno dire buongiorno ha sbattuto il registro sulla cattedra e ha esclamato: vediamo chi devo buttare fuori oggi. Ieri, poi, ha detto che una classe più ottusa della nostra nella sua carriera non l'aveva mai trovata. E oggi, quando ha perso la pazienza, ha gridato: siete giovani, belli, in buona salute; eppure in quelle vostre teste di cavolo non si riesce a scovare un pensiero che sia un pensiero, e appena aprite la bocca siete capaci solo di grugniti e latrati. A nome della classe, professoressa, vorrei sapere: ha guai in famiglia? i suoi figli stanno poco bene? suo marito ha problemi di salute? no? e allora perché ci sta deludendo? perché ha smesso di comprenderci? possibile che non possiamo più dire ad amici e parenti: abbiamo un'unica e buona insegnante: la professoressa Passamaglia?".

Così a occhio e croce ha detto l'alunna Sereni. Passamaglia ha avvertito una stilettata al centro del cuore. Quando gli alunni le fanno capire con le buone o le cattive che non ha (o non ha più) la palma di migliore insegnante dell'istituto, si intristisce. Perciò ha replicato a Sereni: "Forse sì, per colpa di questo aprile sonnolento mi è sfuggito qualche improperio, ma affettuoso, un segnale di quanto tutta la classe mi stia a cuore, nient'altro". Poi ha aggiunto: "Va anche detto che io parlo e voi pensate ai fatti vostri, che uscite di classe per fare pipì e non tornate più, che neanche in ginocchio riesco a trovare qualcuno che si faccia interrogare". Quindi all'improvviso si è messa a urlare: "Porco cane, che devo fare per convincervi che bisogna sgobbare, razza di cretini viziati?". A quel punto s'è spaventata di sé: "Scusa, Sereni".

Ma Sereni ha detto fredda:

"Non la scuso affatto".

La ciccia scorticata

La collega Passamaglia mi ha letto ad alta voce un brano di *Zazie nel metrò*, libro portentoso di Raymond Queneau, anno 1959.

In questa pagina Zazie, bambina di incontenibile scilinguagnolo, dichiara di voler restare a scuola fino a sessantacinque anni. A far che? A fare la maestra. E perché? "Per rompere le balle alle bambine." Vuole avere una vita da carogna, proprio come quella degli insegnanti. Alle bambine farà leccare l'impiantito e mangiare la cimosa della lavagna. "Gli metterò i compassi nel didietro" si ripropone. "Porterò gli stivali. Con gran speroni per scorticare la ciccia delle chiappe."

Possibile, s'è chiesta la collega Passamaglia, preoccupata, che la scuola sia davvero un giardino di supplizi? Possibile che i bambini imparino fin dal primo giorno che il mestiere dell'insegnante è un esercizio di sadismo?

"Possibile" io ho convenuto. E ho detto: "La stessa parola insegnante non mi ha mai convinto. È latino imperiale: fa venire alla mente uno che incide un bastone con la punta di un coltello; rimanda a un'attività di conquista, tipo piantare insegne; evoca marchiature a fuoco, cifre incise nella carne, macchine kafkiane che scrivono sul corpo". Ho concluso: "Insegnante è la parola che meglio ci definisce. La dice lunga".

"Forse dobbiamo veramente sparire e lasciare il posto alle

macchine" ha detto Passamaglia. E ha seguitato a leggere per farmi sapere cosa dice su quell'argomento lo zio Gabriel alla bambina Zazie: "E poi fra vent'anni non ci saranno più maestre: saranno sostituite dal cinema, la tv, l'elettronica, cose del genere. C'era scritto anche sul giornale, l'altro giorno".

Ridiamo. Sui giornali è scritto anche oggi. L'ultima nuova è che sarà la realtà virtuale a spazzare via l'insegnante. O almeno ne cambierà del tutto il ruolo. Mentre lo zio Gabriel leggeva che le maestre sarebbero sparite entro il 1979, noi oggi pensiamo che guanti e caschi virtuali ci metteranno da parte intorno al 2013. Di vent'anni in vent'anni, nella scuola è arrivata la radio, il grammofono, il registratore, il cineforum, la tv a circuito chiuso, il videoregistratore, il computer. Arriveranno anche gli strumenti per vedere, in aula, presente e vivo, Garibaldi che dice "obbedisco" e Ohm che fa la legge di Ohm. Ma finiranno come tutta l'altra roba: a giacere nei sotterranei degli edifici scolastici; o in uso sì, ma per estinguere ogni passione conoscitiva e seguitare a volgere l'apprendimento in tortura. "La scuola," ci diciamo desolati, "non cede mai un'unghia del suo diritto a causare sofferenza." Gli insegnanti – non tutti naturalmente, io e Passamaglia no – sopravvivono a se stessi solo nel ruolo di giardinieri di supplizi.

"Del resto," conclude la mia compagna di lavoro, "la ministra Rosa Russo Iervolino ne è la prova. Riempirebbe le scuole di realtà virtuali d'ogni tipo, ma non farebbe passare un accorgimento tecnico stagionato come il preservativo nemmeno in confezione bacioperugina."

Meglio la malattia, meglio la morte per Aids. Le aule scolastiche sono fatte soltanto per scorticare la ciccia delle chiappe.

Non sparate a Passamaglia

La collega Passamaglia ha letto, sui giornali, di professori ammazzati o feriti dai loro studenti ed ex studenti. È successo negli Stati Uniti, è successo in Francia. Da noi no, meno male. Da noi, per ora, gli studenti angariati se la prendono o con le cose (devastano scuole, bruciano registri) o con se stessi (si tolgono la vita a fine anno scolastico).

Ma diamo tempo al tempo, la tradizione c'è. Passamaglia ha letto in un libro di Sarino Armando Costa, *La scuola e la grande scala*, che nei licei palermitani degli ultimi decenni dell'Ottocento non mancavano schiaffi, bastonate, coltellate e revolverate ai professori da parte dei loro studenti più irrequieti.

S'è ricordata, anche, che in un romanzo del 1909, *Ribellione* di Pietro Micheli, il professor Prato di storia naturale, dopo aver bocciato un ragazzo che pure aveva una passione straordinaria per insetti e uccelli, si ritrova con due colpi di rivoltella nelle natiche, sparati appunto dal suo studente naturalista. Ma veniamo a oggi. Cosa dire di Fidauro? Passamaglia gli ha visto spesso negli occhi un lampo aggressivo che col tempo potrebbe diventare benissimo un lampo omicida e si chiede:

"Perché il docente è stato sempre – ma proprio sempre – svillaneggiato e odiato? Perché il suo mestiere può portarlo, in certe fasi, a rischiare anche la pelle?".

La mia collega ci vuole pensare molto, a questo tema. Per ora, è stata colpita da una pagina di Michel Tournier che si trova in *Il vento Paracelso*. Questo scrittore dice, a un certo punto, che tutti i difetti, tutti i tic, tutti i soprusi e le follie degli insegnanti, l'intera loro immagine in bilico sociale tra il ridicolo e il mostruoso dipendono dal potere assoluto che essi hanno nelle aule. Che significa?

L'eccesso di potere su bambini o adolescenti tende a far cadere, una volta chiusa la porta dell'aula, ogni freno inibitorio, così da fargli dare il peggio di sé? È quel potere, riflette Passamaglia, che ci induce a mostrarci ai giovani in tutte le nostre bassezze di adulti, senza pensare che poi, adulti essi stessi, ci ricorderanno, ci rappresenteranno, nel nostro ruolo di matti, umorali, fissati, nevrotici, incapaci? Nascerebbe così quel movimento contraddittorio che, da pericolosamente strapotenti in classe, ci trasforma, fuori, in privi di prestigio?

Passamaglia non sa. Qualche anno fa, negli Stati Uniti, un insegnante che voleva farla finita ma non aveva il coraggio di togliersi la vita con le sue mani, affidò l'incombenza a un suo studente. Ora lei non ricorda se lo studente eseguì la commissione, ma immagina di sì. Non c'è niente di più facile che trovare fra i propri alunni uno disposto a darti il colpo di grazia. Oggi, domani, ieri, e negli Stati Uniti come nel nostro paese. Perciò vuole contenersi, specialmente con Fidauro. Non le piacerebbe una rivoltellata in fronte.

Il punto in cui il lago cessa

La collega Passamaglia – non so se perché si sente obbligata o perché ci crede – cerca di convincere i suoi alunni che la lettura de *I promessi sposi* dà un piacere fuori del comune. Fatica inutile, naturalmente. Più lei si sbraccia declamando, più i suoi alunni soffrono nei banchi. Dov'è che sbaglia? Come si dovrebbe comportare? Farebbe bene a tenere a freno il suo entusiasmo e aspettare che sia Manzoni ad accalappiare i suoi ragazzi? Dovrebbe smetterla di darsi lei, preventivamente, a spot dalla cattedra tipo: "Questa descrizione è di stupefacente bellezza! Questa annotazione è di raffinatissima ironia! Oh che meraviglia"?

Mah. Guai ne ha avuti fin da "Quel ramo del lago di Como". Leggeva e sentiva che perdeva gli studenti. "Il punto in cui il lago cessa" era anche il punto in cui cessava ogni contatto con gli alunni. Né le cose cambiavano in seguito. Diciamo che l'interesse s'accendeva solo quando qualche passaggio del testo manzoniano richiamava alla memoria un passaggio della parodia televisiva di Marchesini e compagni. Allora via con sorrisi, poi risolini, poi risate incontrollabili, poi Passamaglia che urlava: "Fidauro! Per favore! Perché ridi così?"; e l'allievo Fidauro che non poteva respirare per le risate: "Scusi, professoré, ma si ricorda quando Lucia diceva: lascia lì il cavallo e spegni lo stereo? Ah ah ah! Lo stereo!".

Lo stereo? Passamaglia è disfatta. La lezione sui *Promessi sposi* è dura. Spesso ha l'impressione che i ragazzi non capiscano alcunché già a partire dal titolo: *I promessi sposi*.

La mia collega, per chiarirglielo, ricorre a formule tipo "i partiti treni", "le spedite lettere", "gli indossati bomber", ma gli studenti la guardano come se fosse pazza.

Una volta ha scavato un po' nell'immaginazione di Fidauro e ha scoperto che "quel ramo del lago di Como" per lui era un ramo di pino in primo piano con la macchia azzurra del lago sullo sfondo.

Senza contare gli sbadigli. Fidauro s'è affinato col consumo della fiction dei videogame dentro le sale giochi; o al massimo tra film e telefilm dove all'inizio, ancor prima dei titoli, ti sparano subito una scena emozionante che ti prende il cuore. Niente a che fare insomma con quelle pagine che hanno l'andamento di un carro carico di fieno lungo un viottolo di campagna. Una noia! Fidauro infatti non vede l'ora che la lezione finisca.

Ora la campanella suona, ma Passamaglia seguita a incalzare la classe con Manzoni. Il ragazzo sottolinea:

"È suonata, professoré!".

Passamaglia cede sotto la fatica inutile e grida:

"Fidauro, zitto! Sei suonato tu!".

Chiacchiere

Il professor Sabotino non insegna, chiacchiera. Questa è la diceria che corre, e la collega Passamaglia non sa se crederci. Ogni anno succede che a un certo punto – quando Sabotino entra in conflitto per qualche motivo oscuro coi suoi studenti o con qualche collega – si passa a dibattere per settimane sull'impegno professionale di questo docente. Certe volte la cosa resta a livello di voce di corridoio. Certe volte una delegazione di studenti va dal preside a protestare. Certe volte arrivano persino i genitori. Poi tutto si acquieta, come sempre nelle scuole.

Passamaglia non sa cosa ha innescato, quest'anno, la solita polemica anti-Sabotino. Resta il fatto che si è subito cominciato a dire per i corridoi:

"Sabotino non sa niente della materia che dovrebbe insegnare. Trascorre il tempo in classe come al bar".

Il problema non è da poco. Nelle classi, Passamaglia ne ha esperienza, ormai si parla di tutto, a vanvera. I ragazzi spessissimo, appena entri, ti sollecitano:

"Professoressa, oggi discutiamo! Qui non si discute mai!".

La richiesta vuol dire:

"Non facciamo lezione. Parliamo di una cosa qualsiasi!".

Lei certe volte acconsente, certe volte no. Quando acconsente, cerca di far discorsi di grande respiro: l'Albania, le grandi migrazioni contemporanee, la mafia, la terza rivoluzione industriale, la clonazione, il concepimento in provetta, come ci si innamora e altre cose così. Ma poi si accorge che dice vaghezze e vacuità, sicché esclama:

"Io devo insegnare italiano e storia! Basta!". E tira avanti per la sua strada di docente che, pur tra mille contraddizioni, si sforza di conoscere e insegnare le sue materie con la necessaria competenza. Le chiacchierate, pensa, vanno bene una tantum; ma il compito di un insegnante è insegnare la materia che sa, sventagliandola davanti ai suoi studenti con larghezza di vedute e disponibilità a realizzare su quel terreno disciplinare un legame intenso con la classe.

Perciò, quando Sabotino è venuto a lamentarsi con lei dicendo: "Non sono mai contenti. Ci discuti di tutto, e loro ti criticano alle spalle!", lei gli ha chiesto: "Ma tu la ragioneria la insegni?". La conversazione è andata avanti così, su due binari paralleli. Sabotino elencava:

"Gli ho parlato di quand'ero ragazzo!".

E Passamaglia:

"Ma tu la ragioneria la insegni?".

Sabotino elencava:

"Gli ho parlato dei guai che ho passato in ospedale!".

E Passamaglia:

"Ma tu la ragioneria la insegni?".

Sabotino elencava:

"Gli ho parlato di mio cognato che ha investito uno sulle strisce!".

E Passamaglia:

"Ma tu la ragioneria la sai?".

Il tempo delle mel

Diciamolo: la collega Passamaglia, per quanti sforzi faccia per sentirsi insegnante al passo con i tempi, teme di restare indietro. A innervosirla in modo particolare è la sensazione che lei, pur avendo dedicato una vita allo studio e all'insegnamento, pur sfoggiando spesso i bei libri che legge e le cose che ha imparato, in realtà sia ormai ridotta a un ferro vecchio, a un mobile di cui la scuola farebbe bene a disfarsi.

Per esempio solo di recente ha scoperto, dopo un paio d'anni di svagata perplessità, che i suoi studenti più svegli, o certi giovanotti amici dei suoi figli, o qualche conoscente di rilievo, non si davano, come pareva, a misteriosi traffici di mele ("Mandami una mel"; "Ti mando una mel") ma si scambiavano *mail*, posta elettronica. Non solo: tuttora Passamaglia guarda ammaliata, sui giornali, in fondo allo schermo tv, sui rotocalchi, la selva misteriosa di punti, due punti, segmenti in diagonale, lunghi nitriti (hiiii), mugugni scontenti (www) e labiali o dentali o altro che affacciano su promesse di discorsi diretti poi non mantenute (http:), e pensa: mah. Ha capito, certo, che sono formule elettroniche. Ma che significano? Perché sono così? C'è una logica? C'è un sistema?

Queste e altre cose sono sicuramente più familiari ai suoi alunni che a lei. Sicché, con umiltà questa volta, senza mettersi sulle difensive come al solito, s'è subito inserita in un corso sulle reti telematiche tenuto a scuola di pomeriggio.

Male. Al secondo incontro si è avvilita e ha ceduto. L'esperto era veramente esperto e si faceva in quattro per farsi capire, ma inutilmente. All'inizio Passamaglia si è sentita persino contenta, le pareva di essere sulla buona strada. L'esperto ha detto che avrebbe dato soprattutto qualche input. Poi lei, i suoi colleghi più volonterosi, il preside, hanno fatto le facce sempre più grigie. Infine hanno ceduto: non tutti, ma i più. Passamaglia si è dovuta confessare: "Sono povera di basi", formula che di solito usa per i suoi alunni peggiori. Poi ha ammesso: "Non ho la testa formata per capire queste cose. Né posso riformarmela, sono troppo vecchia. Posso acquisire vocaboli, sì, ma il senso, l'agio nel significare, no".

"Pessimista" le ha detto il collega Zini, che finge di essere addentro. "È solo questione di imput. Se uno ti dà gli imput giusti ce la fai."

Anche il preside del resto ha sottolineato:

"Colleghi, il compito del nostro relatore è darvi imput".

E l'alunno Fidauro, il giorno dopo, nel corso di un'interrogazione, ha sostenuto:

"Filippo II non ebbe gli input giusti".

La collega Jane

Ieri Passamaglia è entrata in sala professori e ha esclamato:

"Allegri! È il compleanno della collega Eyre!".

Lo ha fatto ma non sa perché. Forse perché alla collega Eyre è debitrice sin dall'età di quattordici anni, quando si appassionò molto alle vicende della sua vita di insegnante. Forse perché la sala professori non offre altro che il solito lungo tavolo rettangolare, gli armadi di metallo alle pareti, le stratificazioni sulla porta di fogli e foglietti morti che segnalano corsi d'aggiornamento o d'annottamento, sfibrate proteste di singoli insegnanti o di gruppi, comunicazioni del tipo: il cretino che mi ha preso il registratore lo rimetta subito al suo posto. Forse perché voleva solo fare quattro chiacchiere letterarie col collega Micane, la collega Orzini, la collega Sebace, la collega Sabella che languivano a sguardo spento su sedie scomode mormorando a tratti, con lievi variazioni, concetti tipo: "Mi aspettano due terribili ore in 3ª A. In più, ho una supplenza alla quarta in 1ª E".

Resta il fatto che subito dopo Passamaglia non si è potuta contenere e si è messa a lodare la collega Jane Eyre. Gran docente! Jane sa, s'è sbracciata Passamaglia, che per insegnare bisogna innanzitutto fare i conti con la nostra esperienza di studenti, ricordando punto per punto il male che ci hanno fatto i nostri insegnanti ed evitando di farne altrettanto ai nostri alunni. Inquieta eppure ordinata, appassionata e tuttavia dignitosa, bruttina ma senza complessi, conversatrice intelligente e abile, la collega Eyre ci dice, in pratica, che la mitezza non subordinata, la grazia senza moine, la capacità di stabilire rapporti veri e intensi contro le ingiustizie sono le qualità più urgenti da trasmettere. "Perciò," ha concluso, "festeggiamo il compleanno della collega Eyre."

La collega Orzini ha detto annoiata:

"Che regalo le facciamo?".

La collega Sabella ha ammonito:
"Non esageriamo, però. Basta un ricordino, non c'è bisogno di fare le cose in grande. Quando è andata in pensione la collega Oneida, abbiamo dovuto sborsare trentamila a testa!".
Il collega Micane ha brontolato:
"Io non do una lira. Non la conosco, chi l'ha mai vista".
La collega Sebace ha chiesto festosamente:
"Quanti anni fa?".
Passamaglia ha risposto in imbarazzo:
"Centocinquanta. *Jane Eyre* fu scritto da Charlotte Brontë nel 1847".

Gentile

Meno male che a scuola ci sono anche docenti come la collega Zara. Penderle dalle labbra è diventato per la collega Passamaglia una necessità. Specialmente dopo la delusione procuratale dal ministro, che le appare sempre più come quegli anziani signori che negli autobus borbottano rivolti agli studenti: "Ma ve la insegnano, a scuola, l'educazione? Ai tempi miei sì che si sgobbava! Se fossi io il vostro professore! Vergogna!".

Passamaglia, se potesse, manderebbe a casa il ministro e affiderebbe l'istruzione pubblica alla collega Zara che le sembra una persona-spugna e, insieme, una persona-ventaglio.

Zara assorbe. Fa letture di tutti i tipi, ascolta, osserva, lascia che la vita (scolastica e no) la impregni. Poi con grazia fa schioccare all'improvviso il ventaglio, come certe signore di una volta. Solo che il ventaglio è lei stessa e si sventaglia intorno con una cortesia multicolore, mai invadente.

Riesce a dare l'idea, Zara, che anche il lavoro degli insegnanti e degli studenti più incapaci abbia un suo seme che, se curato col giusto calore, può dare frutti. E questo aiuta. A scuola le cose si metterebbero malissimo, se lei non si adoperasse, spesso solo con un suggerimento, per individuare una qualche linfa nello sfinimento generale. Passamaglia ipotizza che docenti come Zara ci siano dappertutto. Altrimenti come mai le aule ancora non bruciano?

Zara naturalmente è così perché è fatta così. Però dietro di lei preme anche tutto un pensiero di donne. Passamaglia lo sa perché da un po' di tempo legge e fa tutto quello che legge e fa Zara. "Così può essere che miglioro" pensa. Perciò, quando ha saputo che la sua collega andava al convegno intitolato "La scuola: un'autoriforma gentile", ha deciso subito che ci andava pure lei. Le sono piaciuti il titolo generale e i sottotitoli: storie di donne e uomini a scuola, la scuola sregolata, regole, relazioni e forme della scuola, conoscenza e passione, dire semplicemente la verità. Ma il preside a lei e a Zara ha concesso il permesso di malavoglia. Ha detto: "Un'autoriforma? gentile? Qui dentro servono le frustate!".

Tiburzio e Marano

Da un paio di mesi la collega Passamaglia tiene sotto osservazione Tiburzio e Marano, due professoresse serie e diligenti.

Quest'anno è successo che Marano, che insegnava al triennio, è passata al biennio per motivi suoi; mentre Tiburzio, che insegnava al biennio, è passata al triennio, lei pure per motivi suoi. Le due docenti avevano un buon rapporto e si dichiaravano spesso, con le parole e coi fatti, reciproca stima. Ma quando Tiburzio, del tutto casualmente, ha ereditato gli alunni che erano stati fino all'anno scorso di Marano, le cose si sono messe male. Gli allievi, che in tempi andati avrebbero volentieri strangolato Marano, hanno cominciato subito a dire a Tiburzio:

"Però lei assegna troppi compiti. E interroga troppo spesso. Ed è un po' stretta di voti. La professoressa Marano invece, quella sì che ci capiva!".

Tiburzio s'è subito incupita e ha cominciato a fare periodi ipotetici di questo tipo:

"Se Marano vi permetteva questo e quello; se Marano vi ha abituati così; se Marano non spiegava e non interrogava; se Marano correggeva un po' distrattamente i vostri compiti in classe; per forza che siete ridotti così!".

Gli ex alunni di Marano sono andati a frotte da Marano a dirle: "Torni da noi professoressa, l'amavamo così tanto. Tiburzio è ignorante e parla sempre male di lei".

Marano ha fatto finta di niente, ma poi è passata subito a girare la faccia dall'altro lato appena incrocia Tiburzio. Quindi ha fatto chiacchiere con altri colleghi tipo:

"Tiburzio è una mentecatta isterica. Mi sta rovinando le mie povere classi. Gli alunni non fanno che lamentarsi".

La cosa è naturalmente arrivata all'orecchio di Tiburzio, che ha cominciato una campagna su due fronti: vessazioni rivolte agli alunni, con la seguente motivazione: "È finita la pacchia. Io non sono Marano. Con me, se non lavorate seriamente, vedrete i sorci verdi"; e capillare diffusione di pettegolezzi ingiuriosi sul conto di Marano, anche col preside, come: "Capito che combinava quella? Capito come insegnava? Lo sa che salta intere ore di lezione per andare a fare la spesa? Lo sa che si porta la figlia piccola in classe perché non sa a chi lasciarla? Vogliamo farle rovinare anche i ragazzini del biennio?".

Ora Passamaglia teme il peggio. Marano dà consigli ai suoi ex allievi su come mettere in difficoltà Tiburzio: proposte didattiche alternative molto cervellotiche; sciopero bianco e sit in; referendum per farla trasferire altrove. Tiburzio, approfittando che non sono state ancora abolite, appioppa note disciplinari e sospensioni ai fautori di Marano e intanto raccoglie elementi per dimostrare la necessità di licenziare subito la collega, in quanto non solo incapace di insegnare, ma anche di intendere e di volere.

Non si salutano più.

Il corpo

Più che del corpo docente, parlerò del corpo *del* docente. Mi ci ha fatto riflettere la collega Passamaglia. Esce dalle aule sempre più affaticata: occhi lucidi, pallida la faccia e paonazze le venuzze intorno alle narici, gonfie le borse viola sotto gli occhi. Spesso ha il respiro corto.

Quando cominciò a insegnare, a ventitré anni, le condizioni di lavoro erano sicuramente bruttine. Doveva uscire di casa alle sei meno un quarto, correre alla stazione, prendere un treno a volo, viaggiare per un'ora, saltar giù, montare su una corriera densa di fiati, correre, correre, correre. Tuttavia in classe arrivava in forma calcolatamente allegra, pronta a rispettare le regole che si era data: a) mai sedere in cattedra, per non mettere in soggezione gli studenti; b) passeggiare tra i banchi in modo da esser loro fisicamente vicina e circondarli di affetto e cortesie; c) tenere la voce alta, squillante, appassionata, per far sì che gli allievi captassero la gioia di argomentare, l'emozione delle parole giuste. Alla fine della mattinata si sentiva ancora più in forma che all'inizio.

Col tempo le sue condizioni di lavoro sono migliorate (ora ha la scuola a dieci minuti da casa), ma la gola le è diventata una stoffa a cui è stato grattato via il velluto con la grattugia e le viene roca, catacombale. Usare le corde vocali le dà una fatica che le fa pulsare le tempie e le procura il mal di testa. L'abitudine di lavorare passeggiando tra i banchi le causa allarmanti dolori di schiena. Succhia caramelle che la fanno ingrassare, corre spesso da uno scrocchiaossa per vedere se la spina dorsale si rimette a posto. E, quel che più conta, non riesce più a essere comunicativa e gentile con gli studenti. La fatica del corpo le dà alla testa, perde spesso il controllo, urla.

Professione scrivano

Passamaglia, io e tanti altri colleghi lavoriamo come tutti gli anni da scrivani deamicisiani, divorati dalle zanzare in aule senza alunni, curvi mattina e pomeriggio sui banchetti, nauseati dai tramezzini al tonno, in aule grevi ancora di fiati adolescenti.

A che cosa lavoriamo?

A copiare in triplice copia (per ragioni misteriose nella scuola tutto si fa in triplice copia) i giudizi analitici sui candidati all'esame di maturità.

Copiamo a mano: non sembra vero ma è così. È in questi giorni che la prassi burocratica della scuola svela senza mezzi termini che è ferma all'Ottocento, non sa cos'è l'elettronica, ignora l'uso della fotocopiatrice, ha digerito male la diffusione della penna a sfera, rimpiange l'era della stilografica, mitizza quella del pennino cavallotto (inventato, diceva il mio professore di greco, dal famoso Cavallotti), della penna d'oca.

Il preside passa e dice:

"Mi raccomando: tre copie e niente pasticci. Sennò sono costretto a richiamarvi in servizio".

Noi lo malediciamo a bassa voce e intanto diciamo sì, sì.

Scriviamo, scriviamo, scriviamo ricopiando i giudizi sulle schede individuali degli allievi e su due registri generali di formato gigante. Alcuni tra noi hanno fino a cinque classi che fanno gli esami di maturità, ognuna di venticinque alunni. Scrivono centoventicinque giudizi, che poi ricopiano per tre volte; il che vuol dire (se non ho sbagliato la moltiplicazione) trecentosettantacinque copie da amanuensi, trecentosettantacinque ghirigori da monaci medioevali, trecentosettantacinque tormenti da vittime di ottusi sergenti.

Scriviamo pallidi, sudati, inferociti e subalterni. Non è la fatica in sé, che qui viene discussa (c'è di peggio: lavorare in miniera, per esempio). È la fatica inutile, che è intollerabile; è la stupidità dell'operazione; è il sadismo di piccolo cabotaggio implicito nella circolare che prescrive questa infinita scopiazzatura.

Ci litighiamo i registri, ci insultiamo perché c'è chi scrive non con la dovuta lena e costringe gli altri in attesa a girarsi i pollici. L'obiettivo è finire al più presto, sottrarsi all'ottundimento, andarsene a casa.

Passamaglia e io abbiamo la schiuma alla bocca e il callo dello scrittore al dito medio. Solo durante una pausa ci accorgiamo all'improvviso degli effetti letali della stupidità ministeriale, del provveditorato, della presidenza. Quando eravamo giovani insegnanti, ci ricordiamo, scrivevamo giudizi analitici dottissimi, cammei di grande destrezza, ritratti psicologici e parapsicologici, certe volte mancava solo l'oroscopo e il bioritmo dei candidati, certe volte era incluso anche quello. Ogni giudizio riempiva una pagina di foglio protocollo.

Poi, ecco: scoprivamo increduli che dovevamo ricopiare a mano tutto quel materiale per ben tre volte, in spazi fra l'altro inadeguati, uno schiaffo alla nostra buona volontà, competenza ed estro. Conseguenza: negli anni i giudizi sono diventati sempre più brevi. Oggi solo un novizio scrive più di tre righe. Noi, avveduti e stagionati, segniamo: "Vivace, impegnato, ha una preparazione discreta". Ricopiamo veloci e avviliti. Arrivederci e grazie.

Quadri

La collega Passamaglia prende un po' di sole sulle gambe. Se ne sta nel cortile, seduta sui gradini, e ha tirato su la gonna. Lo ha fatto perché vuole abbronzarsi: ora che va in giro senza calze, si secca di mostrare caviglie e ginocchia biancastre.

Il cortile, intanto, si affolla di alunni e genitori che vengono a rimirare i quadri. La mia collega almanacca sulle parole "rimirare i quadri". A scrivere così, mi dice, sembra che questi ragazzi, questi genitori, siano qui per una mostra di pittura. E vederli sostanzia l'impressione. Quest'anno – spariti i rimandati a settembre – sono più diffuse le bocche a oh!, l'aria estatica. Quanti promossi, sebbene con l'asterisco in rosso a lato e la scritta che dice: "a settembre bisogna recuperare un pochino, però!". Quali clamori di soddisfazione! Finalmente un po' di piacere diffuso, in questa scuola di lagne, sbuffi e rabbuffi. Ecco finalmente una bella mostra: cifre in riga, promosso, promosso, promosso. Che quadri. Cosa traccia una vera linea di demarcazione tra i quadri in una galleria d'arte e i quadri degli scrutini affissi sulle vetrate? Oggi, fra l'altro, alla fine del Novecento? La cornice? E chi impedisce di mettere in cornice questi quadri? Il fatto che non c'è un autore da ammirare?

Passamaglia è stata quasi travolta, due minuti fa, da Vigli Nina in preda all'entusiasmo. Questa ragazza le si è gettata addosso, l'ha baciata sulle guance, le ha fatto andare ancora più su la gonna. "Grazie grazie," ha esclamato, "per il sette in storia." E Passamaglia ha pensato: "Sette a Vigli? Com'è possibile? Devo aver fatto confusione col voto di Valle. Ma è andata così, pazienza". Per quella manifestazione di gratitudine, s'è sentita felice proprio come un'autrice di opere amate. Autrice di quadri.

Finirla con gli esami

La collega Passamaglia non ha mai amato gli esami. Non ritiene nemmeno che siano stati fondamentali per la sua formazione. Peggio: è convinta che senza gli esami sarebbe cresciuta meglio, più equilibrata, più sicura di sé. Così, quando sente qualcuno che per esempio ricorda con nostalgia gli esami di maturità o li apprezza come rito di iniziazione alla vita, le viene voglia di litigare. Secondo lei gli esami di maturità sono ormai puro sperpero di danaro pubblico, stillicidio di mal remunerato sudore docente, estenuazione di coronarie diciottenni. Insomma: comunque li modifichino, resteranno – e anzi forse diventeranno ancor più – una costosa ansiogena cretinata.

Passamaglia è imbronciata. Mi pone interrogativi contandoseli sulle dita a partire dagli scossoni vigorosi che si dà al pollice della mano destra con pollice e indice della sinistra. Primo: apprendiamo forse su questi ragazzi più di quanto non sapessimo già a fine ciclo di studi? No. L'esame ratifica che il primo della classe è il primo della classe e che tutti gli altri vengono a ruota. Secondo: insegniamo loro, mentre li esaminiamo, qualcosa di fondamentale che prima non sapevano? No. Tutto quello che si impara nel corso dell'esame è simulare di sapere, simulazione necessaria anche quando veramente si sa. Terzo: il sapere vero non è spesso balbettio, incertezza, ripensamento, errore? Sì. Infatti il sapere simulato è frasi a raffica, sorridenti certezze, mai un tentennamento persino quando occorre rimangiarsi un errore che non pareva un errore, e invece l'esaminatore sottolinea: guardi che lei si sbaglia.

"Solo comportamenti negativi si apprendono nel corso degli esami" si arrabbia Passamaglia. E mette nel conto sulle dita l'umiliazione di mostrarsi impauriti, troppo sudati, troppo stupidi, troppo intelligenti (che poi i compagni, se sei bravo, ti dicono secchione, e dopo nessuno ti invita in pizzeria, nessuno vuole passare un po' di tempo con te, un disastro). Perciò, mi esorta, abbiamo il coraggio di dire basta. Spendiamo soldi e fatiche perché funzioni meglio la scuola pubblica nel suo insieme. Finiamola con gli esami.

La collega Passamaglia ha sognato che doveva rifare l'esame di maturità. Me l'ha raccontato e, puntualmente, questa notte ho sognato la stessa cosa anch'io. Ero seduto su una panca, nel corridoio della nostra scuola, insieme ai miei alunni che aspettavano di essere esaminati. Prima la commissione ha chiamato la mia collega: "Passamaglia!". Poi, quando lei è uscita strillando: "Sono andata benissimo! Ho risposto a tutte le domande!", con mio grande spavento ha chiamato me. Il commissario di italiano voleva sapere quando era nato Iginio Tarchetti. Io sudavo e non mi veniva niente in mente. No, non lo sapevo. A un certo punto mi sono messo a piangere.

Ora, nella biblioteca della nostra scuola, ci stiamo rileggendo, Passamaglia e io, le pagine di Freud sul "sogno d'esame". Vogliamo capire se è possibile farle leggere ai nostri allievi maturandi e, caso mai, metterle anche in programma.

A Passamaglia bastano poche righe. "È un sogno consolatorio" mi spiega contenta. Lo si fa sotto la pressione di qualche prova incombente. Poi, quando ci si sveglia, si esclama: "Ma no, l'esame l'ho già superato anni fa, e se ce la feci allora, ce la farò anche adesso". Quindi si esce di casa sollevati e si va a saltare di buona lena gli ostacoli che la vita ci ha parato davanti. "Benissimo" conclude la mia collega. Le sembra didatticamente utile questo Freud che sostiene l'effetto galvanizzante di un esame di maturità ben superato.

Mi mostro perplesso. Le dico che a me pare di aver capito che il sogno d'esame abbia a che fare con la sessualità. Le indico le righe in cui Freud e il dottor Wilhelm Stekel dicono che un buon esame di maturità serve soprattutto a rasserenarci di fronte a prove sessuali imminenti. Insomma: se un incontro d'amore suscita ansie, sognare di dover rifare l'esame di maturità e svegliarsi per scoprire che l'esame fu già superato a suo tempo con successo, può aiutare. Chiedo quindi:

"Non ci ficchiamo in qualche guaio se facciamo fare queste letture sull'esame di maturità?".

Passamaglia si acciglia. Legge, rilegge, e poi dice:

"Forse hai ragione. Lasciamo perdere". E mi indica un altro passo dove Freud sostiene che il sogno d'esame servirebbe non a consolarci ma a rimproverarci. L'es, insomma, ricorrerebbe a quel sogno per bacchettarci a causa di certi "atti sessuali reprensibili" compiuti in età adulta. "Sei così vecchio," ci dice, l'inconscio, "così avanti nella vita, e fai sempre queste sciocchezze, queste ragazzate?"

Abbandoniamo il libro a disagio. La mia collega scuote la testa. No, non ha senso, a un passo dall'esame di maturità, comunicare ai nostri studenti avviliti che l'inconscio, per bocca del padre della psicoanalisi, già nel 1914 definiva l'esame nient'altro che "una sciocchezza", "una ragazzata". Quindi aggiunge in imbarazzo: "E poi non capisco. Perché abbiamo sognato di dover rifare l'esame di maturità? Tu ti dai ad atti sessuali reprensibili? Io no".

Immobilità

La collega Passamaglia s'è data a leggere qualche libro che racconta la scuola di più o meno cento anni fa. Ha cominciato con *Memorie di un vecchio professore* di Michele Lessona, amico di De Amicis. Cosa ci ha pescato dentro? Una scuola che non funziona; un sistema di valutazione umorale e impressionistico; trucchetti per barare agli esami, raccomandazioni; ignoranza di esaminatori ed esaminati; uno stupidario d'epoca ottenuto collezionando errori di studenti tipo: "Cosa vuol dire nubile?". "Vuol dire che vuol piovere"; oppure: "Chi sceglie i deputati?". "Dio."

Subito dopo Lessona, Passamaglia è passata a *Socrate moderno* (1908), novelle scolastiche di Massimo Bontempelli. Ecco come in uno dei racconti (*L'ispezione*) un professore parla di sé:

"Eppoi la carriera c'è, checché se ne dica! Io non mi posso proprio lagnare della mia. A soli quarantacinque anni sono qui, reggente al ginnasio superiore e con l'incarico della direzione, che fanno, nette, cento e novantadue lire al mese [...]. Certo, se mio padre, che era meccanico in una fabbrica di velocipedi, non avesse avuto quest'ambizione di farmi studiare e m'avesse fatto seguitare il mestiere, a quest'ora guadagnerei molto di più e potrei anche aver moglie e figli. Ma si capisce: volete mettere la utilità di un meccanico con la nostra? [...] Eppoi che cosa mi vengono a raccontare, i colleghi, di ingiustizie, di favoritismi, e che meglio uno fa e peggio lo trattano? Fandonie, tutte fandonie. Eccomi qui: io ho sempre fatto il mio dovere, fatto lezione con cura, corretti i compiti [...] mai un giorno di congedo: insomma, non per dire, ma mi sono portato molto bene. E il ministero mi ha mai maltrattato? Nemmen per sogno: come se non ci fossi".

Subito dopo ha letto un Giovanni Papini del 1914, *Chiudiamo le scuole*: una invettiva contro la scolarizzazione, che avvilisce il genio e fabbrica "cretini di stato"; quanto agli insegnanti, essi sono "poveri aguzzini acidi, annoiati, anchilosati, vuotati, seccati, angariati, scoraggiati che muovono le loro membra ufficiali e governative soltanto quando si tratta di aver qualche lira in più tutti i mesi".

Chiuso Papini, Passamaglia è passata a *Il manuale del perfetto professore* di Dino Provenzal (1920). Altro lungo elenco di cose note: il registro, i voti, gli scrutini, centotrentasei lire di stipendio (una bicicletta ne costava cinquecento), corruzioni a base di lezioni private, i bidelli con lavoretti in orario scolastico. E poi passaggi tipo: "Debbo dire che i componimenti mi hanno avvelenato quindici anni di vita"; ma "io sono sicurissimo che il componimento scolastico non tarderà a scomparire". O ancora: "Oggi i professori raccomandano ai giovani la lettura dei buoni romanzi, non proibiscono affatto l'uso dei giornali, impiantano biblioteche scolastiche: e i giovani non leggono più nulla".

Qui per ora Passamaglia si è fermata. Possibile che in cento anni la scuola non sia cambiata nemmeno un po' e non siano cambiate nemmeno le critiche che le si rivolgono?

Si è risposta:

"Possibile, se nemmeno uno dei suoi problemi è stato risolto".

Il bello della docenza

Cosa ci riserva il futuro? Un buon contratto di lavoro? Boh. Aumenti salariali? Non se ne parla nemmeno. Riforma della scuola media superiore? Macché. Veleggeremo fiaccamente fino alle vacanze estive, levando ogni tanto qualche grido di dolore e proclamando blocchi degli scrutini, delle lezioni, del respiro. Tutto qui. Né si vede, ho detto a Passamaglia, cos'altro possiamo fare.

Lei ha sospirato:

"Meno male che abbiamo i nostri ragazzi".

Io, colto di sorpresa, lì per lì ho pensato ai suoi due figli e mi sono chiesto con un po' di disagio perché mai li stesse mettendo in comune con me e non con suo marito il dentista. Ma è stato un attimo.

Subito dopo ho capito che non si riferiva ai suoi figlioli, ma ai nostri studenti e anch'io ho detto sospirando:

"Eh sì. Meno male. Come faremmo senza di loro? Tutte le mattine. Assonnati. Mal lavati. Fiati e polvere di gesso. Spesso impreparati. Ma giovani. Vivi. Il futuro". E altre commosse banalità, al termine delle quali Passamaglia si è sentita incoraggiata e ha esclamato rincarando la dose:

"Cosa sarebbe ormai la mia vita senza gli studenti?".

Pausa. Ho pensato a tutti gli insegnanti che, dalla legge Casati in poi, hanno pronunciato almeno una volta questa frase che mi è sempre parsa di retorica sciocchezza. Be', all'improvviso ho cambiato idea. Altro che sciocchezza. L'aula, mi sono detto, crea assuefazione. Genera un intreccio di odi e affetti, stimola antipatie e simpatie, solleva questioni morali e immorali, esige reattività, impone riflessioni estemporanee, ti fa sentire quotidianamente vivo e pensante, soprattutto ti assegna un potere meschino e tuttavia sufficiente per soddisfare l'eros sia nella forma della seduzione pedagogica, sia in quella del sadismo a fin di bene. No, dopo un po' non si può fare più a meno della classe.

"È vero," ho detto a Passamaglia, "tutto sommato come siamo fortunati! Sappiamo che ogni giorno della nostra vita, fino alla pensione, avremo un posto sicuro, tutte le mattine, dove poter soddisfare il meglio e il peggio di noi senza grossi impedimenti."

Per gioco mi ha invitato a immaginarci senza scolaresca. Allora ci siamo scatenati. Chi potremmo tormentare con tre interrogazioni a quadrimestre? A chi potremmo impedire di andare a fare pipì? Chi potremmo piegare all'obbedienza col ricatto? Chi potremmo terrorizzare, umiliare, premiare? A chi potremmo esporre la nostra visione del mondo e le nostre pensate? Dove lo pescheremmo un pubblico obbligato ad ascoltarci senza fiatare? A chi rivolgeremmo urla, filippiche, monologhi lagnosi e sconsolati? Con chi potremmo parlare di noi stessi con toni apologetici?

Ma all'improvviso però, più che guardarci, ci siamo visti l'uno nello sguardo dell'altro.

"Ciao" ha detto Passamaglia.

"Ciao."

LA BRUTTA ESTATE

Grazie non al suo stipendio, ma a un po' di denti incapsulati da suo marito il dentista, la collega Passamaglia è in vacanza in un villino abusivo a pochi metri dal bagnasciuga. Per l'affitto di luglio e agosto ha dovuto pagare al proprietario, senza alcun contratto di locazione, senza alcuna ricevuta, venti milioni. D'altra parte anche le capsule che il marito ha montato nella bocca di pazienti benestanti sono al nero. La segretaria infatti, una bella donna matura, è tenuta a recitare ai clienti la formula seguente:

"Se ha bisogno di ricevuta fiscale, il lavoro le costa dieci milioni. Se non ne ha bisogno, il dottore può venirle incontro, sono sette milioni".

La gente naturalmente preferisce sborsare sette milioni e così il nero dolente dello studio dentistico si trasforma nel nero agiato del villino al mare.

Nera adesso è anche Passamaglia, per molti motivi. È nera perché non sa sottrarsi alla catena di evasioni fiscali rinunciando a suo marito e agli agi. È nera perché ha bisogno soltanto di due giorni di sole per diventare scura come una signora africana. È nera, infine, perché sebbene stesa al sole su un lettino blu non si rilassa, ma appena chiude gli occhi le vengono in mente le aule, i corridoi, l'atrio, i quadri con i voti dei suoi allievi, il disperato gesto dell'alunno Marco Baschi.

Passamaglia lo aveva detto, durante gli scrutini:

"Baschi ha gravissimi problemi, fissa la parete con uno sguardo vuoto. È vero, ha parecchie insufficienze, ma valutiamo la sua situazione scolastica tenendo conto che è già ripetente...".

Parole inutili. La collega Olona di ragioneria, una donna di mezza età, scarna, malvestita, con lo sguardo sempre amareggiato, ha tirato fuori la calcolatrice, ha sommato i voti di Baschi e ha sospirato:

"Tre e settantacinque".

Dopo si è offerta di usare il suo strumento anche per fare la media dei voti nelle altre materie e alla fine ha concluso:

"Non si vede che cosa possiamo fare per Baschi".

Passamaglia si è spesa molto in difesa del suo povero alunno, prima con voce suadente, poi gridando. A un certo punto ha anche esclamato:

"La valutazione di un adolescente non può essere fatta con la calcolatrice".

Non ha trovato molto seguito. Olona le ha risposto freddamente che mentre le ragioni di Baschi erano discutibili per giorni e anni, quelle della calcolatrice erano inappellabili. Il preside ha chiuso la discussione dicendo che su Baschi si era discusso fin troppo, che anche a voler arrotondare la media matematica la sua situazione non sarebbe migliorata di molto, che con i giovani bisogna avere polso e ogni tanto punire con fermezza. Così il ragazzo è stato bocciato e Passamaglia ha dovuto trascrivere sul tabellone le sue poche sufficienze e le sue molte insufficienze sottolineando queste ultime in rosso e scrivendo a lato, sempre in rosso, la formula ipocrita: non promosso.

Ora Passamaglia, al sole, con gli occhi chiusi, rivede la scuola, la vetrata dell'atrio, se stessa che mangia una pizzetta. Genitori e alunni si vanno affollando davanti ai quadri incollati sui vetri dell'ingresso e corrono con lo sguardo ansioso giù per cognomi in ordine alfabetico, tra il nero delle cifre positive e il rosso di quelle negative. Quand'ecco che si sente smadonnare orribilmente. Non è un omaccione rozzo e furibondo, quello che smadonna, ma l'esile Marco Baschi, un ragazzo che solo da poco ha avuto la muta della voce e urla rauco, si guarda intorno feroce. Quando vede Passamaglia, quasi le si avventa addosso, vuole sapere dov'è la professoressa Olona, ha intenzione di ammazzarla immediatamente.

“È una stronza al cubo,” strilla, “ha detto che mi faceva bocciare e l’ha fatto!”

A Passamaglia sfugge di mano la pizzetta per l’agitazione, mentre cerca di trattenere il ragazzo. Infine lo afferra, lo ferma, e Baschi a quel contatto smette di essere un omaccione che smadonna, ridiventa un ragazzino che non riesce a trattenere le lacrime. Si sta mettendo tutto per il meglio, quando Olona appare in fondo al corridoio. Passamaglia sussulta, stringe subito il ragazzo a sé per impedire che la veda, ma anche per dare a Olona il tempo di rendersi conto del pericolo e correre a nascondersi nel cesso più vicino, fa niente se è quello con l’omino. Inutile, Baschi si accorge ugualmente della sua nemica. Smette all’improvviso di piangere, tuttavia non si divincola, non ricomincia a urlare. Pallidissimo mormora grazie, respinge Passamaglia con gentilezza, dice che vuole andare a casa, sta bene, è passata. Lei lo lascia con cautela, ha il gesto di chi allenta la presa e insieme continua a trattenere. Il ragazzo fa qualche passo calmo verso l’uscita. Poi all’improvviso si lancia di corsa verso i quadri e la vetrata.

S’è dovuto chiamare l’ambulanza. Che orrore. La mia collega apre gli occhi per non vedere Baschi a terra nel cortile, che sanguina tra i vetri a pezzi.

I primi giorni di vacanza sono difficili. Sebbene il sole scotti, la scuola non riesce a svaporare. Passamaglia seguita a pensare a Baschi, pieno di cerotti e garze, bocciato per la seconda volta. Che farà quel ragazzo? Si abbrutirà ulteriormente dandosi ad atti di vandalismo, a rapine, a violenze contro gli extracomunitari? O proverà ancora una volta a rivolgere disperazione e rabbia contro se stesso?

Passamaglia è nervosa, lascia il lettino blu e si siede sulla riva con il sedere in acqua. Piano piano si ricorda di quando era adolescente, viveva in un paesino in provincia di Salerno e fu bocciata. Accadde in 4ª ginnasio. Fu l’anno in cui ingrassò come se dovesse scoppiare. Fu l’anno in cui le venne un’acne livida. Fu l’anno in cui andò in giro sempre con le braccia incrociate sul petto per comprimere i seni troppo grossi, se ne vergognava. Fu l’anno in cui pensò di assassinare i genitori nel sonno solo per punirli di averla generata.

Un bruttissimo anno. A scuola ogni ora, ogni settimana, ogni mese fu un tormento. I compagni la prendevano in giro, i professori la ignoravano. Lei se ne stava nel suo banco, atterrita e disciplinata. A casa studiava ore e ore senza capirci un'acca. Quando era interrogata, già solo uscire dal banco la faceva piangere. Si sentiva uno scarafaggio, nel suo grembiule nero lungo fino alle caviglie, e invidiava le sue compagne più audaci che se l'erano adattato sopra le ginocchia. Credeva di essere il gradino più basso della scala evolutiva delle femmine. Aspettava solo un buon motivo per discendere anche quel gradino e annegare per sempre nella broda primordiale.

Quando a giugno andò a vedere i risultati, scoprì senza sorpresa di essere stata bocciata. La bocciatura le sembrò solo il riassunto della sua condizione di essere umano malriuscito e tornò a casa sbattendo contro persone e cose. I genitori provarono una tale vergogna che mentirono a parenti e amici, dissero che era stata promossa. Questo la umiliò ulteriormente, cominciò a pettinarsi in modo da sembrare ancora più brutta di quanto le pareva di essere. Pensava già da tempo di essere stupida, ma adesso le sembrò di averne avuta la prova e per tutta l'estate fu stupida davvero. Restò quasi muta per settimane, tanto che quando accennava a parlare le pareva di non saperlo fare più. Fissava il soffitto per ore stordendosi con le musiche più tristi. Scriveva lettere di commiato a genitori e amici macchinando di ingoiare il sonnifero di sua madre. Leggeva di nascosto giornaletti porno per disgustarsi di sé. Tentava di sedurre i fidanzati delle amiche rendendosi ridicola. Vomitava due volte al giorno sperando di vomitarsi.

Poi piano piano, inavvertitamente, come per un miracolo lento, le cose cambiarono. Si riscrisse a scuola, ricominciò a studiare, divenne magra, imparò a sembrare allegra e intelligente, trovò un ragazzo, fu promossa. Lei non mosse un dito per modificare la sua condizione, tutto successe e basta. L'anno terribile sembrò scivolarle addosso e svanire.

Ora Passamaglia pensa che ha sbagliato. Doveva chiedere a Olona, al preside: ma voi lo sapete cosa significa essere bocciati?

Forse, pensa, bisognerebbe fare la legge che un insegnante può bocciare solo se almeno una volta in vita sua è stato bocciato. Il segno delle bocciature è indelebile. Mentre guarda l'orizzonte violetto, si rende conto che l'anno del suo insuccesso non è mai veramente passato. Ogni volta che ci pensa le vengono in mente certi granchi di laguna che ha mangiato una sera a Mestre. Li avevano ingozzati di uovo battuto e poi li avevano tuffati nell'olio bollente. Erano aciduli, crocchiavano sotto i denti.

Passamaglia per ora è sola nel villino. Suo marito ha ancora da lavorare e i suoi due figli scapestrati sono partiti per una vacanza di dieci giorni in Irlanda con un gruppo di amici altrettanto scapestrati. Questo la dovrebbe far sentire un po' persa, ma non è così. Anzi l'idea che i due ragazzi – promossi soltanto dopo che lei ha giurato ai professori con le lacrime agli occhi che li avrebbe fatti studiare tutta l'estate – presto ritorneranno e dovrà occuparsi di loro, la deprime. La certezza, poi, che nel corso di questo mese suo marito la raggiungerà inevitabilmente ogni fine settimana e poi si stabilirà tutto agosto a prendere il sole accanto a lei, l'avvilisce.

Questo non significa che Passamaglia non vuole bene a suo marito e non ama i suoi figli. Significa piuttosto che preferirebbe fare vacanze vere, da sola, a leggere e riflettere sotto l'ombrellone.

È quello che ha intenzione di fare oggi. Si è alzata presto, è andata in spiaggia. Una volta sotto l'ombrellone, ha tirato fuori l'*Emilio o dell'educazione*, 748 pagine di Jean-Jacques Rousseau, e ha cominciato a leggere. Le piace immaginarsi che gli altri bagnanti si chiedano: chi è quella bella signora matura che anche in vacanza si immerge nella lettura, studia, pensa? Legge sentendosi felicemente lo sguardo addosso.

Le prime pagine, però, l'hanno subito turbata.

L'alunno, dice Rousseau, deve essere di "mente comune", perché sono quelli di "mente comune" che hanno particolare bisogno di essere educati. Dev'essere nato in zona temperata, perché i climi estremi sono nocivi all'intelligenza. Dev'essere ricco, visto che ci pensa la natura a educare i poveri. Dev'essere di nobili natali, orfano, di sana e robusta costituzione. Passamaglia, da professoressa qual è, ha cercato di collocare le caratteristiche dell'allievo Emilio sullo sfondo storico che ne influenzò la composizione. Ma presto si è scocciata di storicizzare e ha cominciato un suo asprigno monologo interiore. Troppo comodo, caro Jean-Jacques, ha pensato. Troppo comodo scegliersi l'allievo. Pescarselo di normale intelligenza: e certo, cosa c'è di più faticoso di un allievo deficiente o genialoide? Volerlo nobile e ricco: e certo, cosa c'è di più faticoso che dover insegnare fronteggiando gli svantaggi della povertà materiale o di spirito? Desiderarlo orfano alla lettera o per metafora: e certo, cosa c'è di più nevrastenico che avere a che fare con l'educazione mirata o irriflessa della famiglia? Pretenderlo in buona salute: e certo, cosa c'è di più complesso che sgobbare con allievi che hanno problemi fisici o psichici o fisici e psichici?

Ma c'è soprattutto una cosa che ha colpito in profondità Passamaglia. Jean-Jacques bara. Jean-Jacques si sceglie una classe di un alunno solo, un alunno da istruire ed educare assiduamente per venticinque anni. Astuto! Come dire che lei si tiene accanto Marco Baschi in tutte le stagioni, fa lezione soltanto a lui, lo coccola, ci ragiona, gli legge poesie e prose, gli insegna le lingue, lo aiuta con le matematiche e le scienze, il tutto per la bellezza di cinque lustri. Per forza che ti viene fuori un giovanotto colto e fine. Se a Marco Baschi fosse toccata quella sorte, nessuna Olona avrebbe mai avuto da ridire su di lui, nessuna lo avrebbe mai bocciato, non si sarebbe andato a spaccare la testa contro una vetrata. 748 pagine per un solo avvantaggiatissimo Emilio! Furbo, Jean-Jacques, furbissimo! E che avresti fatto, caro mio, in una scuola normale d'oggi, con classi di trenta alunni, abili, meno abili, agiati, poverissimi, giovanissimi italiani semianalfabeti, giovanissimi extracomunitari senza parole, quasi tutti come Marco Baschi?

Passamaglia poggia il libro sull'asciugamano, ascolta le onde.

Ora si ricorda di com'erano i suoi figli finché li ha istruiti lei. Si sentiva, allora, come la mamma seicentesca in cuffia e gorgiera che mostra un libro con figure al suo bambino in un bel disegno di Jacques de Gheyn. La mamma-dama cinge il figlio col braccio e il figlio indica le figure e lei se lo stringe al fianco, sul tavolo gli strumenti per scrivere. Passamaglia si è vista a lungo come le mamme dei quadri: nei dipinti sono sempre loro che istruiscono i figli, in un'atmosfera di affettuoso tepore. Come imparavano in fretta, i suoi due figli, da piccoli. Le pareva, allora, che sarebbero diventati straordinari studiosi di tutti i vocabolari del mondo. Ma quanto ci volle perché tutto cambiasse? Passamaglia sospira, si alza, si spalma altra crema protettiva. Sandro in seconda media prese la china della svogliatezza annoiata. Matteo si rivelò un capriccioso delinquente già in 4ª elementare. Colpa di Passamaglia che non ha avuto il tempo di continuare a stare loro dietro, a spiegare e rispiegare, a fare i compiti con loro e al posto loro? Colpa del padre che si ritrovano? Colpa della scuola, dei suoi colleghi insegnanti?

Mare, mare. Le aule, gli studenti, i colleghi, il preside, Marco Baschi paiono finalmente sbiaditi. Passamaglia passa la vita tra casa e spiaggia, spiaggia e casa. A forza di leggere sotto l'ombrellone, più che la curiosità le pare di aver destato l'ostilità degli altri bagnanti, che la sentono poco socievole. Ma Passamaglia non ne è dispiaciuta, ci gode a sentirsi diversa. Redige note di lettura e con la matita fa punti esclamativi e interrogativi sulle pagine di Rousseau. Si sente finalmente nel ruolo che ha sempre sognato.

L'unico vero scontento è che da ieri sono tornati i suoi figli e non sa come fare per tenerli a studiare un po'. L'unica cosa sgradevole è dover esibire, ogni fine settimana, un marito un po' grasso, allegro con tutti gli estranei e ringhioso con lei e con i ragazzi. Per il resto è tranquilla. Legge e si immagina di essere una famosa intellettuale che sta preparando un saggio sulla scuola del futuro. Ecco, matita in bocca, naso per aria, sente che le sta per venire un'idea geniale, se l'annoterà.

Ma l'idea non riesce a prendere forma, resta una bolla di pensiero che la memoria non ha il tempo di memorizzare. Una bella signora bionda, ancor più cotta al sole di Passamaglia, la copre all'improvviso con la sua ombra, le si inginocchia accanto e le dice ammirata:

"Mamma mia quanto legge!".

Passamaglia compiaciuta risponde:

"Eh sì, è il mio lavoro".

Intanto si prepara a mentire. Vuole spacciarsi per una collaboratrice di Rai Tre, per una redattrice della rivista "Linea d'ombra". Ma la signora non le dà il tempo, dice:

"Scommetto che fa l'insegnante! Scommetto che è una professoressa di lettere!".

Passamaglia abbassa le palpebre, posa il libro sul lettino, si tira su. Maledizione, ce l'ha scritto in faccia il lavoro che fa? Ammette:

"Sì".

La signora bionda, contenta di averci azzeccato, attacca subito a parlare di suo figlio. Ha fatto la 4ª ginnasio, ma zoppica – ah, quanto zoppica! – in latino e greco. Nel bel mezzo del discorso si gira verso il suo ombrellone dove un ragazzo cupissimo sta colpendo meccanicamente con un piede la sabbia e grida:

"Micheleeee! Vieni!".

Poi torna a Passamaglia e le chiede:

"Ora glielo faccio conoscere, è un ragazzo educatissimo. Non le dispiacerebbe dargli un poco di ripetizione? Un'ora la mattina, non di più. Caso mai qui, sotto l'ombrellone".

Passamaglia sta per acconsentire, ma detestandosi perché è una che non sa dire no. La salva suo figlio Sandro che arriva imbronciato e senza dire nemmeno buongiorno borbotta:

"Dante l'ho fatto, vado in acqua".

Getta un *Inferno* col commento di Sapegno sulla sabbia e raggiunge gli amici per tuffarsi, come se la madre e la signora bionda fossero soltanto ombre.

"Suo figlio?" chiede la bella signora.

"Il più grande."

"Non studia?"

"L'hanno promosso per il rotto della cuffia."

"Zoppicava anche lui?"

"Zoppicare è dir poco. Non apriva libro."

La signora sta zitta per un attimo, poi fa cenno a suo figlio Michele, che sta finalmente per raggiungerla, di restarsene a dare calci alla sabbia sotto l'ombrellone. Quindi dice:

"Che caldo, vado a fare il bagno. Tanto piacere di averla conosciuta".

Passamaglia la guarda entrare in acqua con cautela, poi ritorna a leggere Rousseau.

Da quando si è sparsa la voce che Passamaglia è un'insegnante, la pace per lei è finita. Il suo vicino di ombrellone, un signore dalle mammelle pesanti che fa le parole incrociate tutto il giorno, ha cominciato a porle i quesiti che dovrebbe risolvere lui.

"29 orizzontale" dice ad alta voce mentre lei legge l'*Emilio*.

"Mi dica" mormora per buona educazione Passamaglia.

"Il nome del fondatore di Troia."

"Priamo?"

"Non ci va, professoressa: sono solo tre caselle."

Passamaglia diventa tesa. Sente che ogni volta che sbaglia una risposta quell'uomo pensa: l'insegnante dei miei stivali; ecco cos'è la scuola italiana oggi; ecco a chi affidiamo i nostri figli. Ha paura che il vicino di ombrellone se ne vada in giro per la spiaggia a dire: quella insegna ma non sa assolutamente niente: non sa chi ha fondato Troia, non sa qual è il rio di Palazzeschi, ignora chi fu il capo della Repubblica romana. Perciò non riesce più a leggere serenamente, attende in ansia le domande, dà col batticuore le risposte.

"Gli Achei subirono quella di Achille?"

"L'ira."

"Un Eugenio poeta?"

"Montale."

"Uccise la madre Clitennestra?"

"Oreste."

L'uomo si rallegra:

"Beati i suoi alunni, professoressa. Si vede proprio che lei è brava. Perché non va ai quiz in tv?".

È a quel punto che Passamaglia ha vergogna di sé. Come mai, si chiede, risponde a quel deficiente? Perché non gli dice: mi lasci in pace, devo leggere Rousseau? Soprattutto, perché è contenta di conoscere le risposte e anzi, un po' sovreccitata, si batte persino la fronte ed esclama: "Ci sono! Il fondatore di Troia è Ilo! Guardi un po' se ci va"? Possibile, insomma, che la sua immagine di docente debba dipendere dagli esamini enigmistici del suo vicino? È la sua lunga permanenza a scuola che l'ha resa così subalterna a quelle domandine a bruciapelo?

Comunque c'è di peggio che il bagnante dalle mammelle pesanti. Passamaglia teme molto le squadre impegnate nelle cacce al tesoro, specialmente se partecipano i suoi figli, che si servono di lei per risolvere i quesiti più difficili.

Oggi arriva un gruppo capeggiato da Sandro e Matteo e in coro le chiede:

"Come si chiamava il cognato di Ulisse?".

Matteo grida supplichevole:

"Presto, mamma!".

Inzaccherata dalla sabbia che le hanno fatto finire addosso, Passamaglia si solleva e ci pensa.

Sandro però è già spazientito:

"Lo sai sì o no?".

"Lo so, ce l'ho sulla punta della lingua."

Ma Passamaglia mente, sulla punta della lingua ha solo certe bollicine fastidiose. I ragazzi del gruppo allora fremono, i figli la incalzano, lei non sa decidersi ad ammettere la brutta realtà: ignora il nome del cognato di Ulisse. Sandro però glielo legge in faccia, ha un gesto di stizza e grida al gruppo:

"Non lo sa, andiamo".

Tutti corrono via a consultare sapienti più affidabili.

In serata Passamaglia è nervosa. I figli sono ritornati tardi dal mare, già vogliono uscire di nuovo. Lei ha ripensato all'improvviso a Marco Baschi, le è venuta l'ansia che i suoi due ragazzi, pur avendo un mucchio di privilegi per nascita, non ne sapranno approfittare, perderanno sempre più colpi, falliranno a scuola né più né meno di Baschi che privilegi non ne ha. Fatiche vane delle generazioni. Il nonno di Passamaglia era un bracciante analfabeta, il padre era un impiegato delle poste, sua nonna e sua madre erano casalinghe. Passamaglia ha un rigurgito di vecchie paure, pensa alla dolente bocciatura che le toccò da ragazzina, allo sforzo che ha fatto per studiare, avere una laurea, un lavoro degno, un matrimonio fruttuoso. Quasi senza accorgersene finisce per fare una lavata di testa ai figli:

"State sempre in giro, non aprite mai libro! Che volete farne della vita? Vostro padre e io ci siamo laureati a pieni voti, avete intenzione di far regredire la famiglia? Volete finire meccanici in un'officina, garzoni in un bar, facchini alla stazione, raccoglitori di pomodori o di kiwi?".

I due ragazzi allora prendono la palla al balzo per vendicarsi. Matteo dice:

"Pensa per te, mamma: non sai nemmeno come si chiama il cognato di Ulisse".

E Sandro:

"Buona a niente, che cosa insegni a scuola?".

La spiaggia ormai è piena di giovani, anche gli esami di maturità sono finiti. Passamaglia osserva i nuovi arrivati, giovani bianchicci in costume, fianco a fianco con padri, madri, nonne, tutti seminudi. I nuovi arrivati aderiscono subito a un clima di disagio già diffuso tra i villeggianti abbronzati. I ragazzi vorrebbero prendere un po' di sole e poi partire per viaggi all'estero. I genitori cercano di mollare ai nonni i figli e squagliarsela per un paio di settimane in barca con gli amici. I nonni hanno le loro passeggiate, le loro partite a carte, persino le loro relazioni sentimentali e cercano di grattarsi via la rogna dei nipoti. C'è inoltre una sorta di gara tra coniugi a chi ha più cose da fare in città, come se le ferie fossero un onere grave e ciascuno tendesse a imprigionare l'altro in vacanza per poter tirare un poco il fiato da solo nella metropoli rovente e tuttavia piena di svaghi. Ciascuno insomma, giovanissimi, giovani e vecchi, ha un suo scontento a cui vorrebbe sfuggire evadendo dal groviglio vacanziero delle parentele, dal reticolo delle generazioni.

Il marito di Passamaglia non è diverso. È arrivato come al solito venerdì notte, è ripartito come al solito lunedì mattina. Sono stati due giorni neri. S'è fatto vivo in auto a mezzanotte, profumato di studio dentistico. Non ha messo neanche piede nel villino, che si è subito arrabbiato con Passamaglia perché i figli non erano ancora rientrati. Ha blaterato un po', non li ha aspettati, si è messo a letto senza fare la doccia e si è addormentato.

Al mattino, addobbato con camiciola sgargiante e pantaloncini kaki, è andato in spiaggia. Quando, verso l'una, ha potuto rivedere i figli, invece di rimproverarli in quanto rientrano sempre alle quattro, ha dato loro del danaro perché si comprassero tutte le cose possedute dal gruppo in cui sono inseriti e che si lagnano di non possedere. Sotto l'ombrellone è stato cordialissimo con la bella signora bionda che ha un figlio poco studioso di nome Michele, ma a Passamaglia ha detto solo espressioni tipo aorgh e mmm. Per tutto il weekend è stato evidente che la sua vera vacanza è ficcare strumenti nelle bocche dei pazienti. Il lunedì infatti è partito prestissimo. Le ore seguenti sono state felici per tutta la famigliola: il padre che viaggiava a centocinquanta all'ora verso la città cantando, moglie e figli che restavano al mare sollevati.

Tutta questa spiaggia di bagnanti agiati è un teatrino di rancorosa superficialità, agli occhi di Passamaglia non dissimile da quello che mette su il marito nel fine settimana. Nessuno fa una domanda per ricevere veramente una risposta, nessuno dà una risposta per rispondere veramente a una domanda. Dai tre agli ottanta anni questa carne nuda è arrossata soltanto di impazienze e insoddisfazioni. La mia collega non ha individuato nemmeno una persona realmente olimpica con cui fare discorsi savi capaci di distinguerla e così salvarla. Perciò legge *Emilio* e, nelle pause di riflessione, si chiede se il suo lavoro di docente non sia il frutto di un lungo equivoco.

"Educare ha a che fare veramente con la crescita?" pensa. "Io sono cresciuta? Mio marito è cresciuto? La scuola che faccio aiuta a crescere?"

Intanto osserva i giovani in costume da bagno, tutti dell'età dei suoi alunni. Li guarda mentre o giocano a racchette o languono al sole sui loro asciugamani. Li vede una volta tanto non chiusi nelle aule, ma tra quella folla di padri, madri, nonni insipienti e ingrugnati, esseri umani vecchi o in corso di invecchiamento. Ha il sospetto, adesso, che i mutamenti del corpo, il naturale avanzare verso la vecchiaia, siano stati arbitrariamente associati alla maturazione profonda solo grazie a un qualche effetto verbale di natura poetica. In realtà crescere non succede mai, forse non è mai successo.

"Tutti usciamo fisicamente dall'infanzia, dalla giovinezza, ma nessuno cresce" pensa. "La crescita immateriale è un'invenzione della cultura, una metafora. Siamo gusci pieni soltanto di frattaglie, sia alla nascita che alla morte. Si vive e si muore senza capire niente di fondamentale, senza apprendere niente di rilevante, solo banalissime constatazioni o fantasiose favole consolatorie."

Ma allora, sussulta, perché abbiamo bocciato proprio Marco Baschi? Non dovremmo bocciarci tutti?

Alla fine di luglio il meglio delle vacanze estive è già finito. Il marito di Passamaglia si è trasferito definitivamente al mare, ma senza entusiasmo. Ora dice che si deve godere le ferie e perciò pretende manicaretti, pretende di fare windsurf con i figli, pretende di andare in discoteca con la moglie.

Meno male che questa frenesia dura solo pochi giorni. Il dentista piano piano si accontenta di spaghetti col pomodoro, di una frittata. Quanto ai figli, si rassegna subito a non vederli quasi mai, anche perché rientrano in piena notte, si svegliano alle tredici, vanno in spiaggia alle due del pomeriggio morti di sonno e con l'asciugamano in spalla, giocano a racchettoni, si danno ai primi amori non corrisposti e cantano stonati intorno al falò fino all'alba, beccandosi catarri e mal di gola per l'umidità. E la discoteca la impone a Passamaglia solo un paio di volte, perché sia lui che lei il giorno dopo hanno mal di testa a causa del rumore e del poco sonno.

Ciò che invece resiste e si consolida è il cambiamento che la presenza stabile del marito ha subito avviato nell'immagine pubblica di Passamaglia. Durante il mese di luglio lei si è sentita una donna misteriosa e affascinante, impegnata in letture serissime e riflessioni altrettanto serie, persa dolorosamente in una profonda autoanalisi del suo ruolo e del ruolo della scuola. Si sentiva intorno una bolla di un materiale trasparente e robusto, grazie al quale teneva a distanza l'intera spiaggia barbara. Ma in agosto, da quando è arrivato il marito, non è più così. All'improvviso tutti i villeggianti sono diventati cordiali. Saluti, chiacchiere, giri in barca o in motoscafo, inviti a cena in giardini con le candele alla citronella e gli zampironi. Passamaglia, da misteriosa docente che era, forse anche un po' antipatica, è diventata la pregiata moglie del dentista. Le signore svelano al marito le dentature, lo consultano su capsule e ponti, custodiscono il suo biglietto da visita e intanto si informano con lei per capire se i prezzi sono convenienti.

Il dentista per parte sua, sempre parco di parole con la moglie, è molto ciarliero con le villeggianti. E con i loro mariti (macellai, salumai, commercialisti, avvocati, giornalisti, medici, farmacisti) affronta gravi problemi politici, si lamenta delle tasse elevate, dice ogni due parole povera Italia e ha grande successo.

Passamaglia resta in margine. Quando apre bocca per dire la sua, dopo tre parole la interrompono. Ormai sospetta che qualcosa nella sua voce, nei gesti, non vada.

Ha fatto l'ipotesi che è il tono didattico. Il tono didattico ormai fa parte di lei, è la sua seconda natura. Per esempio attacca sempre a parlare con voce altissima, come se dovesse comunicare con un vasto uditorio. Usa senza volerlo vocaboli un po' desueti e si pronuncia su ogni argomento inavvertitamente con citazioni, cavatine retoriche, moduli sentenziosi, toni vagamente lirici. Ripete spesso: è chiaro, mi seguite? Usa vezzeggiativi tipo mascalzoncelli. Se gli amici da spiaggia parlano tutti insieme accavallando le voci, interviene d'istinto per ammonire: con ordine, non si capisce niente. Una volta a una cena ha detto distrattamente a un tale che aveva alzato un dito al cielo come per dire: Dio vede e provvede: "Va', ma torna subito, mi raccomando".

Perciò, dopo qualche tentativo di partecipazione, Passamaglia si chiude, decide di starsene zitta. Non sa ridere grassamente, non sa dire parolacce, non capisce se una barzelletta è finita e deve ridere, la disgustano le storielle sudicie, è troppo rispettosa, troppo subordinata, teme sempre che qualcuno le dica stai al posto tuo.

"Perché sono così?" ieri si è chiesta nel corso di una cena chiassosa in casa della bella signora bionda, quella che ha un figlio poco studioso di nome Michele.

Ci ha ragionato un po' e all'improvviso ha capito. Non sa stare con i grandi. I grandi la intimidiscono. In ogni adulto vede un preside o un ispettore. È stata nella scuola dai sei anni in poi e non ha mai avuto modo di confrontarsi veramente con la ferocia degli uomini e delle donne. Sa trattare un poco solo con quella dei ragazzini.

Quando è arrivata a questa conclusione, si è accostata al marito e gli ha detto a bassa voce:

"Sono stanca, andiamo a casa?".

Di tanto in tanto qualche conoscente le rivolge la parola anche se suo marito non c'è. In genere sono maschi di mezza età che, per attaccare bottone, ingannati dalla mole del libro in cui Passamaglia è sprofondata, buttano lì:

"Che legge di bello, un bestseller?".

Passamaglia mostra la copertina dell'*Emilio* e l'effetto è sempre lo stesso. L'attaccabottone, come se qualcuno l'avesse chiamato, si volge di scatto verso il mare, fa un cenno di saluto con la mano e corre a tuffarsi.

Su questa spiaggia non c'è un'anima a cui interessi Rousseau. Se lei oggi, sostituendo caso mai il giovane animatore che organizza cacce al tesoro, proponesse una bella discussione in riva al mare sull'educazione negativa o anche, per partire da qualcosa di accattivante, sull'idea di Rousseau che le donne devono concentrarsi soprattutto sulla lettura del cuore degli uomini, dai cui battiti dipendono per natura e convenzione, be', di sicuro sarebbe subito linciata e sepolta nella sabbia.

In effetti questi corpi nudi aspirano soltanto all'agonismo delle curve, dei muscoli e della battutaccia pronta. Passamaglia osserva a distanza, malinconicamente, i suoi due figli. Pur essendo maleducati e aggressivi con lei e con il padre, appena fuori della famiglia soffrono, perché non hanno le qualità per brillare nel gruppo dove vivacchiano giorno e notte. Non sanno suonare la chitarra, non sanno tuffarsi dagli scogli, non sanno concepire frasi piene di perfidia e non reggono i fiumi di birra che scorrono tra i teppisti a cui si accompagnano.

Il problema è che, pur ribellandosi da tempo alla buona educazione che lei gli ha impartito, comunque volenti o nolenti l'hanno subita, ne sono stati segnati. E ora sono isterici e infelici, soprattutto perché non hanno successo con le ragazzine, che sono tutte in adorazione di un paio di giovani farabutti i quali cantano, suonano, ballano, saltano, nuotano, distribuiscono mazzate e raccontano barzellette con grande perizia.

Il marito di Passamaglia, all'opposto, ha un successo crescente. La signora bionda ride appena lui apre bocca e addirittura si sganassa quando le umilia il marito, timido e pavido, con battutine dispregiative e un umorismo basato su sottintesi sessuali.

La mia collega lo guarda, lo soppesa. Viene da una famiglia di dentisti, lo studio se lo sono passato di padre in figlio. Dove ha imparato a essere così aggressivo e volgare? È la sua natura? Chissà. "I *tuoi* figli" le dice con disprezzo quando i ragazzi si mostrano piagnoni, depressi, vittime dei loro compagni più violenti, più crudeli di loro. Glieli attribuisce come se lei li avesse fatti per partenogenesi. Invece se ne assume totalmente la paternità quando si comportano da spietati mascalzoni.

Per esempio:

"S'è messa a piangere".

"Perché?"

"Voleva il compito di matematica."

"E tu gliel'hai passato?"

"No."

"Bravo."

Oppure:

"M'ha detto stronzo".

"E che gli hai risposto?"

"Niente, gli ho ficcato il compasso nella coscia."

"Bravo."

O anche:

"Lui studia sempre e la professoressa ci dice: dovete fare come lui".

"E voi?"

"Noi gli abbiamo fatto passare la voglia di fare il primo della classe."

"Bravi."

Questi figli *paterni* fanno arrabbiare Passamaglia, è il momento in cui, pur tra molti dubbi, li preferirebbe davvero solo suoi. Anche Rousseau la fa arrabbiare. Questo filosofo all'apparenza fa moine alle madri, dice di preferirle ai padri, le considera centrali (ma solo nella prima educazione), si accende per il legame naturale d'amore tra madri e figli. Poi, esattamente come suo marito, le riempie di vituperi ogni volta che ne ha l'occasione, ora perché le ritiene all'origine della confusione dei ruoli sessuali in atto ai suoi tempi ("le donne non vogliono fare più le madri ed educano i figli come damerini, le figlie come gentiluomini"), ora perché rendono la prole capricciosa e fragile per eccesso d'amore.

Ora Passamaglia non è una che vuole femminilizzare i maschi e maschilizzare le femmine. Ma non può sopportare che suo marito e Rousseau vogliano che, salvo i pochi aggiustamenti necessari, si sia maschi o femmine come è stato fissato nei secoli dalla tradizione dei padri. Lei anzi è sotto sotto convinta che quelle figurine di madri come appaiono nei disegni e nei quadri, sempre attente a mettere libri sotto gli occhi dei figli, se avessero potuto continuare il proprio lavoro per almeno cinque lustri avrebbero migliorato parecchio la storia del genere umano. Ma non è andata così. Passamaglia adesso ingoia la rabbia e cerca di riflettere. Forse l'errore che ha fatto in tutti questi anni, con i suoi figli e coi suoi alunni e per ultimo con il povero Baschi, è stato fare la madre, fare la professoressa, ma sgobbando come dentro una gabbia, la gabbia delle piccole e grandi forme dei padri.

"È vero," dice a se stessa, "che la professione docente è diventata una professione femminile, ma la scuola, i programmi, le discipline, la cultura che trasmettiamo, è tutta roba di maschi."

Qui si indigna di nuovo. La scuola è territorio di donne? Insegnare è lavoro di donne? Ci pagate per questo quattro soldi? Bene, ma allora femminilizziamo sul serio l'insegnamento. Leviamoci tutte di colpo come una dea Kali. Scombiniamo le regole del dentista, di Rousseau, del ministro dell'Istruzione pubblica. Insegniamo a stare al mondo con un sentimento delle scienze, delle lettere, che non è più il loro, è il nostro.

Ma il mondo intorno, le mamme, i padri, tutto va in un'altra direzione. Il marito di Passamaglia non è un'eccezione. L'intera spiaggia, pur essendo popolata di gente abbastanza scolarizzata, non ha un solo pensiero elevato. I maschi soprattutto. Sono lì a raccontare per ore come hanno regolato i conti con quello, come hanno dato una lezione a quell'altro, quanto costa la barca che si sono comprati, come se la cavano benissimo con la moto d'acqua, che bel contratto hanno appena firmato, i soldi soprattutto che hanno guadagnato e che guadagneranno. Ce l'hanno con gli inetti e gli ingenui, che loro in genere chiamano stronzi.

Passamaglia pensa allora ai suoi colleghi. Perciò, tra i pochi maschi che ancora lavorano nella scuola, è così diffuso il doppio lavoro? Cosa avrebbe da dire un insegnante, se capitasse su questa spiaggia? Uno come suo marito lo prenderebbe in considerazione?

Qui, malgrado siano tutti nudi, appena ci fai conoscenza li senti declinare il loro status: medico, architetto, ingegnere, avvocato, giornalista. Se uno status riassumibile in un titolo non c'è, ci si presenta come se il proprio motoscafo, la barchetta, gli ori al collo o al polso o alle orecchie, i metri quadri della villa, fossero l'equivalente di un qualche sangue blu. I ragazzi vengono chiamati i figli dell'ingegnere, i figli del farmacista, i figli dell'avvocato o anche i figli di quelli che stanno nella grande villa blu. Non accade mai, per capirci, che i due figli di Passamaglia siano denominati i figli della professoressa. La dizione corrente è i figli del dentista. Perché i professori, qui come altrove, non hanno alcun peso. Se qualcuno ce n'è, si spaccia per ingegnere, per architetto, per scrittore: fa ricorso cioè al suo secondo lavoro per definirsi. I bagnanti, le rare volte che parlano con Passamaglia non in quanto moglie di dentista, lo fanno solo per lamentarsi di come funziona male la scuola, alla quale mostrano di tenere molto soltanto perché le attribuiscono – non si sa bene però per quanto ancora – il compito di ratificare e consolidare i privilegi dei loro figli.

Queste persone, per capirci, non vogliono affatto una scuola pubblica aperta alle necessità di chiunque. Vogliono solo che essa garantisca al loro ceppo la permanenza eterna in luoghi non troppo distanti dal vertice della piramide sociale. Quando dicono, per esempio, che la scuola non funziona, non si stanno lamentando del vecchiume dell'istituzione, della sua incapacità di assicurare a tutti una formazione di qualità per il bene della nazione e del genere umano, ma del fatto che essa non sa garantire al loro sangue il vantaggio che merita sul sangue degli altri. Perciò fanno con Passamaglia la voce minacciosa, come se lei fosse la Scuola in persona e stessero là là per schiaffeggiarla:

"Ah ma io li mando a studiare dai preti! Ah ma io li mando a studiare all'estero!".

Passamaglia tace pensando tra sé e sé, con un'improvvisa vergogna, che lei non è diversa. Non teme forse che i suoi figli non ce la faranno? Non ha cercato variamente anche lei di collocarli nelle sezioni dove si sapeva che c'erano insegnanti capaci, dove era noto che personaggi importanti avevano iscritto i loro figli? Non pensa spesso e volentieri che quegli stessi insegnanti che difende quando ce li ha in veste di colleghi – la professoressa Olona, per esempio, che forse doveva consegnare alla vendetta di Baschi –, li licenzierebbe in tronco quando se li trova di fronte come insegnanti dei suoi due ragazzi?

"Lo sguardo di noi genitori è falsato dall'apprensione narcisistica per i figli" pensa assai pensosamente.

E fantastica su altri brani di Rousseau che ha appena letto, certi passaggi importanti dove lui progetta una sorta di educazione alla perdita improvvisa dei privilegi economici e sociali. L'intero disegno educativo di Rousseau, in effetti, è improntato all'instabilità socioeconomica. Jean-Jacques – ora lo chiama con incerta amicizia – voleva un'educazione, per i maschi naturalmente, tutta rivolta alla definizione di sé attraverso le relazioni con le cose e con gli uomini. Ma pensava anche che non avrebbe guastato insegnare a Emilio un lavoro manuale, il falegname per esempio, utile in caso di ruzzolone sociale.

Riflessione lungimirante. Anche se già Madame de Staël, che pure era una sua ammiratrice, confessava che per vanità di genitrice non avrebbe mai potuto tollerare che suo figlio si dedicasse per vivere a un mestiere di basso rango.

"Come tutta questa spiaggia," pensa del resto Passamaglia, "come io stessa."

Intanto torna a spiare con lo sguardo i suoi due figli maschi. Diventeranno degli incapaci senza arte né parte, senza sensibilità e cultura? Cosa accadrà quando si saranno mangiati gli appartamenti acquistati dal loro padre? Cosa accadrà quando, abituati al lusso ma senza più una condizione che glielo assicuri, dovranno procacciarsi un lavoro qualsiasi e scopriranno che non solo non sanno fare i falegnami, ma non sanno fare assolutamente niente? E in caso di catastrofe della civiltà occidentale, come se la caveranno, visto che non sanno nemmeno come funziona la candela?

Precipitati tra i reietti, a maggior ragione non piaceranno, non saranno amati?

Passamaglia sfoglia l'*Emilio*. Rilegge il brano in cui Rousseau dice che la donna è votata al piacere dell'uomo e che il maschio piace all'altro sesso per la forza, per il potere che sprigiona. Allora guarda i figli, le ragazzine che li ignorano. Poi guarda suo marito, che invece la signora bionda adora sebbene lui le umilii il consorte (o forse proprio perché glielo umilia). Terribile, pensa, questo gioco dei piaceri tra i sessi, marchiato dall'esibizione della potenza. Se davvero è il potere la bellezza "naturale" dei maschi, la loro educazione non può essere che educazione ad accumulare potere? Qual è la soluzione? Rieducare le femmine in modo che non siano più attratte dal potere maschile? E come, educandole al potere? Vale a dire educandole alla sopraffazione, all'illibertà, al sangue (Passamaglia, da stagionata insegnante, cita Alessandro Manzoni, *Adelchi*), all'intortamento, al raggiro? Queste sono le materie vere che, comunque si mettano le cose, saranno tenute a insegnare, lei e le sue colleghe?

Siamo a Ferragosto quando Passamaglia, mentre osserva dal suo lettino blu le folle di bagnanti che si muovono lungo il bagnasciuga verso la spiaggia libera, riconosce il preside. È tutto vestito di grigio, scarpe e calzini ai piedi. Trascina un ombrellone, due sdraio, uno zaino da montagna, la moglie, il bambino di sette anni che strilla come un'aquila.

Passamaglia si chiede in lieve agitazione:

"Lo saluto, non lo saluto?".

Decide di far finta di niente, guardare da un'altra parte. Poi però non ci riesce e si gira ogni tanto a spiare prima la moglie del preside, già in due pezzi, che cerca di calmare il bambino, e poi il preside, affaticato, che pianta l'ombrellone conficcando l'asta con foga, apre le sdraio in modo esperto, svuota lo zaino ordinatamente, si leva i calzoni e la maglietta badando a che non si spiegazzino, si mostra in un costume da bagno a bande rosse e blu oltre il quale sporge la pancetta del sedentario.

A quel punto però, fortuitamente, gli sguardi si incrociano e oh che sorpresa: entrambi si muovono sulla sabbia rovente prontamente, l'una incontro all'altro come se i loro rapporti fossero da sempre ottimi.

Come va, come non va, il preside presenta sua moglie a Passamaglia, Passamaglia presenta al preside suo marito, il tutto mentre il bambino urla: "Voglio la paletta, voglio il secchiello, voglio fare il bagno, voglio che scaviamo una buca, voglio il pallone". Ma il preside e la moglie sembrano sordi alle urla del loro figliolo, agli strattoni che lui dà prima a una mano del padre, poi a una mano della madre. Anzi il preside si mostra essenzialmente interessato al libro rimasto tra le mani di Passamaglia. Dà uno sguardo incuriosito al titolo, dice: che bella lettura, brava, e si esprime positivamente sulla necessità che i *suoi* insegnanti si coltivino, perché i problemi dell'insegnamento sono tanti. Lui stesso ricorda con rammarico quello che è accaduto all'allievo Marco Baschi a fine anno, ma rassicura Passamaglia, si è informato e sa che il ragazzo è in via di guarigione, sta bene. Critica blandamente la professoressa Olona che certe volte è troppo dura o forse troppo superficiale. "Un buon rapporto con i giovani è tutto" dice. Poi si rivolge al marito di Passamaglia per raccontargli di Baschi che gli ha sfondato una vetrata e per dirgli com'è difficile tenere dietro ai problemi di una scuola grande come la sua.

"Chi paga adesso?" chiede subito il dentista, intendendo due cose contemporaneamente: chi paga per la vetrata rotta e chi paga, più in generale, per una scuola in cui gli allievi non si limitano ad accogliere la giusta punizione per la loro cretinaggine ma si buttano a capofitto contro i vetri rivendicando il diritto di non essere mai puniti.

Il preside risponde solo allo strato di superficie del quesito:

"I genitori di Baschi".

"Sempre i genitori pagano," si inalbera il marito di Passamaglia, "gli insegnanti mai, la scuola mai."

Comincia a questo punto una fitta conversazione tra i due uomini, come se della scuola sapessero tutto loro e niente Passamaglia, che pure ci lavora da docente, e niente la moglie del preside, che pure – si è appreso – è segretaria in un istituto professionale.

Questa signora per un po' acconsente a tutto ciò che dice il marito di Passamaglia, ma senza parole, con cenni della testa; poi dopo un po' si scusa perché deve correre a mettere all'ombra le molte bibite che hanno portato per il bambino, se la squaglia, si siede in sdraio, non torna più.

Passamaglia resta, non se ne può andare, ma le è difficile inserirsi fra la tignosa aggressività del marito e la cavillosa aggressività del preside senza beccarsi subito:

"Stai un momento zitta, per favore?"

o

"Scusi, professoressa, mi consenta di sottolineare...".

Così piano piano la mia collega sente di sbiadire, ha l'impressione di non esistere più.

Si siede sul lettino con l'*Emilio* sulle ginocchia e si concentra sul figlio del preside che non ha mai smesso, intanto, di strattonare il padre, strillare, frignare, pretendere, mentre il genitore, senza guardarlo, col sorriso sulle labbra, ogni tanto inserisce all'interno delle chiacchiere col marito di Passamaglia frasi tipo:

"Adesso arriva la paletta, tesoro. Adesso arriva il secchiello. Ora faremo il bagno. Ora scaveremo la buca. Ora avrai il tuo pallone".

Ma sono frasi fredde, rivolte a un fantasma. Il preside in quel momento ha un unico interlocutore in carne e ossa, il dentista, e con quello si impegna e si accalora.

"Sono come questo bambino," pensa Passamaglia demoralizzata, "nessuno mi dà retta."

Ma poi si rende conto che il paragone è inefficace. Lei ha desistito, quel bambino non desiste. Lei è una donna da lungo tempo disciplinata, quel bambino no, quel bambino ha la furiosa certezza di dover essere ascoltato e perciò è – diciamolo – insopportabile.

Passamaglia lo osserva, ne annota le smanie scomposte e le ritorna ancora una volta in mente il suo Rousseau. Jean-Jacques dice che un bambino non deve mai sperimentare il dominio sugli altri, né d'altra parte deve essere abituato a obbedire, perché sarà la forza bene orchestrata delle cose a educarlo all'equilibrio tra necessità e desideri.

Ma la mia collega non riesce a sentire nemmeno una nota della forza delle cose e non percepisce neanche alla lontana che necessità e desideri hanno un qualche pur precario equilibrio. Vede invece, su questa spiaggia agiata, un mondo di figli unici, al massimo due, a cui i genitori oggi concedono tutto e domani, stremati dalle loro pretese inesauribili, vogliono togliere tutto, anche la vita.

Passamaglia conosce bene quell'altalena sentimentale, sia come madre che come insegnante. Come madre, s'è visto, ha tirato su figli prepotenti in casa e vili in pubblico. Come insegnante, be', la sua esperienza è piena di atteggiamenti docenti bonaccioni che poi muta bruscamente, quando i suoi alunni le fanno perdere la pazienza, in minacce urlate di note disciplinari, "attento a te", "fuori", "ti mando dal preside". Il preside sì, proprio questo signore calvo, con gli occhiali, la pancetta sopra il costumino a bande rosse e blu, che sta dibattendo accanitamente con suo marito il dentista i problemi della scuola, mentre il figlio lo colpisce in continuazione su una natica, con la manina aperta, e gliel'arrossa.

In fine la scuola, ai due uomini, appare fin troppo sviscerata. Si sono trovati d'accordo su molte possibili soluzioni, tipo tornare a bocciare come una volta, selezionare classi di alunni eccezionali e fregarsene dei fannulloni, introdurre il licenziamento dei professori incapaci. Ora il preside cambia argomento e mostra al dentista un dente che di recente gli si è infiammato e lui ha dovuto prendere un antibiotico. Il dentista gli dà qualche consiglio, gli dice di rivolgersi a Passamaglia in settembre, quando riaprirà lo studio. Lui gli troverà uno spazietto tra un appuntamento e l'altro (è strapieno, si sa) per una visita di controllo. Saluti. Il preside si volge finalmente a Passamaglia e accenna persino a una sorta di baciamano, in costume da bagno. Adesso si allontana trascinando letteralmente il figlio che solca la sabbia col corpicino esile, scalcia, urla, vuole fare subito il bagno, vuole il pallone.

Il preside dopo pochi metri si ferma, dice con calma sicuramente finta:

"Il pallone lo abbiamo dimenticato. Pazienza, tesoro, lo porteremo la prossima volta".

Il bambino tira al padre ancora più calci, lo attacca a testa bassa come Baschi con la vetrata.

"No," strilla, "voglio fare il bagno col pallone, subito!"

Il preside si sente osservato da tutta la spiaggia. Guarda Passamaglia di sottecchi. È in imbarazzo proprio in quanto preside esposto agli occhi e alle orecchie di una sua insegnante ben sposata a un facoltoso dentista. Forse vorrebbe, russovianamente, equilibrare necessità e desideri del figliolo grazie alla forza ben orchestrata delle cose, ma non ce la fa più. Urla fuori di sé:

"Basta, bastaaaa!" e strapazza il figlioletto, fra l'altro avuto in età avanzata, come se volesse romperlo.

Lo farebbe, se non arrivasse di corsa la moglie, più giovane, a calmarlo.

L'incontro con il preside ha peggiorato i rapporti tra Passamaglia e suo marito, che in vacanza, quando i due si devono sopportare tutta la giornata, già normalmente non vanno benissimo. Incoraggiato dalla lunga conversazione con il capo dell'istituto, il dentista, che in genere si sente in grado di dare lezioni a chiunque su ogni cosa, ha cominciato puntigliosamente a mettere bocca anche sul lavoro della moglie per dimostrarle quale professore di genio sarebbe stato lui, se avesse scelto di insegnare. Ora poco manca che dopo ogni battibecco non le assegni un insufficiente, un sufficiente, un discreto con l'aria del sotuttoìo che non solo la vuole avere sempre vinta, ma valuta anche come gli hai tenuto testa. Perciò lei ieri non ce l'ha fatta più e gli ha gridato:

"Quanto sei pedante!".

Adesso sulla spiaggia, mentre passeggia per raccogliere conchiglie, ci pensa e ci ripensa. Che stupidaggine. Per insultare il marito ha fatto ricorso a un vocabolo che rimanda a lei, alla sua professione di insegnante? Cos'era infatti un pedante, prima di diventare un insulto, se non un precettore, uno che sgobbava a istruire ragazzini, un docente? Oddiosanto, come sono terribili le parole. Finiscono sempre per lavorare contro chi le pronuncia.

Passeggiando passeggiando lungo il mare, dove meduse agonizzano al sole inchiodate sulla sabbia dai ragazzini con acuminate canne di bambù, Passamaglia si è ricordata di Manfurio, professore di lettere greche, latine e volgari, il pedante del *Candelaio*. Come si accanisce contro di lui l'autore della commedia, Giordano Bruno. Come gli rovescia addosso tutta la stupidità, tutta l'approssimazione degli studi a cui lui stesso, il filosofo di Nola, da ragazzo è stato costretto. Che cosa facciamo ai nostri alunni, se da sempre finiscono per ricordarsi di noi come degli esseri più insopportabili, più ridicoli, più ignoranti di tutta la loro esperienza di vita?

Pedante. Passamaglia fruga nella memoria: quando una volta s'era messa a studiare *Il candelaio* per curiosità aveva fatto ricerche sulla figura del pedante. La parola era intesa come un corto circuito tra "pedagogo" e chi non è "cavalcante", cioè non ha cavallo e perciò è costretto ad andare a piedi? Era dunque l'effetto verbale di un'altra costante della professione, la miseria, come marcava crudelmente anche l'Aretino insistendo su "pedagoghi affumicati e mal vestiti e unti e disgraziati e sudici, che vengono a insegnare nelle case"? Può essere – si chiede la mia collega – che oggi "insegnante", "professore", comincino a suonare allo stesso modo? Le torna in mente quando lei era ragazza, in provincia di Salerno, e c'era già chi scherzava sul *fesso* incastonato dentro *professore*. Le parole di oggi per indicare il docente assumeranno anch'esse un valore dispregiativo?

Passamaglia sospira, si china a raccogliere una bella conchiglia bianchissima. Nutre sempre più la convinzione che la rinascita della scuola debba passare anche attraverso una risignificazione senza mezze misure dell'insegnare, degli insegnanti. Ma intanto si chiede con rammarico, ripensando agli screzi col marito:

"Perché gli ho detto pedante? Perché non gli ho detto dentista?".

Per evitare il gruppo sempre più vasto di villeggianti che si raduna sotto il suo ombrellone in attesa che il dentista organizzi per tutti una giornata di grandi divertimenti, Passamaglia passa sempre meno tempo a leggere sdraiata sul lettino blu.

Bisogna dire però che non si è chiusa subito a riccio. All'inizio è stata assai socievole, ha cercato di partecipare attivamente ai divertimenti, non foss'altro che come padrona di casa. Ma quando ha scoperto che divertirsi significava soprattutto fare gare con motorette da mare disgustosamente assordanti o correre in motoscafo avanti e indietro producendo inquinamenti di ogni tipo, per poi filare a riva a tutto gas, rischiando di assassinare bambini, ha preso l'abitudine di fare lunghe passaggiate con telo ed *Emilio*, cercando tratti di spiaggia solitari.

Oggi ne ha trovato uno deserto. Ha steso il telo sulla sabbia, si è sdraiata, e si è levata il reggipetto per dare una rinfrescatina all'abbronzatura del seno. Se ne stava così a petto nudo, occhi chiusi, pensieri caotici, quando ha sentito un fruscio della sabbia, presenze, voci che dicevano all'unisono:

"Professoressa!".

È balzata su, si è vista davanti gambe pelose e glabre, costumi, pelli abbronzate e poi ha riconosciuto Simona Colasanto, Romina Stendardo, Aldo Saccamoscia e, sorpresa, Marco Baschi.

Confusa, Passamaglia per prima cosa ha ordinato al braccio destro di afferrare il reggiseno, ma si è accorta che Baschi ci teneva, forse senza accorgersene, un piede sopra. Allora ha dato al braccio il contrordine, riflettendo in un lampo che sarebbe stato estremamente imbarazzante tirare a sé il reggiseno segnalando a Baschi di levare il piede e poi, sotto gli occhi dei suoi alunni, infilare le bretelle, cercare di agganciare il fermaglio. Sempre nella stessa frazione di secondo, le è venuto anche in mente di incrociare le braccia sul petto con apparente disinvoltura, ma anche a quello ha rinunciato, sarebbe stato un modo per segnalare comunque imbarazzo e, in un certo senso, per richiamare l'attenzione sul suo seno. Insomma ha deciso che la cosa migliore era restare a petto nudo e fare finta di niente. S'è alzata a fatica, fingendosi però disinvolta, e ha esclamato: che piacere, come mai da queste parti, come va; ma in contemporanea anche i suoi alunni hanno esclamato: che piacere, come mai da queste parti, come va, ed è caduto un silenzio imbarazzato. Passamaglia ha cercato subito di rimediare con le prime frasi che le sono venute in mente. Correndo con lo sguardo ansioso sulle facce dei suoi allievi mezzo sfottenti, mezzo affettuose, su Baschi soprattutto ancora con la testa fasciata e qualche cerotto sul viso, ha detto cercando di ritrovare in fretta il suo tono docente:

"Be', che si fa, si studia? State leggendo i libri che vi ho detto di leggere? E tu Baschi? Ti vedo bene, hai messo la testa a partito?".

Ma qui si è fermata, che scema, come si può parlare così a uno che la testa non l'ha messa a partito ma contro una vetrata? Che disagio. Già non le venivano più parole. Colpa della nudità, del reggipetto assente? Colpa delle strisce bianche sulla pancia dove, per via delle pieghe, il sole batte poco? Colpa delle smagliature sulle natiche?

Ha tirato avanti con uno sforzo di volontà, ha detto:

"Che fai ora, Baschi?".

"Faccio domanda per frequentare per la terza volta."

"Bravo, non bisogna mai cedere."

"Però i professori mi devono aiutare."

"Ti aiuteremo, ci puoi contare."

"A Olona le dovete dare una calmata."

"La professoressa Olona fa solo il suo lavoro, Baschi, non devi avercela con lei."

"Olona è un'isterica pazza, professoressa, quella ce l'ha con me."

"Ma che dici?"

Per un po' Passamaglia ha parlato a Baschi della scuola, degli insegnanti, cercando di convincerlo che si trattava di una comunità volta a fare il suo bene. Ma la voce ha seguitato a venirle poco convinta, a disagio, e a un certo punto ha capito che non era colpa del reggipetto rimasto sotto il piede di Baschi. Il reggipetto non sarebbe bastato mai a coprire la sua vera nudità. Ci sarebbero voluti il registro, la cattedra, l'aula, l'intera scuola. Era dentro quella corazza che si sentiva l'autorità per dare consigli ai giovani con tono ironico e insieme accattivante, simpatico e tuttavia risoluto. Senza la scuola e i suoi arredi le veniva la voce della moglie del dentista che in vacanza conserva solo modi e tic di pedante, poco simpatica, poco cordiale, timidamente nascosta dietro i suoi libri non da spiaggia.

Lei e i suoi alunni sono rimasti ancora un poco a cercare un punto di contatto, a fare tentativi di conversazione. Poi Baschi ha chiesto:

"Lei sta qui da quando?".

"Due mesi."

"E dove ce l'ha la casa?"

Passamaglia ha indicato in lontananza il suo villino sulle dune, proprio a ridosso della pineta.

"Là."

"E che legge?"

"*Emilio* di Rousseau, poi a settembre vi dirò di cosa si tratta."

Baschi si è illuminato, ha detto:

"Beata lei, professoressa. Si vede pure a scuola che lei non è come tutti gli altri: lei è ricca, bella, brava, è superiore. Mi raccomando, m'aiuti quest'anno".

Dopo averle lanciato uno sguardo commosso al seno, l'ha abbracciata, l'ha baciata sulle guance. Poi tutt'e quattro hanno raccolto le loro buste di plastica e si sono allontanati.

Passamaglia in un lampo ha afferrato il reggipetto, se l'è allacciato.

La mia collega per un po' è rimasta contenta di quella improvvisa lode di Baschi. Ma si sa com'è Passamaglia, il buonumore le è durato finché non è tornata al lettino blu, sotto l'ombrellone. Lì è stata a guardare suo marito che era in acqua, teneva a cavalluccio la signora bionda e lottava con altri uomini che avevano donne a cavalluccio rovesciandoli in acqua l'uno dopo l'altro. A quel punto ha cominciato a chiedersi:

"Chi sono? Qual è la mia vera fisionomia? Cosa mi rende agli occhi di Baschi migliore di Olona, che è divorziata, ha tre figli, il marito non le dà una lira, tira avanti asprigna, col suo stipendio? Se non fossi sposata a un evasore fiscale che gratta danaro come può, il mio lavoro e il relativo stipendio potrebbero permettermi queste vacanze? Potrei concedermi cinema, teatro, la valigia di libri con cui passo il tempo, i dubbi, i rovelli, i progetti di nuove didattiche per i miei alunni? Come faccio a tracciare veramente una linea divisoria tra il mio ruolo di insegnante e questa spiaggia di arraffarraffa?".

Le domande piano piano si sono dilatate. Passamaglia si è chiesta se le piccole nefandezze che le entravano nella vita attraverso il marito non avessero una qualche connessione con le grandi nefandezze di Italia. E di pensiero in pensiero è arrivata ai seguenti interrogativi:

"Cosa insegno ai miei alunni senza rendermene conto? Le collane, gli orecchini, gli anelli che porto; l'abito; le scarpe; i film, i libri, il teatro, i concerti, i viaggi di cui racconto e che testimoniano di lussi in contraddizione col mio stipendio, quale fantasma compongono e quanto conta questo mio spettro nella formazione dei miei alunni, nel fatto che tutto sommato mi preferiscono a Olona?".

Le vacanze volgono al termine. Ci sono nuvole bianche, soffia un po' di vento che solleva fastidiosamente la sabbia. Passamaglia nell'ultima settimana ha portato a termine l'*Emilio*, dal quale ha tratto due quaderni pieni di appunti. Ora legge svogliatamente il giornale combattendo col vento. Il mondo, stando alle notizie, è tutto un disastro. La storia del genere umano è un garbuglio e non si riesce a trovare il bandolo. Per chi a momenti deve tornare nelle aule non è una cosa da poco. Come impostare la lezione? Sistemando le informazioni secondo quale senso di marcia?

Passamaglia, pur essendo spesso di umor nero, ritiene che non si possa insegnare con pessimismo. Un insegnante dovrebbe sempre trovare un sentiero ottimistico nella giungla delle stragi, dello sfruttamento, del saccheggio. Ci dev'essere, pensa, una parola che dia senso al normale catalogo dell'orrore. Ma è difficile. Oggi un'insegnante è sola nel disordine sonnolento. Il collega Rousseau elencava ragioni, aveva un suo sistema e certi suoi miti: la natura che educa, la necessità di preparare i ricchi ai rovesci della fortuna, la passione per Sparta. Ma la scuola di oggi? Storia, natura, scienza, progresso. Passamaglia sente intorno solo un fastidioso stridio: granchi stritolati dal passo degli zoccoli, scarabei tormentati dai ragazzini, vespe che agonizzano sul pelo dell'acqua.

Poi è distratta da due bambini che a pochi passi fanno conversazione. Lui avrà cinque anni, lei forse quattro. Imitano i toni delle conversazioni adulte.

Lui: Quando sei nata?

Lei: Non sono nata, mi ha portata la cicogna.

Lui: Sei un uccello?

Lei: No, sono una bambina.

Lui: Ma hai le ali?

Lei: Certe volte.

Lui: Fammele vedere.

Lei: Adesso non ce l'ho con me.

Lui: Io sono nato dalla pancia di mia madre.

Lei: Non è vero.

Lui: È verissimo. Ma certe volte le ali ce l'ho anch'io.

Passamaglia è incantata, pensa già di intervenire, spiegare, chiarire, insomma insegnare. Ma comincia a piovere. In pochi minuti il cielo è diventato nerissimo, le gocce vengono giù fitte e pesanti, il mare leva onde giallastre. La folla dei bagnanti si muove tutta verso una tettoia a ridosso della pineta, è un fuggi fuggi urlante. I più veloci sono certi uomini muscolosi, certi giovanotti atletici, certe ragazzine di gamba lunga e decisa. Travolgono scherzando e ridendo anziani, mamme con neonati, donne incinte, la stessa Passamaglia. Lei grida: che modi e si becca insulti e spintoni, tanto che finisce contro il bel bambino di prima che le corre a lato con secchiello e paletta. Passamaglia esclama desolata:

"Povero bimbo, scusa!".

E lui, come posseduto da un demone che gli parla in gola con voce di anziano, le sibila:

"Non puoi guardare dove metti i piedi, stronza?".

Poi però inciampa, cade, piange sotto la pioggia. Passamaglia si ferma, lo prende in braccio, corre. Pensa:

"Il peggio si apprende sempre più facilmente del meglio, perciò ogni bambino impara subito il peggio".

Intanto si dice, una volta sotto la tettoia, in un angolino dove arriva comunque la pioggia:

"Ma ci deve pur essere da qualche parte un lato buono che si può insegnare".

Guarda suo marito che sta arrivando di corsa, mentre lampeggia e tuona. È pesante, ansima, e tuttavia ride, fa smorfie. Porta in braccio la bambina con le ali, quella che è venuta al mondo grazie alla cicogna.

BISOGNO DI NATALE

La collega Passamaglia ha varcato la porta della scuola con passo lieto per riprendere servizio dopo le vacanze estive. Indossa un vestitino azzurro che valorizza la sua abbronzatura selvaggia. Il collega Broccoletti l'ha vista così scura di pelle e per fare lo spiritoso le ha gridato: "Aldo là! Dove credere di andare du? Dornare subbido nell'Afriga nera da dove essere venuda!". Passamaglia si è arrabbiata e gliene ha dette quattro, tra cui: "Broccoletti, sei più scemo e razzista di come t'ho lasciato a giugno". Quindi è andata in sala professori, ma già con passo meno lieto. Sulla soglia si è chiesta: "Quanto manca alle vacanze di Natale?".

Passamaglia insegna materie letterarie da ventisei anni. A ogni luglio vorrebbe lasciare per sempre la scuola, a ogni settembre è animata dai migliori propositi e ritorna nelle aule volentieri, quasi con gioia. Poi però il buonumore cede e le torna un fastidio per i colleghi come Broccoletti, per l'inefficienza delle burocrazie, per il consueto spettacolo degli insegnanti che mancano, degli alunni che scorrazzano per i corridoi, dello stato delle aule che fa ribrezzo, del preside o dirigente scolastico, come si chiama adesso, che finge che tutto sia in ordine.

È difficile dire quanto sia ampio il raggio dello scontento mesto di Passamaglia. Vorrebbe che la scuola pubblica funzionasse al meglio e invece, a ogni anno che passa, la vede venire giù a pezzi come per un terremoto permanente. Detesta la scuola annunciata delle tre "i" (tutta rivolta a insegnare l'inglese, l'arte di navigare in Internet e la cultura di impresa), la considera una scuola per fabbricare idioti; ma intanto la vede che avanza a passi grandi, pare che l'Italia non aspiri ad altro che all'idiozia. Le ripugna la voglia diffusa di passare soldi pubblici alle scuole private, e la disgusta ancora di più la smania di fare affari con l'istruzione, ridotta a merce da supermercato o da negozio esclusivo, lo studio e il futuro a seconda delle tasche. Soprattutto, lei che è letterata, ha repulsione per le parole nuove della scuola, sempre diverse e sempre più brutte, che innovano la forma e non la sostanza. Anche quest'anno, infatti, deve collaborare al POF (piano dell'offerta formativa), deve preparare gli IDEI (interventi didattico-educativo-informativi), deve fronteggiare i DF (debiti formativi), deve occuparsi del CIC (centro di informazione e consulenza), deve concepire Progetti e individuare Obiettivi, deve approntare griglie di valutazione oggettiva, deve avere a che fare con gente come Broccoletti che ha arraffato cariche dai nomi oscuri come "referente", "funzione-obiettivo" e si pavoneggia. Passamaglia fa, cerca di capire, un po' si dispera, a malincuore si adatta. Ma Broccoletti è troppo. Questo collega oggi, in sala professori, di ritorno da una baruffa col dirigente scolastico o preside, ha detto seccato: "Vuole sempre avere ragione lui! Ixe dixit!". Passamaglia lo ha corretto cautamente: "Ipse, Broccoletti, si dice ipse". Lui l'ha guardata storto: "Ixe, è latino. Te lo sei dimenticato il latino?".

Le lezioni sono cominciate. Fa ancora molto caldo, le aule sono fornaci, ma Passamaglia lavora alacremente, non le piace perdere un minuto. A volte tutto fila liscio, a volte gli alunni la fanno arrabbiare, si stancano facilmente, hanno occhi smerigliati. Lei allora grida: "Dormite? Di questo passo non arriverete mai al diploma!".

Si serve spesso di frasi di questo tipo, sono ferri del mestiere. Per lei, del resto, diploma è ancora una parola di tutto rispetto, indica una meta importante. La pronuncia come se fosse Roma Termini, Milano centrale o addirittura la Luna. Tant'è vero che spesso aggiunge: "Continuate così e il diploma lo vedrete solo col cannocchiale".

La sua alunna Banda Sara invece non dà importanza al diploma. Ieri ha esclamato: "Tanta fatica per un pezzo di carta".

Passamaglia non è riuscita a soprassedere. "Il diploma non è un pezzo di carta," ha detto, "il diploma è il diploma e va considerato di bronzo come in epoca romana."

Quindi, in un lampo, s'è immaginata cosa accadrebbe se lei adeguasse le sue parole a quelle dei suoi allievi e sul più bello esclamasse: "Di questo passo non arriverete mai al pezzo di carta" o "Il pezzo di carta lo vedrete solo col cannocchiale". La colla che per lei tiene insieme la scuola si scioglierebbe. Comincerebbe a vagare smarrita chiedendosi: "Che ci faccio qui? A che servo? Mi licenzieranno? Mi trasferiranno in un ufficio postale? Chi è la professoressa Passamaglia, se il diploma è un pezzo di carta?".

A quel punto ha deciso di buttarla sul patetico. Ha detto alla classe: "Pensate, io vivo nelle aule dall'età di sei anni e ho collezionato parecchi pezzi di carta, come dite voi. Ma non ne è valsa la pena?".

Banda Sara l'ha squadrata ben bene e ha risposto con un risolino accattivante:

"No".

Sebbene sia fine settembre, Broccoletti ha formulato un progetto didattico che ha per scadenza il 22 dicembre. Vuole mettere su un coro con gli allievi dell'istituto e cantare, in palestra, tra festoni e palle colorate e luci intermittenti, *Bianco Natale*.

Passamaglia si è infastidita, le è sembrata un'idea frivola, e ha opposto al progetto Broccoletti un suo progetto più colto e articolato: mettere in scena per quella stessa data un testo teatrale, da comporre insieme ai suoi alunni, che racconti di quando il Parlamento di Parigi decretò che l'*Emilio* di Rousseau fosse lacerato e bruciato nel cortile del Palazzo di giustizia.

Le è sembrata, la sua, una proposta di lavoro molto significativa e di gran lunga più istruttiva che cantare in coro *Bianco Natale*. Ha pensato di assegnare, con una certa audacia, il ruolo di Rousseau a Banda Sara. Le sembra l'unica che abbia il piglio necessario per declamare, come in effetti annotò nelle *Confessioni* lo stesso Rousseau: "I membri del Parlamento dicevano apertamente che non si risolveva un bel niente bruciando i libri: bisognava bruciare gli autori".

Broccoletti ha commentato:

"I membri del Parlamento di Parigi avevano ragione. Ti brucerei a te che ci vuoi ammorbare con Rousseau".

È un'idea noiosa? Passamaglia ha subito scoperto che i suoi alunni non ne sono entusiasti, ma non si è molto preoccupata. In realtà non sono entusiasti di niente, lì per lì. Poi ci ripensano e col tempo si entusiasmano.

La prova è in quello che le dicono i suoi ex alunni ormai diplomati quando, all'inizio dell'anno scolastico, vengono a farle visita.

Sono incontri molto affettuosi. Studenti che parevano non la potessero soffrire ora le fanno capire che le vogliono bene e le rammentano iniziative, lezioni, conversazioni che li hanno indelebilmente segnati.

Dopo gli abbracci e i baci e le memorie liete, Passamaglia un po' commossa fa sempre la domanda: "E ora che fate di bello?".

Niente, non fanno niente di bello. C'è chi ha cercato un lavoro e non l'ha trovato. C'è chi l'ha trovato ma ha poco a che fare con ciò che ha imparato a scuola e per di più è precario. C'è chi si è appena iscritto all'università ed è venuto apposta per chiedere consiglio.

Passamaglia è di quei docenti che stanno a sentire con attenzione. Consola, incoraggia, si fa in quattro per essere utile. E sotto sotto è anche compiaciuta, quando la interpellano su argomenti universitari. Si dà da fare, rintraccia libri, sfodera autori e testi per approfondire. A volte tenta anche spiegazioni molto dotte per dimostrare che un insegnante di scuola media ha poco da invidiare a un professore universitario. Ma ciò che infine prevale, in quegli incontri, è la tristezza. I diplomati disoccupati sono tristi. I diplomati lavoratori sono tristi. I diplomati neouniversitari sono tristissimi.

Questi ultimi, soprattutto, vanno da lei per sfogarsi. Raccontano di file interminabili davanti agli sportelli delle segreterie. Narrano di percorsi labirintici alla ricerca di corsi fantasma. Denunciano la latitanza dei professori o la loro presenza sfuggente o i loro modi bruschi, sarcastici. Dicono che cercare compagni di studio, stabilire relazioni, trovare luoghi di incontro e discussione, porre domande complesse e cercare risposte comporta una fatica improba che non approda a nessun risultato. Concludono infine con l'esaltazione nostalgica del periodo in cui erano ancora studenti di scuola media: ah che affiatamento, che bel rapporto con gli insegnanti, che clima allegro, quante amicizie, come si studiava bene, quante belle iniziative.

Passamaglia li guarda incredula. Se li ricorda bene. Erano insofferenti, rumorosi, annoiati, addormentati, svogliati. Quando lei entrava in classe, di solito la trovava vuota, erano tutti al bagno. Studiavano poco o niente ma questionavano sui voti, erano sempre scontenti, ipercritici, maldicenti. A un certo punto, un po' confusa, un po' depressa, li saluta dicendo: "Dev'essere un inferno l'università, se vi ricordate questa scuola come un paradiso".

Ai primi di ottobre Passamaglia deve prendere atto che il progetto Broccoletti è già decollato. Il suo invece si sfilaccia ogni giorno di più, i ragazzi accampano scuse, tra i colleghi non c'è un cane disposto a darle una mano. Tutti dicono: interessante, ma poi svicolano. L'unica che pare contenta è Banda Sara. Le piace moltissimo l'idea di poter fare la parte di Rousseau. Ogni tanto, in piena lezione, balza in piedi e declama: "I membri del Parlamento dicevano apertamente che non si risolveva un bel niente abbruciando i libri: bisognava abbruciare gli autori". Disgraziatamente Banda Sara non brilla per frequenza. Le volte in cui è assente superano di gran lunga quelle in cui è presente. E poi è difficile convincerla che deve dire bruciare, non abbruciare.

Passamaglia è molto ordinata. Ha un suo quadernetto dove annota i problemi scolastici che incontra quotidianamente. È un lavoro che fa la sera, prima di addormentarsi, dopo aver sfacchinato tutto il pomeriggio per badare ai figli che faticano coi compiti, per preparare la cena. Stanca, si mette a letto mentre il marito dentista asseconda il sonno leggendo "Topolino". E smette di scrivere solo quando lui borbotta a mo' di buonanotte: aorgh, si gira su un fianco, allunga la mano e spegne la luce d'autorità.

In questa fase le pagine più fitte riguardano Banda Sara. Quando è presente fa scherzi, sghignazza, chiacchiera, si allena a essere Rousseau. Ma disgraziatamente il suo banco è sempre più spesso vuoto e Passamaglia lo fissa pensando: "Dove sarà Banda?".

Oggi l'ha bloccata per i corridoi. La ragazza era vestita con un corpetto viola del tipo vedo-non vedo e aveva pantaloni neri di quelli che uno pensa: glieli hanno cuciti sulla pelle e ora non se li può sfilare più. Fumava in corridoio, aspirando a pieni polmoni sotto il cartello "vietato fumare". La brace bruciava carta e tabacco così velocemente, che pareva aver fretta di congiungersi al rosso fuoco del rossetto.

"Banda," le ha chiesto, "che fai quando non vieni a scuola?"

Banda le ha risposto che va al bar in piazza Cotorno con gli amici suoi. La piazza si trova tra casermoni grigi con scritte spray. Il bar è di lato a un albero, l'unico della zona, moribondo.

"Questi amici," ha chiesto Passamaglia, "nemmeno loro vanno a scuola?"

"No."

"Vanno a lavorare?"

"No."

"E che fanno?"

"Stanno al bar."

"E non vi stancate di questo bar?"

"Nient'affatto."

"Ma vuoi passare la vita a questo modo?"

"Sì."

"Vuoi diventare vecchia in quel baretto?"

"No" ha escluso allora Banda Sara e le ha svelato quello che succederà. Presto o tardi, le ha confidato, passerà di lì un miliardario che si innamorerà di lei e se la sposerà.

"Un miliardario?"

"Un miliardario."

Passamaglia le ha chiesto:

"Scusa, Banda, rifletti: ti pare che i miliardari passino per piazza Cotorno e si fermino a prendere un drink nel tuo baretto accanto all'albero smorto?".

La ragazza è rimasta a bocca aperta come per un'improvvisa

rivelazione. Poi ha gettato la sigaretta sul pavimento, l'ha spenta col tacco e se n'è andata in classe senza una parola.

Passamaglia, con una fitta in petto, ha capito di aver sbagliato. Prima di quelle sue parole, per Banda Sara i miliardari potevano passare dappertutto; ora no. Che ha combinato, è pentita, l'ha scritto nel suo quaderno. Ha ucciso il sogno di un'adolescente con la crudele laida verità.

C'è un ottobre ancora più caldo di settembre. Passamaglia è sfinita, le sembra impossibile che la scuola sia cominciata solo da un mese e lei sia già sopraffatta dallo scoramento. Il suo progetto sull'*Emilio* di Rousseau è velocemente naufragato, gli alunni dicono che hanno già troppo da studiare, nessuno ha voglia di perdere tempo con quella roba cervellotica, anche Banda Sara non collabora più.

Del resto Passamaglia è come è: con lei si sgobba, di ogni cosa tende a trasmettere la complessità. Avrebbe voluto lavorare allo spettacolo su Rousseau ma anche al programma di storia e italiano; era sua intenzione far teatro curando anche la geografia, un po' di filosofia, l'ortografia, la sintassi. Insomma la sua idea di scuola è provare piacere e sgobbare, sgobbare e provare piacere.

Broccoletti invece se ne infischia delle fatiche della didattica d'ogni giorno e trascorre tutto il suo tempo a spassarsela con *Bianco Natale* tra battutine semioscene e lazzi. Conseguenza: il suo coro è affollatissimo. Molti alunni di Passamaglia vengono a scuola impreparati e si giustificano così: non hanno potuto studiare perché hanno dovuto partecipare alle prove di *Bianco Natale*.

Studiare, poi. È così difficile ottenere anche cose minime dagli studenti. Passamaglia, per esempio, fa fatica a convincere i suoi alunni che devono studiare sui libri e non sugli appunti copiati in fretta dal quaderno di Ferullo, l'unico che ascolti con attenzione le sue lezioni sintetizzandole per iscritto con una diligenza esasperante.

"Dovete usare il manuale" s'arrabbia.

Ma ogni mattina, quando si avvia verso scuola, passa accanto a una banca ancora chiusa e lì, seduti su un paio di gradini ricoperti di gomma, vede sempre i suoi allievi impegnati a copiare dal quaderno di Ferullo. Sgobbano a capo chino tra stridii di freni, claxon e urla di richiamo, uno detta, gli altri scrivono. Poi naturalmente accade che l'alunna Cerrotta Simona, interrogata su Guicciardini, dica leggendo di sbieco dal quaderno: "Alla stazione Guicciardini era sempre in divisa". E se Passamaglia la rimprovera ("Ma che dici?"), Cerrotta risponde: "Lei così ha detto". Non sempre è facile convincerla che la frase originaria era: "Quest'affermazione di Guicciardini può essere senz'altro condivisa".

"I libri sono certi," mormora Passamaglia depressa, "il quaderno di Ferullo è incerto."

Dieci giorni fa ha chiamato alla cattedra l'allievo Celli Angelo. Celli le ha parlato dei punti fecali della polemica romantica in Italia. Lei ha cercato di spiegargli con falsa calma che forse i punti erano focali. Ma Celli ha insistito che a pagina 128 del manuale di letteratura c'era scritto punti fecali.

Sono andati avanti per un po' a questionare, il ragazzo diceva: punti fecali, lei insisteva: punti focali. Alla fine Passamaglia ha perso le staffe e gli ha gridato: "Basta, mi hai scocciato, vai a posto". Celli se n'è andato a posto lamentandosi: "Però io ho studiato tutta la notte le polemiche romantiche, li conosco bene i punti fecali".

Passamaglia è rimasta per qualche minuto seduta in cattedra, in silenzio, a dirsi che non avrebbe dovuto perdere le staffe. Stava per concludere malinconicamente che forse gli insegnanti, anche volendo perdere qualcosa, non hanno da perdere niente, quando si è visto a lato Celli con il libro di testo e di fronte una classe partigiana, chi divertito, chi serio e combattivo, tutta schierata con il loro compagno.

"Qui è scritto punti fecali" le ha mostrato il ragazzo trionfante.

Passamaglia si è avvilita. Ha lanciato uno sguardo, ha borbottato controvoglia: "È un errore di stampa, Celli". Ma il suo alunno non le ha creduto, ha detto: i libri sono sempre certi, sennò vanno lacerati e bruciati come l'*Emilio* per ordine del Parlamento di Parigi.

Passamaglia ha taciuto. Altro che Rousseau, altro che far teatro. Lei, come docente, ha problemi ben più meschini e tuttavia irresolubili.

Oggi la mia collega si è accorta che, pur essendo soltanto il 29 ottobre, i suoi alunni hanno messo mano al giornale di classe e hanno marcato con entusiasmo i giorni di festa fino a giugno prossimo. Così il giornale dal 12 settembre al 29 ottobre è zeppo di nomi di assenti, di alunni giustificati, di argomenti delle lezioni svolte. Poi le pagine sono tutte bianche, tranne scritte improvvise tipo FESTA, VACANZA, con corredo di punti esclamativi.

Un vero monumento è dedicato al 22 dicembre. Lì appaiono festoni ben disegnati, un pupazzo di neve schizzato col pennarello rosso, un EVVIVA BIANCO NATALE con una decina di punti esclamativi. Subito dopo, con metodico accanimento, si ripete fino al 7 gennaio la scritta BUONE FESTE.

"Non ce la fanno più" ha pensato Passamaglia dopo uno sguardo panoramico ai suoi studenti. "Odiano la scuola, le lezioni, le interrogazioni, i libri, me, e non vedono l'ora di fare vacanza. O forse, senza volerlo, ho comunicato loro la mia fatica, il mio rifiuto, la mia indolenza. È terribile. Come posso seguitare a lavorare così?"

Ha detto nera, con voce cattiva:

"Chi ha imbrattato a questo modo il giornale di classe?".

Molti hanno gridato con allegria, con soddisfazione:

"Il professor Broccoletti".

A complicare la vita scolastica di Passamaglia è intervenuto lo stato deplorevole dei bagni riservati ai docenti.

Ne esistono due, in fondo al corridoio, l'uno accanto all'altro. Su una porta c'è l'immagine della damina, sull'altra c'è quella del gentiluomo e tuttavia succede spesso che colleghi frettolosi si infilino nel wc delle docenti lasciandolo in uno stato ripugnante.

In principio Passamaglia, sostenuta dalle altre professoresse, ha provato ad affrontare la cosa con battute ironiche ("Colleghi, state aspettando che il ministro vari un corso sulla grammatica delle immagini per imparare che il wc con la damina spetta a noi e quello con l'omino a voi?"). Niente. Allora, restia com'è ad appellarsi alla maschia autorità del preside, ha incollato sotto il pulsante dello sciacquone un foglio su cui ha scritto: "Colleghi, questa è la nostra tazza. Se proprio non ne potete fare a meno, usatela; però poi ripulitela con cura. Grazie. Le colleghe". E qualcuno – un docente sicuramente più deficiente della media, Passamaglia ritiene che sia stato Broccoletti – s'è preso la briga di cancellare col pennarello tutte le parole tranne: "Colleghi, usatela. Grazie. Le colleghe".

L'altro ieri, poi, si è verificata addirittura la misteriosa sparizione dalle porte del wc sia della damina, sia del gentiluomo. Passamaglia si è indignata. Ha considerato quell'atto una grave provocazione simbolica e ha deciso a malincuore di rivolgersi al dirigente scolastico.

Il preside le ha dato udienza con distacco. A un certo punto s'è lamentato perché il caso non gli è stato esposto prima. Ha svelato quindi, con un veloce imbarazzato passaggio, che aveva dato disposizione lui stesso, nel quadro del generale rinnovamento dell'istituto, di togliere gentiluomo e damina dalle porte dei wc. E l'ha congedata subito senza altre spiegazioni, ma promettendo che avrebbe provveduto presto.

Ieri il provvedimento è arrivato. Su una delle due porte, quella di destra, è comparsa la targa: Riservato al Dirigente Scolastico.

Dopo questo episodio, Passamaglia è arrivata alla conclusione che la cosa migliore è infischiarsene di tutto. Chi se ne frega se il preside fa i comodi suoi e l'edificio scolastico cade a pezzi. Chi se ne frega se, come ti muovi, a qualsiasi ora, senti il coro di Broccoletti che raglia "Bianco Natale". Chi se ne frega se anche Banda Sara ha deciso di far parte del coro. Passamaglia vuole fare il suo lavoro e basta, coscienziosamente, riflessivamente. Perché anche quest'anno scolastico passerà. Perché anche i suoi giovani allievi passeranno. Perché anche Broccoletti passerà. Perché la vita stessa passerà.

Ma anche questo suo orgoglioso ritrarsi presenta non poche difficoltà. Il lavoro del docente coscienzioso e riflessivo è ormai una matassa difficile da sbrogliare. Oggi, per esempio, Passamaglia deve correggere i compiti. È una cosa che rimanda e rimanda. Si decide solo quando i suoi alunni minacciano di organizzare contro di lei, per quella sua inadempienza, sit in, scioperi bianchi, cortei interni. "Professoressa," protestano, "è passato un mese. Ci dica almeno che voti ci ha messo." Lei allora, desolata, si prepara un bel tazzone di caffè, raccomanda ai suoi figli di non disturbarla per nessun motivo, si chiude in cucina, dispone sul tavolo il pacco dei fogli protocollo.

Ma non riesce a cominciare. Tempera per bene la matita rossoblù, sospira, beve tutto il caffè, sospira di nuovo, si alza. Per un po' guarda dalla finestra il traffico ingorgato, poi torna a sedere, sospira per la terza volta, tempera meglio la matita, prende il primo svolgimento, stira il foglio ben bene col dorso della mano destra, sospira per la quarta volta, legge il primo periodo. E qui si rovescia contro la spalliera della sedia, mormora santoddiononepossibile, traccia tre freghi blu e un punto esclamativo rosso, si alza e va a sciacquare la tazza del caffè.

Attenzione, però. Non bisogna credere che Passamaglia sia un'insegnante negligente e svogliata. Il problema è un altro, Passamaglia è confusa: della scrittura dei suoi alunni non sa più cosa correggere e cosa no. All'inizio della carriera tracciava ora un frego blu, ora un frego rosso secondo criteri che le parevano chiari: blu l'errore di ortografia, blu l'errore grammaticale e sintattico, rossa la formulazione impropria. Allora aveva ventitré anni, i suoi allievi erano tra i sedici e i vent'anni, l'idea di scrittura che la scuola le aveva comunicato non era molto diversa da quella che gli studenti bene o male praticavano. Ma da allora sono passati ventisei anni, tutto è velocemente cambiato, le violazioni grammaticali e sintattiche si sono moltiplicate, le audacie stilistiche sono dilagate grazie ai fumetti, la tv e Internet. Passamaglia oggi tenderebbe a mettere la punta della matita rossoblù dappertutto o da nessuna parte.

Certo, come insegnante si dà molto da fare: esercitazioni scritte alla lavagna, molti ragionamenti sui nessi temporali, regole ferree da memorizzare; e gli alunni si esercitano, ragionano, memorizzano. Tuttavia la scrittura seguita ad andare per i fatti suoi, non c'è scuola che tenga. Il passato remoto non riesce a restare passato, diventa bruscamente presente, torna altrettanto bruscamente a essere passato. Il congiuntivo non appare quasi mai se non in collocazione dissennata. I periodi, se così li vogliamo chiamare, avanzano per gerundi folli, senza virgole o punto e virgola, lungo misteriosissimi nessi logici, ora per un'intera colonna, ora per mezzo rigo, a singhiozzo o senza fiato. Passamaglia non sa se essere ammirata o piangere.

A volte vorrebbe tracciare un frego blu dall'inizio alla fine del compito. Altre volte si mette di buona lena e riscrive pazientemente tutto a lato, nella colonna bianca, frase dietro frase. Questa seconda soluzione rivela presto di essere la peggiore. Infatti alla fine Passamaglia si rilegge e si accorge che le sue correzioni sono verbose, ingessate, a ghirigori, brutte di congiuntivi cartacei e forse non necessari. Sembrano insomma scrittura di un secolo e rotti fa. Allora, desolata, passa a correggere le sue stesse correzioni. Poi sbuffa, va a prepararsi un altro caffè.

Al ritorno ha in mente un'ipotesi che le pare la sgravi da ogni responsabilità. È colpa della divulgazione dell'inglese, le nuove generazioni conoscono più quella lingua, che l'italiano. Ma l'ipotesi viene a cadere poco dopo, quando attacca a correggere il compito di Banda Sara che scrive: "Ho lavorato tutta l'estate come babbysister". A quel punto pensa: "Basta per oggi. Li correggerò domani".

Difficoltà non minori Passamaglia incontra da tempo con l'insegnamento della storia.

A questo proposito ha riempito di appunti il suo quadernetto, poi li ha ricopiati in bell'ordine e ha mandato un memoriale al preside.

In esso si può leggere grosso modo quanto segue: "Egregio Dirigente Scolastico, ho problemi crescenti con la didattica della storia. 1) Per i miei alunni la storia è il manuale di storia. 2) L'unica data che memorizzano è la loro data di nascita, che per loro conta quanto quella di Gesù Cristo. Per il resto i fatti storici, i personaggi storici, i problemi storici 'sono avvenuti', 'sono nati' dentro i capitoli, dentro i paragrafi del libro di testo, da pagina tale e a pagina tal altra. 3) Una prima marcatura di solito fa capolino nella seguente frase: 'No, questo argomento non ce lo può chiedere: si trova nel libro vecchio'. Frase da cui discende che la guerra dei Cento anni 'è accaduta' nel libro vecchio e la Rivoluzione americana nel libro nuovo. 4) Una seconda determinazione temporale, più marcata della precedente, è visibile in quest'altra frase: 'No, aveva detto che i Normanni non ce li chiedeva: sono del primo quadrimestre'. Dal che è deducibile che quadrimestri e scrutini scandiscono il tempo storico: i Normanni diventano 'passato' con la fine del primo quadrimestre; Lorenzo il Magnifico invece 'è presente' fino allo scrutinio finale. 5) Poiché non pochi miei alunni riescono misteriosamente a seguire una lezione su Cromwell mentre dagli auricolari arriva loro al cervello la voce di Jovanotti e intanto sfogliano sotto banco "Dylan Dog" (ci riescono sul serio, ne ho le prove), va ipotizzato che per questi allievi Cromwell, Jovanotti e "Dylan Dog" sono compresenti, potrebbero prendere insieme un cornetto alla crema durante la ricreazione. 6) Per la gran parte dei nostri ragazzi il vicino e il lontano sono cosa diversa da come ancora li intendiamo noi. Ciò che una volta era esotico, grazie alle migrazioni d'oggi è in mezzo a noi, si è incarnato nel nostro vicino di casa, nel passante in giro per strada, nell'odore di cucinato che arriva da un appartamento. 7) Nella testa dei nostri alunni passato, presente e futuro sono un frullato: grazie all'elettronica, il film *La guerra del fuoco*, Charlot, una diretta televisiva e le immagini di *Guerre stellari* convivono placidamente, tutti in un punto. 8) Se non si fanno i conti con queste cose l'insegnamento della storia, 'il senso storico', andranno incontro a una inesorabile decadenza. 9) E del resto quando possiamo farci i conti, noi insegnanti, se all'insegnamento della storia sono concesse un paio d'ore settimanali se va bene e intanto dobbiamo barcamenarci coi nodi programmatici e i moduli e altro? 10) Quale storia infine? Dobbiamo insegnare battaglie, re, papi, lunga durata, mentalità, culture materiali, fonti orali, diplomazie, clima?".

Il preside ha chiamato nel suo ufficio Passamaglia e l'ha rimproverata. Le ha detto in sintesi che deve insegnare la storia senza farsi troppe cervellotiche domande. "Dobbiamo essere fattivi" ha esclamato. "Ho qui un suo progetto di spettacolo teatrale. A che punto siamo?"

Passamaglia ha farfugliato che non è a nessun punto, dell'*Emilio* bruciato non gliene importa niente a nessuno. "Perché forse ha sbagliato target" ha detto il dirigente scolastico. E ha fatto un gesto compiaciuto con la mano per sottolineare l'armonico *Bianco Natale* che rimbombava per la scuola e arrivava fin nella presidenza. "Broccoletti fa cose minime ma ben mirate" ha sottolineato.

Passamaglia ha fatto cenno di sì e stava per andarsene, umiliata, quando il preside le ha detto: "Scusi, c'è un'altra cosa. Mi sono permesso di dare uno sguardo a questi compiti". E le ha mostrato il pacco di esercitazioni scritte che Passamaglia ha appena consegnato in segreteria e che si riferiscono alla prima strofa della famosa *Chiare fresche e dolci acque* di Francesco Petrarca.

"Versi sublimi" si è estasiato e ha voluto dimostrarle che li sapeva a memoria recitandoglieli: "Chiare, fresche e dolci acque / ove le belle membra / pose colei che sola a me par donna; / gentil ramo ove piacque, / con sospir mi rimembra, / a lei di fare al bel fianco colonna. / Erbe e fior che la gonna / leggiadra ricoverse / co' l'angelico seno; aere sacro, sereno / ove Amor co' begli occhi il cor m'aperse".

Poi, subito dopo, ha scelto un compito a caso, quello di Banda Sara; e ha letto indignato cosa ha scritto la ragazza: "Laura arriva sulle rive del fiume Sorga, si spoglia e fa il bagno. Dopo aver fatto il bagno esce e per rivestirsi si appoggia a un ramo. Però si mette solo la gonna. La giornata è troppo bella e la ragazza decide di stendersi sull'erba per prendere il sole a pancia sotto, respirando a pieni polmoni quell'aere sacro. Con la gonna, il seno, i capezzoli copre le erbette e i fiori. Non sa però che c'è Franceschino dietro un cespuglio che guarda. Quando lei si riveste, il poeta corre a scrivere tutto quello che ha visto per far conoscere a noi posteri le sue eccitanti esperienze".

A quel punto il dirigente scolastico ha fatto una lunga pausa e poi ha chiesto con tono freddo:

"Mi può dire perché a questo svolgimento ha assegnato sette e mezzo?".

Passamaglia ha avuto un'impennata di combattività. Gli ha detto che Banda Sara è una ragazza che sta faticosamente migliorando e ha bisogno di incoraggiamento. Inoltre gli ha messo sotto gli occhi il nostro manuale di letteratura dove a proposito di quel componimento di Petrarca si legge: "Si ha, in questa canzone, la fusione perfetta di donna e paesaggio (oggetti) e poeta contemplante (soggetto) e inoltre la fusione di visualizzazione immediata e immagine filtrata dal ricordo...". Quindi ha concluso, anche se sotto sotto è sempre piena di dubbi: "Non le sembrano più efficaci le annotazioni della mia alunna?".

Il preside si è arrabbiato ancora di più. Ha chiesto retoricamente a Passamaglia com'è possibile che i suoi alunni imparino a fare letture profonde, a scrivere con chiarezza e armonia, se lei premia esercitazioni di quel genere. Passamaglia si è sentita ferita. Come? Lei combatte su più fronti. Lei cerca di custodire la norma, ma non vuole chiudersi alle audacie dei suoi alunni. Lei cerca di trasmettere sapere e tuttavia non vuole che il sapere trasformi i suoi ragazzi in gente come il preside. Tempo buttato, il dirigente scolastico non capisce i suoi sforzi e le vuole mettere i bastoni tra le ruote. Così ha perso la pazienza e gli ha letto una circolare che lui stesso, di suo pugno, ha emanato di recente per respingere certe proteste studentesche: "Si coglie l'occasione per ricordare che ulteriori richieste migliorative dei servizi esistenti possono essere avanzate e vigorosamente sostenute nelle forme previste dal vigente costume democratico e senza pertanto impedire in modo determinante e negativo il regolare svolgimento della didattica". Poi, tutta rossa, lo ha incalzato chiedendogli: "Scusi, preside, è questo il modello di chiarezza e armonia che dovrei proporre ai miei allievi? Una scuola che si esprime così è colpevole! Una scuola che si esprime così la fa scappare a gambe levate Banda Sara!".

Dopo quell'inutile confronto, Passamaglia ha notato con piacere, con sollievo, che anche novembre sta piano piano scivolando via e sono comparse le prime vetrine addobbate con palle colorate, fili d'argento e scritte d'ovatta di buon Natale.

Fa freddo, piove spesso, il vento sfronda i platani e intasa i tombini con le foglie morte. Passamaglia la settimana scorsa ha sentito persino le ciaramelle, come nei sillabari. Le è accaduto durante il suo giorno libero, un sabato di un gelido azzurro, mentre andava a passeggio per il corso. E ha ammesso con se stessa che la sua voglia di Natale non è più un modo di dire, come in settembre. Ora sente proprio un intenso bisogno di vacanze lunghe, quindici giorni senza scuola, senza preside, senza alunni.

Tanto più che negli ultimi giorni è particolarmente depressa, Banda Sara da un po' non viene a scuola. Inutile telefonare ai genitori, sono separati. Il padre non vuole più saperne della figlia, la madre se ne cura solo a forza di schiaffi e mazzate.

Dopo svariati tentativi inutili (convocazione scritta dell'uno o l'altro genitore, telefonate), Passamaglia a malincuore ha deciso di consultare Broccoletti. Seguendo le voci che intonavano ossessivamente *Bianco Natale*, ha rintracciato l'aula dove il coro provava. È entrata e ha visto, ben piazzata in prima fila, al centro, bocca spalancata e aria ispirata, Banda Sara che cantava sotto la direzione di Broccoletti.

Passamaglia s'è arrabbiata. Dunque Banda preferiva le incolte scorciatoie di Broccoletti? E poi, se era assente, come mai era presente al coro?

La ragazza ha spiegato lei stessa, senza imbarazzo, che entra ed esce quando vuole dalla finestra del pianterreno.

"No," ha strillato Broccoletti con plateale riprovazione, "com'è possibile? Tu non sei presente e tuttavia sei qui? Malissimo, malissimo! Ora andiamo dal preside."

Banda s'è difesa dicendo a Passamaglia:

"Non gli dia retta, fa finta, il professor Broccoletti lo sa benissimo che entro dalla finestra".

Broccoletti ha urlato:

"Io tuo complice in questa nefandezza? Ripetilo! Ripetilo se hai il coraggio! E fuori di qui! Via per sempre dal coro!".

Banda Sara è uscita seccatissima. Da quel giorno a scuola non s'è vista più.

A Passamaglia sono cresciuti i sensi di colpa. Ha cominciato a domandarsi: "Ho fatto bene a irrompere così, nel bel mezzo delle prove di Broccoletti? Non era meglio, tutto sommato, che Sara venisse comunque a scuola, non foss'altro che per cantare *Bianco Natale*? Che ci fa, poverina, tutto il giorno nello squallido baretto di piazza Cotorno, accanto all'albero smorto? E soprattutto: se Broccoletti ha saputo attrarla e tenerla qui, questo vuol dire che Broccoletti è un docente migliore di me?".

Una mattina, mentre c'era il collettivo dei suoi studenti e fuori soffiava, sferzava, lampeggiava e tuonava un fosco temporale di dicembre, Passamaglia si è aggirata per i corridoi della scuola malinconicamente. Forse sono vecchia, s'è detta, forse non so capire i giovani, forse addirittura congiuro contro di loro. Questa idea l'ha spinta in biblioteca. È andata a rileggersi Leopardi, quando scrive che "la fanciullezza è tormentata in mille modi, con mille angustie, timori, fatiche dall'educazione e dall'istruzione" o che "tanti educatori cercano di privare i loro allievi del maggior bene della vita, la gioventù". Com'è vero, com'è vero – ha mormorato fissando la pioggia che sferzava i vetri.

Per forza che Banda Sara è fuggita, e ha deciso di non venire più.

Nell'atrio della scuola ora c'è un albero di Natale, ha persino le luci intermittenti. Quando Passamaglia ci passa davanti, quel luccichio colorato le si accende e le si spegne negli occhi e sugli occhiali. Oggi è passata veloce, ha approfittato di un'ora vuota, è corsa in macchina a piazza Cotorno. Mentre guidava ha notato che i segnali natalizi ormai hanno invaso il centro della città dandole un aspetto scintillante, un sentimento di diffusa, raggiante abbondanza. Le vetrine esibiscono palle colorate, una mostra di grandi e piccole bolle luminose di vetro, appese a fili argentati o dorati. I negozi traboccano di merci da regalo esposte insieme a Babbinatali o scene di presepe. Panettoni a tonnellate straripano oltre la soglia dei bar, delle pasticcerie, dei supermercati, invadendo il marciapiede. Ma lo spettacolo dell'abbondanza natalizia sbiadisce man mano che ci si muove verso la periferia. Natale si sente poco per quelle strade. Gira e rigira, Passamaglia è riuscita a trovare il baretto e l'albero moribondo, appena rianimato da qualche palla colorata un po' scrostata, da falde d'ovatta che fingevano la neve. Ha trovato anche un po' di ragazzi in chiacchiere. Li ha interrogati, ha chiesto di Banda Sara. Uno la conosceva, le ha detto che al baretto non veniva più.

"S'è fidanzata" ha insinuato ridendo, e gli altri hanno riso insieme a lui.

"Con chi?" ha chiesto Passamaglia.

"Con uno con una mercedes lunga così."

Altre risate.

Passamaglia è tornata a scuola chiedendosi: "Possibile che un miliardario è capitato davvero in piazza Cotorno?".

L'ha escluso.

Nera d'umore, è andata in un'aula dove si festeggiava una collega che a sessantacinque anni compiuti andava in pensione: molto brava, molto cara, molto preparata. Regalo, applausi, salatini, pasticcini, pizzette, commozione. Passamaglia s'è accorta che tutti provavano un po' di invidia per quella collega amata. Niente più aule, niente più crucci. Una volta in pensione sarebbe potuta finalmente andare a passeggio mattino e pomeriggio senza temere visite fiscali. O svegliarsi senza dover correre a sgolarsi in classi che sanno di gesso e sudore e scarpe da ginnastica. Beata lei.

A festino finito, è cominciata una conversazione malinconica tra docenti. Un collega ha detto: "Noi invece moriremo qui in cattedra". Un altro ha aggiunto: "Forse ci seppelliranno in sala professori". Un altro ancora ha ridacchiato: "Se te lo meriti, però". Parecchi hanno dato la stura all'immaginazione. La sepoltura a scuola, ha detto una collega, diventerà una sorta di premio incentivante, una specie di culmine delle nuove carriere docenti. Un collega s'è pronunciato a favore della sepoltura nel cortile, sotto un pioppo che è stato di recente piantato da una collega molto attiva nella difesa degli spazi verdi. Passamaglia si è scoperta medioevaleggiante. Ha detto che preferirebbe che il pavimento dell'atrio diventasse come quello delle chiese: a pietre tombali con epigrafi commosse e sagome scalpellate di docenti meritevoli, tutte consunte dai passi delle giovani generazioni nei secoli.

Lì sotto vorrebbe essere sepolta.

A dare il colpo di grazia a Passamaglia c'è stata un'altra brutta avventura, l'altro ieri, 13 dicembre. Era il giorno in cui aveva programmato di portare i suoi allievi in visita di istruzione alla basilica di San Clemente. Appuntamento di buon mattino. Lei e i suoi studenti si sono spostati in autobus zeppi, dentro cui con molta allegria, malgrado le sue occhiatacce, i suoi ragazzi hanno calpestato anziani e strappato il posto alle donne incinte. Una volta giunti alla meta Passamaglia ha trascinato energicamente la scolaresca per la basilica superiore e quella inferiore a rimirare il monumento. Molti vociavano e si inseguivano per le navate, pochissimi ascoltavano le sue spiegazioni su questo e su quello. Alla fine è riuscita a riunirli tutti e a trascinarli verso l'ingresso giurando ad alta voce: non vi porto mai mai mai più.

Ma a un certo punto si è distratta. Ha visto arrivare un'altra insegnante con i suoi alunni. Questa insegnante era giovane e piccolina di statura. S'è fermata e gli allievi intorno si spintonavano per starle il più vicino possibile. La giovane donna ha cominciato a parlare, pacata e chiara. Passamaglia prima ha solo orecchiato, infastidita da quella rivale, poi si è avvicinata per sentire meglio. L'insegnante stava dicendo molte cose che Passamaglia stessa non sapeva, e le stava dicendo con passione, con grazia. I ragazzi ogni tanto interrompevano per fare domande e lei non si spazientiva: stava a sentire, rifletteva, rispondeva. C'era uno studente balbuziente. Ogni frase era una tortura, i compagni ridacchiavano. Però il balbuziente interveniva più di tutti gli altri e l'insegnante lo ascoltava senza impazienza, lo incoraggiava con lo sguardo, gli completava le parole non ad alta voce, ma a fior di labbro. La scena era bella. Dopo un po' s'è fatto un crocchio di turisti che volevano imparare. Passamaglia si è girata e s'è accorta che intorno c'erano anche tutti gli alunni suoi, attenti. Ha guardato la ragazza con invidia, poi si è ricordata di se stessa da giovane e ha avuto come un capogiro. "Io sono stata così" ha pensato con meraviglia. Le è venuto da piangere.

È esploso finalmente il 22 dicembre. Per la scuola si è diffusa una gioia pura. Stavano per cominciare le meravigliose vacanze di Natale e non si può capire la cristallina bellezza di questo tempo vuoto, se non si attinge al proprio passato di studenti, se non si sa bene cos'è la scuola, se non si è o non si è stati insegnanti.

Le classi si sono svuotate, tutti sono corsi ad ascoltare il coro di Broccoletti che cantava *Bianco Natale*. È andato anche il preside, è andata anche Passamaglia, malvolentieri.

Broccoletti era su un podio, in abito scuro, cravatta nera sulla camicia bianca, sembrava un becchino. Non si decideva a dare il via con la sua bacchetta di direttore, era nervoso. S'è rischiarato solo quando si è aperta la porta della palestra.

Allora è entrata una fanciulla bellissima, vestita da attrice del cinema, pettinata e truccata da vamp. Era Banda Sara.

Quando tutti l'hanno riconosciuta, è esploso un applauso. Anche Passamaglia, commossa per la sorpresa, ha applaudito. Banda si è disposta al centro del coro e, al la di Broccoletti, è partito *Bianco Natale*.

Il coro è stato un successo, Passamaglia ha pianto tanto che stava per svenire, specie quando Banda Sara è venuta ad abbracciarla e le ha detto in un orecchio:

"Professoressa, i miliardari passano dappertutto, pure per piazza Cotorno".

Passamaglia ha voluto crederci, le è sembrato necessario. Subito dopo è corsa nell'atrio insieme ad alunni e alunne e professori e professoresse per vedere Banda che saliva su una mercedes scintillante. La ragazza ha salutato per l'ultima volta e poi è sparita come nei sogni.

Broccoletti ha confessato a Passamaglia con perfidia:

"Ha continuato a venire alle prove, puntualissima. Eravamo d'accordo: entrava dalla finestra del pianterreno e di là poi se ne andava. Ha una voce eccezionale".

"Buon'anno!!!"

Passamaglia oggi ha aperto la cassetta della posta e vi ha trovato, oltre al calendario che la vicina parrocchia fornisce gratis a tutti gli inquilini a ogni fine d'anno, oltre a molti annunci di saldi, una cartolina d'auguri firmata Banda Sara.

A vederla è diventata rossa fino alla radice dei capelli, prima per la gioia, poi per quel "buon'anno" con l'apostrofo. Nel palazzo sanno tutti che il suo lavoro è l'insegnante. L'aveva già visto il portiere? L'avevano già adocchiato gli inquilini? Che figura.

Si è rigirata la cartolina tra le mani. C'era un angelo che cantava a mani giunte e una scritta stampata in oro: buon anno, senza apostrofo. Il timbro si leggeva male, difficile dire da dove era stata spedita. Possibile che Banda non fosse stata nemmeno in grado di copiare correttamente il buon anno della cartolina?

Passamaglia per un po' non ha saputo cosa pensare, poi le è sembrato di capire. S'è immaginata la sua ex alunna che, masticando gomma rosa e soffiando palloncini per farseli esplodere sul naso e sulle labbra in chissà quale luogo felice del mondo, aveva concepito quel buon'anno come un messaggio semplice, affettuoso, che significava: ormai mi sento così sicura del fatto mio che mi permetto strafalcioni di proposito; si ricordi, professoressa, che non si può fare la sentinella alla grammatica per tutta la vita, un erroruccio si perdona; del resto cosa c'è di più provvisorio di un errore? Buon'anno, buon'anno.

Passamaglia si è rasserenata, è salita nel suo appartamento con allegria. Mentre faceva le scale a due a due come una giovinetta, sorrideva tra sé e sé e si augurava: buon'hanno.

RICONVERSIONE PROFESSIONALE

Quando avevo ormai più di cinquant'anni e insegnavo da quasi tre decenni, mi capitò l'occasione di cambiare lavoro. Incontrai in treno, del tutto casualmente, un mio amico di infanzia. Fu lui a riconoscermi, mi chiamò per nome. Vidi un uomo basso e largo, capelli tagliati cortissimi, un viso da luna piena, gioviale. Solo gli occhi chiari e generosi mi aiutarono a ricordare il ragazzino di dieci anni che era stato. Ci abbracciammo, mi trascinò nel vagone ristorante, disse che pagava lui. Pagò, infatti, e con gesto disinvolto, senza apprensione. Parlò intanto della nostra infanzia tutta per strada, del dolore che aveva provato quando la mia famiglia aveva traslocato e non ci eravamo più visti. Ma non disse niente della sua vita adulta, se non che aveva un buon lavoro al ministero dei Lavori pubblici. Mi chiese invece con vera curiosità cosa era successo a me. Gli dissi che ero diventato professore e mi lagnai a lungo dei colleghi sempre più stinti, dei giovani sempre più inafferrabili, della mia povertà. Solo quando eravamo ormai a pochi chilometri da Roma mi chiese:

"Vuoi arrotondare lo stipendio?".

Sorrisi:

"Farei qualsiasi cosa pur di arrotondare lo stipendio".

"Qualsiasi?"

"Qualsiasi."

Mi guardò con molta attenzione, prese un grissino e ne mise in bocca un pezzo.

"Anche ammazzare la gente?"

Non dissi niente. Lui abbassò la voce e mi spiegò cosa avrei dovuto fare, quanto avrei guadagnato.

A Roma, prima di separarci, chiesi al mio amico perché gli era venuto in mente di farmi quella proposta, che cosa lo aveva convinto che avrei accettato.

"La buona tenuta" mi disse con un tono affettuosamente ironico. "Vai a combattere con i ragazzi da una trentina d'anni e tuttavia sembri tranquillo, hai una saggezza spassionata, parli di te e del tuo lavoro come se fossi un altro."

Poi mi guardò diritto negli occhi con simpatia e mi disse che si ricordava di me come di un bambino piacevolmente vecchio, uno che non brillava in nessun gioco ma aveva sempre una risposta tranquillizzante per tutto, come se fosse stato testimone oculare della storia universale a partire dal Big Bang e custodisse ogni tradizione con competenza.

"Già allora eri un professore" mi lodò. Gli era bastato uno sguardo per capire che, crescendo, l'aria quieta di onniscienza mi era rimasta. Ma se da piccolo promettevo di diventare soltanto uno che non vive mai niente veramente pur parlando di tutto in modo adeguato, da grande – e questo era il fatto nuovo che gli era sembrato decisivo – alla necrofilia delle parole ben dette avevo aggiunto un'espressione crudele degli occhi e gesti calmi di astratta spietatezza.

"Sono gli sguardi e i gesti della mia professione," gli confidai ridendo, "se non sei così, la gioventù ti mette i piedi in testa."

All'inizio, quando avevo cominciato a insegnare, ero stato cordiale, qualche volta persino allegro. Ma con gli anni mi ero reso conto che se non imparavo a comunicare ogni giorno agli studenti come da me non potesse venire niente di buono a meno che non studiassero, loro mi avrebbero trasformato in un pupazzo in cattedra, nevrotico e urlante. Perciò non avevo smesso mai di essere gentile e disponibile, ma ero passato a mostrare a tutti, agli studenti più ribelli e a quelli più miti, che ero capace di esprimere a freddo, di punto in bianco, in modo inatteso, un disprezzo distaccato per la loro giovinezza, per l'ignoranza presuntuosa dentro cui si crogiolavano, per la loro efferata pretesa di irresponsabilità. All'inizio la metamorfosi mi era venuta sforzata, poco convincente, ma col tempo mi era diventata naturale. Quella torsione brusca di toni li lasciava nei banchi come bestiole disorientate, incapaci di trovare una via di fuga. Avevano cominciato a temermi soprattutto quando ero accondiscendente, cortese. Cercavano di trattenermi in faccia quella maschera, avevano paura che potesse mutare da un momento all'altro. Non erano spaventati tanto dalle note di condotta o dai cattivi voti, quanto dai movimenti quieti e raggelanti con cui li annunciavo.

"Fai come a scuola," mi disse il mio amico accomiatandosi con due baci forti sulle guance, "e andrà tutto bene."

Il lavoro mi veniva commissionato per posta. Ricevevo in genere una lettera normalmente affrancata, mittente un Centro studi con una sigla complicata. Il Centro mi commissionava una ricerca e accludeva una nota bibliografica, l'indirizzo della biblioteca a cui dovevo rivolgermi. Andavo a chiedere i testi indicati e in uno dei libri trovavo puntualmente l'arma, in un altro le foto della vittima e una scheda sulle sue abitudini. Sceglievo io il giorno, l'ora. Eseguito il mio compito, mi sbarazzavo dell'arma, delle foto, della scheda e mandavo al Centro studi il saggio che mi era stato commissionato, lavoro a cui mi dedicavo con passione. Il saggio veniva sempre pubblicato su una rivista assai costosa e piena di firme prestigiose. Parte del compenso mi veniva accreditato in banca a titolo di pagamento generoso per l'articolo pubblicato; parte, la più cospicua, mi arrivava per posta in contanti col pacco che conteneva tre copie-omaggio del fascicolo folto e ben stampato.

Il primo omicidio fu impacciato. Andai alle spalle della vittima, una donna elegante sotto i cinquanta, a passo troppo svelto, il respiro affannato, e mi accorsi che lei, pur senza girarsi, a sentire il mio scalpiccio alle spalle aveva automaticamente affrettato il passo. Mi venne quasi naturale, allora, chiamarla per cognome:

"Sedara!".

La donna ebbe una sorta di interiore glaciazione. Dovette riconoscere la voce dei suoi insegnanti più temuti, sentì la stessa frustata che le era arrivata fin dalle elementari tutte le volte che parlava piacevolmente con la sua compagna di banco o stava ripassando a fior di labbro la lezione dell'ora seguente o semplicemente stava sognando a occhi aperti. Rallentò il passo, quasi si fermò come se evaporasse ogni sua energia motoria, fece per girarsi, le sparai alla nuca.

Quando la vidi a terra con gli occhi secchi contro il cielo nuvoloso, scoprii che non provavo niente di più di quello che avvertivo quando mi bastava pronunciare il cognome dei miei alunni per svuotarli di ogni vitalità. In trent'anni avevo mutato la mia voce in una sorta di ago ipodermico che al momento opportuno iniettava nei ragazzi un liquido paralizzante. Molti miei colleghi disperati per la maleducazione diffusa nelle classi me la invidiavano e cercavano inutilmente di imitarla. Ma nella scuola non abbiamo tutti le stesse capacità professionali. Io sono stato un insegnante modello, rispettato dai colleghi e dal preside. Colto, aggiornatissimo, comunicativo, alla mano, mi ritraevo da ogni confidenza quasi senza accorgermene nel momento in cui bisognava lavorare bene, trasmettere dottrina, verificare l'attenzione e l'apprendimento. Cambiavo io, mi cambiava la voce. Chiamavo i miei alunni alla cattedra proprio col tono con cui avevo detto adesso:

"Sedara!".

La donna mosse appena il mignolo della mano destra, una specie di ultimo palpito di protesta non contro la pallottola, di cui non si era nemmeno accorta, ma contro la mia voce. Sparai di nuovo per sicurezza e mi allontanai con la calma con cui a fine ora, dopo il suono della campanella, mettevo il cappuccio alla penna, prendevo libri e registro, mi sistemavo la sciarpa per proteggere la faringe dagli spifferi e uscivo dall'aula dicendo: ci vediamo domani.

Da allora presi l'abitudine di chiamare sempre per cognome le mie vittime, prima di sparare. La memoria dell'esperienza scolastica fiaccava ogni loro ribellione e si offrivano alla canna della pistola quasi chiedendo scusa.

L'Italia è un paese malvagio, la sua storia è un lungo fiume di sangue. Il mio secondo lavoro in un breve giro d'anni cominciò a prendermi sempre più tempo. Poiché non solo preparavo gli omicidi con accuratezza, ma anche mi dedicavo al saggio critico di copertura con una vecchia passione di studioso che il trantran quotidiano della scuola aveva sopito ma non spento, le giornate diventarono troppo corte. Mi accorsi presto che non ce la facevo a tenere dietro a tutto e quindi ridussi le ore di insegnamento, passai al part-time. Potevo permettermelo ormai. Guadagnavo assai bene con il mio secondo lavoro, mi vestivo con cura ed eleganza, andavo spessissimo al cinema, al teatro, all'opera, compravo cd e libri in abbondanza, mangiavo quasi sempre al ristorante e avevo un'auto di lusso per i grandi viaggi, una moto per gli spostamenti rapidi.

Malgrado tutte quelle spese, il mio conto in banca (mai avuto prima un conto in banca) non si prosciugava mai, anzi si rimpinguava sempre più. Era accaduto inoltre che nel giro di pochi mesi gli articoli per la rivista del Centro erano stati notati. In particolare un saggio ampio su *I viceré* di De Roberto mi aveva dato fama di studioso serissimo e insieme impegnato nella lotta contro il malcostume plurisecolare degli italiani. Cominciai a essere invitato a convegni non solo di letterati ma di politici e di intellettuali. Questo ruolo pubblico di tutto rispetto mi rese assolutamente insospettabile e fece aumentare sia le commesse segrete, che la conseguente produzione saggistica. I rivoli di sangue e di inchiostro che versavo diventarono velocemente un torrente impetuoso. Comprai un attico a Monteverde vecchio e con rammarico, per dare sempre più tempo alle mie nuove attività, decisi di andare in pensione.

Consegnai la domanda di pensionamento anticipato il 29, forse il 30 marzo del 1996. In serata seguii per una via del centro particolarmente affollata un uomo ben vestito, poco meno di quarant'anni. Si chiamava Corciulo e il suo nome mi suonava familiare. Quando ero a pochi passi da lui, lo chiamai. L'uomo non si limitò a quella sorta di disorientamento a cui ormai ero abituato, che comportava un rallentamento del passo e uno scoordinarsi disorientato dell'andatura. Si bloccò addirittura in mezzo alla strada e si girò di scatto esclamando ancora prima di mettermi a fuoco:

"Professore".

Gli sparai in faccia, poi al cuore e mi allontanai svogliatamente mentre la gente intorno urlava, scappava.

Non riuscii a ricordarmi di Corciulo né per strada, né la sera a letto. Era stato sicuramente mio alunno, ma dove, in quale scuola? Lui aveva riconosciuto subito la mia voce, io non ricordavo niente di lui.

I mesi dopo la pensione furono faticosi. Il lavoro scolastico, che mi era sembrato pesante, si rivelò per quello che era: un lavoro abitudinario: sempre le stesse lezioni, sempre le stesse frasi, sempre gli stessi toni di voce, sempre le stesse frustrazioni, sempre gli stessi pacchi di compiti da correggere, sempre la folla di noiosissimi impegni extradidattici. Il mio nuovo lavoro invece mi occupava giorno e notte, rinnovava continuamente i problemi che dovevo affrontare e nel tempo mi concesse una sola rassicurante consuetudine: pronunciare perfidamente il cognome della vittima prima dello sparo. Per il resto era un affannarsi che mi occupava in un modo così assoluto, da indebolire velocemente ogni memoria di quello che ero stato. A tratti mi pareva di non avere mai insegnato. Ero tutto preso dai saggi che dovevo consegnare e dalle schede delle vittime che dovevo studiare. Guardavo le foto di quelli che mi toccava uccidere e la scuola mi veniva in mente, ormai, solo per constatarne il fallimento. Mi parevano volti di persone male istruite, male educate, mal cresciute. A volte pensavo che non a caso il mio secondo lavoro aveva cacciato via il primo. Esaminavo le foto, pensavo alla storia passata o presente di Italia, a quella dell'intero pianeta e mi chiedevo che lavoro era stato insegnare, non aveva dato alcun frutto benevolo. Il mondo istruito era crudele e feroce come quello di prima di ogni istruzione, forse addirittura un po' di più. Era perché la scuola non serve a cambiare e neanche a migliorare gli abietti geni degli animali umani? Era perché io non ero mai stato all'altezza del mio lavoro di educatore, tant'è vero che facevo benissimo quello di killer?

Dopo un po' mi venne un'improvvisa nostalgia della scuola, una nostalgia vera, quella per le cose definitivamente passate. Per combatterla cominciai a dirmi che rimediavo con la pistola al fallimento dell'insegnamento. Una sera mi pescai persino a scrivere in fondo alle schede delle vittime una specie di giudizio di ammissione alla morte che per formulario ricordava i giudizi scolastici di ammissione all'esame di maturità. E una volta, prima di sparare a un giovane atterrito non dalla pistola ma come al solito dalla mia voce, pensai nitidamente:

"Non hai partecipato al dialogo educativo".

Avevo lasciato le aule da due anni, quando fui invitato nella mia scuola per tenere agli studenti una conferenza su quello che era diventato il mio cavallo di battaglia: la comparazione tra *I viceré* di De Roberto e *I vecchi e i giovani* di Pirandello. Era passato relativamente poco tempo, ma scoprii che nessuno, nell'atrio, per i corridoi e nelle aule, si ricordava più di me. Come insegnante non avevo lasciato memoria. Chi mi aveva invitato era una giovane supplente assai volenterosa e colta: l'aveva fatto per la mia piccola fama di studioso, ignorava che ero stato professore. La scuola – pensai – dimentica facilmente, ingoia tutto nel suo trantran.

Una professoressa, la collega Marucco, arrivò di gran carriera in sala professori, a testa bassa, dicendo:

"Voglio proprio vedere che ha da insegnarci, questo qui: io ho fatto la tesi su De Roberto, se racconta sciocchezze mi alzo e me ne vado".

"Ciao."

Lei mi guardò, si accigliò, disse malevola:

"Ah, sei tu. Come sei ingrassato".

Eravamo stati amici, una volta, ora pareva che non sapesse nemmeno come mi chiamavo. Chiacchierammo un po', frasi generiche. Poi l'organizzatrice mi sussurrò:

"È ora".

"Vieni?" chiesi a Marucco.

"No, adesso devo proprio scappare" lei disse e se ne andò.

Fui accompagnato in aula magna. Arrivarono le classi, in gran parte giovani di diciotto-diciannove anni che erano lì per consolidare la loro preparazione in letteratura italiana e affrontare meglio l'esame di stato. Alcuni più giovani entrarono chiassosamente, ma appena mi videro esclamarono oh no. Erano stati miei alunni, avevano quindici anni quando ero andato in pensione. Si consultarono, si mossero verso la porta. Recuperai i loro cognomi:

"Farsalo, Melotti, Zagara, Sinibaldi, Ormea, Fenile...".

Si fermarono come se fossero stati trapassati da uno spillone avvelenato. Tornarono indietro mogi, si sedettero.

Fu l'ultima volta che riuscii a pronunciare i cognomi come vanno pronunciati, poi anche la voce si diseducò per mancanza di allenamento. La scuola mi sparì dal corpo, la dimenticai come mi aveva dimenticato. Me ne accorsi quando a pochi passi da una signora anziana coi capelli biancoazzurri gridai:

"Giraldi!" e lei si voltò subito dicendomi con voce gentile:

"Prego, ci conosciamo?".

Dissi in imbarazzo no e mi allontanai.

Il lavoro da quel momento cominciò ad andare male. Io stesso non mi sentii più all'altezza e dopo molti tentennamenti, dopo notti di conti per capire se ce l'avrei fatta a vivere dignitosamente con la mia pensione e i soldi che avevo da parte, andai al ministero dei Lavori pubblici per parlare con il mio amico d'infanzia, che dall'epoca di quel mio reclutamento ormai lontano non avevo più visto, e dirgli che mi ritiravo. Non lavorava nessuno in quel posto che avesse il suo nome e cognome o che rispondesse ai suoi connotati. Mi rivolsi allora al Centro studi, al direttore e ai redattori della rivista, ai bibliotecari delle biblioteche dove ero stato indirizzato. Non sapevano niente di quell'uomo e mi guardavano perplessi quando accennavo a mezza bocca ai miei passati ingaggi per liquidazioni (usavo quel vocabolo per prudenza, come se parlassi di una liquidazione economica per impiegati lavativi).

Piano piano lasciai perdere e sperai che nessuno più chiedesse di me. Volevo invecchiare quietamente, una passeggiata al mattino per comprare il giornale, un tè al bar, una spremuta d'arancia, quattro passi per Villa Ada.

Invece due giorni fa mi è arrivata una lettera. Il Centro studi mi ha commissionato un lavoro su *Signora Ava* di Francesco Jovine. Sono andato nella biblioteca che mi veniva consigliata e ho fatto richiesta dei libri indicati nella bibliografia. In uno ho trovato una colt Cobra, in un altro le foto e la scheda informativa. Senza sorprendermi molto ho visto che la persona in fotografia ero io.

Nella scheda mi si definiva docente, laureato in lettere classiche, abilitato all'insegnamento di italiano, storia, geografia, latino e greco, in pensione da tre anni. Erano minutamente descritte le mie abitudini: unico errore, mi si attribuiva a colazione una spremuta di pompelmo e un cannolo alla siciliana. Ma in realtà sono passato da qualche settimana alla spremuta d'arancia e ho abolito il cannolo quando, sei giorni fa, mi è stato scoperto il diabete.

I miei alunni sapevano bene delle mie colazioni al mattino, nel bar di fronte alla scuola che aveva ottimi cannoli.

Sono convinto che sono loro i committenti.

Ogni sera, prima di addormentarmi, ripenso alla mia lunga permanenza nelle scuole. Mi vedo seduto al banco, in 1ª elementare, in 2ª, in 3ª e così via. Rievoco la voce di maestri e professori. Mi ricordo quando dicevano all'improvviso: Starnone! Cerco di recuperare quel suono acuminato e rifarlo nella mia testa. Ogni mattina, appena sveglio, mi alleno a pronunciare il mio cognome con la stessa crudele determinazione dei miei insegnanti. Ho la colt sul comodino, accanto a *Signora Ava*.

INDICE

INDICE

Ultimi volumi pubblicati in
"Universale Economica"

Caroline Vermalle, *Due biglietti per la felicità*
Eli Zaretsky, *I misteri dell'anima.* Una storia sociale e culturale della psicoanalisi
Salvatore Natoli, *L'arte di meditare*. Parole della filosofia
Chiara Saraceno, *Coppie e famiglie.* Non è questione di natura
Giovanni De Luna, *La Resistenza perfetta*
Imre Kertész, *Liquidazione*
Banana Yoshimoto, *Il dolore, le ombre, la magia*
Stefano Benni, *Cari mostri*
Raquel Martos, *Alla fine andrà tutto bene* (e se non va bene... non è ancora la fine)
Alessandro Baricco, *La Sposa giovane*
Eva Cantarella, *Secondo natura*. La bisessualità nel mondo antico
J.G. Ballard, *Tutti i racconti.* Volume II. 1963-1968
Giorgio Candeloro, *Storia dell'Italia moderna*. Volume ottavo. La Prima guerra mondiale, il dopoguerra, l'avvento del fascismo. 1914-1922
Catia Trevisani, *Fiori di Bach.* Per adulti e bambini
Gianfranco Damico, *Il codice segreto delle relazioni.* Usare il cervello per arrivare al cuore
Zeruya Shalev, *Quel che resta della vita*
Kris Verburgh, *La clessidra alimentare.* Dalla ricerca biomedica più avanzata, il nuovo metodo per vivere più sani, più a lungo e più magri
Pino Cacucci, *Nessuno può portarti un fiore*

Piersandro Pallavicini, *Una commedia italiana*
Osho, *Il velo impalpabile*. Discorsi su *Il giardino cintato della verità* di Hakim Sanai
Saverio Tomasella, *L'amore non è mai per caso*. Riconoscere e superare ciò che davvero ci impedisce di trovare la felicità in amore
William McIlvanney, *Il caso Tony Veitch*. Le indagini di Laidlaw
Karl Ove Knausgård, *Un uomo innamorato*
Pallavi Aiyar, *L'incredibile storia di Soia e Tofu*
Richard Sennett, *Lo straniero*
Henry Miller, *Riflessioni sulla morte di Mishima*
Emilio Minelli, Fabrizia Berera, *La rivincita degli emotivi*. Come non farsi dominare dagli stati d'animo negativi
Enrico Ianniello, *La vita prodigiosa di Isidoro Sifflotin*
Vassilis Vassilikos, *Z*. L'orgia del potere
Davide Longo, *Il mangiatore di pietre*
Alberta Basaglia, *Le nuvole di Picasso*. Una bambina nella storia del manicomio liberato
Alessandro Leogrande, *Uomini e caporali*. Viaggio tra i nuovi schiavi nelle campagne del Sud
Massimo Recalcati, *Le mani della madre*. Desiderio, fantasmi ed eredità del materno
Stefano Valenti, *La fabbrica del panico*
Paolo Rumiz, *Come cavalli che dormono in piedi*
Susan Abulhawa, *Nel blu tra il cielo e il mare*
Mimmo Franzinelli, *L'amnistia Togliatti*. 1946. Colpo di spugna sui crimini fascisti. Postfazione di G. Neppi Modona
José Saramago, *Alabarde Alabarde*
Maylis de Kerangal, *Nascita di un ponte*
Maylis de Kerangal, *Riparare i viventi*
Etgar Keret, *All'improvviso bussano alla porta*
Etgar Keret, *Sette anni di felicità*
Sibilla Aleramo, *Amo dunque sono*
Stanislav Grof, *Quando accade l'impossibile*. Avventure in realtà non ordinarie
Paola Negri, *W la pappa!* Dall'introduzione dei cibi solidi all'alimentazione adulta. Educare i nostri figli, e noi stessi, a mangiare sano e bio

Marco Missiroli, *Atti osceni in luogo privato*
Howard Gardner, *La nuova scienza della mente*. Storia della rivoluzione cognitiva
Christina Berndt, *Il segreto della resistenza psichica*. Che cosa ci rende forti contro le piccole e grandi crisi della vita
Mathias Malzieu, *Il bacio più breve della storia*
Alejandro Jodorowsky, *Tre storie magiche*
Emilio Gentile, *Contro Cesare*. Cristianesimo e totalitarismo nell'epoca dei fascismi
Ryszard Kapuściński, *Stelle nere*
Eugenio Borgna, *Di armonia risuona e di follia*
Gian Antonio Stella, *Bolli, sempre bolli, fortissimamente bolli*. La guerra infinita alla burocrazia
Carlo Cottarelli, *La lista della spesa*. La verità sulla spesa pubblica italiana e su come si può tagliare
Lawrence J. Cohen, *Gioca con me*. L'Educazione Giocosa: un nuovo, entusiasmante modo di essere genitori
Michel Foucault, *Il coraggio della verità*. Il governo di sé e degli altri II. Corso al Collège de France (1984)
Marcela Serrano, *Adorata nemica mia*
René Girard, *Miti d'origine*. Persecuzioni e ordine culturale. A cura di P. Antonello e G. Fornari
Marina Panatero, Tea Pecunia, *Giochiamo a rilassarci*. La meditazione per calmare i bambini e renderli più attenti e creativi
Osho, *Lo specchio del cuore*
Piero Gobetti, *Avanti nella lotta, amore mio!* Scritture 1918-1926. A cura di P. Di Paolo
José Saramago, *La caverna*
Erri De Luca, *Sulla traccia di Nives*
Simon Levis Sullam, *I carnefici italiani*. Scene dal genocidio degli ebrei, 1943-1945
Bärbel Wardetzki, *Pronto soccorso per l'anima offesa*. Reagire agli affronti con filosofia e senza risentimenti
Mauro Corona, *La casa dei sette ponti*
Sergio Rizzo, *Da qui all'eternità*. L'Italia dei privilegi a vita
Pino Cacucci, *Mahahual*
Alessandro Baricco, *Smith&Wesson*

Banana Yoshimoto, *Andromeda Heights*. Il Regno 1
'Ala al-Aswani, *Cairo Automobile Club*
Claudia Piñeiro, *La crepa*
Amos Oz, *Giuda*
Amos Oz, Fania Oz-Salzberger, *Gli ebrei e le parole*. Alle radici dell'identità ebraica
Giorgio Candeloro, *Storia dell'Italia moderna*. Volume undicesimo. La fondazione della Repubblica e la ricostruzione. 1945-1950
Charles Bukowski, *Il canto dei folli*. Nuova traduzione di S. Viciani
Paolo Rumiz, *Morimondo*
Franco e Andrea Antonello, *Sono graditi visi sorridenti*
Federico Rampini, *Rete padrona*. Amazon, Apple, Google & co. Il volto oscuro della rivoluzione digitale
Caroline Vermalle, *La felicità delle piccole cose*
Giovanni Floris, *Il confine di Bonetti*
Stanley Coren, *I cani sanno far di conto?* (Quasi) tutto ciò che il vostro cane vorrebbe farvi sapere
José Saramago, *Il viaggio dell'elefante*
Becky A. Bailey, *Facili da amare, difficili da educare*. Crescere i figli con autocontrollo e sensibilità
Michelle Cohen Corasanti, *Come il vento tra i mandorli*
Karl Ove Knausgård, *La morte del padre*
Antonio Tabucchi, *Per Isabel*. Un mandala
Ermanno Rea, *Napoli Ferrovia*
Gabriella Cella Al-Chamali, *Yoga-Ratna. Il gioiello dello yoga*
Carlo Ginzburg, *Il filo e le tracce*. Vero falso finto
Erri De Luca, *Il peso della farfalla*
Michael J. Sandel, *Quello che i soldi non possono comprare*. I limiti morali del mercato
Barbara Berckhan, *Piccolo manuale per imparare a fare e a ricevere critiche*
Kurt Vonnegut, *Perle ai porci* o Dio la benedica, Mr. Rosewater
Alejandro Jodorowsky, *Albina* o il popolo dei cani
Giovanni De Luna, *La Repubblica del dolore*. Le memorie di un'Italia divisa
Gian Antonio Stella, Sergio Rizzo, *Se muore il Sud*

J.G. Ballard, *Tutti i racconti*. Volume I. 1956-1962
Corrado Ruggeri, *Farfalle sul Mekong*. Con una nuova introduzione dell'autore
Rolf Sellin, *Le persone sensibili sanno dire no*. Affrontare le esigenze degli altri senza dimenticare se stessi
Charles Bukowski, *Il sole bacia i belli*. Interviste, incontri e insulti
Mathias Malzieu, *L'uomo delle nuvole*
Eveline Crone, *Nella testa degli adolescenti*. I nostri ragazzi spiegati attraverso lo studio del loro cervello
Michel Foucault, *Il governo di sé e degli altri*. Corso al Collège de France (1982-1983)
Eugenio Borgna, *La dignità ferita*
Imre Kertész, *Kaddish per il bambino non nato*
Alessandro Mari, *Gli alberi hanno il tuo nome*
José Saramago, *Le piccole memorie*
Banana Yoshimoto, *A proposito di lei*
John Cheever, *Una specie di solitudine*. I diari
Yu Hua, *La Cina in dieci parole*
Richard Ford, *Canada*
Manuel Vázquez Montalbán, *Luis Roldán né vivo né morto*
Sophie Hart, *Il club delle cattive ragazze*
Roberto "Freak" Antoni, *Non c'è gusto in Italia a essere Freak*. Antologia fantastica di scritti rock. A cura di O. Rubini
Rainer Sachse, *Come rovinarsi la vita sistematicamente* (e smettere di farlo)
Svagito, *Le radici dell'amore*. Costellazioni familiari: i legami che vincolano e il cammino verso la libertà
Alessandro Chelo, *Il coraggio di essere te stesso*. La ricerca dell'autenticità come strada per il successo
Alberto Cavaglion, *La Resistenza spiegata a mia figlia*. Nuova edizione
James Gleick, *L'informazione*. Una storia. Una teoria. Un diluvio
Remo Bodei, *La filosofia nel Novecento* (e oltre). Nuova edizione
Gaetano Salvemini, *Le origini del fascismo in Italia*. Lezioni di Harvard
Mimmo Franzinelli, *Il Giro d'Italia*. Dai pionieri agli anni d'oro. Postfazione di M. Torriani

Vandana Shiva, *Il mondo del cibo sotto brevetto*. Controllare le sementi per governare i popoli
Gaia Servadio, *Gioachino Rossini*. Una vita
Osho, *Segreti e misteri dell'eros*
Romano De Marco, *Io la troverò*. La serie Nero a Milano
Daniel Kehlmann, *È tutta una finzione*
Gianni Testori, *Il Fabbricone*
Nicolas Barreau, *La ricetta del vero amore*
Simonetta Agnello Hornby, *Via XX Settembre*
Stefano Benni, *Pantera*. Con le illustrazioni di L. Ralli
Giuseppe Catozzella, *Non dirmi che hai paura*
Amos Oz, *Contro il fanatismo*
Giorgio Bocca, *Le mie montagne*. Gli anni della neve e del fuoco
Neil Young, *Il sogno di un hippie*
Agnese Borsellino, Salvo Palazzolo, *Ti racconterò tutte le storie che potrò*
José Saramago, *L'ultimo Quaderno*
Jonathan Coe, *Expo 58*
Erri De Luca, *Storia di Irene*
Claudia Gamberale, *Per dieci minuti*
Domenico Barrilà, *I legami che ci aiutano a vivere*. L'energia che cambia la nostra vita e il mondo
John Foot, *Milano dopo il miracolo*. Biografia di una città. Con una nuova prefazione dell'Autore
Réné Girard, Gianni Vattimo, *Verità o fede debole?* Dialogo su cristianesimo e relativismo
Francesco Dell'Oro, *Cercasi scuola disperatamente*. Orientamento scolastico e dintorni
Osho, *Pioggia a ciel sereno*. La via femminile all'illuminazione
Lars Bill Lundholm, *Il soffio del drago*. La serie Omicidi a Stoccolma
Umberto Galimberti, *Cristianesimo*. La religione del cielo vuoto. Opere XX
Nicholas Wapshott, *Keynes o Hayek*. Lo scontro che ha definito l'economia moderna
Luca Paulesu, *Nino mi chiamo*. Fantabiografia del piccolo Antonio Gramsci
Patti Smith, *Just Kids*

Michele Serra, *Gli sdraiati*
Nathan Filer, *Chiedi alla luna*
Albert Hofmann, *LSD*. Il mio bambino difficile
Isabel Allende, *Il gioco di Ripper*
Pino Cacucci, *Puerto Escondido*
Cristina Comencini, *Due partite*
Marcela Serrano, *Adorata nemica mia*
Charles Bukowski, *Scrivo poesie solo per portarmi a letto le ragazze*
Emmanuel Bove, *I miei amici*. Con una nuova postfazione del traduttore
Alberto Anile, Maria Gabriella Giannice, *Operazione Gattopardo*. Come Visconti trasformò un romanzo di "destra" in un successo di "sinistra". Prefazione di G. Fofi
Eva Cantarella, Luciana Jacobelli, *Pompei è viva*
Isabel Allende, *Amore*. Le più belle pagine di Isabel Allende sull'amore, il sesso, i sentimenti
John Cheever, *I racconti*
Nicolas Barreau, *Una sera a Parigi*
Paolo Di Paolo, *Mandami tanta vita*. Con una nuova postfazione dell'autore
Roberto Saviano, *ZeroZeroZero*
Alejandro Jodorowsky, Marianne Costa, *La Via dei Tarocchi*
Yukio Mishima, *La scuola della carne*
Massimo Recalcati, *Il complesso di Telemaco*. Genitori e figli dopo il tramonto del padre
Michael Bar-Zohar, Nissim Mishal, *Mossad*. Le più grandi missioni del servizio segreto israeliano
Barbara Berckhan, *Piccolo manuale per non farsi mettere i piedi in testa*
Giuseppe Morici, *Fare marketing rimanendo brave persone*. Etica e poetica del mestiere più discusso del mondo
Howard Gardner, *Aprire le menti*. La creatività e i dilemmi dell'educazione
James J. Sadkovich, *La Marina italiana nella seconda guerra mondiale*
Donald Jay Grout, *Storia della musica in Occidente*
Tiziana Bertaccini, *Le Americhe Latine nel Ventesimo secolo*